林辰著　王世家编校

鲁迅传
鲁迅事迹考

林辰文集　壹

图书在版编目(CIP)数据

林辰文集.壹/林辰著.—济南:山东教育出版社,
2010
  ISBN 978－7－5328－6246－7

  Ⅰ.①林… Ⅱ.①林… Ⅲ.①林辰(1912～2003)
—文集②鲁迅(1881～1936)—人物研究 Ⅳ.①I217.2

  中国版本图书馆CIP数据核字(2010)第042059号

编校说明

《林辰文集》共四辑。

壹 《鲁迅事迹考》《鲁迅传》

贰 《秋肃集》《鲁迅述林》

叁 《跋涉集》

肆 《诗农书简》

本辑收录《鲁迅事迹考》与《鲁迅传》。

《鲁迅事迹考》 书中各篇作于一九四二年至一九四五年之间。一九四八年七月由上海开明书店印行第一版,并于翌年一月、一九五〇年四月重印。一九五五年四月,上海新文艺出版社印行第二版,删去初版本中的《鲁迅北京避难考》、《鲁迅的婚姻生活》二篇,补入《鲁迅与读音统一会》;又将初版本中的《鲁迅与文艺会社》的有关内容改写为《鲁迅筹办〈新生〉杂志的经过》、《鲁迅与莽原社》二篇列入。该版至一九五七年又重印三次,累计印数达二万八千六百册。一九八一年三月,作者在初版和二版的基础上又作了一次修订,于当年九月由人民文学出版社印行第三版,篇目与开明版相同。

本书据开明书店一九四八年七月初版本付排。凡二、三版修订之处，均由编者作校记附于篇末。二、三版的《后记》文作为附录列于书后。

《鲁迅传》 四十年代初，作者在撰写《鲁迅事迹考》的同时，即开笔写作筹划已久的《鲁迅传》，至五十年代初，已写出八章。其中前二章及第三章上半部分曾连载于一九四九年由林如稷在成都编辑的《民讯》月刊第四、五、六期上，后几章因刊物停办而未能续载。后因工作调动，作者将主要精力投入到《鲁迅全集》的编辑与注释中，不得已中止了《鲁迅传》的写作。已完成的前八章手稿一直藏于箧中（其中第六章手稿佚），未能结集公开出版。作者去世后的二〇〇四年五月，由编者据手稿整理校订后交由福建人民出版社印行第一版。

本书据福建人民出版社初版本付排。第七、八章的初稿曾发表在《抗战文艺》第七卷第六期（一九四二年六月），第九卷第三、四期合刊（一九四四年九月）上，现作为附录列于书后，以供参考。

《林辰文集》中的著作、文章多撰写、发表于上世纪四五十年代，有些标点和文字的用法不尽符合现行出版规范，整理、编辑加工中，为遵循原著，在这些地方的处理上适当变通了目前通用的出版规范，例如全书中的公历纪年均用汉字表述，本应用顿号的保留了作者使用的逗号，本应为"地"字的沿用了作者所用的"的"字，等等。如此处理，我们希望能将一份原汁原味的历史文献展现给读者。

目　录

鲁迅事迹考

鲁迅传

鲁迅事迹考

孙　序

从鲁迅先生去世到今年十月,已经是整整的十周年了。

他的生前友好,和国内外敬仰爱慕他的万千青年,在这整整十年以来,如何以他的思想学术事业为根柢,从而发扬光大到如何宏远渊深的地步,这问题我此刻不准备述说。

这十年除了首尾两年以外,当中的八年,全民族正在与日本黩武主义者搏斗中;鲁迅先生的生平事迹,当初也是东一鳞西一爪的,经过这八年的长时间,不仅组织不成片段,连一鳞一爪也不免被淡忘了。这是严重的遗憾,不只是他的生前友好和国内外万千青年的,也是整个国家民族整个世界人类的。

林辰先生的《鲁迅事迹考》,却给我们减去了不少遗憾,增加了不少慰藉。全书共计论文十篇,从题目看,就知道每个题目都与鲁迅先生整个传记有关,整个传记就靠数十百篇这样的论文拱卫着。

传记作者必须对于材料有广博的知识,有的是他要选取的,有的是他要做旁证的,有的是他必须知道但未必有选取价值的。这三类材料,在这拱卫传记的数十百篇论文中,必须尽量的罗列着。林辰先生这十篇论文里面,就包含了这三类材料。例如鲁迅先生历次的演讲,对于整个传记也许并不重要,传记作者可能不加选取,但是他必须有此知识:这便是第三类。又如章门诸子的事迹,并不算传记的直接材料,但传记作者必须拿它作为旁证:这便是第二类。至于与章太炎的关系,归国的年代,赴陕的讲学,曾否加入光复会,组织文艺会社等等,便都是第一类重要材料了。

罗列材料以外,便是方法的说明。传记工作的初步条件,只是方法的细密与谨严。等到传记写作的时候,不能再有方法的说明了。林辰先生这十篇论文,都代表了极细密谨严的方法。无论解决问题的方法,排列材料的方法,辨别材料真伪的方法,都是极细密谨严的。在《论〈红星佚史〉非鲁迅所译》一文里,记述作者研究方法的辨证的发展,因而材料的排列也依着这辨证的过程,最后才把《红星佚史》译者自己所作的一篇《发须爪序》介绍出来作为铁证,断定《红星佚史》绝非鲁迅所译。在《鲁迅曾入光复会之考证》一文里,因有"曾入"与"不曾入"两派的意见,作者仍以辨别材料,排列材料这两种方法的骨干,再用他那敏锐的思考,勇敢的推断,把这个问题稳稳妥妥地解决了。这几种方法,既细密又谨严,供给将来的传记作者一个极可宝贵的参考。无论这传记作者是林辰先生自己也好,或是另一位也好,有了这样细密谨严的方法,决不会再写出没有价值的传记的了。

我私心希望这位未来的传记作者就是林辰先生。自然,说得广泛一点,凡属鲁迅先生的生前友好,和敬仰爱慕先生的万千青年,心头都有一篇或详或略,或粗或细的鲁迅先生的传记,但是放在心头和写在纸上似乎确是两件事。一旦动笔,即刻感到材料不够,印象模糊。因此我自己就是林辰先生所作考证论文的一位爱读者。

林辰先生如果能再继续写作这类考证论文若干篇,即使一时没有传记,我们读了这样细密谨严的论文,其快乐也不会下于阅读整本的传记,至少使以后的传记作者省却许多考证的工夫了。

孙伏园 三十五年,七月二十八日,在缙云山

鲁迅曾入光复会之考证

"清的末年,社会上大抵恶革命党如蛇蝎,南京政府一成立,漂亮的士绅和商人看见似乎革命党的人,便亲密的说道:'我们都是"草字头",[1]一路的呵。'"

这是华盖集《补白》篇中的一段。就由于有这类冒牌的投机取巧之徒,使得本不会向人自炫的真的"草字头",在革命[2]成功以后,更加讳言自己的革命经历。像这段文字的写作者鲁迅先生,便是这种人中的一个。

当鲁迅留学日本时,正是辛亥革命的前夕。在那如火如荼的东京留学界的革命活动里,鲁迅也实际的参加了政治组织,成为光复会的一员。光复会约成立于一九〇三年[3]顷,是清末一部分进步的知识分子和会党分子所组织,主要的领导者为章太炎。[4]后与兴中会,华兴会合并而成同盟会。[5]它的会员,以浙江人为最多,鲁迅亦为浙东人的参加者。但他后来,无论在文字上,在口头上,都从未提及此事,故世间知道的人极少。直到他逝世以后,民国二十六年,[6]许寿裳先生在《鲁迅年谱》里,才把这件湮没了将近三十年的事,郑重地提了出来:

民国前四年(清光绪三十四年,戊申,一九〇八年)

二十八岁。

　　是年从章太炎先生炳麟学,为"光复会"会员,并与二弟
作人译域外小说集。

由这,我们才知道了鲁迅生活史上的这一件大事,更清晰地寻出了鲁
迅后来所沿以发展的思想行为的早年的线索。这在我们对于这位伟
大作家的认识和研究上,实在是极其重要的事情。

　　然而,却有人提出了相反的意见。值得注意的是:这人又正是鲁
迅的二弟(!)周作人。《年谱》民元以前用阴历记载的部分,原是许先
生就周作人所记增订而成,周在原稿内即未载入光复会事。在《关于
鲁迅之二》里,他更以正面的坚定的语气,积极地加以否认:

　　　　但他(指鲁迅)始终不曾加入同盟会,……他也没有入
　　光复会。……以浙东人的关系,豫才似乎应该是光复会中
　　人了。然而又不然。这是什么缘故呢? 我不知道。(《宇宙
　　风》第三十期,后又收入《鲁迅先生纪念集》[7])

　　因为有这正相反对的两说,遂致研究者纷纭莫定,或从许说,或
从周说。前者如平心先生,他在《论鲁迅的思想》一书里,便据《年谱》
肯定鲁迅为光复会会员,说:

　　　　鲁迅是封建专制主义的猛烈攻击者,是民主政治制度
　　的热烈追求者,因此他在辛亥革命时代,对革命怀着渴望光
　　明似的期待,并且一度参加过光复会。(页七二)

　　当时孙中山,章炳麟等所推动的民族革命运动已经震
动全国了。进步的青年都卷入在革命的浪潮中。鲁迅在发

表上述论文（按指《摩罗诗力说》）的次年（一九〇八年），即"从太炎先生炳麟学"，并且加入了光复会。（页一九二）

又如欧阳凡海先生，他在《鲁迅的书》的第五节里，也说：

> 这年（按指一九〇八年）豫才不但努力翻译新文学，并且直接加入光复会为会员。推翻满清的革命，到这几年已经大有山雨欲来风满楼的气概，……革命的怒潮已向着每（个）角落里激荡，是在这样的时候，豫才便也被卷入光复会里去的。（页七九）

还有胡风先生，在《从有一分热发一分光生长起来的》一文里，持论也与《年谱》相同：[8]

> 由于《新生》底失败所引起的反抗，和"青年时候的愤慨激昂的意思"（《呐喊·自序》），这时候（一九〇八年）又在他底生命史上发生了一大事件：他加入了光复会。（《群众》八卷十八期）[9]

在附注里，胡先生更举出他和鲁迅的一次问答：

> "周先生加入过×××（原文）没有？"
> "没有，我加入的是光复会，不过这件事没有人知道……"[10]

这样，除了《年谱》之外，又多了一项直接的材料了。[11]

但另一方面，也有意见与周作人相近的人。如王冶秋先生，在

《民元前的鲁迅先生》一书内，便这样说：

> 鲁迅先生这一时期除了文艺以外，因出入民报社的关系，认识了许多同盟会的人，而与徐锡麟等同组光复会的陶焕卿（成章），也因徐刺恩铭案亡命来东京，因为同乡的关系，常到先生的寓所或民报社谈天。……可是结果先生既未加入同盟会，似也没有入光复会。（《年谱》中作曾入光复会，知堂文中说并未加入，未知孰是？）（页一〇八）

这里虽未完全肯定，但语气上，是倾向周说的。（他说"似也没有入光复会"，不说"似曾入光复会"。）所以下文接着便说："他对政治组织没有实际的参加。"（页一一二）这显然已是肯定地赞同周说了。

事实究竟是怎样的呢？我的意见以为《年谱》所说"为光复会会员"，是符合事实的。

鲁迅之赴日本，是在一九〇二年。自此以迄一九〇九，留日计凡八年。在这期间，国内革命运动，风起云涌，武装举义，连年不绝；而东京以活动较便，途程较捷等关系，当时简直成了革命的策动地。排满的各种集会，讲演，时有举行；各种书报，纷纷出版。革命空气，弥漫整个留东学界。在这种情形下，本来就是热情，睿智，旧学新知，都已具有根柢的鲁迅，又得接触各种人物，阅读各种书籍；感故国的飘摇，受异邦的刺激，在思想行为上，自然会发生很大的影响。他在出国以前，即已接受了"维新"的思想，到这时候，便自然的进了一步，接受了民族革命的思想。他遥对着"风雨如磐"的故国，立下了"血荐轩辕"的誓言和决心。他宣扬与波斯王大战的斯巴达人的战斗精神和爱国主义；讴歌"立意在反抗，指归在动作"的拜伦，普式庚，[12]裴兑飞……诸诗人的"摩罗"精神。他之决意学医，是因为"知道了日本维新[13]大半发端于西方医学的事实"，预备卒业回国，假医学"促进国人对于维新的信仰"。他之放弃医学,改习文艺,是因为后来认清了"医学并非一件紧要事,凡是愚弱的国民,……第一要着是在改变他们的精神",而文艺正是善于改变精神的利器。他介绍域外文学,特别偏重俄国和被压迫民族的作品,是想用那些叫喊和反抗的声音来激励处境相类的自己的民族。他往听章太炎讲《说文解字》,目的并非专为获取知识,却是"为了他是有学问的革命家"。除了这些荦荦大端以外,还有一些细节,如徐锡麟,秋瑾被杀的消息传到东京后,人心愤怒,同乡会开会追吊,鲁迅也主张打电报到北京痛斥满清政府的无人道。他热烈发言,还坚执地和不主张发电的人争论。(见《范爱农》)有一次,他从仙台回东京,特地中途在水户下车,去凭吊明末遗民朱舜水的遗迹。(见许寿裳:王著《〈民元前的鲁迅先生〉》序》)而且就在留日期间,他便毅然将发辫剪掉了。由这种种,可见鲁迅这时的一切言行,莫不与民族主义精神息息相通。在那时间,在那地点,他实在是有可能实际参加政治组织的。

这里,还值得特别述及的,是鲁迅当时所往还的那些人物。他在努力读书,作文,翻译以外,也和别的留学生一样,一有功夫,"就赴会馆,跑书店,往集会,听讲演"(《因太炎先生而想起的二三事》)。他这时的交游自然是极广的。但他对于那些只知道在会馆里"咚咚咚地""学跳舞"(《藤野先生》),"关起门燉牛肉吃"(《杂论管闲事·做学问·灰色等》[14])的无聊之徒,很看不惯。他所与交往的多是光复会,同盟会中人。如章太炎,是光复会的领袖,道德文章,革命勋业,彪炳一世,鲁迅曾从他问学,这里不用说了。章以外有陶成章,字焕卿,会稽人,光复会的中坚分子,与徐锡麟同为大通学堂的创办人(见国民党中宣部编:《革命先烈传记·徐锡麟传》),在江浙会党中极有力量,是清末革命史上重要人物之一。他与鲁迅往还颇密,后来鲁迅在所写的文字中,曾经一再提到他。其一,在《华盖集·补白》内:

徐锡麟刺杀恩铭之后，大捕党人，陶成章君是其中之一，罪状曰："著《中国权力史》，学日本催眠术。"（何以学催眠术就有罪，殊觉费解。）于是连他在家的父亲也大受痛苦；待到革命兴旺，这才被尊称为"老太爷"；有人给"孙少爷"去说媒。可惜陶君不久就遭人暗杀了，神主入祠的时候，捧香恭送的士绅和商人尚有五六百。直到袁世凯打倒二次革命之后，这才冷落起来。

其二，在《华盖集续编·为半农题记〈何典〉后，作》内：

想起来已经有二十多年了，以革命为事的陶焕卿，穷得不堪，在上海自称会稽先生，教人催眠术以糊口。有一天他问我，可有什么药能使人一嗅便睡去的呢？我明知道他怕施术不验，求助于药物了。其实呢，在大众中试验催眠，本来是不容易成功的。我又不知道他所求的妙药，爱莫能助。两三月后，报章上就有投书（也许是广告）出现，说会稽先生不懂催眠术，以此欺人。清政府却比这干鸟人灵敏得多，所以通缉他的时候，有一联对句道："著《中国权力史》，学日本催眠术。"

前者因有感于那些"漂亮的士绅和商人"的冒充"草字头"，因而联想到陶的真正革命；后者由刘半农的印《何典》而被"正人君子"笑骂，联想到陶的"教人催眠术以糊口"而被清政府通缉。语句之间，是那么充满同情，亲切，敬佩，可见两人在二十年前的交谊之笃。周作人在《关于鲁迅之二》里，也有几句提到陶成章，可供参看：

当时陶焕卿（成章）也亡命来东京，因为同乡的关系常来谈天，未生大抵同来，焕卿正在连络江浙会党，计划起义，

太炎先生每戏呼为"焕强盗"或"焕皇帝",来寓时大抵谈某
地不久可以"动",否则讲春秋时外交或战争情形,口讲指
划,历历如在目前。尝避日本警吏注意,携文件一部分来寓
嘱代收藏,有洋抄本一,系会党的联合会章,记有一条云:凡
犯规者,以刀劈之。又有空白票布,红布上盖印,又一枚红
缎者,云是"龙头"。焕卿尝笑语曰:"填给一张正龙头的票
布如何?"数月后,焕卿移居,乃复来取去。

由此不难想见陶成章在东京时的活动情形和他与鲁迅的关系。
又有龚宝铨,字未生,嘉兴人,亦光复会的中坚分子,与陶成章,徐锡
麟等关系极深。(见国民党中宣部编:《革命先烈传·徐锡麟传》[15])他是鲁迅
听章太炎讲学时的同学,上引周作人文说"未生大抵同来",足见他们
常相过从。那和徐锡麟相约同时举义而被杀的秋瑾女士,山阴人,光
复会会员,亦与鲁迅熟识。景宋先生在《民元前的鲁迅先生》一文内,
曾说:

> 秋瑾女士,是同时的留学生,又是同乡,所以也时常来
> 访。她的脾气是豪直的,来到也许会当面给人过不去,大家
> 对于她都有点惴惴欲遁,但是假使赶快款待餐饭,也会风
> 平浪静地化险为夷。那时女留学生实在少,所以每有聚会,
> 一定请她登台说话,一定拼命拍手。[16]

这末尾所说,大约是鲁迅当时在集会里常见的实情,他在而已集
《通信》中也曾略略提过。与秋瑾,徐锡麟同时,在安徽战死的陈伯平
烈士,会稽人,被害的马宗汉烈士,余姚人,都是光复会会员。(章太炎:
《徐锡麟陈伯平马宗汉传》)他们初抵日本留学时,鲁迅曾到横滨去迎接他
们(《范爱农》),以后想也有往还。[17]又许寿裳,字季茀,山阴人,与鲁迅

一同就学于章太炎,为鲁迅的终生好友,亦光复会会员。此外还有陶冶公,陈濬等人。陶初名铸,字望潮,后以字行曰冶公(周作人:《关于鲁迅之二》),会稽人,成章即其侄子(见陶先生《悼鲁迅》诗前王冶秋按语)。在东京与鲁迅共习俄文,后在长崎从俄人学造炸药(见周文),辛亥时曾率人攻打上海制造局(见王按语)。陈字子英,山阴人,曾与徐锡麟在东湖密谋革命,徐殉难后,逃往日本(周作人:《关于范爱农》),亦鲁迅学俄文时同学(《关于鲁迅之二》)。光复后,绍兴少年们办《越铎》报,曾借用他和鲁迅的名字作发起人。(见《范爱农》,报名《越铎》,则据《关于范爱农》)两人也都是光复会会员。(据许寿裳先生复作者函)这些人,在学识,性情,年龄上,各有殊异;和鲁迅往来的时间,有久有暂,情感也有深有浅;但他们却有一点共同的地方,就是都是光复会的会员(同盟会成立后,也有加入同盟会的)。"不观其人,先观其友",[18]从鲁迅所交往的这些师友,大约也可窥察出他当时是怎样的一个人罢。

再就归国以后的事实看,他在绍兴府中学堂任教职[19]时,学生们便知道他"和同盟会及徐锡麟有过关系……是革命党"(胡愈之:《我的中学生时代》)。大约就在这时或前后不久,他又加入了和光复会,同盟会排满运动相呼应的革命文学团体"南社"。(据景宋云:加入南社系绍兴府中学堂学生宋紫佩所介绍,但据孙伏园先生复作者函,则谓宋为浙江优级师范学堂学生。许说实讹,盖伊并孙伏园亦误认为绍中学生也。宋既为在杭任教时所识,故我以为加入南社当在此时前后。)[20]不久,武昌起义,绍兴光复,他这被青年们视为"革命党"的人,便出任绍兴师范学校校长了。在绍兴光复之初,人心浮动,他曾召集了全校学生组织一个"武装演说队",在市面上游行一通来镇静人心,对于绍兴的光复帮助很大。(参照景宋:《民元前的鲁迅先生》;孙伏园:《惜别》。按鲁迅于宣统三年暑假中由绍兴府中学堂"走出"后,即未任教。故在绍兴尚未光复之顷,鲁迅是无从召集学生游行的;至绍兴光复后,担任师范学校校长,此事始有可能。又据孙伏园《惜别》所述,孙曾亲身参加此次武装演说队的游行,而孙系师范学校学生,故这必为光复后任绍师校长时的事,时间并非绍兴尚未光复之"顷",而乃光复之"初"。许文时间,必有讹误。此处所述系就许文改动而成。)这时绍兴的都督为王金发,本"绿林大学出身"(《范爱农》),也是光复会中人,与徐锡麟,秋瑾,陶成章,竺绍康等同谋革命(印水心:《国史读本》,世界版),在秋瑾被捕的数小时前,他还从嵊县来和她商议起事计划(国民党中宣部编:《革命先烈传记·秋瑾传》)。他"和鲁迅先生也是朋友"(见前揭景宋文),鲁迅在《范爱农》和《论费厄泼赖应该缓行》二文里,曾提到过他。但较详细的是周作人的《关于范爱农》:

> 王金发本在嵊县为绿林豪客,受光复会之招加入革命,亦徐案中人物,辛亥绍兴光复后来主军政,自称都督,改名王逸,但越人则唯知有王金发而已。二次革命失败后,朱瑞为浙江将军承袁世凯旨诱金发至省城杀之,人民虽喜得除一害,然对于朱瑞之用诈杀降亦弗善也。(《宇宙风》六十七期[21])

鲁迅怎么会和这样的一个人"是朋友";而且会在他当都督时任校长呢?这不会和光复会毫无关系。尤可注意的是,"他的得任校长,是当局对前任校长不满意,要他来继任之后,可以从办交代中,找出前校长的错处,做一个堂堂的处理的"(景宋:《民元前的鲁迅先生》)。这前任校长是杜海生,当局不满意他的原因,"是一般青年革命者,认为杜先生在秋先烈瑾殉难的时候,站在可以援救的地位而不援救"(孙伏园:《惜别》)。既然其中有此情节,大概不是非光复会会员所能出任校长的吧。还有,后来绍兴少年们办《越铎》报来监督王金发,为什么又要借用鲁迅的名字作发起人呢?这恐怕不只在校长的地位,主要的还是他的革命事迹,使那些少年们发生景仰,进而以为他的名字可使王金发见而知所检束的吧。至于他后来常常用那么亲切的笔触去述说那"用麻绳做腰带的困苦的陶焕卿";他对章太炎的终生敬礼不衰;民国后和蔡元培(亦光复会中坚)的相处甚得;[22] 我想,这都和入光复会有关,决不仅是什么单纯的"同乡"或师生的关系所能解释的。

至于在否认者的一方面,论据实在极不充分。周作人只说:"这是什么缘故呢?我不知道。"毫无道理,不在话下。至于王冶秋先生,则举出鲁迅自己所说的:"革命的领袖是要有特殊本领的,我却做不到。"以及《两地书》中的几句话来作为"原因"。由引证的完全相同上看来,冶秋先生的结论,显然是接受了景宋的影响而得来的。原来景宋在《民元前的鲁迅先生》一文内,有一段道:

> (鲁迅)对于革命的运动,因着自然的耳濡目染,虽则知道得很清楚,似乎还没有肯参加过实际行动。他总说:"革命的领袖者,是要有特别的本领的,我却做不到。"有一回,看见某君泰然自若地和朋友谈天说地,而当时当地就有他的部下在实际行动着丢炸弹,做革命暗杀事情。当震耳的响声传到的时候,先生想到那实际工作者的可能惨死的境遇,想到那一幕活剧的可怖,就焦灼不堪。的确是这样脾气的,他对于相识的人,怕见他的冒险(见《两地书》)。而回顾某君,却神色不变,好似和他绝不生关系的一般,使先生惊佩不置。所以他又说:"革命者叫你去做,你只得遵命,不许问题。我却要问,要估量这事的价值,所以我不能够做革命者。"在《两地书》中,先生也曾说过:"凡做领导的人,一须勇猛,而我看事情太仔细,一仔细,即多疑虑,不易勇往直前;二须不惜用牺牲,而我最不愿使别人做牺牲(这其实还是革命以前的种种事情的刺激的结果),也就不能有大局面。"这就是说明他之所以终生是一个思想领导者而不是实际行动者了。(《抗战文艺》六卷四期)

景宋先生这段文字,初看去很容易令人误会:以为依照她的意思,鲁迅自然是不会加入光复会了。其实,仔细想想,她的意见,绝非如此,她引鲁迅的话并非用来证明鲁迅非光复会会员。——如果她引那些话是用来作为鲁迅未曾入会的"原因",那便将解释不通:不错,鲁迅在《两地书》里曾说过这些话;鲁迅是思想领导者而不是实际行动的领导者;他没有自己去或叫人去丢过炸弹,这些都是实在的。然而这何害其为光复会的会员?难道一定要是"领袖"或"领导的人"才会加入;或者,一加入之后,就一定非成为"领袖"或"领导的人"不可吗?事实上,光复会(以至一切政治集团)中并非人人都是"领袖",人人都抛掷过炸弹。所以,许先生在这段文字里,绝无证明鲁迅未曾入会的意思。"鲁迅是光复会会员,景宋知道得很清楚。所说'似乎还没有肯参加过实际行动'这一句,系指没有实地去运动那些秘密的会党以及投炸弹,举义旗等事而已。"(许寿裳先生致作者函中语)明乎此,则王冶秋先生根据景宋先生文所作的结语,自然是不可靠的;何况他除了从许文中转录鲁迅的那几句话以外,便别无其他材料和理由呢?

根据上述种种,我认为:——鲁迅的确是光复会会员。鲁迅辛亥前在东京的志行,朋辈,以及辛亥后在国内的出处等等,都证明了许谱的记载,胡文的问答,[23]都是极可信的。

但为了慎重起见,我更特地写信去请教《年谱》的编著者许寿裳先生,问他所根据的是什么?承他复信说:

> 光复会会员问题,因当时有会籍可凭,同志之间,无话不谈,确知其为会员,根据惟此而已。至于作人之否认此事,由我看来,或许是出于不知道,因为入会的人,对于家人父子本不相告知的。[24]

这样,鲁迅之为光复会会员,是毫无疑问的了。

最后,还得申明,鲁迅是光复会会员与否,对于他的伟大,绝对无所增损;[25]我们所认真探究的,只是事实而已。

一九四四年九月

校　记:

[1]鲁迅原文作"我们本来都是'草字头'",初版漏引"本来"二字,二、三版补入。

[2]二版改作"辛亥革命"。三版同改。

[3]二版同此,三版改作"一九〇四冬"。

[4]二版同此,三版改作"章太炎、蔡元培和陶成章"。

[5]二版同此,三版此句删。

[6]二版改作"一九三七年"。三版同改。

[7]二版改作"后收入《瓜豆集》"。三版同改。

[8]二版改作"也说鲁迅曾'加入了光复会'"。三版同改。

[9]二、三版此段引文删。

[10]二、三版补入引文出处"(《群众》八卷十八期,后收入《在混乱里面》)"。

[11]二、三版此引随上文后。

[12]二、三版改作"普希金"。

[13]初版漏引"是"字,二、三版补。

[14]二、三版在篇名之前均加上集名。

[15]此项书录二、三版删。

[16]二、三版补入引文出处"(《抗战文艺》六卷四期)"。

[17]"与秋瑾,徐锡麟同时,……以后想也有往还"两句,二、三版删。

[18]此句二、三版删。

[19]二、三版此句改作"任教员兼监学"。

[20]"大约就在这时……在此时前后。"几句,二版同此,三版删。此下一大段,在叙述顺序上二版作了变动。三版同改。

[21]二版补入"后收入《药味集》"。三版同改。

[22]"民国后和蔡元培……"句二版删。三版同改。

[23]"胡文的问答"句三版删。

[24] 二版补入"（一九四四年五月二十六日函）"。三版同改。

[25] 此下数语二版改作"本文的目的，只在探究事实；因为这一事实，对于研究鲁迅早期的思想和生活是很有关系的。"三版同改。

鲁迅与章太炎及其同门诸子

　　章太炎(一八六八——一九三六),鲁迅(一八八一——一九三六),这两位坚强的战士,伟大的文豪,在历史上实是数世纪也难一见的;而他们二人,竟并世而生,且又互相认识,彼此之间有着极亲密的情谊;虽活动范围及思想路线各有不同,但却各以其伟大的业绩互相辉映。他们这两颗巨星的相继出现于仅隔十余年的同时代里,实在是近代中国革命史和文化史上最堪夸耀的事情。[1]

　　章太炎于一九〇三年六月(清光绪二十九年,癸卯,闰五月)因在《苏报》发表《驳康有为论革命书》《〈革命军〉序》等文,鼓吹排满,被清政府转请上海租界当局逮捕,囚禁三年,于一九〇六年六月(光绪三十二年,丙午,五月)期满出狱,即赴日本,任《民报》编辑。同月,鲁迅正巧亦由家重赴日本,在东京研究文艺。他过去曾读过章太炎所著的《訄书》和在《苏报》发表的文字,这时,又很爱看《民报》,对章的人格和学问,极为敬仰。到了一九〇八年(光绪三十四年,戊申),《民报》被禁,章太炎集留学生十余人,开国学讲习会于神田大成中学,思假复古的事业,以寄革命的精神。[2]鲁迅便于此时和几个朋友,另请章太炎于民报社讲《说文解字》。于是,这两位[3]不世出的革命文豪,由此遂缔结了不同于平常的师生的深厚的关系了。

鲁迅从章太炎问学的动机,据他自己所追述,主要是为了向往章的革命人格。他说:

> 我的知道中国有太炎先生,并非因为他的经学和小学,是为了他驳斥康有为和作邹容的《革命军序》,竟被监禁于上海的西牢,……一九〇六年六月出狱,即日东渡,到了东京,不久就主持《民报》。我爱看这《民报》,但并非为了先生的文笔古奥,索解为难,或说佛法,谈"俱分进化",是为了他和主张保皇的梁启超斗争,和"××"的×××斗争,和"以《红楼梦》为成佛之要道"的×××斗争,[4] 真是所向披靡,令人神旺。前去听讲也在这时候,但又并非因为他是学者,却为了他是有学问的革命家。(《关于太炎先生二三事》)

鲁迅之外,同时前往听讲者,还有些什么人,鲁迅在文章里从未提及,但由他人的记载,可知还有七人。钱玄同先生云:

> 民元前四年,我与豫才都在日本东京留学。我与几个朋友请先师章太炎(炳麟)先生讲语言文字之学(音韵,《说文》),借日本的大成中学里一间教室开讲。过了些日子,同门龚未生(宝铨,先师之长婿)君与先师商谈,说是会稽周氏兄弟及其友数人要来听讲,但希望另设一班,先师允许即在其寓所开讲。(先师寓牛込区新小川町二丁目八番地民报社中,《民报》为孙中山先生所主持,即同盟会之机关报也。)豫才即与其弟启明(作人),许季茀(寿裳),钱均甫(家治)诸君同去听讲,我亦与未生,朱蓬仙(宗莱),朱逖先(希祖)诸君再去听讲。(《我对于周豫才君之追忆与略评》)

又周作人亦云：

> 戊申年（一九〇八）从太炎先生讲学，来者有季黻，钱均甫（家治），朱逖先（希祖），钱德潜（夏，今改名玄同），朱蓬仙（宗莱），龚未生（宝铨）共八人，每星期日至小石川的民报社，听讲《说文解字》。（《关于鲁迅之二》）

至于章太炎当时讲学的情形及所讲内容，鲁迅与他人均从无记载。唯一的最详细的资料，只有许寿裳先生写寄作者的一段最珍贵的回忆：

> 章先生精力过人，博极群书，思想高超，而又诲人不倦。我们八个人希望听讲，而为校课所牵，只有星期日得空，章先生慨然允许于星期日特开一班，地点在东京小石川区民报馆先生寓室，时间每星期日上午八——十二时，师生席地环一小几而围坐，师依据段玉裁氏《说文注》，引证渊博，新谊甚富，间杂诙谐，令人无倦，亘四小时而无休息。我们听讲虽不满一年，而受益则甚大。其说字之新颖，兹举一例以概其余：

> 單《说文》，大也。章先生以为非本义。《毛诗·公刘》篇"彻田为粮，其军三單"，單训为袭，是其本义。古文單作𤾉，象其系联也。"其军三單"者，言更番征调，若汉时卒更，践更，过更之制，今时常备，后备，预备之制。凡禅位，蝉联，禅蝉皆單之借字，其军三單，更番征调，以后至者充前人之缺，与禅位同义，故曰相袭。经训与字义，契合无间。太史公《秦楚之际月表》，曰"五年之间，号令三嬗"，三嬗正当

为三單,不过所期之质不同而已。

　　章先生之讲《说文》,此其一例。(许先生三十三年二月四日

函)

　　这讲学"不满一年",到第二年的夏天(一九○九年六月),鲁迅便自日本归国了。

　　在此后的二十余年间,章太炎与鲁迅南北暌隔,晤面的机会很少,但他们依旧保持着原有的关系,情谊之厚,不减当年。当一九一四年(民国三年),[5]章太炎因反对袁世凯称帝的野心,曾经被逮绝食,大家没法子敢去相劝,还是推鲁迅亲自到狱婉转陈词,才进食的。(许景宋:《民元前的鲁迅先生》)一九二五年(民国十四年),鲁迅在所作《补白》里,对民元时那些常常被章太炎贬责,因而给章起绰号曰"章疯子"的人们大加攻击,指出他们的"讼师"式的手段的卑鄙,替章的被诬作了辩明。(《华盖集》一九○页)到民国十三四年之间,[6]章太炎变成了赵恒惕,孙传芳等人的"王者之师"(芥川龙之介《中国游记》中语),提倡读经,参与投壶,每为论者所不满,周作人甚至轻浮地模仿章太炎之对俞曲园,写了一篇《谢本师》来表示和章脱离师生关系,说:"先生现在似乎已将四十余年来所主张的光复大义抛诸脑后了。我相信我的师不当这样,这样的也就不是我的师。"(《语丝》第九十四期)而鲁迅却能原情度理,当时缄默,以后却说:"这也不过白圭之玷,并非晚节不终。"(《关于太炎先生二三事》)实在章太炎只是误被孙传芳等所利用,他的本意与孙等确不相同。到了一九三三年(民国廿二年)[7],鲁迅在给曹聚仁先生的信内,提到章太炎时,又这样说:"太炎先生曾教我小学,后来因为我主张白话,不敢再去见他了,后来他主张投壶,心窃非之,但当国民党要没收他的几间破屋,我实不能向当局作媚笑。以后如相见,仍当执礼甚恭。(而太炎先生对于弟子,向来也绝无傲态,和蔼若朋友然。)"(《文艺阵地》二卷一期)词句之间,对章充满同情和崇敬,

真是"师弟之道,如此已可矣"（原函）。一九三五年,鲁迅因在《太白》上看见一篇文章说到章太炎的"保守文言"的意见:非深通小学就难做白话,于是又这样说:"如果做白话的人,要每字都到《说文解字》里去找本字,那的确比做任用借字的文言要难到不知多少倍。然而自从提倡白话以来,主张者却没有一个以为写白话的主旨,是在从'小学'里寻出本字来的,我们就用约定俗成的借字。……因为白话是写给现代的人们看,并非写给商,周,秦,汉的鬼看的,起古人于地下,看了不懂,我们也毫不畏缩。……太炎先生是革命的先觉,小学的大师,倘谈文献,讲《说文》,当然娓娓可听,但一到攻击现在的白话,便牛头不对马嘴。"而临末却特别这样申明:"我很自歉这回时时涉及了太炎先生。但'智者千虑,必有一失',这大约也无伤于先生的'日月之明'的。"（见《名人和名言》,载《且介亭杂文二集》）这结末数语,诚挚厚道,感人至深。而在章太炎的一面,对鲁迅也极为关怀,他"最后一次到北平去,门徒们公宴席上,问起鲁迅先生,说'豫才现在如何?'答说现在上海,颇被一般人疑为左倾分子。太炎先生点头道:'他一向研究俄国文学,这误会一定从俄国文学而起。'"（孙伏园:《惜别》）他们师弟之间的情谊,真可谓数十年如一日,至死不衰,实在是极为难得的。

一九三六年（民廿五年）六月十四日,[8]章太炎在苏州逝世了。鲁迅在病中写了一篇《关于太炎先生二三事》,[9]（这文章写后十日,鲁迅亦即逝世了。）提出了他对章太炎的整个看法。正确,深刻,公允,非鲁迅莫能措手。其中最重要的意见是:

> 我以为先生的业绩,留在革命史上的,实在比在学术史上还要大。……考其生平,以大勋章作扇坠,临总统府之门,大诟袁世凯的包藏祸心者,并世无第二人;七被追捕,三入牢狱,而革命之志,终不屈挠者,并世亦无第二人:这才是先哲的精神,后生的楷范。（《且介亭杂文末编》）

　　这篇文章,抉发了章太炎的真精神,估定了章太炎的真价值,打击了"不自量"的"蚍蜉"们对章太炎的奚落,一字一句,不可改易。如果要在章太炎死时及以后一切纪念研究之文里找出一篇盖棺定论来,那自然非鲁迅这篇莫属了。

　　自一九〇八年鲁迅认识章太炎之日起,两人的关系,持续了将近三十年。显然,鲁迅所受于章太炎的影响是很大的。第一,是继承了章太炎的"七被追捕,三入牢狱,而革命之志,终不屈挠"的优秀传统,并进一步的加以发扬,为被压迫被损害的人群,为中国的自由和进步,奋斗了一生。第二,是继承了章太炎的文章风格。章太炎文尚魏晋,澹雅有度。而鲁迅早期所作古文,亦极得力于魏晋文。从前刘半农曾赠给他一副联语,是"托尼学说,魏晋文章",一般友朋都认为很恰当,他自己也不加反对。(孙伏园:《鲁迅先生逝世五周年杂感二则》)据鲁迅在《坟》的《题记》和《集外集·序言》里自承:他早年作文"喜欢做怪句子和写古字",完全是"受了章太炎先生的影响"。后来虽然改做白话了,但偶作文言,亦仍保有魏晋风格。第三,在待人接物上,鲁迅也承受了章太炎的风度。章太炎态度冲睦,从无什么大学者的架子,与人论学论事,如谈家常。鲁迅在这方面正也一样。无论对朋友,学生,青年,他的态度,都极谦和宽厚,仁蔼可亲。以上三点,自然不能说鲁迅是完全受了章太炎的影响,还有其他种种条件存在;但章的影响,确是无可否认的。

　　以上,已详述了鲁迅从章太炎问学的情形,两人以后的关系,章死后鲁迅对他的批评,以及鲁迅所受于章的影响等等。现在再附带一说其他七人的略历和他们后来与鲁迅的关系。

　　许寿裳,字季茀,山阴人。归国后历任浙江两级师范学堂教务长,教育部参事,江西教育厅长,北京女子高等师范学校校长,大学院参事、秘书长,中央研究院文书处主任,及南北各大学教授,现任考试院考选委员会专门委员。[10]他与鲁迅交谊极厚,不特性情思想相近,即行动亦多契合:同年(一九〇二)赴日(鲁迅早到若干日),同在弘文学院预备日语(见许著:《怀亡友鲁迅》),同筹《新生》杂志(一九〇七。见周作人《关于鲁迅之二》),同请孔特夫人教俄文(一九〇七),请章太炎讲《说文》(一九〇八)。又同于一年(一九〇九)归国(许在春季,鲁迅在夏季。据许先生致作者函),同在杭州两级师范任教。以后,同由海道赴北京(一九一二),同住绍兴会馆。(许著:《怀旧》)在教育部,在北大,女高师,女师大[11]等校,又为同事。据许追述:

> 自民元前十年秋至民国十六年夏,整整二十五年中,除了他(指鲁迅)在仙台,绍兴,厦门合计三年余,我(许自称)在南昌(民国六年冬——九年底)三年外,晨夕相见者近二十年,相知之深,有如兄弟。十六年广州别后,他蛰居上海,我奔走南北,晤见虽稀,音问不绝。(《怀亡友鲁迅》)

由此可见二人相处之久,情谊之厚。[12]著作散见各报章杂志,关于鲁迅者,有《鲁迅年谱》,《鲁迅的生活》,《怀亡友鲁迅》,《我所认识的鲁迅》,《怀旧》,《关于弟兄》,《王著〈民元前的鲁迅先生〉序》,《柳编〈鲁迅诗集〉序》,《回忆鲁迅》,《亡友鲁迅印象记》等文。[13]

钱夏,字中季,号德潜,后改名玄同,吴兴人。他因熟读古书,发现古史多不可靠,故又取号曰"疑古",常效古法,缀"号"于"名"上,曰"疑古玄同"。(荆有麟作《金心异考》,说他废姓,改名为疑古,实误。)[14]归国后,曾任浙江教育司科长,北京大学,师范大学教授。[15]他是文字学,经学专家,生平提倡新文化运动,推行注音符号,主张废除汉字,采用罗马字母,著述宏富,对学术界的影响与贡献颇大。死后国民政府曾明令褒扬。[16]他与鲁迅在民六——民十五年间,[17]过从甚密。鲁迅之开始在《新青年》上写文章,便是由于他的怂恿。他在《我对于周豫才君之追忆与略评》一文里,曾经述及此事:

　　我认为周氏兄弟的思想,是国内数一数二的,所以竭力怂恿他们给《新青年》写文章。……但豫才则尚无文章送来,我常常到绍兴会馆去催促,于是他的《狂人日记》小说居然做成而登在第四卷第五号里了。自此以后,豫才便常有文章送来,有论文,随感录,诗,译稿等,直到《新青年》第九卷止。

鲁迅在《自叙传略》里也说:

　　初做小说是一九一八年,因了我的朋友钱玄同的劝告,做来登在《新青年》上的。

在《呐喊·自序》里,鲁迅更具体地将钱玄同怂恿的话记了出来:

　　那时偶或来谈的是一个老朋友金心异,将手提的大皮夹放在破桌上,脱下长衫,对面坐下……

　　"你抄了这些有什么用?"有一夜,他翻着我那古碑的钞本,发了研究的质问了。

　　"没有什么用。"

　　"那么,你抄他是什么意思呢?"

　　"没有什么意思。"

　　"我想,你可以做点文章。……"

这所谓"金心异",就是指钱玄同。因为林琴南在小说《荆生》里,用"金心异"三字来影射钱玄同,鲁迅这里,顺便借用了。在这两节文章里,提到钱玄同,鲁迅都是用了很亲切的笔触的。他也很称道钱玄同的文字,曾说:

其实畅达也自有畅达的好处，……例如玄同之文，即颇汪洋，而少含蓄，使读者览之了然，无所疑惑，故于表白意见，反为相宜，效力亦复很大。（一九二五年致景宋函。见《全集》本《两地书》六五页）

但到了后来，因为鲁迅南下，长年隔绝；又因钱玄同的有些言论，如"人过四十，便该枪毙"等说，为鲁迅所不满，于是两人遂渐渐疏远了。[18]鲁迅所作旧诗《教授杂咏》三首中，有一首就是讥嘲钱玄同的：

作法不自毙，悠然过四十；
何妨赌肥头，抵当辩证法。

一九二九年，鲁迅赴平，[19]在一次给景宋的信里，有几句道：

往孔德学校，去看旧书，遇金立因，胖滑有加，唠叨如故，时光可惜，默不与谈。（《两地书》三四八页）

后来钱在《追忆与略评》一文里，说这"金立因"便指的是他，曾加辩解说：

我想，"胖滑有加"似乎不能算做罪名，他所讨厌的大概是唠叨如故吧。不错，我是爱"唠叨"的，从二年秋天我来到北平，至十五年秋天他离开北平，这十三年之中，我与他见面总在一百次以上，我的确很爱"唠叨"，但那时他似乎并不讨厌，因为我固"唠叨"，而他亦"唠叨"也。不知何以到了十八年，我"唠叨如故"，他就要讨厌而"默不与谈"。但这实在算不了什么事，他既要讨厌，就让他讨厌罢。不过这以后他又到北平来过一次，我自然只好回避他了。

两人的关系，到了这时，可说是疏极了。[20]

朱希祖，字逷先，海盐人。[21]归国后历任海盐县知县，浙江两级师范学堂教员，北京大学，女子师范大学教授，中央大学史学系主任，考试院考选委员会委员。[22]著有《上古文学史》，《中国史学通论》等书。已故。他在两级师范，北大，女师大等校，又均与鲁迅同事。一九二五年，因景宋在信里偶然提到他在讲文学史时，"说到人们用假名是不负责任的推诿的表示"（《两地书》八二页），曾引起鲁迅对他的一段评论：

　　夫朱老夫子者，是我的老同学，我对于他的在窗下孜孜研究，久而不懈，是十分佩服的，然此亦惟于古学一端而已，若夫评论世事，乃颇觉其迂远之至者也。他对于假名之非难，实不过其最偏的一部分。如以此诬陷毁谤个人之类，才可谓之"不负责任的推诿的表示"，倘在人权尚无确实保障的时候，两面的众寡强弱，又极悬殊，则须又作别论才是。例如子房为韩报仇，从君子看来，盖是应该写信给秦始皇，要求两人赤膊决斗，才算合理的。然而搏浪一击，大索十日而终不可得，后世亦不以为"不负责任"者，知公私不同，而强弱之势亦异，一匹夫不得不然之故也。……朱老夫子生活于平安中，所做的是《萧梁旧史考》，负责与否，没有大关系，也并没有什么意外的危险，所以他的侃侃而谈之谈，仅可供他日共和实现之后的参考，若今日者，则我以为只要目的是正的……即可用无论什么手段，而况区区假名真名之小事也哉。此我所以指窗下为活人之坟墓，而劝人们不必多读中国之书者也！（《两地书》八五页）

由这段话，可推知两人间的关系。

龚宝铨，字未生，嘉兴人。章太炎的长婿。清末从事革命，曾拟组织暗杀团,狙击清廷大臣,为光复会的创立人之一。(见国民党中宣部编:《革命先烈传记·徐锡麟传》)在日本时,常和陶焕卿到鲁迅寓所谈天。(见周作人:《关于鲁迅之二》)民初曾任浙江图书馆馆长。已故。其夫人名焱(音丽),民国四年,章被袁世凯囚于北京,龚偕焱至京省视,焱睹父状,悲愤自缢死。(见《太炎先生自订年谱》)

钱家治,字均甫,杭州人。[23]归国后历任浙江两级师范学堂教员,浙江教育司秘书。在两级师范时,[24]又与鲁迅同事。(同事一项,见王著:《民元前的鲁迅先生》一一九页。)

朱宗莱,字蓬仙,海宁人。归国后曾任北京大学讲师。一足微跛,[25]已故。

周作人,不具述。

一九四四年八月十二日完稿于重庆

校 记:

[1]本文此段二版改作:"鲁迅先生在东京留学时代曾游于余杭章太炎之门。当时这位从事排满运动最激烈的革命家和卓越学者给了鲁迅很深刻的印象。此后三十年中,虽说他们的活动范围及思想路线各有不同,晤面的机会也不多,但鲁迅对章太炎始终保持着深厚的情感。他平时在口头和文字上曾经多次说到章太炎,在逝世前数日还将其最后心力倾注在回忆和评价章太炎的文章上,力疾写了《关于太炎先生二三事》和《因太炎先生而想起的二三事》两文,后一篇竟成为他最后的绝笔。他们两人之间的关系,实在是我们研究鲁迅生平事迹时所不可忽略的。"三版同改。

[2]"思假复古的事业,以寄革命的精神"句,二、三版删。

[3]"这两位",二、三版改作"鲁迅和章太炎"。

[4]二版此处加注云:"按上句中的'×××'为'吴稚晖','××'疑为'献策'二字;指吴稚晖在《苏报》案中向清吏俞明震'献策',出卖邹容、章太炎事。鲁迅另一篇《因太炎先生而想起的二三事》中所说章太炎和吴稚晖的'笔战',即为此事,也就是这里所说的'斗争'。('献策'二字,迭见于《民报》第十九、二十二号章太炎两次复吴稚晖书,请参看原书及《太炎文录》卷二《邹容传》。)下句中的'×××'为'蓝公武'。《民报》第十号章太炎《与人书》有云:'某某足下:顷者友人以大著见示,中有《俱分进化论批评》一篇,足下尚崇拜苏轼《赤壁赋》,以《红楼梦》为成佛之要道;所见如此,仆

岂必与足下辩乎?'蓝公武在一九二四年五月二十五日《晨报副刊》发表的《"汗牛之充栋"不是一件可笑的事》中说:'当日和太炎辩难的是我,所辩论的题目,是哲学上一个善恶的问题。'由此知章函中的'某某'即蓝公武。(章太炎《与人书》后有一小段附白,指出当时蓝公武与张东荪主办的《教育杂志》上某文中所用"汗牛之充栋"一语的不通;一九二四年三四月间,《晨报副刊》上常有人说到这件故实,所以蓝公武写了这篇文字。)"三版同改。

[5] 此句二版改作"当一九一三至一六年"。三版同改。

[6] 此句二版改作"到一九二五——二六年间"。三版同改。

[7] "(民国廿二年)",二版删,三版同改。

[8] 此句前,二版增补数语:"但鲁迅对于章太炎也并不是没有批判,没有保留的。上引《名人和名言》,已经对章太炎'保守文言'的意见提出过反驳;尤其是对于章太炎晚年的隔绝现实的学者生活,常常表示惋惜和不满,如在《趋时和复古》一文里,便这样说:'清末,治朴学的不止太炎先生一个人,而他的声名,远在孙诒让之上者,其实是为了他提倡种族革命,趋时,而且还'造反'。后来'时'也'趋'了过来,他们就成为活的纯正的先贤。但是,晦气也夹屁股跟到……孙传芳大帅也来请太炎先生投壶了。"(见《花边文学》)三版同改。

[9] 以下数句二版改作:"其中又这样说:'太炎先生虽先前也以革命家现身,后来却退居于宁静的学者,用自己所手造的和别人所帮造的墙,和时代隔绝了。……既离民众,渐入颓唐……先生遂身衣学术的华衮,粹然成为儒宗。'但除了这些意见之外,鲁迅在后举的这篇《二三事》中,更十分正确公允地提出了他对章太炎的整个看法。"三版同改。

[10] 二版补入"台湾省立编译馆馆长,及台湾大学国文系主任"。三版同改。

[11] 二版补入"及中山大学"。三版同改。

[12] 此句下三版补入"他为人正直,富正义感,又写了许多关于鲁迅的文章,尽力向广大社会宣扬鲁迅精神,因此为国民党反动派所忌,于一九四八年二月十八日深夜被刺杀于台北。"

[13] 许寿裳散见于报刊的文章篇目,二版改作"有《鲁迅年谱》及《鲁迅的思想与生活》、《亡友鲁迅印象记》、《我所认识的鲁迅》等书"。三版同改。

[14] 以上数句二版改作"钱夏,字中季,号德潜,后改名玄同,又取号曰'疑古',常效古法,缀'号'于'名'上,曰'疑古玄同'。吴兴人。日本早稻田大学毕业"。三版同改。

［15］二版补入"《新青年》杂志编辑。已故"。三版同改。

［16］以上数句二版改作"'五四'时参加新文化运动,主张废除汉字,采用罗马字母,在教育学术界颇具时誉。"三版同改。

［17］"他与鲁迅在民六——民十五年间",二版改作"他与鲁迅在'五四'前后数年间"。三版同改。

［18］以上数句二版改作"但由于时代的进展,到了后来,两人思想见解日趋歧异,钱玄同有些言论,很为鲁迅所不满,于是两人遂渐渐疏远了。钱玄同曾发过'人过四十,便该枪毙'这样的怪论"。三版同改。

［19］此句二版改作"鲁迅由上海赴北京",三版"北京"改作"北平"。

［20］此句二版改作"当鲁迅一九三二年再到北平时,钱玄同不仅'回避'他,而且还反对师范大学学生请他演讲。那时钱玄同正担任师大国文系主任,当他知道师大学生决定请鲁迅到校演讲时,竟公开宣称:'要是鲁迅到师大来讲演,我这个主任就不再当了!'(见含沙[即王志之]:《鲁迅印象记》二四页)到了这时,两人的关系,可说是由疏远而近于绝交了。"

［21］此处二版补入"日本早稻田大学毕业"。三版同改。

［22］"考试院考选委员会委员"二版删。三版同改。

［23］此处二版补入"日本东京高等师范学校毕业"。三版同改。

［24］此处二版补入"教育部时"。三版同改。

［25］"一足微跛"二版删,补入"著有《文字学形义篇》"。三版同改。

鲁迅归国的年代问题

鲁迅先生自日本归国，是当他二十九岁时的事。这是他自己曾经明白说过的。

但在《自叙传略》里，他只说明了岁数，而没有指明年月。在说到他任教于杭州绍兴的师范和中学时，又只是含糊其词，没有说明年月和在校时间的久暂。因此，虽说只是过去并不怎样久远的事，但在一些人的研究上，却也会得出不同的结论来。譬如李长之，便以为鲁迅二十九岁回国时，是一九一〇年，他在《鲁迅批判》一书里，这样地说：

> 他说是二十九岁回国的，那么，是在一九一〇年，……
>
> 回国以后，办学校，先是在浙江杭州的两级师范学堂做化学和生理学教员。……
>
> 次年，他改就绍兴中学堂的教务长，一年又离开，没地方可去，便想在一家书店做编译员，但也被拒绝了。这时革命就起了，绍兴光复后，他做了师范学校的校长，南京革命政府成立，他被教育部长招呼了去，作了部员，这时他三十一岁了。（《鲁迅批判》二〇页）

章汉夫也持着这样的意见,在《鲁迅与民族解放运动》一文里,他这样说:

> 终于在二十九岁时（一九一〇年），因为家庭经济需要帮助而回到中国来。（见夏征农编:《鲁迅研究》九七页）

甚至连鲁迅的弟弟(!)周作人在他的《关于鲁迅》一文里,也说:

> 鲁迅于庚戌(一九一〇年)归国,在杭州两级师范,绍兴第五中学及师范等校教课或办事,民元以后任教育部佥事,至十四年去职。(见《宇宙风》二十九期)

其余如宋文翰编的《新编高中国文》第六册(中华版)里,选有鲁迅的一篇《幸福的家庭》,在作者事略项下,该书鲁迅自日本回国的年代,也说是一九一〇年。[1]

但在另一方面,许寿裳的《鲁迅年谱》,却又明明说:

> 民国前三年(宣统元年,己酉,一九〇九年)二十九岁
> 　　六月归国,任浙江两级师范学堂生理学,化学教员。
> 前二年(二年,庚戌,一九一〇年)三十岁
> 　　八月,任绍兴中学堂教员兼监学。
> 前一年(三年,辛亥,一九一一年)三十一岁
> 　　九月绍兴光复,任绍兴师范学校校长。

此外,在《鲁迅的生活》一文里,许寿裳也说鲁迅的归国,是在"民元前三年夏",即一九〇九年。(在他的另一篇《怀亡友鲁迅》里,却说

是民元前三年春。但《生活》篇作"夏"，《年谱》作"六月"，均为夏季。许先生复笔者函亦云："一九○九年春，弟先返国，是年夏，鲁迅亦返国。"由此可见春季之说，系一时误记，自当以夏季为确。）

上述前后两说，上下相差一年，究竟谁是正确的呢？

我们先看鲁迅的自述："我一回国，就在浙江杭州的两级师范学堂做化学和生理学教员，第二年就走出，到绍兴中学堂去做教务长，第三年又走出，没有地方可去，想到一个书店去做编译员，到底被拒绝了。但革命也就发生，绍兴光复后，我做了师范学校的校长。革命政府在南京成立，教育部长招我去做部员……"（《自叙传略》）倘照李长之等人的说法，回国是宣统二年（一九一○），则"第二年就走出"，自然是指宣统三年（一九一一），"第三年又走出"，不用说是指民国元年（一九一二）了。但革命的发生和绍兴的光复，是在民国元年吗？李君在肯定了归国是在一九一○年之后，下文接着说，鲁迅先在杭州，"次年"，到绍兴中学，"一年又离开"，革命后任绍师校长。照他的话算起来，"一年又离开"之后，已进入民国元年了，谁也不会承认绍兴的革命和鲁迅的出任校长，是在民元的冬季吧。（《年谱》说光复系在阴历九月，《范爱农》一文里有"在冬初"，"天气还不怎么冷"等句，也说明是在冬季。）我们还无须从鲁迅的著作去推证，他自己已明明白白的说了："说起民元的事来，那时确是光明得多，当时我也在南京教育部。"（《两地书》一九页）他在民国元年一月已经到了南京了。再就真实的历史来看，参议院议决临时政府迁移北京，是在民国元年四月五日，故《年谱》所载"民国元年……五月航海抵北京"，是正确的。事实上，早在民元的夏季，鲁迅已由南京而去北京了，怎么会在绍兴当师范学校的校长呢！

我们根据鲁迅自己的文章和别的资料来细细地考察，确知鲁迅归国之期为一九○九年，他夏季回国，秋季便到浙江杭州两级师范学堂任化学和生理学教员。一九一○年上季，仍任原职。下季离杭回绍兴,就绍兴府中学堂教务长,兼任博物学的一部分功课。一九一一年上季仍留绍中。暑假离职,在绍与孙德钦办报,由他主编。(见周建人在上海文化界纪念鲁迅六十诞辰大会上的演词,载二十九年八月十五日《星岛日报》。孙德钦疑即《范爱农》一文中的"德清先生"?)[2]革命以后,任山会初级师范学校校长。[3]他这两年半中的事实,可参照《年谱》,列一简表如下:

宣统元年(一九〇九年)二十九岁

六月归国,任浙江两级师范学堂生理学,化学教员。

是年辑印《域外小说集》二册。

宣统二年(一九一〇年)三十岁

◎上季仍任两级师范学堂教员。

下季(八月起)改任绍兴中学堂教员兼监学。

祖母蒋太君于是年四月初五日卒,年六十九。

宣统三年(一九一一年)三十一岁

◎上季仍任绍中教员兼监学。

◎暑假后离职,与孙德钦办报。

九月绍兴光复,任山会初级师范学校校长[4]。

是年冬作《怀旧》,为其创作小说之第一篇。[5]

(有◎者系作者所加,余则据《年谱》略加变动。)

看了上表,可知鲁迅归国的年代,确为一九〇九年。若误为一九一〇年,则表内所列一切事实,都将一无是处了。

至于年岁,也无错误。鲁迅在一九〇九年,正是二十九岁。江浙习俗,人在诞生的那一年,即算一岁,自一八八一年到一九〇九年,正为二十九岁。故鲁迅的归国年代,自当以一九〇九年为正确。

这问题看去似小,但牵一发而动全局,一年之差,可使鲁迅生涯中的全盘事迹都发生错乱,故不可不详为订正。[6]否则连高中国文教本也没有把它弄明白,许多青年读后,谬误真不知要沿袭到何时呢!

校　记：

[1] 此段二版删除。三版同改。

[2] "在绍兴与孙德钦办报……'德清先生'?",二版最后一句删,三版全删。

[3] "校长",二版改作"监督",三版同改并加注云:"在鲁迅自传和他人有关的文章中,校名都作绍兴师范学校,这是依照后来一般的名称;当时正式的校名是浙江省山会初级师范学堂(现有绍兴鲁迅纪念馆所藏鲁迅任监督时发给学生莫广川的文凭可证)。又上举周作人《关于鲁迅》文中所说的绍兴第五中学,即绍兴府中学堂;五中是民元以后的名称。"

[4] 二版改作"任山会初级师范学堂监督"。三版同改。

[5] 此句二版改作"是年冬作文言小说《怀旧》一篇"。三版同改。

[6] 此下一句二版删。三版同改。

鲁迅赴陕始末

一

　　为了体味一下古长安的风光,以便着手写作计划已久的历史剧[1]《杨贵妃》①,鲁迅先生在一九二四年七月曾应国立西北大学及陕西教育厅之请,前往西安演讲。[2]这在他的一生中,也应该是值得记载的一件事。但他自己并没有在什么文章里记述过这一次的旅行,只在《说胡须》里有这样几句:"今年夏天游了一回长安,一个多月之后,胡里胡涂的回来了。知道的朋友便问我:'你以为那边怎样?'我这才栗然地回想长安,记得看见很多的白杨,很大的石榴树,道中喝了不少的黄河水。然而这些又有什么可谈呢? 我于是说:'没有什么怎样。'"这样,关于他赴陕的日期、经过,以及演讲内容等等,旁人自然不容易知道。在许著《年谱》里面只有:"七月往西安演讲,八月返京"这几个简单的字;在其他的著作中,大抵也都没有提及。我们要想明白底细,实在困难到几乎无法可想的地步。

　　不久以前,我读到孙伏园先生的《杨贵妃》,才知道了一点鲁迅在西安的情形;由《杨贵妃》又使我忽然联想到孙先生过去所写的《长安道上》。我想,在《长安道上》一文里,大概总保留着一点鲁迅赴陕的资料吧？把《伏园游记》找来重读，就零星散见于《长安道上》里的一些资料拼织起来，果然明白了一部分情形。虽说孙先生的文章，只是以他自己为中心，抒写着沿途的经历和观感，并没有明白说及鲁迅，但他们既是同行，自然我可以从孙先生而推测出鲁迅动身的日期，路线，以及在西安的情形等等。再加上张辛南（即《杨贵妃》中之"张密夫"）的《追忆鲁迅先生在西安》一文（见《中央日报·艺林》，三十一年六月二十二日）和其他的资料，对于鲁迅的西安之行，大体可说是弄明白了。

二

鲁迅自北京启程，是在一九二四年（民国十三年）七月七日（《游记》页八〇）。同行者为王桐龄，李济之，夏元瑮，孙伏园，胡小石，蒋廷黻等人[3]。（张著：《追忆鲁迅先生在西安》）他们从北京乘火车到河南陕州，由陕州改乘黄河民船至潼关，计水程一百八十里，一共走了足足四日。（《游记》页八二）第一日刚下船，晚上便是大风大雨，彻夜不息，船倒行十馀里，十分危险。据船主在第二天说："如果倒行到鬼门，那就没救了！"原来陕州近处黄河中，有砥柱山，兀峙中流，分河为人神鬼三门，惟人门可通舟楫，异常危险。幸而以后的天气便很清朗，鲁迅常在舱中盘腿而坐，对旁人讲述故事。如讲他初到北京时去会江叔海，寒暄数语后，江便谈起天气，接着就哈哈大笑几声等类刻划人情世态的故事。（见前揭张文）潼关以西，又走旱道。（《游记》页九一）一直到十四日，才抵西安。（《游记》页七九）

到西安后，便开始演讲。关于他演讲的内容，张文曾有较详的叙述：[4]

在西安讲学的时候，鲁迅先生所讲的总是小说史。对于学生及教职员讲小说史,对于督省两署和各厅处的职员也讲小说史。刘雪雅先生(陕督——林)想请鲁迅先生对西安的下级军官士兵讲演一次,教我向鲁迅先生商议一个士兵能了解并感觉兴味的题目,鲁迅先生回答道:"我向士兵讲说是可以的,但是我要讲的题目仍然是小说史,因为我只会讲小说史。"

伏园先生对此曾有解释:"据我所想,小说史之讲法,本来可浅可深,可严正,亦可通俗。"(三十一年十月一日孙先生致作者函)这话最为近理。在讲演之暇,鲁迅便常和孙伏园们到各处游动,他们"看大小雁塔,看曲江,看灞桥,看碑林,看各家古董铺"(《杨贵妃》)。在昭陵上,他看见"刻着带箭的骏马,还有一匹驼鸟",使他想起唐人魄力的闳放雄大,有不至于为异族奴隶的自信心,对于外来事物,自由驱使,绝不介怀。(《坟·看镜有感》)在游孔庙的时候,他看见其中一间房子,"挂着许多印画,有李二曲像,有历代帝王像,其中有一张是宋太祖或是什么宗……穿一件长袍,而胡子向上翘起的。"这又使他想起一般昏昧顽固的人,连本国史也毫无所知而偏要保存国粹的可笑。(《坟·说胡须》)大多数的古迹,大抵都已零落破败,或为后人重修,并不能引起他的好感,所以当孙伏园叩问他的意见时,他答复说:"我不但甚么印象也没有得到,反而把我原有的一点印象也打破了!"(《杨贵妃》)他以为,"看这种古迹,好像看梅兰芳扮林黛玉,姜妙香扮贾宝玉,所以本来还打算到马嵬坡去,为避免看后的失望起见,终于没有去"(《游记》页九二)。就因为这样,鲁迅始终没有把他的历史剧《杨贵妃》写成,真是最可惜的事![5]他感觉最有兴趣的地方,还是古董铺。在《长安道上》里记着:

　　一天同鲁迅先生去逛古董铺,见有一个石雕的动物,辨不出是什么东西,问店主,则曰"夫"。这时候我心中乱想:

犬旁一个夫字罢,犬旁一个甫字罢,豸旁一个富字罢,豸旁
一个付字罢,但都不像。三五秒之间,思想一转变,说他所
谓ㄈㄨ者也许是ㄙㄨ罢,于是我的思想又要往豸旁一个苏字
等处乱钻了,不提防鲁迅先生忽然说出,"呀,我知道了,是
鼠。"(《游记》页一〇三)

在张著《追忆》里也记着:

> 鲁迅先生有工夫时,常到街上去溜跶。有一回他约了
> 我们上街去买"鲁吉",我以为他所要买的是"卤鸡"。……
> 但到了南院门一家古董铺,先生就问人家要"鲁吉",人家答
> 应说"没有",又跑到北院门,看了几家古董铺,也没找到。

据伏园先生致张先生函说:"当年与鲁迅先生到西安街上所买音同
'卤鸡'之物,乃是'弩机'。此为一种黄铜器,看去机械性十足,鲁迅
先生爱其有近代军器之风,故颇收藏了好几具(自北平古董铺购得),
形似今日之手枪,铜绿斑斑,极饶古味。惟用法则始终未明。据鲁迅
先生所云:当时必有若干皮带与铜连系,今已腐朽,无可辨认,即'弩
机'之名,亦为鉴赏家所定云。"(见张文)由此可知"鲁吉"为何物了。[6]

他在西安的这些日子里,总穿一条黑布裤,一件白小褂,上街的
时候,再穿件白小纺大褂。头发不常剪,面带黄黑色。(见张文)没有满
约定的日期,(定期一月,据上引孙函。)他便提前离开西安了。

在临行时,[7]他和孙伏园商量,只要够旅费,应该把陕西人的钱
在陕西用掉。后来打听得易俗社的戏曲学校和戏园经费困难,他们
便捐了一点钱给易俗社。西北大学的工友招呼得很周到,他也主张
多给钱。(见孙著:《哭鲁迅先生》)这离开西安的日期,大约在七月尾。②[8]

他回京时,自西安至潼关一段,改走渭河水道。由距西安三十里

的草滩起,东行二百五十里,费时四天半,抵潼关。(《游记》页八四)再取
道黄河达陕州,然后登陇海车东行,经洛阳以返北京。[9]和他提前同
行的,是孙伏园、夏浮筠③二人。(《游记》页八七)

三[10]

此外,在《长安道上》里,还有一些有关鲁迅的片断的资料,可以
和《杨贵妃》参看,现在也转录在这里。如关于白色的木槿花:

> 凡北方所不能种植的树木花草,如丈把高的石榴树,一
> 丈高的木槿花,白色的花与累赘的实,在西安到处皆是,而
> 在北地是未曾得见的。(《游记》页八一)

这白色的木槿花,在《杨贵妃》里说,西安"几乎家家园子里都有",孙
伏园曾向鲁迅说:"将来《杨贵妃》的背景中,应该有一片白色的木槿
花。"如关于归程中的轶事:

> 当我们回来时,舟行渭水与黄河,同行者三人,据船夫
> 推测我们的年龄是:我最小,"大约一二十岁,虽有胡子,不
> 足为凭。"夏浮筠先生"虽无胡子",但比我大,总在二十以
> 外。鲁迅先生则在三十左右了。次序是未猜错的,但几乎
> 每人平均减去了十岁。(《游记》页八七)

还有:

> 我们回京虽不走山西,但舟经山西特别登岸参观。上
> 去的是永乐县附近一个村子,住户只有几家,遍地都是花红

树，主人大请我们吃花红，在树上随摘随吃，立着随吃随谈……临了我们以四十个铜子，买得花红一大筐，在船上又大吃。夏浮筠先生说，便宜而至于白吃，新鲜而至于现摘，是生平第一次，我与鲁迅先生也都说是生平第一次。(《游记》页一〇七)

以上所述，是根据好几篇文章推考钩稽而得的鲁迅赴陕的轮廓。对于鲁迅启程的日期，路线，讲演内容，在陕生活，同行旅伴，以及归程的情形等等，均已有所记述。在许多关于鲁迅的著作里，对于他这次的西安之行，大抵都只是空白；这篇小文，在目前，大体是可供读者们参考了。[11]

注 释：

① 孙伏园先生说是历史剧，但冯雪峰先生则说是历史小说(见《鲁迅先生计划而未完成的工作》，载《鲁迅论及其它》)，兹从孙说。

② 关于鲁迅回京的日期，《年谱》说是"八月"，但《长安道上》的写作年月为"一九二四年七月"，其中已说及鲁迅等在归途中的情形，足证《年谱》八月之说为误，故我说是"七月尾"。

③ 夏浮筠即夏元瑮，为名历史家夏穗卿(曾佑)先生之子，物理学家，已故。[11]

一九四二年十月十八日写于巴县长生桥
一九四五年八月廿八日改于北碚金刚碑

校 记：

[1] "历史剧"，二版改作"历史小说"。三版同改。

[2] 此句二版改作"前往西安暑期学校演讲"。三版同改。

[3] 赴西安讲学人名单，二版改作"王桐龄，李济之，孙伏园，陈定谟等人"。三版同改。

[4] 此段二版改作"到西安后，鲁迅住在西北大学的教员宿舍内。二十一日上午，开始演讲(见《鲁迅日记》)，讲题为《中国小说的历史的变迁》，共分六讲：一、从

神话到神仙传;二、六朝时之志怪与志人;三、唐之传奇文;四、宋人之'说话'及其影响;五、明小说之两大主潮;六、清小说之四派及其末流。二十九日全讲俱讫,共十二小时(见《日记》)。三十日下午,他又往讲武堂讲约半小时(同上),这是对讲武堂学生及一部分下级军官士兵讲的。关于这一次演讲,张辛南文曾有叙述"。三版同改。

[5] 此处二版补入"他一向注意文物"。三版同改。

[6] 此句下二版补入"在西安的时期,鲁迅曾购到弩机、土偶及其他古物数种(见《日记》)"。三版同改。

[7] 此句前,二版补入"他们这次应邀赴陕,定期原为一月(据上引孙函),但鲁迅演讲既毕,便提前离开西安"。三版同改。

[8] 此句二版改作"这离开西安的日期,是八月四日(见《日记》)"。三版同改。

[9] 此句二版改作"经洛阳、郑州等地,于八月十二日返抵北京(见《日记》)"。三版同改。

[10] 本文第三节,二版删,重新撰写,为《杨贵妃》的"内容述要",全文如下:

最后,因为鲁迅的这部历史小说,并未写成,现特将他人文字中有关这部小说的内容述要,节录于下,以结本文。

就我所见,在鲁迅生前,郁达夫便曾经在《历史小说论》内说到这部小说:"朋友的 L 先生(按即指鲁迅),从前老和我谈及,说他想把唐玄宗和杨贵妃的事情来做一篇小说。他的意思是:以玄宗之明,哪里看不破安禄山和她的关系? 所以七月七日长生殿上,玄宗只以来生为约,实是心里已经有点厌了,仿佛是在说:'我和你今生的爱情是已经完了!'到了马嵬坡下,军士们虽说要杀她,玄宗若对她还有爱情,哪里会不能保全她的生命呢? 所以这时候,也许是玄宗授意军士们的。后来到了玄宗老日,重想起当时行乐的情形,心里才后悔起来了,所以梧桐秋雨,就生出一场大大的神经病来。一位道士就用了催眠术来替他医病,终于使他和贵妃相见,便是小说的收场。"(见《奇零集》)在鲁迅逝世以后,冯雪峰在《鲁迅先生计划而未完成的著作》一文内,又这样说:"鲁迅先生一直以前也曾计划过一部长篇历史小说的制作,是欲描写唐朝的文明的。……我只听他在闲谈中说过好几次,有几点我还记得清楚的是:第一,他说唐朝的文化很发达,受了外国文化的影响;第二,他以为'七月七日长生殿'唐明皇和杨贵妃的盟誓,是他们之间已经感到了没有爱情了的缘故;第三,他想从唐明皇的被暗杀,唐明皇在刀儿落到自己的颈上的一刹那间,这才在那刀光里闪过了他的一生,这样地倒叙唐明皇的一生事迹。——记得先生自己还说,'这样写法,倒是颇特别的。'"(见《鲁迅论及其他》)又许寿裳在《鲁迅的人格和思想》一文中说:"有人说鲁迅没有长篇小说是件憾事,其实他是有三篇腹稿的,其中一篇是《杨贵妃》。他对于唐明皇和杨贵妃的性格,对于盛唐的时代背景,以及宫室服饰用具等等,统统考证研究得很详细。他的写法,曾经说给我听过,系起于明皇被刺的一刹那间,从此倒回上去,把他的生平一幕一幕似的映出来。他说明皇和贵妃间的爱情早已衰歇了,不然何以会有七夕夜半,两人密誓愿世世为夫妇的情形呢?在爱情浓烈的时候,哪里会想到来世呢?"(见《我所认识的鲁迅》)孙伏园的《杨贵妃》则是关于这部未写成的著作的专文,其中说:"鲁迅先生的原计划是三幕,每幕都用一个词牌为名,我还记得它的第三幕是'雨淋铃'。而且据作者的解说,长生殿是为救济情爱逐渐稀淡而不得不有的一个场面。"(见《鲁迅先生二三事》)

三版原第三节保留,节末一段改作"这些虽仅是点点滴滴,但也可借以窥见鲁迅这次旅途生活的一斑。除孙文外,有关鲁迅此行的资料,不可再得,所以也把它们转录在这里了"。《杨贵妃》"内容述要"三版原为第四节,最末一段改作:"以上四文所述鲁迅拟写的这部作品的内容,大体略同。但孙伏园文说是历史剧,则系误记;据鲁迅一九三四年一月致山本初枝信:'五六年前我为了想写关于唐朝的小说特地到长安去了一次。'(见吴元坎译《鲁迅书简补遗》)可见应以小说为确。"

[11] 文末三条注文,二版删。三版同改。

鲁迅北京避难考[1]

一　问题何在

在许寿裳《鲁迅年谱》里，有如下一条记载：

> 十五年，一九二六年，四十六岁
>
> 三月：三一八惨杀案后，避难入山本医院，德国医院，法国医院等，五月始回寓。

又许著《鲁迅的生活》也说：

> 十五年三一八惨案后，四月奉军进京，有通缉名单的传言，我和鲁迅及其他相识十余人，避居D医院的一间堆积房里若干日，鲁迅在这样流离颠沛之中，还是不断地写文章，《朝花夕拾》里的《二十四孝图》《五猖会》《无常》，都是这时的作品。

在欧阳凡海的《鲁迅的书》里，对此也有叙述：

从四月北京革命力量遭受打击,北京入于恐怖世界以来,鲁迅底处境,当然也就更加危险。段祺瑞手里就风传的五十人的通缉名单,张作霖决不因为是段祺瑞做的事就取消它。……鲁迅他们风传要通缉的五十人,这时也不得不小心点防备意外。鲁迅和他的朋友十余人,便避居到法国医院的一间堆积房,和一个木匠房等地去躲了若干日。然而他是在这流亡失所的亡命生活中,工作也不稍懈。他收在《朝花夕拾》里的《二十四孝图》,《五猖会》和《无常》,就都是在流离失所中写的。(页三三八)

许寿裳先生是段祺瑞所通缉的"大衍之数"中的一人,他的根据想是自己的经历;欧阳凡海先生呢,我看完全是根据上引许作《年谱》和《生活》,并无别的材料。再看鲁迅后来在《〈朝花夕拾〉序言》[2]里所说的书中各篇的写作时地:

前两篇写于北京寓所的东壁下,中三篇是流离中所作,地点是医院和木匠房,后五篇却在厦门大学的图书馆的楼上,已经是被学者们挤出集团之后了。

所谓"前两篇"是指《狗·猫·鼠》和《阿长与山海经》;"中三篇"是《二十四孝图》,《五猖会》,《无常》;"后五篇"是《从百草园到三味书屋》,《父亲的病》,《琐记》,《藤野先生》,《范爱农》等。观此,可知许寿裳先生在《生活》一文所说作《二十四孝图》三篇时,是在流离颠沛之中,大概又是根据这篇《序言》的。

这里,我要指出的是,对于鲁迅离寓避难的时间,《年谱》仅说自"三一八惨杀案后"至"五月";《鲁迅的书》更仅仅说"躲了若干日",二者均无具体确实的说明。而且,一加比较,二者之间,还有极大的差异。在《年谱》里,说鲁迅回寓的时间是在"五月";《鲁迅的书》虽未明说,但它既说《无常》是"在流离失所中写的",则回寓时间又当为"六月底"。不仅此也,就是同一人作的《年谱》和《生活》,也有不同:前者说"五月";后者提到《无常》,又为"六月底"了。原来《朝花夕拾》除"后五篇"不论外,"前两篇"和"中三篇"的写作月日是:

《狗·猫·鼠》　　　　　　　一九二六,二,二一。

《阿长与山海经》　　　　　　三,十。

《二十四孝图》　　　　　　　五,十。

《五猖会》　　　　　　　　　五,二五。

《无常》　　　　　　　　　　六,二三。

据此,《无常》作于一九二六年六月二十三日,它既是在流离中所作,则鲁迅的避难生活,当至六月底才告结束,其回寓的时间,最早亦必在六月二十三日之后。一说"五月";一说"六月底",两者相差一月;究竟谁是符合事实的呢?

二　离寓时间

首先,是鲁迅离寓的时间。关于这,《年谱》所说,极为笼统,"三一八惨杀案后",这"后"字无限制,到底"后"至何时呢? 根据事实,鲁迅在三月十八日之后,曾于三月二十五日赴北京女子师范大学参加刘和珍,杨德群二女士的追悼会(见《记念刘和珍君》),可见他这时的行动还极公开;而且在惨案发生后便风传段政府将要通缉的一部分人的名单,到三月二十六日才见于《京报》(见《可惨与可笑》),故鲁迅至三月二十五六两日之间,还未开始其避难生活。后来在一篇关于《野草》的文章里,说到《淡淡的血痕中》一文时,曾解释道:"段祺瑞政府枪击徒手民众后,作《淡淡的血痕中》,其时我已避居别处。"(见《〈野草〉英译本序》)按《淡淡的血痕中》作于一九二六年四月八日,由此可见在四月八日,鲁迅已离开寓所了。根据这些推证,似乎鲁迅离寓避难的生活,是开始于三月二十六日至四月八日之间。

但在这里还有一个问题需要解决,就是:细读《野草》,在《淡淡的血痕中》之后,紧接着一篇《一觉》,在《一觉》里,有这么几句:

> 窗外的白杨的嫩叶,在日光下发乌金光;榆叶梅也比昨日开得更烂漫。收拾了散乱满桌的日报,拂去昨夜聚在书桌上的苍白的微尘,我的四方的小书斋,今日也依然是所谓"窗明几净"。

按《淡淡的血痕中》作于四月八日,这篇《一觉》作于四月十日,作前者时既已"避居别处",何以一日之后,便回到他的"四方的小书斋"里呢? 这"四方的小书斋",大概是别的临时避难的处所吧? 对此问题,我踌躇着无从决定。后承许寿裳先生来函指示云:

> 《一觉》中所谓"四方的小书斋","白杨"及"榆叶梅",都是"老虎尾巴"窗内外的景色,并非说临时避难的处所。(三十三年二月四日函)

在接许先生信不久之后,无意中我又在《华盖集》的《北京通信》里,发现这样几句:

> 北京暖和起来了;我的院子里种了几株丁香,活了;还有两株榆叶梅,至今还未发芽,不知道他是否活着。

这证明了这"四方的小书斋",就是鲁迅自己家中的书斋;同时,也就证明了四月十日,鲁迅尚未离寓避难。许寿裳先生函云:"记得初次避入德国医院的一间堆积房,日子约在四月十二或十三。(总之是张作霖的卫队,已经到了高桥,我得友人齐君电话,教我立即移居,我便立即通知鲁迅,入院已经傍晚。)(同上二月四日函)根据这些论证,可知鲁迅离寓的时间,是在四月中旬。至于《〈野草〉英译本序》说四月八日作《淡淡的血痕中》时,鲁迅"已避居别处",那应该是因为在作序时,年代相距太久,追忆中遂难免有几天的出入了。

三　避难地点

关于他离寓以后的避难地点,在《年谱》里已曾提及,但太简略,较详细的是艾云先生[3]的一篇回忆。这篇东西虽然也没有说出鲁迅离寓的日子,但对于避难期中的生活是相当详细的。据艾文,鲁迅最初是到北京西城什锦坊街九十六号莽原社,住到第三天,突然有几个不相识的青年来访,鲁迅疑心他们是侦探的改装,便于第四天早晨,装成病人,迁往石驸马大街的山本医院。四五天后,又迁往东交民巷的德国医院。在这里,他真的害起肠胃病来了,他独自住一间小病房,床前茶几上摆着药瓶,每天只吃医院所规定的无盐无油的淡饭,麦粥,牛奶,他十分不惯,以为这种饭,即使没有病的人,也会吃出病来。病愈后,由病房迁入一间大房子,与其他避难的教授们同住。这时,忽然有人传来了可怕的消息,说当局正计划搜查被缉的教授们的家庭。鲁迅很为着急,他怕惊扰了高年的母亲,便托人将老太太和太太接出寓所,到一家旅馆内去躲避①。幸而搜查的事并没有实行。后来因为德国医院不愿无病的人在院多住,鲁迅们只得又搬到法国医院去了。过了些时,缉捕搜查的风声渐趋沉寂,鲁迅又因为避难已借贷数百元,经济无法支持,便于五月中的一个早晨,回到西三条胡同二十一号的本寓去了。(据艾云:《鲁迅先生避难在北平》,见《新华副刊》)

四　回寓时间

至于他回寓的时间,《年谱》说是"五月",艾云文亦说是"在五月的一个早晨"。但如前所说,倘据《生活》和《鲁迅的书》所说的《无常》的写作时期,则回家当在六月二十三日之后。欧阳先生既根据许文立论,所以接着又说:"鲁迅在端午节前收到几文稿费,买东西吃,吃得太多,不能消化,就又胃病复发了。到六月底尚未痊愈。那时大约通缉的风声略好一点了吧,他已回到家里,便亲自上街去买药。"(页三三八)这"六月底"之说,是颇有商酌的余地的。

我的理由是:在女师大风潮以后,民国十五六年之间,[4]鲁迅在所写文章的末尾,常常注明"写于东壁下"等字样,如前揭序言说《狗·猫·鼠》和《阿长与山海经》是"写于北京寓所的东壁下"。《华盖集·题记》写着:"一九二五年十二月三十一日之夜,记于绿林书屋东壁下。"《后记》也写着:"一九二六年二月十五日校毕记。仍在绿林书屋之东壁下。"又如《学界的三魂》补记,也注明:"一月二十五日东壁灯下写。"(这篇补记,长千余字,全集未收。)这所谓"东壁"的典故,我想总与《碰壁之后》,《碰壁之余》等文同出一源,他这时还把一本翻译集名曰《壁下译丛》,大约里面都含有讽刺杨荫榆及其他"正人君子"的意思。(绿林书屋也是讽刺"正人君子"们的,因为鲁迅这时曾被他们称为"学匪"。)我们要注意,这些文章都是鲁迅在自己的寓所内写的。再往后看,在《为半农题记〈何典〉后,作》一文后却注着:"五月二十五日之夜,碰着东壁下,书。"在《〈穷人〉小引》后写着:"一九二六年六月二日之夜,鲁迅记于东壁下。"这足证在一九二六年五月二十五日,鲁迅已回到他自己的家里去了。尤其重要的是,在《马上支日记》七月六日条内,又记着:"我也无聊地慢慢地站起,走进自己的屋子里,点了灯,躺在床上看晚报;看了几行,又无聊起来了,便碰到东壁下去写日记,就是这《马上支日记》。"这不明明白白说"东壁下"是在"自己的屋子里"吗?在五月二十五日,他已经在自己屋里的东壁下,写《为半农题记〈何典〉后,作》了;(注意:《五猖会》也作于五月二十五日。)在六月二日,他已经在自己屋里的东壁下,写《〈穷人〉小引》了;所以我以为鲁迅回寓不会延到"六月底",必在五月二十五日之前,这与《年谱》所说"五月"和艾云文所说"五月的一个早晨",完全符合。又许寿裳先生云:"其回寓约在五月初旬或中旬,也忆不真了。"(同上二月四日函)这虽说是"忆不真",但可见确非"六月底"了。(这样,《二十四孝图》,《五猖会》,《无常》三篇中,仅《二十四孝图》一篇,是此次避难中作。写《〈朝花夕拾〉序言》时,作者未必去翻阅各篇的著作月日,追忆之顷,只是泛指写于那一段不安的日子而已。)②

我的结论是:鲁迅在"三一八"后,为了暂避危险,于四月中旬离寓。地点是莽原社,山本医院,德国医院,法国医院。直至五月中旬始回寓。

三十二年九月中旬写于巴县长生桥
三十四年九月二日改于北碚金刚碑

注　释:

　　① 遇见许广平先生,与她谈起林辰先生这部稿子各篇的大概。关于接老太太等躲避一事,她有如下的话:"据我的记忆,在鲁迅避难期间,奉军入京。那时守北京的是冯玉祥部,属于直系,奉直是不和的,一般人都恐怕会发生冲突。因此,鲁迅在某一天托人在东城的东方饭店(?)赁了一间房,把母亲及朱氏接去,另外还有一位住在他家的许钦文的妹妹羡苏,又托她到校邀我,一同去住在旅馆。第二日看看没有什么事发生,母亲就回家了。此事荆有麟先生曾帮忙。"

　　② 许广平先生说:"那时避居者们常常回家半天或一夜的,直到邵飘萍被捕遇害,他们才比较定住在避难所。因此,鲁迅虽避居,仍可能回家写文章,在'东壁下'之类的家里地点。"

叶圣陶记

校　记：

[1] 本篇二版删,补入《鲁迅与读音统一会》一篇。

[2]《〈朝花夕拾〉序言》,应作《〈朝花夕拾〉小引》。

[3] 此句三版改作"艾云先生（荆有麟）"。

[4]"民国十五六年之间",三版改作"一九二五、六年之间"。

鲁迅与文艺会社[1]

　　鲁迅先生的文学活动，应该从最早的留东时代算起。自筹办《新生》杂志以后，三十年间，他组织了许多的文学团体，培植了无数的文学青年。在他领导或支持下的文学团体，最重要的，计有：新生，新青年，语丝，莽原，未名，朝花，左联等。这些团体，在现代中国文学运动史上，大抵都是处于主导的先驱的地位，发生过很大的影响的。他之所以组织这些文学团体，那意思，一开始就是想应用文学的武器作用和团体的力量来改造社会。他自己曾说："在我倒是一向就注意新的青年战士底养成的，曾经弄过好几个文学团体。"(见《对于左翼作家联盟的意见》)为了达成这个目的，他不惜吐着血来为青年们改稿子，看校样；吃了药来写文章，编杂志，支付出了可惊的精力。假若就时间的先后，把这些文学团体，和新文学运动的开头，发展，成长配合起来看，那是更可以明白鲁迅在三十年来新文学运动的诸阶段上所发生的作用和所建立的业绩的。现在，就想根据散见于鲁迅自己和他人的文章里的零星资料，试作一番系统的叙述。

新生社

远在一九〇七年（清光绪三十三年，丁未），当一般人还不知道文艺为何物的时候，鲁迅便以他的卓越的远见，认识了文艺的重要，开始提倡文艺运动了。

鲁迅在日本，起先原是学医的。后来因为感到对于愚弱的国民，"医学并非一件紧要事"，当时中国的当务之急，是在改变国民的精神，于是他从仙台医学专门学校退了学，在东京从事文艺了。他的第一步的运动，便是筹办杂志《新生》。

据鲁迅自己所追述：

> 在东京的留学生很有学法政理化以至警察工业的，但没有人治文学和美术；可是在冷淡的空气中，也幸而寻到几个同志了，此外又邀集了必须的几个人，商量之后，第一步当然是出杂志，名目是取"新的生命"的意思，因为我们那时大抵带些复古的倾向，所以只谓之《新生》。（《〈呐喊〉自序》）

这已很扼要地说明了他筹办《新生》的经过和命名的来由。最初曾拟名"赫戏"或"上征"，皆采《离骚》词句；但后来觉得不大通俗，所以才定名《新生》。（见许寿裳：《亡友鲁迅印象记》）这时国内和留学国外的学生，大抵都是偏重实科，鄙弃文艺的，《新生》的创办，自然要招致来许多无知的误解和嘲笑。许寿裳先生云：

> 那时学文学的，除周氏兄弟外，根本没有一个人。连《新生》之名，取于但丁作品，亦不为人所知，但随意解释，以为取笑之资。（三十三年二月四日许先生致作者函）

又周作人云：

> 那时留学生办的杂志并不少，但是没有一种是讲文学的，所以发心要想创办，名字定为《新生》，——这是否是借用但丁的，有点记不清楚了，但多少总有关系。其时留学界的空气是偏重实用，什九学法政，其次是理工，对于文学都很轻视，《新生》的消息传出去时，大家颇以为奇，有人开玩笑说这不会是学台所取的进学新生么。又有人（仿佛记得是胡仁源）对豫才说，你弄文学做甚，有什么用处？答云，学文科的人知道学理工也有用处，这便是好处。客乃默然。
>
> （《关于鲁迅之二》）

在这种情形下，要想"寻到几个同志"和"邀集必须的几个人"，自然是很困难的。鲁迅所幸而寻到的是几个什么人，他自己从未提及。但看周作人文："《新生》的撰述人共有几个，我不大记得了，确实的数人里有一位许季黻（寿裳），听说还有袁文数，但他往西洋去后，就没有通信。……我曾根据安特路朗的几种书写了半篇《日月星之神话》。"（同前揭文）又许寿裳先生云："计划出杂志《新生》，我确是参加的一人，其余大概为袁文数（毓麐），陈师曾（衡恪），不大记得了。"（同上二月四日函）据此，可确知有许寿裳，袁文数，陈师曾，周作人等四人。[2]不过虽"寻到这几个同志"和"必须的"人，但在那种"偏重实用"的空气中，《新生》要想创办成功，实在是极不容易的。结果是在极落寞的情形下流产了。

> 《新生》的出版之期接近了，但最先就隐去了若干担当文字的人，接着又逃走了资本，结果只剩下不名一钱的三个人。创始时候既已背时，失败时候当然无可告语，而其后却

连这三个人也都为各自的运命所驱策,不能在一处纵谈将
来的好梦了,这就是我们的并未产生的《新生》的结局。(《呐
喊·自序》)

这最后剩下的"不名一钱的三个人",无疑就是:鲁迅,许寿裳,周
作人。[3]

据许寿裳先生说:"《新生》虽然没有办成,可是书面的图案以及
插图等等,记得是统统预备好了,一事不苟的;连它的西文译名,也不
肯随俗用现代外国语,而必须用拉丁文,曰:Vita Nuova。"(《鲁迅的生
活》)[4] 由此可见在《新生》的筹备上,鲁迅已费了很多的精力。他后来
在文学事业上所表现的热心和谨严不苟,是从其开始之初,便已如此
的了。

《新生》的失败,使鲁迅"感到未尝经验的无聊",他自己解释:"凡
有一人的主张,得了赞和,是促其前进的,得了反对,是促其奋斗的,
独有叫喊于生人中,而生人并无反应,既非赞同,也无反对,如置身毫
无边际的荒原,无可措手的了。"他把他的这种所感认为"寂寞",这
"寂寞"不仅当时,而且后来也一直影响了鲁迅相当久的一个时间。[5]

新青年社

由《新生》失败所引起的"寂寞",一天天长大起来,如大毒蛇,将
鲁迅的灵魂缠住。后来他又"亲历或旁观过几样更寂寞更悲哀的
事",使他感觉得"太痛苦"。为了"驱逐"这"寂寞",他于是用了种种
的方法,如钞古碑之类,来麻醉自己。这麻醉法虽然他自己说"似乎
已经奏了功",但明明白白,"寂寞"却并不能因此而被"驱逐";直到五
四运动前后,他参与了《新青年》杂志的工作,这才将他的"寂寞"渐渐
地"驱逐"掉,且重新鼓起了"呐喊几声"的勇气。

《新青年》，本名《青年杂志》，一九一五年九月创刊，自二卷起，始改名为《新青年》。这是中国近三十年来最有名的一种杂志，提倡科学，发扬民主，破坏偶像，反对礼教，在五四新文化运动中，起着领导的作用，贡献最大，影响最深。鲁迅之开始为《新青年》写稿，是由于他的一个老朋友钱玄同的怂恿。钱因见他在北京绍兴会馆里钞古碑，便劝他"做点文章"，经过几番的催促，于是他的震撼一时的小说《狂人日记》，便在一九一八年五月十五日出版的第四卷第五期上出现了。

这是鲁迅的第一篇小说，也是中国新文学史上的第一篇小说。从此，他采用了"鲁迅"二字为笔名；从此，中国文学便开始了新的纪元。这不仅在鲁迅个人的生活上，就是在中国的文学史上，也是一件重要的大事！

自此以后，真是"一发而不可收"，他继续写了许多文章，就发表于《新青年》上者而言，便已不少。如论文：《我之节烈观》（五卷二期），《我们现在怎样做父亲》（六卷六期）；小说：《孔乙己》（六卷四期），《药》（六卷五期），《风波》（八卷一期），《故乡》（九卷一期）；新诗：《梦》，《爱之神》，《桃花》（四卷五期），《他们的花园》，《人与时》（五卷一期），《他》（六卷四期）；长篇翻译戏剧：《一个青年的梦》（武者小路实笃原著）及《随感录》多篇。在《新青年》上，过去提倡新文艺的理论虽多，而真正的新的作品则没有；有之，就是从鲁迅的这些作品开始。这"显示了'文学革命'的实绩"（《中国新文学大系·小说二集序》）。所以，不仅增加了《新青年》的声光，而且也加强了整个新文艺运动的阵势。

这时，鲁迅之所以不断写下这么多的文章，是由于他对未来的希望和对人生的执着的热烈而坚强。他虽然经过《新生》的失败，"见过辛亥革命，见过二次革命，见过袁世凯称帝，张勋复辟，看来看去，就看得怀疑起来，于是失望，颓唐得很了"（《〈自选集〉自序》）。但他并未就此沉溺于失望的渊底，永劫不复，因为他"却又怀疑于自己的失望，因为我所见过的人们，事件，是有限得很的"（同上）。由此基地出发，他终于认为："希望，却是不能抹杀的。"(《呐喊·自序》)因此，他对于当时的"革命的前驱者"，自然具有同感。他虽然有着看去似是彻骨的失望，甚至到了"并非一个迫切而不能已于言的人"的程度，但因始终并未失掉希望之故，"所以有时仍不免呐喊几声，聊以慰藉那在寂寞里奔驰的猛士，使他不惮于前驱"(《呐喊·自序》)。就这样，鲁迅获得了提笔的力量。而且因为"那时的主将是不主张消极的"(《呐喊·自序》)，为了和他们取得"同一的步调"，鲁迅"于是删削些黑暗，装点些欢容，使作品比较的显出若干亮色"(《〈自选集〉自序》)。所以，"在《药》的瑜儿的坟上平空添上一个花环，在《明天》里也不叙单四嫂子竟没有做到看见儿子的梦"(《呐喊·自序》)。这些作品，"确可以算作那时的'革命文学'"(《〈自选集〉自序》)。

新青年社，并非纯粹的文学团体，也没有正式的组织。其基本干部的结合，全由于思想趋向的大体的一致。初由陈独秀编辑，六卷以后，组织编委会，由陈独秀，钱玄同，高一涵，胡适，李大钊，沈尹默六人轮流编辑。八卷起成立新青年社，仍由陈独秀编辑。鲁迅也常应陈的邀请去参加"商量怎样进行《新青年》的集会"(《〈守常全集〉题记》)，他当时对于这些战友的印象各有不同。对于陈独秀，胡适之：

> 其时最惹我注意的是陈独秀和胡适之。假如将韬略比作一个仓库罢，独秀先生的是外面竖一面大旗，大书道："内皆武器，来者小心！"但那门却开着的，里面有几枝枪，几把刀，一目了然，用不着提防。适之先生的是紧紧的关着门，门上粘一条小纸条道："内无武器，请勿疑虑。"这自然可以是真的，但有些人——至少是我这样的人——有时总不免要侧着头想一想。(《忆刘半农君》)

对于刘半农：

他活泼，勇敢，很打了几次大仗。譬如罢，答王敬轩的双镗信，"她"字和"牠"字的创造，就都是的。……但半农的活泼，有时颇近于草率，勇敢也有失之无谋的地方。但是，要商量袭击敌人的时候，他还是好伙伴，进行之际，心口并不相应，或者暗暗的给你一刀，他是决不会的。倘若失了算，那是因为没有算好的缘故。(同上)

对于李大钊：

(守常先生)给我的印象是很好的：诚实，谦和，不多说话。《新青年》的同人中，虽然也很有喜欢明争暗斗，扶植自己势力的人，但他一直到后来，绝对的不是。(《〈守常全集〉题记》)

但由于客观形势的变化，五四新文化运动也随之而转入了低潮。《新青年》自十卷以后，改出季刊，成为纯粹的政治刊物。[6]陈独秀专门从事政治活动，而胡适之也回头走他的"整理国故"的路子，《新青年》的团体散掉了。正如鲁迅所说："有的高升，有的退隐，有的前进"，只剩下他自己"落得一个'作家'的头衔，依然在沙漠中走来走去"，"成了游勇，布不成阵了"(《〈自选集〉自序》)。

"新的战友在那里呢？"他一时不免有些"彷徨"了。

然而，他在他的第二小说集《彷徨》面前，引用了大诗人屈原的这两句诗："路漫漫其修远兮，吾将上下而求索。"他是始终不曾失掉希望的。

语丝社

自从《新青年》解散以后，有好几年间，五四运动策源地的北京，

"倒显着寂寞荒凉的古战场的情景"（《中国新文学大系·小说二集序》）。直到一九二四年，才出现了由孙伏园提议创办而得到鲁迅积极支持的《语丝》周刊。

孙伏园原任《晨报副刊》编辑。这是中国报纸上最早致力于新思想新文艺运动的一个副刊，它原是很受一般青年们所欢迎的。但有一位和晨报馆关系很深，新从欧洲回来的留学生（按名刘勉己——据孙伏园先生口述）却对这副刊很不满意，决计加以改革。一次，鲁迅因为看见当时"阿呀阿唷，我要死了"之类的失恋诗盛行，故意做了一首《我的失恋》，用"某生者"为笔名，寄给《晨副》。不料那位本来就"甚不满意于副刊"的留学生，在孙伏园发稿外出时，到排字房将这首诗抽掉了。这自然有伤一个编者的职权和尊严，于是，有一夜，孙伏园去访鲁迅时，便不得不向他宣说："我辞职了。可恶！"待到听明了事情的原委以后，鲁迅很为孙伏园的辞职感觉着不安，所以，几天之后，孙伏园提议要自办刊物，鲁迅自然答应愿意竭力支持。孙又另自约了其他的撰稿者，共十六人；于是，一星期后，一张小小的名叫《语丝》的周刊，便在北京出现了。

这第一期出版的日期，是一九二四年十一月十七日。刊名的来源，"听说是有几个人，任意取一本书，将书任意翻开，用指头点下去，那被点到的字，便是名称"（鲁迅：《我和〈语丝〉的始终》）。点到"语丝"二字，由钱玄同写成刊头。至于撰稿的"十六人"，是：鲁迅，钱玄同，刘半农，俞平伯，江绍原，孙伏园，许钦文，魏建功，顾颉刚，章川岛，王品青，张定璜，李小峰，章衣萍，林语堂，周作人等。（据孙伏园先生口述）[7]

但《语丝》的撰稿者，既是由发起人临时由各方邀集而来，所以，"这刊物本无所谓一定的目标，统一的战线，那十六个投稿者，意见态度也各不相同"。因此，有些人在投了两三回稿之后，便自然离开，固定的投稿者，至多也只剩了五六人了。不久孙伏园另就《京报副刊》编辑之职，社员的稿件，来则即由李小峰发排，外面的投稿，则由李送给周作人去看,决定取舍。鲁迅在社员中,写稿最多。他的《野草》的全部,《华盖集》和《续编》中的三分之二,《坟》《集外集》中的一部分,以及小说《离婚》《示众》《高老夫子》等,都是发表在《语丝》上的。这无疑是使《语丝》的销路最广而为青年们所爱好的一个重大理由。[8]

后来,鲁迅离开北京,到厦门去了。一者因为相距已远,不受催促;二者因为人地生疏,无话可说,投稿便很少了。只有几篇序跋和通信,如《坟》的题记,《厦门通信》等。到广州后,投稿也很少。最初是忙于事务,后来对广州虽"颇有感慨",然而他"不想在它的敌人的治下去发表",所以仍只寄了几篇《〈小约翰〉序言》[9]之类的文字而已。

这时的《语丝》,除介绍新的思想文艺而外,还登载了许多社会批评和政治批评的文字。正如《发刊词》所说:它反抗"一切专断与卑劣",文字则"大抵以简短的感想和批评为主"。如《新青年》的"随感录"栏一样,它先后辟了《我们的闲话》《大家的闲话》《闲话集成》等栏,专载精悍的杂感。后来的那种战斗的"阜利通"(Feuilleton)和幽默简练的小品,大抵都导源于此。它驳斥过日本人办的《顺天时报》的谬论,抗议过"三一八"的屠杀,撕毁过"正人君子"们的假面,反对过女师大的解散及其他种种反动复古的事实和倾向,它是隐隐地和当时南方的革命运动遥遥呼应的。它所表现的特色是:

> 任意而谈,无所顾忌,要催促新的产生,对于有害于新的旧物,则竭力加以排击,——但应该产生怎样的"新",却并无明白的表示,而一到觉得有些危急之际,也还是故意隐约其词。(《我和〈语丝〉的始终》)

> 不愿意在有权者的刀下,颂扬他的威权,并奚落其敌人来取媚,可以说,也是"语丝派"一种几乎共同的态度。(同上)

　　《语丝》，是每有不肯凑趣的坏脾气的。（《扣丝杂感》）

　　因此，它自然为北京的军阀政客们所不容。虽然逃过了段祺瑞及其吧儿狗们的撕裂，但终于于一九二六年被"张大元帅"所禁止了。

　　同年，《语丝》移上海印行，鲁迅应李小峰之请，担任编辑。

　　（《语丝》之被禁和鲁迅担任编辑，这里说在一九二六年，我的根据是鲁迅《我和〈语丝〉的始终》一文。该文内说："但终究被'张大元帅'所禁止了。……其时是一九二六年。这一年，小峰有一回到我的上海的寓居，提议《语丝》就要在上海印行，且嘱我担任做编辑。"〔全集第四卷《三闲集》一七五页〕但我仔细的算了一下，一九二六年，鲁迅还在北京，怎能在上海编辑《语丝》？据许作《年谱》，说为《语丝》编辑，是"一九二八年二月"，此说极为可信。考《柔石小传》，柔石是在"一九二八年……十二月为《语丝》编辑。"〔全集第四卷《二心集》二六六页〕而柔石是继鲁迅为编辑的，故当以一九二八年为正确。一九二六年之"六"字，似有误。但我并未遽加删改，志此以俟将来考订。）[10]

　　在鲁迅担任编辑的这期间，《语丝》最受人注意的，是对创造社的关于"革命文学"的论战，即鲁迅所说的"招了创造社式'革命文学'家的拚命的围攻"，又曾"受了一回政府的警告，遭了浙江当局的禁止。"这警告和禁止的来由，都令鲁迅"莫名其妙"。而《语丝》本身，也确实有些"消沉"。"一是对于社会现象的批评几乎绝无，连这一类的投搞也少有，二是所余的几个较久的撰稿者，这时又少了几个了。"另一种最显著的变迁是广告的杂乱。李小峰常常未经编者鲁迅的同意，擅自将医生，袜厂，甚至遗精药的广告，登在上面。虽经鲁迅质问，也无效果。鲁迅之所谓编辑，实际只不过看看外来的投稿而已。所以，半年之后，一九二八年底，他就决计辞去编辑的责任了。（鲁迅辞《语丝》编辑年代，并无明文记载，此处云"一九二八年底"，系据《柔石小传》推得。）李小峰请他找一个替代的人，他便推举了柔石。

以后由柔石编辑了六个月；到一九三一年，[11]《语丝》休刊，语丝社便宣告结束。

鲁迅最先是《语丝》的积极的支持者，后来则是直接的编辑人。有了他的努力，才使得《语丝》那么声光焕发，成为"五四"以来不可忘记的刊物之一。它在对于以段祺瑞，章士钊，陈西滢等人为代表的反动黑暗势力的斗争上，确实表现了很大的勇猛和力量。郑振铎《文学论争集导言》，在慨叹许多人对章等的"懒洋洋的招架"以后，认为"真实的冲突，却是语丝社，和章士钊及现代评论社的争斗。那倒真是货真价实的思想上的一种争斗。"而作为语丝社的组织者和指挥者的，便是鲁迅！《现代评论》称他为"语丝派主将"，实在并非无因。

莽原社——未名社

在《语丝》发刊后不及半年，鲁迅又另自创办了《莽原》。

关于创办这杂志的目的，鲁迅自述是："一九二五年十月间，（'十月'当为'四月'之误，说见下。）北京突然有莽原社出现，这其实不过是不满于《京报副刊》编辑者的一群，另设《莽原周刊》，却仍附《京报》发行，聊以快意的团体。"（《中国新文学大系·小说二集序》）[12] 其实，"不满"云者，应该只是一个偶然的契机；最主要的真正的原因，大半还是鲁迅那时正想纠集一群有为的青年，来对老中国这"漆黑的染缸"进行破坏的工作，这在他筹备《莽原》期中给景宋的信里，说得最为明白：

> 这种漆黑的染缸不打破，中国即无希望，但正在准备毁坏者，目下也仿佛有人，只可惜数目太少。然而既然已有，即可望多起来。（一九二五年三月二十三日函）
>
> 我又无拳无勇，真没有法，在手头的只有笔墨，……但我总还想对于根深蒂固的所谓旧文明，施行袭击，令其动

摇,冀于将来有万一之希望。而且留心看看,居然也有几个不问成败而要战斗的人,虽然意见和我并不尽同,但这是前几年所没有遇到的。我所谓"正在准备破坏者目下也仿佛有人"的人,不过这么一回事。要成联合战线,还在将来。(三月三十一日函)

现在我想先对于思想习惯加以明白的攻击,先前我只攻击旧党,现在我还要攻击青年。……我现在还在寻有反抗和攻击的笔的人们,再多几个,就来"试他一试"。(四月八日函)

对于这毁坏"染缸"的工作,当时的《语丝》固然曾经尽过一分力,但显然不是它所能单独负荷的,而况它的同人之间,态度各不相同,鲁迅又并未过问稿件。为了加强力量,扩大影响,他于是要找寻"不问成败而要战斗的人",共同来"试他一试"。这样,《莽原》便诞生了。

当筹备的期间,鲁迅极为忙碌,他对景宋说:

几天以来,真所谓忙得不堪,除些琐事以外,就是那可笑的"××周刊"。这一件事,本来还不过一种计划,不料有一个学生对邵飘萍一说,他就登出广告来,并且写得那么夸大可笑。第二天我就代拟了一个别的广告,硬令登载,又不许改动,不料他却又加上了几句无聊的案语。……至于我这一面,则除百来行稿子以外,什么也没有,但既然受了广告的鞭子的强迫,也不能不跑了,于是催人去做,自己也做,直到此时,这才勉强凑成,而今天就是交稿的日子。统看全稿,实在不见得高明,……但我还希望将来能够比较的好一点。(四月二十二日函)

在写这封信的后二日,"××周刊"——即后来定名为"莽原"的周刊,便在《京报》上出现了。其时是一九二五年四月二十四日。以后每逢星期五发刊一次,随《京报》附送。

关于刊物的名称,并没有什么特别的含义。"那'莽原'二字,是一个八岁的孩子写的,名目也并无意义,与《语丝》相同,可是又仿佛近于'旷野'。"(鲁迅二十二日函)这"莽原"二字,正如"语丝"是随便由一本书里点出一样,是由向培良在字典上翻出,而由荆有麟找一个小孩来写的。(见荆作:《鲁迅回忆片断》——一五页)[13] 至于经常的撰稿者,鲁迅之外,有:韦素园,韦丛芜,李霁野,台静农,高长虹,向培良,尚钺,朋其……等人。鲁迅所说的"居然也有几个不问成败而要战斗的人",大约当时就是指这些人吧?[14]

鲁迅是很早就正确地认识了文艺的社会功用的,他之所以写文章,办杂志,本来就是为了[15]运用文艺来作推动社会进步的工作;因此,在他所编辑的《莽原》上,便不像一般所谓纯文艺杂志那样,专门偏重诗歌和小说;而特别提倡批评社会现象的杂文。但杂文本是由他一手倡导而后来才发皇起来的文体,在当初,写杂文的人是不多的。这不免使他失望,曾经不只一次地在给景宋的信里说及,如:

> 这些人里面,做小说的和能翻译的居多,而做评论的没有几个:这实在是一个大缺点。(四月廿二日函)
>
> 中国现今文坛(?)的状况,实在不佳,但究竟做诗及小说者尚有人。最缺少的是"文明批评"和"社会批评",我之以《莽原》起哄,大半也就为了想由此引些新的这一种批评者来,虽在割去敝舌之后,也还有人说话,继续撕去旧社会的假面。(四月廿八日函)
>
> 我所要多登的是议论,而寄来的偏多小说,诗。先前是虚伪的"花呀""爱呀"的诗,现在是虚伪的"死呀""血呀"的诗。呜呼,头痛极了! 所以倘有近于议论的文章,即易于登

出。(七月九日函)

　　这可以看出他对于"文明批评"和"社会批评"的关心,也可以看出他对于他所编的《莽原》的意见。[16]在《京报》上出了半年,"到十一月,《京报》要停止副刊以外的小幅了,便改为半月刊,由未名社出版"(《中国新文学大系·小说二集序》)。此后的《莽原》,便成为三十二开本的薄薄的小册子了。

　　这里所说的"未名社",其主干为韦素园,韦丛芜,李霁野,台静农(四人均为安徽霍邱人),曹靖华(河南卢氏人)等。他们仍为莽原社中人,两社同年成立,事实上的领导者均为鲁迅;鲁迅离京后,《莽原》的编务,又由韦素园接替,且由未名社出版。故两社的关系,可说是很难划分的。关于未名社成立的经过,鲁迅说得很明白:

　　　　那时我正在编印两种小丛书,一种是《乌合丛书》,专收创作,一种是《未名丛刊》,专收翻译,都由北新书局出版。出版者和读者的不喜欢翻译书,那时和现在也并不两样,所以《未名丛刊》是特别冷落的。恰巧,素园他们愿意绍介外国文学到中国来,便和李小峰商量,要将《未名丛刊》移出,由几个同人自办。小峰一口答应了,于是这一种丛书便和北新书局脱离。稿子是我们自己的,另筹了一笔印费,就算开始。因这丛书的名目,连社名也就叫了"未名"——但并非"没有名目"的意思,是"还没有名目"的意思,恰如孩子的"还未成丁"似的。(《忆韦素园君》)

又李霁野说:

　　　　一九二五年夏季的一个晚上,素园,静农和我在鲁迅先

生那里谈天,他说起日本的丸善书店,起始规模很小,全是
几个大学生慢慢经营起来的。后来谈到我们自己的译书出
版的困难,便想到要是我们来尝试出版一些期刊和书籍,也
不是怎样困难的事。于是便计划起来了。当晚我们便决定
先筹出版四期半月刊和一本书籍的资本,大约需六百元。
由我们三人和丛芜,靖华各筹五十元,其余便由鲁迅先生负
担。我们只打算卖前书,印后书,并无什么计划,也没有什
么章程,后来为了对外,才用已印的丛书的名字名了它。我
说这样每年可以出五六本书,鲁迅先生笑着说:"过了十年
岂不是很可观了吗?"(《忆素园》)

在另一处,李又说:

未名社的成立是一九二五年的事。那时《往星中》的译
稿已经放在他那里不少时了,他常常想到出版这本书的问
题,虽然我们并不敢认为这译稿有什么印行的价值。对于
普通以销售为标准的出版家,先生是极端厌恶的,也不愿和
他们有什么交涉。因此,有了自己印书的意思了。这是毫
没有什么宏愿的,只是先生对几个青年的一点鼓励,使他们
能勤勤恳恳的努力,增加些文学的趣味罢了。(《忆鲁迅先生》)

由此可知,未名社一开始就是以翻译为职志的。这组织虽说人
数很少,但对于外国文学,特别是旧俄和苏联的文学的介绍,其贡献
是很大的。韦素园译有:《外套》(郭戈里作),《黄花集》(北欧诗歌小
品集)。韦丛芜译有:《穷人》,《罪与罚》(妥斯退夫斯基作)。李霁野
译有:《往星中》,《黑假面人》(安特列夫作),《被侮辱与损害的》(妥斯
退夫斯基),《文学与革命》(托洛斯基作),《不幸的一群》(短篇集)。

曹靖华译有：《第四十一》（拉夫列涅夫作），《烟袋》（爱伦堡作）等。

但到了一九二六年，鲁迅赴厦门以后，莽原社内部便发生冲突了。那原因，据说是在北京的韦素园压下了向培良的剧本，在上海的高长虹，要在厦门的鲁迅出来说几句话，鲁迅因为相距太远，不知道"其中的底细曲折"，因此一声也不响。于是高长虹在《狂飙》上骂起来了，先骂韦素园，后骂鲁迅。这使鲁迅很悲愤，他在这时给景宋的信里，曾说：

> 我这几年来，常想给别人出一点力，所以在北京时，拼命地做，忘记吃饭，减少睡眠，吃了药来编辑，校对，作文。谁料结出来的，都是苦果子。有些人就将我做广告来自利，不必说了；便是小小的《莽原》，我一走也就闹架。长虹因为社里压下（压下而已）了投稿，和我理论，而社里则时时来信，说没有稿子，催我作文。我实在有些愤愤了，拟至二十四期止，便将《莽原》停刊，没有了刊物，看大家还争持些什么。（一九二六年十月廿八日函）

在这之后，高长虹，向培良等人便与莽原社分裂，而另行组织了狂飙社，余下的便只韦，李等人了。"不久，未名社就被封，几个人还被捕。"（《忆韦素园君》）被封的原因，"是由于山东督军张宗昌的电报，听说发动的倒是同行的文人"（《〈苏联作家七人集〉序》）。后来启封了，被捕的人也释放了，但未名社的全盛时代也成过去了。

一九二九年，鲁迅曾想将《未名》移沪编印，大大振作一番。他曾写信和北京的社员们商议：

> 《未名》忽停，似可惜，倘能销至一千以上，似以不停为宜，但内容应较生动才好。停之故，为稿子罢，那却也为难。

但我再想想罢。倘由我在沪编印,转为攻击态度(对于文学界),不知在京诸友,以为妥当否?因为文坛大须一扫,但多造敌人,则亦势所必至。(一九二九年七月八日复李霁野函。见《鲁迅书简》)

这拟议可惜并未实现,而后来韦素园于一九三二年八月病殁,其他社员星散。书籍也出盘给开明书店,未名社于是解体了。

在经营《莽原》和《未名》的期间,鲁迅每天要上课,办公,写文章,编杂志,校稿,会客。废寝忘餐地拚命做事,真是忙碌得可惊。在一些小小的事上,他也丝毫不苟,而且力求新颖。如"莫使一行的顶上一格有无所属的标点符号",在《出了象牙之塔》里面,"第一次试用六号字的小标题"。在书面的装潢上,他也十分注意。"对于书店的随意污损画家的原稿,或印刷时改变了颜色,他都很为愤慨"。一次为遗漏了作封面人的名字,他"特为写信到未名社嘱咐另印一叶,加装进去"。他不喜欢书店的广告,"往往自己动笔老老实实的写几句",不愿使读者上当。"先在期刊上发表又集印成书的,如《君山》和《朝花夕拾》,对于再行买书的期刊的定阅者",他"嘱咐都只收一点印刷的成本,人少还竟送给"。(引文均见李霁野:《忆鲁迅先生》)由这种种,都可以看出他的坚苦伟大的精神,就在这种精神下面,莽原社和未名社便都留下了不磨的成绩。正如他自己所说:

未名社现在是几乎消灭了,那存在期,也并不长久。然自素园经营以来,绍介了果戈理(N. Gogol),陀思妥也夫斯基(F. Dostoevsky),安特列夫(L. Andreev),绍介了望·蔼覃(F. van Eeden),绍介了爱伦堡(I. Ehrenburg)的《烟袋》和拉夫列涅夫(B. Lavrenev)的《四十一》。还印行了《未名新集》,其中有丛芜的《君山》,静农的《地之子》和《建塔者》,

我的《朝花夕拾》,在那时候,也都还算是相当可看的作品。事实不为轻薄阴险小儿留情,曾几何年,他们就都已烟消火灭,然而未名社的译作,在文苑里却至今没有枯死的。(《忆韦素园君》)[17]

朝花社

一九二九年一月,[18]鲁迅在上海,与几个青年组织了朝花社。

这组织的目的,"是在绍介东欧和北欧的文学,输入外国的版画,……扶植一点刚健质朴的文艺"(鲁迅:《为了忘却的记念》)。其构成分子,除鲁迅之外,最重要者为柔石。鲁迅说:

> 他(指柔石——林)躲在寓里弄文学,也创作,也翻译,我们往来了许多日,说得投合起来了,于是另外约定了几个同意的青年,设立朝花社。……
>
> 然而柔石自己没有钱,他借了二百多块钱来做印本。除买纸之外,大部分的稿子和杂务都是归他做,如跑印刷局,制图,校字之类。可是往往不如意,说起来皱着眉头。……
>
> 不过朝花社不久就倒闭了,我也不想说清其中的原因,总之是柔石的理想的头,先碰了一个大钉子,力气固然白化,此外还得去借一百块钱来付纸账。……
>
> 他于是一面将自己所应得的朝花社的残书送到明日书店和光华书局去,希望还能够收回几文钱,一面就拼命的译书,准备还借款,这就是卖给商务印书馆的《丹麦短篇小说集》和戈理基作的长篇小说《阿尔泰莫诺夫之事业》……(《为了忘却的记念》)

关于这组织的起源,经过,和鲁迅所"不想说清"的"倒闭"的原因,在许景宋的一段文字里,有着更周详的记述:

从厦门来的另一个学生,来见先生了——我就在这里称他是 A 吧——他说:"上海学校没有好的,打算自己研究,读点书,不在乎文凭,愿意在先生旁边住,家里也可以放心,否则我父亲不会允许的。"于是就住在附近了。另外陆续来了他的朋友——柔石——和又一位也是厦门来的学生——我就称他为 B——他们三个人住在一幢房子,早晚搭饭同吃。时常见面,谈起文化的寂寞,出版界的欠充实,A 就提议大家来出点书,他说,他哥哥开教育用品之类的店,可以赊点纸,或者还可以向拍卖行买些便宜货,用不着大本钱。而且他哥哥的店也可以代卖书籍,省得另开门面,有批发的,他也可以代收账,很靠得住。大家同意了,用朝花社名义出了种周刊,印些近代木刻画选,也出些近代小说集,颇有点基础了。选木刻,制图,选材料等,离不了先生的苦心经营。而跑腿往来于印刷局等苦差使,则往往落到柔石身上。资本是四人出的,但因经费不足(每人数百元),又不便叫学生们多负担,于是把我也算作一股。其中最失败的是《近代木刻选集》之类的木刻印本。纸张是 A 经手的,从他哥哥的店里或者拍卖而来,各种纸都有,很多是粗糙的,不宜于印图。而且油墨也恶劣,往往把细的线条遮抹掉,有时墨太浓,反映出闪光,很不好看,然而还有读者。书和刊物渐渐被人注意了。那时的 A 似乎别有所忙,时常往来于上海宁波之间,有时急待他接洽甚么,总老等他不来,责任几乎全落到柔石一个人身上。他很愿尽力,无奈那位 A 的哥哥店里的关系,去接洽总弄不恰当,结果诸多棘手。卖出去的书，据说一个钱也收不回，几次的添本钱，柔石甚至一面跑印刷所，一面赶译书卖钱去充股本，有时真太来不及了，先生就转借些给他。总计起来，大约先生和我及借给柔石的，至少占股本之半。这时 A 对于译书事忽然不热心了，颇有十问九不理的样子。在某天他宣布不能继续了，他哥哥的店不肯再代设法，书也多卖不出去，后来就把剩下的书由柔石托别的书店去卖，款不但收不到，还要每人筹款填亏空。先生担负了巨额的损失之后，得到朝花社遗留下来的黄色包书纸一束，从此关门大吉。(《鲁迅和青年们》)

将这段回忆和鲁迅文字对看，是可以明白鲁文所未说及的许多事实的。由这些事实，可以看出鲁迅对于文学事业的热心及其傻子一般的精神。他默默地出钱出力而不求人知，为的只是想"扶植一点刚健质朴的文艺"。他文章里所说的"几个同意的青年"，和景宋所说的"A""B"两人，其真实姓名，据许寿裳《鲁迅年谱》所载推测，是：王方仁，崔真吾。[19]

这组织出版了《朝花周刊》二十期，《旬刊》十二期，《近代世界短篇小说集》和《艺苑朝花》五本，即：《近代木刻选集》一、二册，《蕗谷虹儿画选》，《比亚兹莱画选》，《新俄画选》。每种都有鲁迅所作的《小引》，有的并有《附记》。详细的指给了读者介绍的意义和原作者的生平及其作品的价值。在鲁迅所起草的《艺苑朝花》广告里说："虽然材力很小，但要绍介些国外的艺术作品到中国来，也选印中国先前被人忘却的还能复生的图案之类。有时是重提旧时而今日可以利用的遗产，有时是发掘现在中国时行的艺术家的外国的祖坟(按指叶灵凤的蹈袭蕗谷虹儿而言——林)，有时是引入世界上的灿烂的新作。"(见《集外集拾遗·附录》)可惜计划还要介绍的英、法、俄等国插画，希腊瓶画，和罗丹雕刻，都因力不能支而没有出版。[20]

朝花社和未名社一样,也是一个切实作事,不尚叫嚣的团体。它"有一点只要能培一朵花,就不妨做做会朽的腐草的近于不坏的意思"(《近代世界短篇小说集·小引》)。它虽只有短短的一年多的历史,但却留下了重大的影响和成绩。它是在鲁迅的卓越的鉴别下,第一个介绍外国版画到中国来的团体。今日蓬勃的木刻艺术实是由此发轫而逐渐成长起来的。

到一九三〇年春季,朝花社便结束了。(许作《年谱》:"一月朝花社告终。"但看《〈新俄画选〉小引》,作于"一九三〇年二月二十五夜",[21]可知"二月"内犹有活动,故此处不作"一月",而说春季。)

左翼作家联盟

一九三〇年三月二日,左翼作家联盟成立于上海,鲁迅为加盟的一员。

在成立大会上,鲁迅发表了他对于左联的意见。他劈头就提出了警告:"'左翼'作家是很容易成为'右翼'作家的。"因为:"倘若不和实际的社会斗争接触";"不明白革命的实际情形";"以为诗人或文学家,现在为劳动大众革命,将来革命成功,劳动阶级一定从丰报酬,特别优待",那就很容易变成"右翼"的。接着他又说明了"今后应注意的几点":第一,"对于旧社会和旧势力的斗争,必须坚决,持久不断,而且注重实力"。第二,"战线应该扩大"。第三,"应当造出大群的战士"。"同时,在文学战线上的人还要'韧'。"(《对于左翼作家联盟的意见》)左联后来的变化和发展,果然和他的这意见相应,有的人很快变成"右翼"了,而左联本身则果能日愈扩大战线地对旧社会和旧势力作坚韧的斗争。

左联从其开始之初,"就受到世界上古今所少有的压迫和摧残",书志被禁,书店被封,而在一九三一年二月七日,更有五个加盟的青年作家被秘密处死。这五个作家是：柔石（原名赵平复，浙江台州宁海县人，一九〇一年生），白莽（原名徐白，又一笔名为殷夫，浙江象山人），胡也频（原名胡崇轩，福建人），岭梅女士（原名冯铿，广东人），李伟森（待考。译有《动荡中的新俄农村》,《朵斯退夫斯基》等书）等。他们被害的消息，当时中外的报纸都未有报导，只有一张四开的小小的周刊《文艺新闻》，用《作家在地狱》的标题，曲曲折折地透露了一点消息。鲁迅当时，曾写了《中国无产阶级革命文学和前驱的血》,《黑暗中国的文艺界的现状》,《民族主义文学的任务和运命》,《柔石小传》等文，他大声向世界申诉，向屠伯抗议。后来，他又写了《为了忘却的记念》,《〈孩儿塔〉序》等文。

但血的恐怖，是不能阻挠左翼文学的发展的。它"在诬蔑和压迫之中滋长"，终于成为中国文学的主流。那时，"在中国，无产阶级的革命的文艺运动，其实就是唯一的文艺运动。……除此以外，中国已经毫无其他文艺"（《黑暗中国的文艺界的现状》），而左联也成为中国文坛上的主导力量。它先后发刊了《萌芽》,《前哨》,《十字街头》,《文学》等杂志，介绍了科学的艺术理论和新兴作品，一方面进行着对"民族主义文学"和"第三种人"的斗争，一方面提出了创造大众文学，建立大众语，提倡现实主义的创作方法等问题，把新文学推向更实际的更高的发展阶段上去。在每一次问题的讨论和对敌的斗争上，鲁迅几于无役不与，他的文章一出，便使同伴鼓舞，敌人慑服。而且，在许多的工作上，鲁迅往往都能够虚心地容纳别人的意见，从不以领导者自居。例如，他常常接受同在左联的F君所请他——有时是"指定"他担任的工作。他说："有什么法子呢？人手又少，无可推诿。……他对我的态度，站在政治立场上，他是对的。"（见景宋：《鲁迅和青年们》）每当环境拂逆，有些"所谓革命文学家立刻现出原形，有的写悔过书，有的是反转来攻击左联"（《上海文艺之一瞥》）的时候，鲁迅更显出了他的光辉的坚强的存在。在许多地方，他一再说："去年左翼作家联盟在上海的成立,是一件重要的事实。"(《上海文艺之一瞥》)"我现在是左翼作家联盟中之一人。"(《两地书》序)真是声如金石,可以廉顽立懦。在左联以至整个革命文学运动里,他实在尽着极大的舵手和领港的作用。丁玲在一篇文字里,曾这样说:

　　记得那时我在左联,我们都是很爱他的,我们总不愿拿些噜噜哟哟的事去麻烦他,也不愿把他的时间随便用掉,所以每当有什么会议的时候,如果我们之中有谁说:"找不找老头子来呢?"我们总是考虑了一下,结果常没有去找他,但不是在会前,也必然在会后去告诉他一下,他也总告诉我们一些意见。有什么事必须要他办的,他似乎不大推辞,就办了的。……但有些必要的会,那些我们认为最好鲁迅先生能够参加的会,他总是到了的。虽说我们常常担心他不能按时到会,因为我们知道他是睡得很迟的,但他总不迟到。在开会的时候,他总是很平和的,精神集中的听着。有时有些青年作家们常常爱发一些大套的理论,他自己仿佛这就是最重要的,最新的意见,又是那么含着教训人的意味,有时甚至什么"你们这些老作家们……",就是当这种时候,我也从没有看见在鲁迅先生的任何一个表情上有甚么不耐烦或不快。鲁迅先生在这些会议上说话是不多的,他总是听着,他也没有反驳过谁,说谁是大错特错;也没有批评过谁,说谁是左倾右倾。尽管有些人的意见是幼稚得可笑,但鲁迅先生结果总是说:"我们要做起来,我们要一点一点做起来,我们就照着这些意见切实的做吧!"开过了会,我们常常感到对他有些抱歉似的,也同他说到这种难处,也承认我们准备得不好,也解释着某某确还幼稚,却是一个有希望的青年等等的话,但鲁迅先生也总是毫不介意的笑了笑,接着他

就同我们谈起那些应该如何具体的去着手的话了。"(《开会之于鲁迅》)

看了这段文字,则鲁迅与左联的关系及其在左联中的地位,我们都可更为明白了。

一九四五年七月二十日在重庆写竟

附 记

本文属草时,曾拟将文学研究会列入。大体说来,鲁迅先生的文学见解,与提倡"为人生的文学"的文学研究会,甚相接近。鲁迅亦常为该会的机关杂志《小说月报》撰稿。如小说《端午节》,《社戏》,《在酒楼上》;翻译《工人绥惠略夫》(阿尔志跋绥夫作),《爱字的创》,《红的花》(爱罗先珂作),《近代捷克文学概观》(捷克凯拉绥克作),《小俄罗斯文学略说》(德国凯尔沛来斯作)等,均刊载于《小说月报》。但鲁迅曾否参加文研会,则无文献可征。一九四五年夏,在重庆以某种机缘得晤沈雁冰(茅盾)先生,即提出"鲁迅是否文研会会员"一问题求教,承沈先生回答:"并非会员"。沈先生为文研会主要负责人,《小说月报》革新后,最初即出沈先生主编,所言极为可信,故本文内未将文研会列入。

但在小田岳夫的《鲁迅传》里,却说:"在民国十年,鲁迅,周作人,叶绍钧,沈雁冰(后笔名为茅盾),谢冰心女士,落华生,郑振铎等人组织了文学研究会,以'为人生的艺术'为标语,在《小说月报》上开始了光辉的活动。"(范译本四三页)这完全不符事实,上述沈先生的话即可证明其谬。发起"组织"文学研究会的人,为沈雁冰,郑振铎,叶绍钧,耿济之,王统照,孙伏园,许地山,郭绍虞,朱希祖,蒋百里,瞿世英,周作人等十二人,鲁迅并未参与。

一九四七年,深秋

校　记：

　　[1] 本篇作者在二版时作了调整,将第一节《新生社》的内容略加增删后改题为《鲁迅筹办〈新生〉杂志的经过》单列为一篇;将第四节《莽原社——未名社》的内容加以修订后改题为《鲁迅与莽原社》单列为一篇。其余各节均删。三版时又恢复了初版原貌,但删掉《左翼作家联盟》一节。

　　[2] 二版此处补入:"袁文薮的情况不很清楚,仅知道他是钱塘人,北洋政府时代曾任甘肃财政厅厅长。据周遐寿说,鲁迅当时很期待他,但他到英国去后,便永无消息(参看《鲁迅的故家》三○○、三七二页)。陈师曾,义宁人,以自费与鲁迅等一同赴日,他们在东京时有交往;一九○九年鲁迅辑印《域外小说集》,封面上的五个篆字,就是陈师曾所书(见阿英《鲁迅书话》引一九三五年四月三十日鲁迅复阿英函,载《鲁迅逝世周年纪念册》),他后来以书画篆刻知名,在当时大约应该算是'治美术'的人了。"三版同改。

　　[3] 此段下二版补入:"《新生》失败的原因,主要就是鲁迅所说的'背时'。在那几年之间,虽然在日本和国内曾先后出版过一些文艺杂志,如《新小说》(一九○三)、《绣像小说》(同上)、《月月小说》(一九○六)、《小说林》(一九○七)等等,但刊载的大抵都是章回小说、传奇和翻译的侦探小说;像《新生》这样在创办旨趣上远远超出当时思想文学水平的新的文艺杂志,实在还不到出版的时机。就是鲁迅所寻到的同志如袁文薮、陈师曾等人,就他们归国以后的情形看,也并非鲁迅的真正的'同志'。袁文薮后来只能填词(有《香兰词》一卷,一九三二年自刻本),陈师曾则除了国画之外,只不过做做旧诗(有《陈师曾先生遗诗》二卷,一九三○年石印本),无怪他们当年不肯担当文字而要最先'隐去'了。"三版同改。

　　[4] 二版此处补入:"关于插图,据周遐寿说,'第一期的插画也已拟定,是英国十九世纪画家瓦支的油画,题云《希望》,画作一个诗人,包着眼睛,抱了竖琴,跪在地球上面。……还有俄国反战的战争画家威勒须却庚,他也很喜欢,特别是其中的髑髅塔,和英国军队把印度革命者缚在炮口处决的图,这些大概是预备用在后来几期上的吧。'(《鲁迅的故家》三七二页)"三版同改。

　　[5] 此文末二版补入一段:"然而,从他采用瓦支(G. F. Watts 1817—1904)题为《希望》的油画作插图这一事实上也透露出来了的他所怀抱着的希望,'却是不能抹杀的,因为希望是在于将来'(《呐喊·自序》),因此,他在《新生》失败不久,就为《河南》杂志写了《摩罗诗力说》等文,又辑印了《域外小说集》二册;而以后更为了中国人

民的美好的'将来',在文艺战线上光辉地战斗了一生。"三版同改。

[6] 此句三版改作"《新青年》于一九二二年七月休刊"。

[7] "(据孙伏园先生口述)",三版改作"(据《语丝》第三期中缝广告)"。

[8] "理由"三版改作"缘由"。

[9] "《〈小约翰〉序言》",应为"《〈小约翰〉引言》"。

[10] 这一段考证文字,三版删。

[11] "到一九三一年",三版改作"到一九三〇年三月"。

[12] 这段引文二版改作"我早就很希望中国的青年站出来,对于中国的社会,文明,都毫无忌惮地加以批评,因此曾编印《莽原》周刊,作为发言之地。(《〈华盖集〉题记》)"。三版同改。

[13] "而由荆有麟……"一句二版删。

[14] "鲁迅所说的……"一句二版删。

[15] 此处二版补入"培植新生力量"。

[16] 此处二版补入"他的'包含着猛烈的攻击阶级统治的火焰'(瞿秋白语)的论文《春末闲谈》、《灯下漫笔》以及后来收在《华盖集》和《集外集》中的一部分杂文,都是发表在这个周刊上的。"

[17] 以上一大部分,在初版的基础上,二版作了较大调整,基本内容保留,前后顺序有所变化。三版同改。

[18] 三版改作"一九二八年冬"。

[19] 此下三版补入一段文字"王方仁,笔名梅川,浙江镇海人。曾译安特列夫的中篇小说《红的笑》,经鲁迅校订,又介绍给《小说月报》发表,后由商务印书馆出版单行本。崔真吾,笔名采石,浙江鄞县人。著有诗集《忘川之水》,经鲁迅选定、校字,由北新书局出版。他们都是鲁迅在厦门大学任教时的学生,又是厦大部分学生组织的文学团体泱泱社的成员,曾得到鲁迅的指导。在鲁迅离开厦大以后,他们也辍学先后来到上海,和柔石同住在东横滨路景云里,与鲁迅寓所毗邻。他们时常见面,谈得'投合',于是就成立了朝花社。"

[20] 这一段内容,三版作了扩充,共补入三段近千字。

[21] 此下三版补入"其中有云:'(《艺苑朝华》)自一集至四集,悉取黑白线图,但竟为艺苑所弃,甚难继续,今复送第五集出世,恐怕已是晌午之际了。'玩其文意,一二月中犹未完全结束;至五月中改由光华书局出版,其时朝花社才可说是告终了。故此处定为春季。"

鲁迅与狂飙社

一

狂飙社,是一九二六年成立于上海的一个文学团体。它的重要的参加者是高长虹,向培良,尚钺,朋其,高歌,沐鸿等人,都是过去北京莽原社社员。莽原社为鲁迅先生所组织,其组成分子有韦素园,韦丛芜,李霁野,台静农及上述高长虹等人。正如众星之拱北辰一样,这样多的青年作者集结在鲁迅的周围,当时的莽原社,的确是一个声光灿烂的团体。然而一到一九二六年八月,鲁迅离开北京之后,为了向培良的稿子问题,这团体的内部就发生冲突了。于是长虹一流,便在上海设立了狂飙社。

本来,长虹等人,在一九二四年[1]便曾在北平出过几期《狂飙周刊》,并曾在一九二五年三月[2]的《京报副刊》上发表过狂飙运动的"宣言";[3]但由于他们那种"拟尼采样的彼此都不能解的格言式的文章,终于使周刊难以存在"(鲁迅:《中国新文学大系·小说二集序》)。[4]此外,虽然又出了《弦上》周刊和《狂飙》不定期刊,但也并未给人留下什么印象。直到他们参加了《莽原》之后,才逐渐为人所知;到了现在,他们便有了独立组织狂飙社的条件了。

他们的宗旨,具见《〈狂飙〉周刊的开始》中:[5]

我们尊崇科学,尊崇艺术。我们以为艺术表现人类的行为,科学指导人类的行为。我们以为中国只有两条路可走:有科学与艺术便生存,没有科学与艺术便灭亡。我们以为人类只有两条路可走:有新的科学艺术便和平,没有新的科学艺术便战争。我们倾向和平,然而我们也尊崇战争。我们要为科学艺术而作战!

我们的重要的工作在建设科学艺术,在用科学批评思想。因为目前不得已的缘故,我们次要的工作在用新的思想批评旧的思想,在介绍欧洲较进步的科学艺术到中国来。

他们在光华书局出版了《狂飙周刊》,在泰东书局出版了《狂飙丛书》,也曾发生过相当的影响。[6]

二

在狂飙社中,最主要的干部,是高长虹,向培良和尚钺。他们或为鲁迅的学生,或为鲁迅的崇敬者,因为参加《莽原》之故,[7]与鲁迅接近的机会很多。这时鲁迅正在"寻找有反抗和攻击的笔的人们",望能共同对于现实的黑暗势力加以攻击。他拚命地为文学青年们看稿,修改,编书,校字,用他自己的生命,哺育了许多的青年作者。这之中,高长虹等便是最著名的几人。他们经常出入鲁迅之门,谈艺论学,抽烟喝酒,[8]鲁迅对他们的情感是很不坏的。尚钺有一段文章叙述他们在鲁迅家里的情形道:

在先生决定办《莽原》周刊的时候,一日夜,我便和长虹一块到先生家中去了。在我的计划中,见了先生似乎有很多话要说,可是到了他家中,在他在《秋夜》散文诗中所描写

的小书斋中坐下后,我却一句话也想不出来了。……我们
走进门时,先生正坐在书案前的藤椅上,转身向外看。大概
是听着脚步响,要看着是谁来打扰了。我们走进了小房间,
他便站起身来,让我们坐。于是他便和长虹谈起办《莽原》
周刊的问题来。我一面嚼着娘姨送进来的咸花生仁,一面
透过窗上的玻璃看着后园的夜风摇动着的枣树的依稀身
影。(尚钺:《我的一段学习生活》)

就这样,他们亲近着鲁迅的謦欬,接受着鲁迅的指导,每一篇文
章或一首小诗送去,都会得到详细的修正和热情的鼓励。殷勤周至,
始终不倦。后来的狂飙社的一群,便在这样的情形下逐渐壮大了。

<h2 style="text-align:center">三</h2>

高长虹,山西人。在狂飙社里,他是以首脑的姿态出现的。据他
自己说,认识鲁迅,"是在一九二四年的冬天"。他这样追叙他所得到
的最初的鲁迅的印象道:

我初次同他(鲁迅)谈话的印象,不但不是人们传说中
的鲁迅,也不很像《呐喊》的作者鲁迅,却是一个严肃诚恳的
中年战士。……鲁迅那时仿佛像一个老人,年纪其实也只
四十三四岁。他的中心事业,是文艺事业,思想事业。不
过因为当时的环境不好,常持一种消极的态度。写文章的
时候,态度倔强,同朋友谈起话来,却很和蔼谦逊。(《一点
回忆》)

在鲁迅的一面,对长虹的看法是:"长虹……乃是我今年新认识

的,意见也有一部分和我相合,而似是安那其主义者。他很能做文章,但大约因为受了尼采的作品的影响之故罢,常有太晦涩难解处。"(致景宋函,见《两地书》八〇页)这印象是很不坏的。有一年多的时间,为了《莽原》,他经常往来鲁迅的家里,鲁迅对他的期望很大。有一次,李霁野去访问鲁迅,见他的神色很不好,问起来,他毫不在意的答道:"昨夜校长虹的稿子,吐了血"(见李作:《忆鲁迅先生》)。由此可见在长虹的身上,也耗费了他的心血不少。长虹的第一本杂感和诗的合集《心的探险》,便是经鲁迅亲手选择,校正,画封面,编入《乌合丛书》里,然后才得与读者见面的。

然而,后来长虹却翻脸攻击鲁迅了。原因[9]是《莽原》压下了向培良的剧本,引起了高、向等和韦素园的冲突,长虹要在厦门的鲁迅出来说话,鲁迅因为不明白"其中的底细曲折",没有发言,于是长虹便在《狂飙》上骂起来了。什么"青年的绊脚石"哪,"世故老人"哪,"戴着纸糊的'思想界的权威者'的假冠,入于身心交病之状况矣"哪,"见过鲁迅不下百回,曾听他骂过郭沫若"哪等等,等等。[10]而在另一方面,却依然要利用鲁迅的名字,狂飙社广告说:"本社同人与思想界先驱者鲁迅及少数最进步的青年文学家合办《莽原》……"并把《乌合丛书》,《未名丛刊》都算在"狂飙运动"中去了。

但到了后来,鲁迅知道了高长虹之骂他,向培良的稿件只不过是一个表面的原因,真实的原因,却是"为了一个女性"。鲁迅在给景宋的一封信里,说:

> 那流言,是直到去年十一月,从韦素园的信里才知道的。他说,由沈钟社里听来,长虹的拼命攻击我,是为了一个女性,《狂飙》上有一首诗,太阳是自比,我是夜,月是她。……我这才明白长虹原来在害"单相思病",以及川流不息的到我这里来的原因,他并不是为《莽原》,却在等月亮。

（《两地书》三二一页）

　　鲁迅明白了这实际的原因以后，"就做了一篇小说，和他开了一些小玩笑，寄到未名社去"。这篇小说是哪一篇呢？我从创作的时间推算，应该就是后来收在《故事新编》里的《奔月》。上引这封信写于一九二七年一月十一日，而《奔月》作于一九二六年十二月三十日，在时间上是正吻合的。

　　在《奔月》第二节里，老婆子问羿是谁，他回答"我就是夷羿"。并且说"有些人是一听就知道的。尧爷的时候，我曾经射死过几匹野猪，几条蛇……。"

　　但老婆子却笑起来了：

　　　　"哈哈，骗子！那是逢蒙老爷和别人合伙射死的。也许有你在内罢；但你倒说是你自己了，好不识羞！"

　　　　"阿阿，老太太。逢蒙那人，不过近几年时常到我那里来走走，我并没有和他合伙，全不相干的。"

　　最后，羿在回家的路上，被逢蒙一箭射中了他的嘴，一个斤斗，他带箭掉下马去了，逢蒙便慢慢地蹩过来，微笑着去看他的死脸，但羿忽然张开眼睛，直坐起来。

　　　　"你真是白来了一百多回。"他吐出箭，笑着说，"难道连我的'啮镞法'都没有知道么？这怎么行。你闹这些小玩意儿是不行的，偷去的拳头打不死本人，要自己练练才好。"

　　看了这段，再想想长虹曾说和鲁迅"合办"《莽原》，以及说"与鲁迅会面不下百次，知道得清楚"等事，两相对照，极为明白。但在当时,除鲁迅和景宋之外,大概只有长虹一人领悟这小说的含义吧,在《两地书》未出版前,读者是无法明白的。当时鲁迅公开地反驳长虹的文字,仅《所谓"思想界先驱者"鲁迅启事》和《新的世故》而已。

对于"月亮"一事,高长虹后来曾有一段辩解:

> 一天的晚上,我到了鲁迅那里,他正在编辑《莽原》,从抽屉里拿出一篇稿子来给我看,问写得怎样,可不可修改发表。《莽原》的编辑责任是完全由鲁迅担负的,不过他时常把外面投来的稿子先给我看。我看了那篇稿子觉得写得很好,赞成发表出去。他说作者是女师大的学生,我们都说女子能有这样大胆的思想,是很不容易的了。以后还继续写稿子来,这人就是景宋。我那时候有一本诗集,是同《狂飙》周刊一时出版的。一天接到一封信,附了邮票,是买这本诗集的,这人正是景宋。因此我们就通起信来,前后通了有八九次信,可是并没有见面,那时我仿佛觉到鲁迅同景宋的感情是很好的。……后来我在鲁迅那里同景宋见过一次面,可是并没有谈话,此后连通信也间断了。以后人们所传说的什么什么,事实的经过却只是这样的简单。……可是这种朴素的通信也许就造成鲁迅同我伤感情的第二原因了。
>
> (《一点回忆》)

此外,他又说明了他和鲁迅决裂的两个原因:一是鲁迅的"派别感情",一是鲁迅对《狂飙》的"中立主义",而一到"培良和高歌写给《莽原》半月刊的稿子都被韦素园拒绝发表"的时候,他说,他便不得不同鲁迅破裂了。

四

向培良，湖南人。在北京时，他与鲁迅往还颇密。从《华盖集》所载的《北京通信》里，可见鲁迅对他也很看重。鲁迅指给青年的："一要生存，二要温饱，三要发展。有敢来阻碍这三事者，无论是谁，我们都反抗他，扑灭他！"的宝贵的教训，就是在这篇通信里向向培良说的。在《集外集拾遗》里，还保留着当他在河南编《豫报副刊》时，鲁迅给他的一封充满温煦的《通讯》。他的第一本短篇小说集《飘渺的梦》，也是由鲁迅编选，收入《乌合丛书》，与《呐喊》、《彷徨》等并列，送到读者眼前的。自然，他这时对鲁迅也十分尊敬，虽说他已与高长虹等办过《狂飙》，但一直到鲁迅离开北京为止，他对鲁迅都很推崇。一九二六年八月鲁迅离京前四日在女子师范大学毁校周年纪念会上的讲词，即后来收入《华盖集续编》中的那篇《记谈话》，就是向培良记录的。他在《记谈话》前的说明里，有云："鲁迅先生快到厦门去了……这实在是我们认为很使人留恋的一件事。……人们一提到鲁迅先生，或者不免觉得他稍微有一点过于冷静，过于默视的样子，而其实他是无时不充满着热烈的希望，发挥着丰富的感情的。在这一次谈话里，尤其可以显明地看出他的主张；那么，我把他这一次的谈话记下，作为他出京的纪念，也许不是完全没有重大的意义罢。"从这些话，可见当时他对鲁迅的景仰和依恋。然而，在鲁迅离京不久，为了他的稿子，却引起了莽原社的分裂，他虽没有像长虹那样的破口大骂，并且还想在骂声中再利用鲁迅替他"在厦门或广州寻地方"（《两地书·九五》），但在《莽原》和《狂飙》的冲突之下，他和鲁迅的关系也不得不趋于断绝了。

到了一九三〇年前后，[11]向培良在南京[12]主编《青春月刊》（拔提书店发行的），反对普罗文学，[13]提倡[14]"人类的艺术"，这使鲁迅很

看不过去了，[15]于是他在一九三一年八月讲《上海文艺之一瞥》时，有几句便针对着向培良而发：[16]

在革命渐渐高扬的时候，他（指向）是很革命的；他在先前，还曾经说，青年人不但噪叫，还要露出狼牙来。这自然也不坏，但也应该小心，因为狼是狗的祖宗，一到被人驯服的时候，是就要变而为狗的。向培良先生现在在提倡人类的艺术了，他反对有阶级的艺术的存在，而在人类中分出好人和坏人来，这艺术是"好坏斗争"的武器。狗也是将人分为两种的，豢养它的主人之类是好人，别的穷人和乞丐在它的眼里就是坏人，不是叫，便是咬。然而这也还不算坏，因为究竟还有一点野性，如果再一变而为吧儿狗，好像不管闲事，而其实在给主子尽职，那就正如现在的自称不问俗事的为艺术而艺术的名人们一样，只好去点缀大学教室了。

当时向培良曾在南京的一个小报《活跃周报》（卜少夫编的）上写了一篇《答鲁迅》，[17]大意好像是说：吧儿狗的祖先也是狼，如果鲁迅再攻击他的话，他便要露出狼的牙齿来云云。手边没有旧报，内容不十分记得了。

五

尚钺，河南人。北京大学学生。他听鲁迅讲授《中国小说史略》和《苦闷的象征》，一直听了三年。一九二五年，他曾写过一篇《鲁迅先生》，来说明他对鲁迅的理解，里面说鲁迅："他拿着往事，来说明今事，来预言未来的事。"（见台编：《关于鲁迅及其著作》）除了课堂听讲之外，他在课余又随时向鲁迅请益。他曾经追述过鲁迅在创作问题上指导他的情形：

> 我记得先生说，不拘是创作是翻译或校对都要十分精
> 细，别无诀门。他的大意是在两个字：忍耐。……只有忍耐
> 才能对问题和材料有周详的思考和观察，因技术是需要忍
> 耐才能练习纯熟的，认识是需要忍耐才能锻炼敏锐的；只有
> 忍耐，观察才能由皮肤更深地挖到血肉里边去，也只有忍耐
> 才能使浮在意识中的字句，得到恰到好处的适宜运用，在人
> 物的动作上，在背景和感情的表现上，没有作者深切忍耐的
> 观察，人物自身便会现出二重或多重人格的分裂现象。更
> 厉害的，作者如果缺少了深切忍耐的工夫，不是人物逃出了
> 作者所要把握的范围，便是许多人物因作者的复杂经验而
> 互相对立起来，比辜鸿铭先生到北大来讲皇恩更使人觉着
> 不调和，这就是各个人物因处置的不得当，各人都在干自己
> 的事，说自己的话，与全场无关。这样，一篇作品的全景便
> 因一句或一字，而使人感着灭裂，文字虽是小的缺点，但却
> 有大作用。……他一面说着，一面在我过去的作品中举实
> 例，使我深深认识了此后创作所应严格注意的方向。(《怀念
> 鲁迅先生》)

此外，鲁迅在物质上有时也给他以补助。他在病后去看鲁迅，鲁
迅像医生一样仔细问明了他的病状和经过之后，便开给他一个曾经
试验有效的药方，由于他的问价，鲁迅觉察出他的穷困，便在他告辞
时，从抽屉中取出三块钱给他，慎重地叮咛着：

> "你刚好，不能多跑路，坐车去，有三块钱大概差不多
> 了。"

这使得尚钺:"我的心立刻被惊喜和羞赧的感情压榨得不安地震颤起来。"他为这位在创作上,精神上指导他,而又在物质上,生理上扶持他的导师的行为所深深感动了。

但到了后来,和其他狂飙社人物一样,尚钺也和鲁迅发生了龃龉了。那经过是:

> 因第三者不断有意地将事实加以曲解,和第四者的挑拨离间,我青年的轻信性便因之伴同着空洞的自信心,抹杀着许多事实而走向误解的道路。这样便使我与先生发生了某种程度的默哑的抵触。这抵触使我将编配好的《斧背》小说集,从先生所编的《乌合丛书》中抽出来,给予上海泰东图书局出版了。(《怀念鲁迅先生》)

虽然不久以后,尚钺便给鲁迅写了一封长信,并寄去一篇未发表的骂鲁迅的文章,请求谅解(参看《两地书》二八七页及前揭尚文);但他们的关系始终没有法子再继续了。

六

不过,鲁迅和狂飙社诸人之间虽曾有过这样的曲折纠葛,但鲁迅对他们始终是很厚道的。固然,在事件发生的当日,鲁迅不免深感悲愤,在给景宋的通讯里,曾一再说:

> 这回长虹……一面自己加我"假冠"以欺人,一面又因别人所加之"假冠"而骂我,真是轻薄卑劣,不成人样。有青年攻击或讥笑我,我是向来不去还手的,他们还脆弱,还是我比较的禁得起践踏。然而他竟得步进步,骂个不完,好像

我即使避到棺材里去，也还要戮尸的样子。（《两地书》二四六页）

我先前的种种不客气，大抵施之于同年辈或地位相同者，而对于青年，则必退让，或默然甘受损失。不料他们竟以为可欺，或纠缠，或奴役，或责骂，或诬蔑，得步进步，闹个不完。（《两地书》二八七页）

而事情过去，鲁迅却能不念旧恶。这是因为他认为高、向等人，颇有一点才能，还很爱惜。在他答复长虹的谩骂的文章中，有一篇《新的世故》，文长万言，曾刊《语丝》，但后来却没有收入《华盖》、《而已》或其他任何集子里。这是什么意思呢？这就是因为他对长虹还没有失掉最后的希望，他知道他自己的笔的重量，不肯使长虹的嘴脸在他的笔下垂之久远呵！这样一来，[18]在《全集》中针对长虹的文字，就只有一篇《所谓"思想界的先驱者"鲁迅启事》了。（《奔月》不明显，且非纯为长虹而发。又《而已集》中有一篇《新时代的放债法》，大约也是指长虹，但不仔细看，或未读过长虹文字者，是看不出来的。）以后无论在口头上或文字上，鲁迅对狂飙社诸人都极怀好感，从不抹杀其长处；反之，如果有什么优点，一定加以表扬。[19]如关于《莽原》的筹办，必不忘记："奔走最力者为高长虹。"论到向培良的小说，则说：

他并不"拙笨"，却也不矫揉造作，只如熟人相对，娓娓而谈，使我们在不甚操心的倾听中，感到一种生活的色相。但是，作者的内心是热烈的，倘不热烈，也就不能这么平静的娓娓而谈了。（《中国新文学大系·小说二集序》）

论到尚钺，则说：

> 尚钺的创作，也是意在讥刺，而且暴露，搏击的，小说集《斧背》之名，便是自提的纲要。他创作的态度，比朋其严肃，取材也较为广泛，时时描写着风气未开之处——河南信阳——的人民。可惜的是为才能所限，那斧背就太轻小了，使他为公和为私的打击的效力，大抵失在由于器械不良，手段生涩的不中里。（同上）

这都是十分公平的批评，不没其长，不护其短，是没有丝毫的私人情感存乎其间。虽然他说过"狂飙社嘴脸，大言无实"（《两地书》二五七页），表示他对狂飙社的整个印象，但对于他们所达到的成就，却是很尊重而随时予以赞许的。这依然是对于青年"退让""不去还手"的精神。

七

然而，不幸鲁迅于一九三六年十月逝世了。生前，他宽厚待人；死后，别人却不以宽厚待他。于是狂飙社的喊喊喳喳之声便起来了。[20] 其中只有尚钺，表示他和鲁迅的"误解"，"至今仍然是深心中一个苦痛伤痕。"他写了《怀念鲁迅先生》（《抗战文艺》），《我的一段学习生活》（《学习生活》），《升钉——一九四一年纪念鲁迅先生》（《野草》），《新文学的发生发展及今日——胜利年纪念鲁迅先生》（《民主周刊》）等文，深深表现了他对鲁迅的景仰和忏悔。还有朋其，曾写过一篇《枪毙阿Q精神》（《新蜀报副刊》），又在《作有聊状斋随笔》里有一节《鲁迅之死》（《春云月刊》），赞扬鲁迅是一个"有血性男子"，并主张把鲁迅所揭发出来的民族性中的"阿Q精神"彻底消灭。除了这两人之外，其余狂飙社中人，大抵都变成了鞭尸的英雄了。譬如长虹，曾写过一篇《一点回忆——关于鲁迅和我》（重庆《国民公报》星期增刊），洋洋洒洒，长万余

言,是他在鲁迅逝世以后所写的唯一的关于鲁迅的文章,除了辩解他和鲁迅决裂的原因之外,在说到鲁迅的作品时,他说:

> 《呐喊》描写得深刻处,在当时是无与伦比的。……然而文字的生硬,形式的偏于欧化,人物的缺乏活跃性,平面性,都在说明这书的思想价值,过于它的艺术价值。

在说到鲁迅和章士钊,陈西滢等人的斗争时,又说:

> 他同人斗争的方法,好像是寻人来厮打的。就如徐志摩,陈西滢,起先只是传言传语,是他先写文字骂起来的。骂徐志摩的一篇散文是很厉害的,……骂陈西滢时,就都是用杂感了。他骂人不是想把他骂得不能说话,或者骂得改悔,却骂得人不能不回骂。被骂者的人一回骂,他就激昂起来,真像一个寻人厮打的人,摩拳擦掌的样子。

至于向培良,则早在鲁迅刚死的次年,便写了一篇小说《出关》(我们不要忘记鲁迅有一篇小说的题目正是这二字),用老子影射鲁迅,挖苦了一番。当老子被关尹喜留在函谷关里著书的时候:

> "这是寂寞!"是的,这是寂寞,而他以前所感到的也是寂寞,不过自己不愿承认,所以放射出去,拿后羿,逢蒙的事作藉口,一齐都推到孔子那个目标上罢了。那无非是一种逃避的方法罢;逃避既不可能,于是出之以掩饰。这时候所有的回忆,都一下子拥在老子心头了。过去之拚命抗争;拚命把敌人张扬得非常大,以便把自己也看得非常大;甚至于拚命幻想许多敌人,而终至于以幻想为事实,这些都不过为

逃避寂寞罢了。就是拚命著书,也还是为这一件事。……

"我难道终于只是从空虚走到空虚吗?"(《中国文艺》创刊号)

这明明用孔子影射自己,而暗暗把鲁迅写成那么一个可笑的角色。但这是小说,还苦于没有明说,于是向培良后来在一篇《狂飙周刊题记》里,又这样说道:

> 十六年初,狂飙社与鲁迅先生决裂,那时候我们的思想已与鲁迅先生渐渐分离。他性情狷急,睚眦不忘,又不肯下人,所以不知觉中被人包围,当了偶像,渐渐失去他那温厚的热情,而成了辛辣的讽刺者和四面挥戈的,不能自已的斗士。……此后鲁迅先生全部的精力消耗于攻击和防御中,琐屑争斗,猜疑自苦,胸襟日益褊狭,与青年日愈远离,卒至于凄伤销铄以死。(桂林《扫荡报·文艺周刊》)

一个说鲁迅"摩拳擦掌,寻人厮打";一个说鲁迅"琐屑争斗,四面挥戈",真好像约好一般。看他们说得眉飞色舞,兴高采烈,爱怎么说,便怎么说,真正再痛快也没有了。遗憾的是,鲁迅已不能起而答复他们,他们在横戈跃马的快意之中,总不免要微微的感到一点冷落吧?

一九四五年十一月二十五日之夜写毕

校　记:

[1] 二版改作"一九二四年十一月"。三版同改。

[2] 二版改作"三月一日"。三版同改。

[3] 二版改作"《〈狂飙周刊〉宣言》",三版同改。

[4] 二版补入"到十七期便告停刊"。三版同改。

[5] 二版此句改作"他们在一九二六年十月由上海光华书局出版了新的《狂飙》周刊,在创刊号《狂飙周刊的开始》一文中,说明他们的宗旨道:"三版同改。

[6] 二版此段改作"除周刊外,他们同时又分别在开明、泰东、光华三家书店编印三套《狂飙丛书》,曾出过若干种小册子。"三版同改。

[7] "他们或为鲁迅的学生,或为鲁迅的崇敬者",二版改作"他们最初在北京办《狂飙》周刊时,鲁迅曾经在稿件上给予支持,为他们翻译过日本伊东干夫作的一首诗《我独自行走》(见第十六期,一九二五年三月十五日出版。)"。三版同改。

[8] "谈艺论学,抽烟喝酒"一句二版删。三版同改。

[9] "原因",二版改作"他藉口"。三版同改。

[10] 以上数句二版改作"又退还了高歌(他的弟弟)的小说《剃刀》,便和韦素园等大起冲突。他在《狂飙》周刊第二期发表一封《给鲁迅先生》的公开信,一面说'我真有点不明真相';一面却向鲁迅大肆咆哮:'公然以"退还"加诸我等矣!刀搁头上矣!'又说他在北京时,'无论有何私事,无论大风泠雨,我没有一个礼拜不赶编辑前一日送稿子去。我曾以生命赴《莽原》矣!尔时所谓安徽帮者(按韦素园、李霁野、台静农等,均安徽人)则如何者!乃一经发行(按指韦、李等经手发行《莽原》半月刊),几欲据为私有,兔死狗烹,现在到时候了!'最后则希望鲁迅表示意见:'你如愿意说话时,我也想听一听你的意见。'此外并希望鲁迅对新办的《狂飙》给予'助力'。鲁迅因为远在厦门,不明白'其中的底细曲折'(《两地书·六〇》),没有发言,自然也没有给予'助力',于是长虹便在《狂飙》上骂起来了。尤其是第五期中的《1925北京出版界形势指掌图》一文内,更充满了'世故老人'哪,'戴着纸糊的"思想界的权威者"的假冠,入于身心交病之状况矣'哪……等等下劣的谩骂和'鲁迅常说郭沫若骄傲'一类的挑拨。"三版同改。

[11] "一九三〇年前后",二版改作"一九二九年十月"。三版同改。

[12] "在南京",二版改作"在上海"。三版同改。

[13] "普罗文学",二版改作"无产阶级革命文学"。三版同改。

[14] "提倡'人类的艺术'",二版改作"提倡所谓的'人类的艺术'"。三版同改。

[15] 此句二版改作"在这样重大的原则问题上,鲁迅自然是不能容忍的"。三版同改。

[16] 此句二版改作"便针对着向培良给以严厉的挞击"。三版同改。

[17] 此下二版与初版同,三版改作"其中有这样的话:'我在十八年春写《人类—艺术—文学》,已确定个人艺术之观念。此后编《青春月刊》,引申之为《人类的艺术》一文。……当时鲁迅对我们的《人类的艺术》曾无一言,无非他们对我还存后望,所以不愿在文字上决裂而已。于今《青春月刊》再起,行动比前更坚实,态度比前

更稳定,鲁迅这时候才觉到有及早摧残之必要,便奋然一骂。'末后又说:'若必不惮烦而要和我斗斗口舌……当然也可以奉陪下去。'(见一九三一年八月《活跃周报》第十三期)从自称'行动比前更坚实,态度比前更稳定'等语,可见他已不掩饰'给主子尽职'的吧儿狗的面目了。"

[18]以上数语二版改作"但后来鲁迅除了在最根本的原则问题上斥责过向培良以外,便没有在什么文字中重提过他和狂飙社诸人的关系;甚至连他在《语丝》上发表的答复长虹谩骂的一篇《新的世故》,后来也没有收入《华盖》、《而已》或其他任何集子里。这样,"三版同改。

[19]"以后无论在口头上……加以表扬",二版改作"而另一方面,在论及长虹等人先前在《莽原》时代的努力和成绩时,却完全出以公正的历史的态度,从不加以抹杀。"三版同改。

[20]以上数句二版改作"然而,不幸鲁迅于一九三六年十月逝世以后,狂飙社的喊喊喳喳之声便起来了。"三版同改。

论《红星佚史》非鲁迅所译

在《天下文章》第五期上，有一篇世骥先生的《鲁迅译的〈红星佚史〉》，副题为《〈鲁迅全集〉中遗未编入之一书》。那原文云：

东海觉我《丁未年小说界发行书目调查表》录有《红星佚史》一种，系英国罗达哈葛德，安度阑原著，会稽周逴译述，商务印书馆刊行，实为鲁迅先生所译也。先生早岁笔署周逴，著有《怀旧》一册，述私塾读书景况，原载小说月报，今见鲁迅全集，而此册独未收入，未解何故。按鲁迅全集所辑先生民国以前长篇翻译小说，计有《月界旅行》《地底旅行》两种，俱系章回体裁，文字近乎语录。《红星佚史》凡三篇，每篇若干章，听其自由起讫，亦无对偶回目，当系根据原著未多更易者，而行文渊懿古茂，不在林译小说之下，足见先生对于古文根底之深厚。此书题材系取诸荷马（先生译为鄂谟）史诗叙阿迭修斯第三次漫游故事，情节极为罗曼谛克。当他介绍此书之际，正值一般载道的小说论者（近如梁启超，夏曾佑，别士，侠人等）高唱小说为改良社会风俗工具之时，而他独具会心，以最前进的见解阐明此书的价值。他在序文中说:"中国近方以说部教道德为桀,举世靡然,斯书之缮,似无益于今之群道。顾说部曼衍自诗,泰西诗多私制,主美,故能出自繇之意,舒其文心。而中国则以典章视诗,演至说部,亦立劝惩为皋极,文章与教训,漫无畛畦,画最隘之界,使勿驰其神智,否则或群逼拶之,所意不同,成果斯异!然世之现为文辞者,实不外学与文二事。学以益智,文以移情,能移人情,文责以尽,他有所益,客而已!而说部者,文之属也,读泰西之书,当并函泰西之意,以古目观新制,适自蔽耳!"这一代新文学的巨人,在小说观念极为蒙昧幼稚的期间,已经有了那么成熟的论调,无怪他后来的创作,奠定了现代小说的基础!兹录引书的第二章叙阿迭修斯回到故乡的一段,以见他的译笔:"夜渐阑,景极清寂,但有海波舐岸,时作微声,阿迭修斯自家趋城,处处望人家灯火,顾皆沈黑,了无所见。以疫后继以地震,百物悉毁,道中类皆破罅。月光自破屋坏墙穴中点点外射,影极凌乱。久之至司战女神雅什妮神庙,第屋瓦尽覆,柱楄倾斜,辇道中野花丛生,麝荜作香正烈,履为之碍。小立檐外,即当日碟祭之所,怃然久之。已而见火光熊熊,自滨海一大祠出。祠为爱之女王亚孚罗大谛之居。芳菲之香,辉耀之光,自窗棂四溢,渐杂入银黄月色与大海夜气中而没。阿迭修斯见道往,肢体小倦,趋行甚缓,景亦恍惚,半在梦寐。第恐或海盗据空祠夜宴,因藏身丛树间,窃觇其状。既无歌声,亦不闻跳舞之响,古殿森严,弥形寂静,倾听良久,胆乃渐壮,潜进其户,竟入圣地。庭中铜炉巍然,初无燔柴,两旁立侍金制男女,手中亦弗秉炬火。彼自审非梦,未至误月光为火焰,而神祠则信大光明,如浴金光影中,其光无有源起,非来自神座像次,惟处处皆现,朗然炳然,非复人间所有状。四周画壁,咸绘古代神人爱史,暨雕梁藻棁,碧色之罘罳,莫不

赫戏,如在白日。"迻译古典小说中空幻瑰奇的境界,唯如此
大手笔,始克胜任。

对于一般关切鲁迅先生的著译的人,这是一篇不能轻易放过的
文字;我因为正在辑录《鲁迅全集补遗》,所以尤为注意。自从读了这
篇文字以后,我便极力想搜求到这本过去尚未看过的书,但在战时艰
难的情形下,战前一二年的出版物,便已不易购得;何况已绝版了的
清末的书籍。我检阅旧书店的书架,翻查图书馆的目录,可是过了一
年而终于毫无所得。我的搜寻,大约终将只是一个希望罢了。

有一次,和孙伏园先生谈到这本书,他说,曾看到过,是收在商务
《说部丛书》里的,但恐怕并非鲁迅所译。因为鲁迅译书,大抵根据德
文或日文,而这书似是根据英文;又鲁迅所译多为俄日两国作家作
品,于英国哈葛德素无兴趣。所以他疑心翻译者是另外的人。

这虽然只是一种臆测,没有直接凭证,但却是可供我们参考的一
种意见。由于这意见的启发,我对《红星佚史》也不禁开始了怀疑:
《怀旧》与《红星佚史》署名同为"周逴",又同为外人不知之作,为什么
周作人在《关于鲁迅》一文里,只提《怀旧》而不提《红星佚史》呢? 为
什么在别的有关鲁迅译作的文章里,也从无提及《红星佚史》的呢?
我把《月界旅行》的弁言和《红星佚史》的序文相对照,又发见了两者
对于小说的意见的差异。《月界旅行》弁言说,科学小说,在不知不觉
间,可使人"获一斑之知识,破遗传之迷信,改良思想,辅助文明……
导中国人群以进行";而《红星佚史》的序文则说:"学以益智,文以移
情;能移人情,文责以尽,他有所益,客而已!"两者迥不相侔。《月界
旅行》译于癸卯(一九〇三),《红星佚史》据东海觉我(名徐念慈,江苏
昭文人)云译于丁未(一九〇七),相距不过四年,如出于一人之手,见
解不应悬殊如此,故《红星佚史》是否鲁迅所译,实在是一个疑问。

最近,偶然翻阅江绍原先生著的《发须爪》,在卷首周作人的序文
里,无意中发现这样几句:

　　我最初所译的小说是哈葛德与安度阑合著的《红星逸史》(The World's Desire, By H. R. Haggard and Andrew Lane)，一半是受了林译《哈氏丛书》的影响，一半是阑氏著作的影响。

　　这真使我大喜过望！在一本研究民俗的书里，谁料得到会发现关于《红星佚史》的直接资料呢！这序文写于"民国十五年十一月一日"，其时鲁迅尚健在，倘果系鲁迅所译，周作人决不会随便乱说。一切久久不能解决的问题，《红星佚史》的译者到底是谁？周作人在《关于鲁迅》里何以只提《怀旧》而不提《红星佚史》？到此都已迎刃而解了。
　　但为什么又与《怀旧》的署名相同呢？
　　我们且看周作人的《关于鲁迅》的一段：

　　　　他写小说其实并不始于《狂人日记》，辛亥冬天在家里的时候曾经写过一篇，以东邻的富翁为模特儿，写革命的前夜的事，性质不明的革命军将要进城，富翁与清客闲汉商议迎降，颇富于讽刺的色彩。这篇文章未有题名，过了两三年由我加了一个题目与署名，寄给《小说月报》。

　　原来"周逴"并非鲁迅自取的笔名，而是周作人在寄出《怀旧》时随意加上去的。这二字所代表的，是周作人自己的意思，他可以随便加在鲁迅的作品上，自然更可以用在他自己的翻译上。
　　这里，我们可以下结论了：《红星佚史》非鲁迅所译。这不仅仅是一本译书的问题；倘不辨正而相信那序文真是鲁迅的意见，则鲁迅早期的思想发展的路线是会被混淆的。

　　　　　　　　　　　　　　　　　　　　　一九四四年七月二十日

补 记[1]

许寿裳《亡友鲁迅印象记》第三节《杂谈名人》内有云："林纾译述小说有百余种之多……出版之后,鲁迅每本必读,而对于他的多译哈葛德和科南道尔的作品,却表示不满。他常常对我说:'林琴南又译一部哈葛德!'"由此可见鲁迅对哈氏作品的印象并不好,他自然不会再去翻译。此亦足为《红星佚史》非鲁迅所译的一个旁证。

一九四七年十一月二十日记

校 记:

[1] 这则补记,二版时在内容上作了扩充,全文如下:"《红星佚史》一书,原为周作人所译,除了我在上文所举的《发须爪》序之外,周作人还在《夜读抄》中的《习俗与神话》及《苦竹杂记》中的《我是猫》等文中,一再说到此书是他所译。他在同一时期用古文翻译匈牙利育珂摩耳的长篇小说《匈奴奇士录》(一九〇八年商务出版),署名也是'会稽周逴',这证明'周逴'本是周作人早期的笔名。但最近周遐寿在《鲁迅的故家》第二分《笔述的诗文》一节里,却说'这译本不是用鲁迅出名,但其中韵文部分,出于他的笔述',这话不免有些含胡,因为一个译者在翻译一本书时,从他人得到一些帮助,原是常有的事,此书由选定到翻译,都是出于周作人对神话学的趣味,鲁迅纵然从旁笔述了一部分诗歌,也根本说不到什么'出名'和'不出名';而张静庐辑《中国近代出版史料二编》收入了东海觉我的《丁未年小说界发行书目调查表》,在《红星佚史》下即据周遐寿语注云:'会稽周逴是鲁迅的笔名。本书的韵文部分为鲁迅笔述,余为周作人所译。'这说法更十分混淆,因为既误以'周逴'为鲁迅的笔名,又先叙鲁迅笔述部分,然后再说到其'余',完全以鲁迅为主,很容易在读者间造成混乱的印象的。编者是连周遐寿的'不是用鲁迅出名'一语也看掉了。(附带说明:在《鲁迅全集》第二十卷附录里有一张笔名表,其中虽然也将'周逴'列入,但那是因为周作人曾将他的这个笔名代署在《怀旧》上,是专就《怀旧》一篇发表时的情况而言;它与鲁迅自取自用者毕竟不同,是不能一般地迳认为鲁迅的笔名的。)一九五四年七月五日记"。三版删。

鲁迅的婚姻生活[1]

　　研究一个伟大人物,有些人往往只从他的学问,道德,事业等大处上着眼,而轻轻放过了他的较为隐晦,较为细微的许多地方;这显然不是正确的方法。因为在研究上,一篇峨冠博带的大文章,有时会不及几行书信,半页日记的重要;慷慨悲歌,也许反不如灯前絮语,更足以显示一个人的真面目,真精神。因此,我们在知道了鲁迅先生在思想,文艺,民族解放事业上的种种大功业之外,还须研究其他素不为人注意的一些事迹。必须这样,然后才能从人的鲁迅的身上去作具体深入的了解。这儿,我们且来一谈他的婚姻生活。

　　鲁迅的结婚,据许寿裳《鲁迅年谱》所载,是在清光绪三十二年:

　　　　民国前六年(三十二年,丙午,一九〇六年)二十六岁。

　　　　六月回家,与山阴朱女士结婚。

　　　　同月,复赴日本。……

　　这时鲁迅正在日本留学,不知怎地,他的家乡,忽然传说,他已在日本结婚,并已生了孩子,有人曾亲眼看见他带着日籍夫人和孩子在神田散步。他原是由父母之命,媒妁之言早就与山阴朱安女士订了婚的,所以这消息使得他家中十分惶急,于是便不断地写信去催促他回家,说是他母亲病了。但当鲁迅回到家里,才知道是受了骗,家中已经为他准备好了结婚的一切。对于这种不合理的旧式的婚姻,自然为当时已受新学洗礼,且在维新后的日本曾受过四年科学教育的鲁迅所反对。但他为了不愿拂逆母亲的意思,免她伤心,只好牺牲自己,默默地下了决心,不惟没有反抗,而且一任家庭的摆布,举行了那繁琐的旧式婚仪。[①]但他自然是不会屈服到底的,一到婚礼已成,母亲的心愿已了,再没有可使她伤心的事故以后,他便按着自己心里的暗定计划,于婚后第三日[②]就从家中出走,又到日本去了。

　　鲁迅是在这样的情形下,与朱女士结婚的。两人之间,自然不会有什么情感可言。自结婚以至接眷北上为止,前后十余年中(一九〇六——一九一九),鲁迅在东京整整住了三年,在杭州,南京,北京等地,又住了九年之久,经年在外,不常回家,与朱女士连见面的机会也很少。到民国八年(一九一九),买了公用库八道湾的房屋,才将老太太和朱女士接到北京,同住一地。表面上算是一道生活了,但夫妇各住一屋,每天连话也少谈。夫妇的情感既是这样,自然不会胤育。[2]鲁迅对于朱女士,认为只负有一种赡养的义务,他常常慨叹地对他的老朋友许寿裳说:"这是一件母亲送给我的礼物,我只好好好地供养它。"(三十三年二月四日许先生致作者函)由这沉痛的话,我们也可以想见鲁迅精神上的痛苦了。

　　当民国八年,[3]鲁迅曾经接到一位少年寄来的一首新诗,题名《爱情》,里面有这样的句子:"我是一个可怜的中国人,爱情! 我不知道你是什么。……我年十九,父母给我讨老婆。可是这婚姻,是全凭别人主张,别人撮合。……仿佛两个牲口,听着主人的命令:'咄,你们好好的住在一块儿罢！'……"鲁迅看了以后说"对于我有意义"，认为"这是血的蒸气，醒过来的人的真声音"。并因此写了一篇《随感录》，登在当时的《新青年》六卷一号上，里面除了指明"无爱情结婚的恶结果"以外，并有一节说："在女性一方面，本来也没有罪，现在是做了旧习惯的牺牲。我们既然自觉着人类的道德，良心上不肯犯他们少的老的的罪（按据上文是指"妍人宿娼"等等），又不能责备异性，也只好陪着做一世牺牲，完结了四千年的旧账。"由此不但可以推见鲁迅对于旧式婚姻和朱女士的态度，而且还可以看出"无爱情结婚"所给予他的心灵的创痛之深；否则他便决不会为了"一位不相识的少年"的诗，竟激动得说这"对于我有意义"了。

鲁迅就是抱着这种"牺牲"的心情，在那样凄凉的家庭和痛苦的婚姻下度着日子。在寂寞中，度过了悠长的二十年的岁月。直到民国十二年（一九二三），他才认识了许广平女士，其时他已有四十三岁了。

许广平，广东番禺人，母亲姓宋，她因景仰母亲，又自号曰景宋。（见孙伏园：《腊叶》）她的祖父曾任浙江巡抚（据孙伏园先生口述），她的长兄，在清末留学南京，为鼓吹种族大义最力的人。故她在幼年时，即受革命思想的陶冶，爱看民党所办的《平民报》，因为渴慕新书，她常和她的小妹同走十余里到城外去购买。辛亥光复时，她正在小学里读书，深恨幼小不能参加。到洪宪盗国时，她以为正是为国效命的时机，便悄悄写一封信给一个姓庄的女革命者，但终因消息不密，被家人阻止了。（据《两地书》一九二五年三月二十六日许函）她头脑清晰，勇于作事，性格极为刚直坦率，与一般出身仕宦之家的小姐们的孱弱娇柔不同。在给鲁迅的信里，她自言："自信是一个刚率的人。"（一九二五年三月十一日函）"先人禀性豪直，故学生亦不免粗犷。又好读飞檐走壁，朱家郭解，扶弱锄强等故事，遂更幻想学得剑术，以除尽天下不平事。"（同年三月二十六日函）她在中学阶段，是进的初级师范，毕业后曾任小学教职。由于"五四"潮流的激荡,刺激了她的升学的野心,于是她便在一九二三年,投入了北京女子高等师范学校。

这样,她便和鲁迅相识了。

她对鲁迅的最初的印象是这样的:

当鲁迅先生来上课的瞬间,人们震于他的声名,每个学生都怀着研究这新先生的一种好奇心。在钟声还没收住余音,同学照往常积习还没就案坐定之际,突然,一个黑影子投进教室来了。首先惹人注意的便是他那大约有两寸长的头发,粗而且硬,笔挺的竖立着,真当得"怒发冲冠"的一个"冲"字。一向以为这句话有点夸大,看到了这,也就恍然大悟了。褪色的暗绿夹袍,褪色的黑马褂,差不多打成一片。手臂上衣身上的许多补钉,则炫着异样的新鲜色彩,好似特制的花纹。皮鞋的四周也满是补钉。人又鹘落,常从讲坛跳上跳下,因此两膝盖的大补钉,也掩盖不住了。一句话说完,一团的黑。那补钉呢,就是黑夜的星星,特别熠耀人眼。小姐哗笑了!"怪物,有似出丧时那乞丐的头儿。"也许有人这么想。讲授功课,在迅速的进行。当那笑声还没有停止的一刹那,人们不知为什么全都肃然了。没有一个人逃课,也没有一个人在听讲之外拿出什么来偷偷做。钟声刚止,还来不及包围着请教,人不见了,那真是"神龙见首不见尾"。许久许久,同学醒过来了,那是初春的和风,新从冰冷的世间吹拂着人们,阴森森中感到一丝丝暖气。不约而同的大家吐一口气回转过来了。(景宋:《鲁迅和青年们》)

那时,北方正处于反动的军阀政客段祺瑞,章士钊辈的统治之下,屠戮学生,封闭学校,日在进行。景宋入学还不满一年,在民国十三年

(一九二四)春季,女师大(女高师改称)便发生了风潮。风潮之起因,是由于学生们反对校长杨荫榆的贪污腐败。杨对这风潮的对策是收买和威胁,教育总长章士钊更主张采用严峻的手段来对付,首先便开除了大批的学生,后来又将整个的学校解散。在这样的压迫下,学生们自然更感到愤懑和苦痛,国事校事,都使她们遑遑不安,要想在黑暗中寻求指引,于是景宋遂向鲁迅通信请教了。

她给鲁迅写信,开始于一九二五年三月十一日的第一封。在这信里,提到女师大事件,她说:"做女校长的,如果确有干才,有卓见,有成绩,原不妨公开的布告的,然而是'昏夜乞怜',丑态百出,啧啧在人耳口。"鲁迅在当日即写了回信,说明"学风如何,是和政治状态及社会情形相关的。"并教以"壕堑战"的战法。自此以后,书札往来,内容不只限于女师大风潮;在一般人生态度,社会问题上,景宋也不断向鲁迅有所申诉或求教。鲁迅这时正想纠集一般思想进步,热心做事的青年们,来"对根深蒂固的所谓旧文明,施行袭击"(一九二五年三月三十一日鲁迅函)。而景宋正"愿作一个誓死不二的马前卒"(三月二十六日许函)。就由于这种根本见解的投契,他们的通信遂渐渐频繁了。

通信之外,景宋也常到鲁迅的家里去。这时鲁迅的生活,极为忙碌。到学校教课,到教部办公,写文章,编《莽原》,校稿子,给无数识与不识的青年改文稿,作回信,而每天又得接待因为仰慕他的高名或有所请托而来拜访的川流不息的宾客。景宋便是其中的一人。她初次去,大约是在一九二五年四月十二日③,她曾将这次访问的观感写在寄鲁迅的信中:

> "尊府"居然探检过了!归来后的印象,是觉得熄灭了通红的灯光,坐在那间一面满镶玻璃的室中时,是时而听雨声的淅沥,时而窥月光的清幽,当枣树发叶结实的时候,则领略它微风振枝,熟果坠地,还有鸡声喔喔,四时不绝。(四

月十六日函）

她每次去，总见鲁迅很忙，她便从旁帮助一二，替鲁迅校对什么，或者代抄点《坟》之类的材料。她在《妇女周刊》，《莽原》上所发表的文章，大多也曾送鲁迅修改过。她从鲁迅的自奉的俭省，衣著食用的简朴，接待客人的坦直以及工作的勤奋上，更看出了鲁迅的伟大精神："寂寞的家，孤独凄凉的他，未能禁制心头炽热的烈火，'革命的爱在大众'，我看到先生全心力是寄托在大众身上了。"（许作：《鲁迅和青年们》）她从心里深沉而细微地体会到鲁迅的"孤独凄凉"，"如古寺僧人的生活"，而予以深湛的关怀。她劝他休息，劝他戒烟，劝他戒酒，在床褥下搜寻传说中他准备用来自杀的短刀。两人情谊，可说从这时已经开始了。

接着，"三一八"惨案发生了。鲁迅在对于旧社会，旧文明的攻击上，在对于女师大学生的援助上，都早为段章及其门下的"正人君子"们所不容。惨案一发生，段政府更通缉所谓"暴徒首领"四十八人，鲁迅列名二十一（《而已集·大衍发微》），危险日甚一日，在北京已难安处。而许广平呢，她一面读书，一面"到哈德门之东去作人之患"（四月六日函），已经疲惫不堪；在学校风潮中，她又奔走呼号，辛劳悲愤，达于极点，也没有在北京住下去的意趣了。于是他们两人，遂于一九二六年八月二十六日⑥离开北京，同车赴沪⑤。抵沪以后，他们又分道而行：鲁迅赴厦门，任厦门大学教授；景宋赴广州，任女子师范学校训育主任。

鲁迅到厦大以后，极为失望。这学校的校长林文庆，是一个曾入了英国籍的孔教徒，教员又多《现代评论》派的"正人君子"。学校没有计划，没有基金，教员食住，都极不便。再加上过去他所提携的一些文学青年，如狂飙社的高长虹等，这时又正在背后攻击他，使他感到十分的烦躁和悲愤。景宋在广州女子师范学校，环境亦极复杂，时起风潮，工作又很繁忙。两人的牢骚，身边都无人可谈，只有藉纸笔互相倾诉，彼此各给对方以最切适的慰安，问暖嘘寒，殷勤周至，景宋并曾寄给他一件自织的绒背心和一颗金星石图章。她怕他在厦大"受不住气，独自闷着，无人从旁劝解"，又竭力劝他应中山大学之聘赴粤。他也愿意和景宋有常见的机会，说："我极希望 HM 也在同地，至少可以时常谈话，鼓励我再做些有益于人的工作。"HM 是他们通信时景宋所用的名字。这时北京已有许多关于他们的谣传，有人说长虹之拚命攻击鲁迅，就是为了这事。上海的友人，一见他们同车到沪，便也相信不疑。甚至说鲁迅已将景宋带到厦门的流言也有了。但鲁迅却说："偏在广州，住得更近点，看他们躲在黑暗里的诸公，其奈我何。"（一九二六年十二月二十九日函）又说："你知道的，单在这三四年中，我对于熟识的和初初相识的文学青年是怎么样，只要有可以尽力之处就尽力，并没有什么坏心思。然而男的呢，……看见我有女生在座，他们便造流言。这些流言，无论事之有无，他们是在所必造的，除非我和女人不见面。他们大抵是貌作新思想者，骨子里却是暴君，酷吏，侦探，小人。……我先前偶一想到爱，总立刻自己惭愧，怕不配，因而也不敢爱某一个人，但看清了他们的言行思想的内幕，便使我自信我决不是必须自己贬抑到那么样的人了，我可以爱！"（一九二七年一月十一日函）后来，在给韦素园的信中，追述到此事，他又说："川岛到厦门以后，……他见我一个人住在高楼上，很骇异，听他的口气，似乎是京沪都在传说，说我携了密斯许同住于厦门了。那时我很愤怒。但也随他们去吧。其实呢，异性，我是爱的，但我一向不敢，因为我自己明白各种缺点，深恐辱没了对手。然而一到爱起来，气起来，是什么都不管的。"（一九二九年三月二十二日致韦函，见《鲁迅书简》）所以鲁迅在接受了中大的聘请后，便为景宋在粤另谋工作。结果中大请她作鲁迅的助教。关于此事，鲁迅曾对景宋说：

你的工作的地方……我想即同在一校也无妨,偏要同在一校,管他妈的。(一九二七年一月二日函)

助教是不难做的,并不必讲授功课,而给我做助教尤其容易,我可以少摆教授架子。(一月五日函)

但景宋却有顾虑,她说:

作为你的助教,不知是否他(指孙伏园——林)作弄我?跟着你研究自然是好的。(一九二六年十二月三十日函)

鲁迅回答说:

中大拟请你作助教,并非伏园故意谋来,和你开玩笑的,看我前次附上的两信便知,因为这原是李逢吉的遗缺,现在正空着。(一九二七年一月六日函)

鲁迅由厦门抵广州后,在中山大学任文学系主任兼教务主任。景宋亦到校就助教职。⑥除职务上的事情以外,鲁迅在日常生活上,也得到景宋的许多帮助和关切。他初到时,道路不熟,语言不通,出入多由景宋作向导,她又恐校中的饭菜不合浙人的口味,便常由家里送些菜肴去。日子稍久,鲁迅很觉不安,但她却说笑道:"这不要紧,我家的钱,原是取之于浙江,现在又用之于浙江人好了!"原来她的祖父曾任浙江巡抚,故她如此取笑。(据孙伏园先生口述)这时,他们同在一地,同在一校,接近机会既多,了解自益亲切,其情感已达到最深厚亲切的程度了。

一九二七年九月二十八日⑦,鲁迅与景宋同由广州赴上海。十月八日,移居东横浜路景云里二十三号,他们开始了同居的生活。

自此以后,鲁迅在精神上,已有了最亲切的伴侣;在工作上,也有了最适合的助手。家庭的空气,不再像北京那样的寂寞凄凉,他自然也不再感到孤独了。在同居后不几月,一九二八年的夏天,他们两人曾和许钦文一道同去杭州,一面是游览,一面是查考书籍。在夜车上,他们高谈阔论,鲁迅固然健谈,景宋的谈锋也不弱。他们的服装既不漂亮,又不阔绰,高谈之余,就在二等车上吃起"大菜"来,牛尾汤的香气和他们的谈论,引起了宪兵的注意,于是说他们身边有鸦片气味,而来搜查箱子,结果毫无所得的溜走了。到杭州后,他们在湖滨一家旅馆里,开了一个长长的房间,三张床铺,各人一张。他们在杭州整整住了一个星期,才回上海。(据许钦文作:《鲁迅先生的蜜月》)像这样接连几天的旅游,在鲁迅实在是空前绝后的。

在这样的同居生活之中,鲁迅情感和生活上的郁塞,都已得到了疏浚,这自然在他的工作上,会发生积极的影响,他时常对景宋说:"我要好好地替中国做点事,才对得起你。"(许作:《鲁迅和青年们》)景宋除照料家务外,并帮助他抄写,校对,整理,有时他也能采纳景宋的意见,每次文章写完总给她先看,她"偶然贡献些修改的字句或意见,他也绝不孤行己意,很愿意地把它涂改的"(许作:《鲁迅先生的写作生活》)。就在这样的情形下,鲁迅晚年写了那么多文章和做了那么多事情。[4]

到民国十八年(一九二九)九月二十七日,他们的男孩海婴出世了。

关于他们日常生活的情形,景宋曾有记述:

> 他的脾气也并非一成不变。……他并不过分孤行己意,有时也体谅到和他一同生活的别人,尤其留心的是不要因为他而使别人多受苦。所以,他很能觉察到我的疲倦,会催促快去休息,更抱歉他的不断工作的匆忙,没有多聚谈的机会,每每赎罪似地在我睡前陪几分钟,临到我要睡下了,

他总是说:"我陪你抽一支烟,好吗?""好的。"那么他会躺在旁边,很从容地谈些国家大事,或友朋往来,或小孩子与家务,或文坛情形。谈得起劲,他就要求说:"我再抽一支烟好吗?"同意了,他会谈得更高兴。但不争气的多是我,没有振作精神领受他的谈话,有时当作是催眠歌般不到一支烟完了立刻睡熟了,他这时会轻轻走开,自己去做他急待动笔的译作。

　　偶然也会例外,那是因为我不加检点地不知什么时候说了话,使他听到不以为然了。……他不高兴时,会半夜里喝许多酒,在我看不到的时候,更会像野兽的奶汁所喂养大的莱谟斯一样(用何凝先生的譬语),跑到空地去躺下。……有一次,夜饭之后睡到黑黑的凉台上,给三四岁的海婴寻到了,他也一声不响地并排睡下,我不禁转悲为笑,而鲁迅这时倒爬起身来了。他决不是故意和我过不去,他时常说:"我们的感情算好的。"我明白他的天真,他对一切人可以不在意,但对爱人或者会更苛求。……就这样,沉默对沉默,至多不过一天半天,慢慢雨散云消,阳光出来了。他会解释似地说:"我这个人脾气真不好。""因为你是先生,我多少让你些,如果是年龄相仿的对手,我不会这样的。"这是我的答话,但他马上说:"这我知道。"(景宋:《鲁迅的日常生活》)

　　这段回忆,亲切,具体,娓娓动人,可使我们瞭然于他们同居生活的情形。所以虽嫌稍长,但也节引在这里了。

　　不幸,鲁迅于民国二十五年(一九三六)十月十九日逝世了!朱女士虽与他情好乖异,但当这噩耗传到北平时,她也不免哀伤。十月二十一日,孙伏园,孙福熙先生兄弟在北平鲁迅寓里,曾会见她,她的"凄楚神情",不禁也"感动"了他们。(见孙伏园:《哭鲁迅先生》)至于许景宋女士,不用说,自然更感到悲痛欲绝。此后,抚养遗孤(海婴公子时仅七岁),整理遗著(尤其是日记及未刊稿件),保存遗物等等重任,都放在她的肩上了。在鲁迅逝世以后,她曾先后写了《最后的一天》,《片断的回忆》,《我怕》,《民元前的鲁迅先生》,《鲁迅和青年们》,《鲁迅的日常生活》,《鲁迅的写作生活》,《鲁迅的娱乐》,《鲁迅与中国新兴木刻》,《鲁迅对批评的态度》,《研究鲁迅文学遗产的几个问题》,等文,根据她十年来与鲁迅朝夕相处的经历,而出以细致委曲之笔,或阐扬潜德,或记载起居,决非第二人所能措手。多亏有这些文字,然后素为外人所不知的鲁迅生活和精神的某些方面,才显示出来了。

　　以上,我们已经叙述了鲁迅婚姻生活的梗概。由此可知,鲁迅的第一次结婚完全是一幕不幸的悲剧,他和朱女士都是旧社会,旧礼教的牺牲者。很早就由家里给他订了婚,结婚又是出于家庭的逼迫。我们以为,当他被骗回国时,首先一定也想到反抗。后来一定又因为想到母亲的苦辛和朱女士的困难。在那封建社会里,一个未出嫁的闺女给男家退了婚,那就无异被宣判了死刑,她的亲族邻里一定以为是由于她的失德,此后是连另订婚约也很困难了。因此,他默默地承担着一切痛苦,牺牲自己的幸福而结婚。在与许景宋同居之前,二十二年中(一九○六——一九二七),他在"寂寞的家"里过着"如古寺僧人的生活",让自己的青春和生命暗暗消逝。后来,他和许景宋偶然相识了,[5]许女士豪放鲠直,学力很强,非一般只谈衣饰,论宴会,出入剧场的女子可比。在思想上,在性格上,鲁迅与她都极相近:同样关心社会,同样是反抗性极强的人。他们相识五年,共历忧患,经北平,厦门,广州三时期,到上海后,随着情感发展的自然结果,开始了同居的生活。这实在是所谓水到渠成,势所必然。无论从哪方面看,两人都是最合理想的终身的伴侣,志同道合的同志:[6]这只要一看《两地书》就明白了。

注　释：

①　据孙伏园在昆明文协纪念鲁迅逝世三周年大会上的讲词，见《宇宙风》九十期。

②　孙讲词作"三日"，欧阳凡海《鲁迅的书》作"六日"，王冶秋《民元前的鲁迅先生》作"四日"，后二者均未说明何所根据，兹从孙说。

③　景宋于四月十六日致鲁迅函中始说及此事：其前一函，写于四月十日，并未提及；故知必在十一至十五日之间。又，鲁迅十四日致许函云："有许多话，那天本可以口头答复，但我这里从早到晚，总有几个各样的客在座，所以只能论到天气之好坏，风之大小。"又云："前天仿佛听说《猛进》终于没有定妥，后来因为别的话岔开，不说下去了。"此函写于"十四日"，说到景宋的访问，则云"前天"，故推定为十二日。

④　离京日期，未见记载。但看《华盖集续编》中《记谈话》一文，记录人向培良在文前说明中，有云："八月二十二日，女子师范大学学生会举行毁校周年纪念，鲁迅先生到会，曾有一番演说。"鲁迅在文后附记中说："我赴这会的后四日，就出北京了。"八月二十二日的"后四日"，自然是八月二十六日。

⑤　在鲁迅著作中，此事亦从无记载。故李长之《鲁迅批判》内亦仅说："他大概和景宋一块从北京出发的吧"，未敢肯定。兹据：一，鲁迅一九二六年九月十四日致景宋函云："上海的友人，见我们同车到此……"；二，景宋九月六日致鲁迅函，有云："昨到你住的孟渊旅馆奉访后，到永安公司……"足见同在上海。合此两点以观，故我断定他们两人同车到沪。

⑥　景宋就职与否，未见记载。此处云到职，系据孙伏园先生口述。

⑦　鲁迅离粤日期，亦从无明白记载。兹据《而已集·再谈香港》一文，提到经过香港，说："算起来九月二十八日是第三回。"又说："船是二十八日到香港的，当日无事。"文末注着："九月二十九之夜，海上。"故我推定鲁迅是九月二十八日离广州。

一九四五年，三月，黄花节，脱稿于江津谢氏梦草堂

校　记：

[1]　此篇二版删，三版时又补入。

[2]　"夫妇的情感既是这样，自然不会胤育"，三版删。

[3]　"民国八年"，三版改作"一九一九年"。

[4]　"就在这样的情形下，鲁迅晚年写了那么多文章和做了那么多事情"，三版

删。

[5]"相识",三版改作"相遇"。此下数句"许女士豪放鲠直,学力很强,非一般只谈衣饰,论宴会,出入剧场的女子可比。在思想上,在性格上,鲁迅与她都极相近:同样关心社会,同样是反抗性极强的人。"三版删。

[6]"无论从哪方面看,两人都是最合理想的终生伴侣,志同道合的同志",三版删。

鲁迅演讲系年

　　过去上海滩上有一位"文学家"，曾用鲁迅先生为材料写了一篇《素描》，其中说：鲁迅"极喜欢演说，但讲话的时候是口吃的，至于用语，则是'南腔北调'。"[1]后来鲁迅在一本书的题记里，曾提到这篇妙文，说道："前两点我很惊奇，后一点可是十分佩服了。"而且作为一种奇妙的答复，他把这本书名为《南腔北调集》。

　　其实，鲁迅先生极不喜欢演说的，他朴实，诚厚，不愿四处奔走，表露自己。[2]每次演讲，都是不得已而去的。仅以在广州时来说，请演讲的人极多，他有一次在给李小峰的信里，曾说到出外演讲时的情形："临时到来一班青年，连劝带逼，将你绑了出去。"（《而已集·通信》）像这样，自然说不上什么"喜欢"了。在说话时，他也决无"口吃"的毛病。所以对这两点，他不得不感到"很惊奇"。至于说用语是"南腔北调"，也是一种诬枉。鲁迅虽生长东南，而居北方甚久，说话虽较低缓，无慷慨激昂的音调，但吐字清楚，条理明晰，绝无倒南不北，缠夹不清之弊。他对这后一点所说的"十分佩服"，显而易见，只是一种反语罢了。

　　每一个听过鲁迅演讲或教书的人，一定都能证明：鲁迅不但善于作文；就是演讲，也很能吸引听众。郑伯奇在《鲁迅先生的

演讲》一文内,叙述他和鲁迅"到沪西 D 大学去演讲"的情形道:

> 怕是有病的关系吧,鲁迅先生的声音并不高,但却带着一点沉着的低音。口调是徐缓的,但却像是跟自己人谈家常一样的亲切。

> 在朴实的语句中,时时露出讽刺的光芒。而每一个讽刺的利箭投射到大众中间,便引起热烈的鼓掌和哄堂的笑声。
> 不知什么时候,屋子里添进了那么多人。偌大的一座讲堂是挤得水泄不通了。连窗子上面都爬着挟书本的学生。

林曦的《鲁迅在群众中》也说到一九三二年鲁迅在北京师范大学演讲的情形:

> 掌声像霹雳一般从屋子的一角传开来。人群大大的波动了一下,欢呼进裂出震破屋顶的巨响。
> 一扇原是紧锁着的小门,霍的打开了。人群此时更像大风暴中的海洋,猛烈的荡动。我被挤得什么也看不见,只听人喊:鲁迅先生来了,哈,从人的肩头给抬进来了!
> 台上有人大声报告讲演开始,但再下去什么也听不见,人海搅起了剧烈的哄动,什么地方挤得起了争吵。……
> "在露天举行!"声嘶力竭的高呼,瓦解了也解救了群众。随着"在大操场,在大操场"的呼声,从门口窗子涌出了奔腾的岩浆般的人流。空气轰响着松下来的出气声和狂涨着热情的欢呼。[3]

而所以能有如此号召力的原因,主要固由于他的辉煌的数百万言的著译,[4]但他的演讲技术,也不可忽视。他说的是国语,略带一点江浙味,吐音清切,引证比喻,又均适贴而富于幽默感,使听众既易理解,又感兴趣。郑伯奇在上文叙述了鲁迅在 D 大学的演讲以后,曾这样说:"鲁迅先生的演讲能够打动听众的心坎,正和他的文字一样,因为他能在日常生活的微细现象中,找出高深理论的具体根据,又能用素朴而深刻的日常言语,将这理论表现出来。"他这说明极为正确,我们只要随便看一两篇鲁迅的讲稿,虽未亲聆,但也可以想见一二了。

但这些演讲,除了一部分外,许多都没有留下讲稿,有些甚至连题目也不知道;[5]这实在是十分遗憾的事情。我现在把从各方面(鲁迅的文章,他人的记述,许著的年谱等)[6]搜集得来的资料,将鲁迅的演讲,按年录列于后,特别对于没有记录的演讲,更尽力在可能范围内设法将演讲内容,讲时情形等叙明。我的意思是在:一以保留鲁迅意见的点滴;一以保留鲁迅事迹的一二。我想,这大约不失为我们弥补遗憾的一种方法,而可供读者参考的罢。

一九二三年[7]

十二月二十六日,在北京女子高等师范学校文艺会演讲,题曰:《娜拉走后怎样》。

一九二四年

一月十七日,在北京师范大学附中校友会演讲,题曰:《未有天才之前》。

一九二六年

八月二十二日,在北京女子师范大学演讲,题曰:《记谈话》。(讲题系记录者向培良所加。)

×月,在厦门集美学校演讲,讲题不明。

《华盖集续编·海上通信》:"(集美)校长叶渊定要请国学院里的

人们去演说,……第一次是我和语堂。……我说的是照例的聪明人不能做事,因为他想来想去,终于什么也做不成等类的话。"

一九二七年

一月,在广州中山大学演讲,题曰:《在中大学生会欢迎会席上》。

《而已集·通信》:"我到中山大学的本意,原不过是教书。然而有些青年大开其欢迎会,我知道不妙,所以首先第一回演说,就声明我不是什么'战士','革命家'。倘若是的,就应该在北京,厦门奋斗;但我躲到'革命后方'的广州来了,这就是并非'战士'的证据。"

×月,在中山大学开学会演讲,题曰:《读书与革命》。

(以上二次演讲,均无存稿,仅钟敬文编的《鲁迅在广东》内有林霖记录。题目恐即为林霖所加。)

二月十六日,十九日,在香港青年会演讲,题曰:《无声的中国》,《老调子已经唱完》。

三月二十九日,在岭南大学演讲,讲题不明。

四月八日,在黄埔军官学校演讲,题曰:《读书杂谈》。

九月,在广州暑期学术演讲会演讲,题曰:《魏晋风度及文章与药及酒之关系》。

×月,在上海江湾立达学园演讲,题曰:《伟人的化石》。讲稿失传。

王任叔《一二感想》:"一九二七年秋天……江湾立达学园请鲁迅先生演讲……鲁迅先生讲的题目是《伟人的化石》。大意是说,一个伟人在生前总多挫折,处处受人反对;但一到死后,就无不圆通广大,受人欢迎。佛说一声'唵',弟子皆有所悟,而所悟无不异。"

十月二十八日,在江湾劳动大学演讲,题曰:《关于知识阶级》。

(黄源笔记,稿存唐编《鲁迅全集补遗》。)

十二月二十六日,在上海暨南大学演讲,题曰:《文艺与政治的歧途》。

此外,并在复旦大学,大夏大学,光华大学等校演讲,讲题不明。

一九二八年

五月,在江湾实验中学演讲,题曰:《老而不死论》。讲稿失传。

一九二九年

五月二十二日,在北平燕京大学国文学会演讲,题曰:《现今的新文学的概观》。

此外,并在北京大学,第二师范学院,第一师范学院等校演讲,讲题不明。

十二月,在暨南大学演讲,讲题不明。

一九三〇年

三月二日,在左翼作家联盟成立大会演讲,题曰:《对于左翼作家联盟的意见》。

八月,在暑期文艺讲习会演讲,讲题不明。

×月,在上海大夏大学演讲,题曰:《象牙塔和蜗牛庐》,讲稿失传。

《二心集·序言》:"当三〇年的时候……还曾经在学校里演讲过两三回。……只记得在有一个大学里演讲的题目,是《象牙塔和蜗牛庐》。大意是说,象牙塔里的文艺,将来决不会出现于中国,因为环境并不相同,这里是连摆这'象牙之塔'的处所也已经没有了;不久可以出现的,恐怕至多只有几个'蜗牛庐'。蜗牛庐者,是三国所谓'隐逸'的焦先曾经居住的那样的草窠,大约和现在江北穷人手搭草棚相仿,不过还要小,光光的伏在那里面,少出,少动,无衣,无食,无言。因为那时是军阀混战,任意杀掠的时候,心里不以为然的人,只有这样才可以苟延他的残喘。但蜗牛界里哪里会有文艺呢,所以这样下去,中国的没有文艺,是一定的。"

×月,在上海某大学演讲,讲题不明。

郑伯奇《鲁迅先生的演讲》:在"一个广大的文学组织宣告成立"

时,鲁迅曾"被派到沪西 D 大学去演讲","他先从他的家乡说起。他说,他是浙东一个产酒名区的人,但他并不爱喝酒。这样他对于曾经说他'醉眼朦胧'的冯乃超君轻轻地回敬了一下。以后,他便谈他家乡的风俗。语词是记不清了,大意是他的家乡那里,讨媳妇的时候,并不要什么杏脸柳腰的美人,要的是健壮的少女。由这类的例子,他归结到农民和绅士对于美观的不同,然后他用实证揭破了'美是绝对的'这种观念论的错误,而给'美的阶级性'这种思想,找出了铁一般的根据。"

(此次演讲,郑云系在"一个广大的文学组织宣告成立"后"被派"去的,就语气看,当在左联成立时。又据《二心集·序言》:"当三〇年的时候……曾经在学校演讲过两三回"。此次演讲,应与《象牙塔和蜗牛庐》一样,同在这"两三回"之中,故我列入一九三〇年内。)

×月,在中华艺术大学演讲,题曰:《美术上的写实主义问题》。

(见曹白、江丰:《鲁迅先生对于版画工作的年表》。)

一九三一年

四月,在同文书院演讲,题曰:《流氓与文学》。讲稿失传。

六月,在日人妇女之友会演讲,讲题不明。

七月十二日,在社会科学研究会演讲,题曰:《上海文艺之一瞥》。

八月二十四日,在一八艺社木刻部演讲,讲题不明。

一九三二年

×月,在上海江湾路野风画社演讲,题曰:《美术上的大众化与旧形式利用问题》。讲稿失传。

(见曹白、江丰:《鲁迅先生对于版画工作的年表》。)

十一月(二十二日?),在北京大学演讲,题曰:《帮忙文学与帮闲文学》。

(此次演讲,《集外集》说在一九三〇年,未注月日。一九三〇年,鲁迅并未赴平,误。)

十一月二十四日,在北平辅仁大学演讲,题曰:《今春的两种感想》。

×月,在北平演讲,题曰:《文艺与武力》。讲稿失传。

《鲁迅书简》致杨霁云信:"在北平共讲五回,手头存有记录者,只有二篇。……还有两回是上车之前讲的,一为《文艺与武力》,其一,则连题目也忘记了。"

此外,并在北平大学,女子文理学院,师范大学,中国大学等校演讲,讲题不明。

由茨:《我记忆中的鲁迅先生》,记鲁迅此次在师范大学和中国大学演讲的情形云:"我们到师大去,师大的门口,已贴一张通告,说明鲁迅先生演讲的时间,题目,会场。我们到了大操场时,那里已经挤满了人了。……鲁迅先生是站在一张破旧的书桌上讲话。四周的人都仰望着他。……他的话很缓,不响亮,有点沙,但是每一句的意思很清楚,听的人是不会听到厌倦。那次的讲题我现在记不清楚,大概就是'帮忙文学'或'帮闲文学'一类,我只记得,他引用产妇来比喻社会的改革。他说:有血,有污秽,也有婴孩;见了血,污秽,而骇怕生孩子,是傻妇女的见解。再进而谈到偏重感情的文人们,只期望快乐,一朝碰着社会改革的过程中的困苦,便诅咒,逃避……种种的错误。其后他又到中国大学去演讲一次,会场是在中山纪念堂。在距离演讲的时候还很久,而堂里已挤满了人,迟到的人只得站在门口,窗边。所以有人提议演讲会到外头空地上开,而早占了便宜坐在里头的人很不愿意,便发生小小的吵闹,直闹到鲁迅先生走到讲台,才由他亲口答应在里面讲一次,再到外头讲一遍。"

林曦:《鲁迅在群众中》,记鲁迅此次在师大演讲内容云:"讲台上钉着一纸讲题:《再论"第三种人"》。……我只听到了一段话,大意说:文艺的园地,被士大夫遗老遗少们霸占了一两千年,现在劳动者的泥脚,是要踏进来了。"

（上引二文，所说在师大讲题，彼此不符，未知孰是。）

一九四四，七，二十五，初稿

一九四七，十，十九日，重订

校 记：

[1] 三版加注引文出处"（见一九三三年一月上海《出版消息》第四期《作家素描（八）·鲁迅》，作者署名美子。）"

[2] "他朴实，诚厚，不愿四处奔走。"此句二版删。三版同改。

[3] 二版加注引文出处"（见一九四二年十月十九日《新华日报》）"。三版同改。

[4] 此处二版补入"由于他的演讲的深刻的内容"。三版同改。

[5] 此处二版补入"使我们无从由他的讲解中领取教益"。三版同改。

[6] 括号内的文字二版改作"鲁迅的文章和日记以及他人的记述等"。三版同改。

[7] 以下演讲年表部分，作者于二版上作了较多的修订，三版又作了诸多补充，与初版相比照，这份年表属重新编撰，现将一九八一年二月定稿本附于此，以供读者参考。

一九一二年

六月二十一日、二十八日，七月十日、十七日，在北京夏期演讲会演讲，题曰：《美术略论》。讲稿失传。

许寿裳《亡友鲁迅印象记》第十一节《提倡美术》："鲁迅在民元教育部暑期演讲会，曾演讲美术，深入浅出，要言不烦，恰到好处。"演讲内容，当与同一时期所作的《拟播布美术意见书》大致相同。原文载一九一三年二月《教育部编纂处月刊》第一卷第一册，现收入唐编《鲁迅全集补遗续编》。

一九二三年

十二月二十六日，在北京女子高等师范学校文艺会演讲，题曰：《娜拉走后怎样》。陆学仁、何肇葆记录。稿存《坟》。

一九二四年

一月十七日，在北京师范大学附属中学校友会演讲，题曰：《未有天才之前》。葛超恒记录。稿存《坟》。

七月二十一日至二十九日（二十七日星期除外），在西安暑期学校演讲，题曰：

《中国小说的历史的变迁》。昝健行、薛声震记录。稿存《国立西北大学陕西教育厅合办暑期学校讲演集》第二集。

七月三十日,在西安讲武堂演讲,内容仍为关于中国小说史的概述。

一九二五年

九月二十一日,在北京女子师范大学宗帽胡同新校开学会演讲。

同年九月二十二日《京报》载开学新闻,内记鲁迅演词,略云:"我不是专门当教员,是做官的;我相信被压迫的决不致灭亡,但看今天有许多同学教员来宾,可知压力是压不倒人的。以后的计划,我不知道;功课我是来教的。"按女师大于一九二五年八月被章士钊非法解散,宗帽胡同新校是学生被暴力从石驸马大街校舍逐出以后自行租赁的校舍。

一九二六年

五月三十日,在北京女子师范大学"五卅"纪念会演讲。

女师大学生会为纪念五卅惨案的通告中,有"订于五月三十日(星期日)上午九时,在大礼堂开五卅纪念会,并请鲁迅、许季茀……诸先生演讲"等语(见《女师大周刊》129 期)。

八月二十二日,在北京女子师范大学毁校周年纪念会演讲,题曰:《记谈话》。向培良记录。稿存《华盖集续编》。按讲题系记录者所加。

十月十四日,在厦门大学周会演讲。

《两地书》十月十六日致许广平函:"这里的校长是尊孔的,上星期日(按应为星期四)他们请我到周会演说,我仍说我的'少读中国书'主义,并且说学生应该做'好事之徒'。他忽而大以为然,说陈嘉庚也正是'好事之徒',所以肯兴学,而不悟和他的尊孔冲突。"演词大要载《厦大周刊》第一六〇期,现收入唐编《鲁迅全集补遗续编》。

十一月二十七日,在厦门集美学校演讲,讲题不明。

《华盖集续编·海上通信》:"(集美)校长叶渊定要请国学院里的人们去演说,……第一次是我和语堂。……我说的是照例的聪明人不能做事,因为他想来想去,终于什么也做不成等类的话。"

按戴锡章《鲁迅在集美学校讲演内容概要》说此次"讲演的题旨是属于'生活的意义与价值'方面",可略见演讲内容大概范围,但从"题旨……属于……方面"的语气看,不能据以断定讲题即为《生活的意义与价值》。

十二月十二日,在厦大学生会所办平民学校成立会演讲。

陈梦韶:《鲁迅在厦门》,据当时该校教员李淑美回忆口述,记鲁迅此次演讲大意云:"今天,你们这学校开成立会,我十分高兴。因为它是平民学校,我就不能不来,而且也就不能不说几句话。……你们都是工人、农民的子女,你们因为穷苦,所以失学,所以须到这样的学校来读书。但是你们穷的是金钱,而不是聪明与智慧。你们贫民的子弟一样是聪明的,你们贫民的子女一样是有智慧的。你们能够下决心,你们能够奋斗,一定会成功,一定有前途。没有什么人有这样的大权力:能够叫你们永远被奴役;也没有什么命运会这样注定:要你们一辈子做穷人。"按这是根据二十余年前的回忆,未必尽符当日所说,姑存其大意于此。

一九二七年

一月八日,在厦门中山中学演讲,讲题不明。

一月二十三日,在广州世界语会演讲。

广州世界语者为欢迎德国世界语学者赛耳,于本日假座桂香庙寰球学会集会,特邀请鲁迅参加。会上,"先由黄尊生用世界语致欢迎词……次周树人先生演说其到粤感想,以及对于世界语之经过。(林按:此句当有脱误)次孙伏园先生演说提倡世界语之必要。"(见一九二七年一月二十五日广州《民国日报》所载《世界语同志欢迎步行全球世界语学者纪盛》。)

一月二十五日,在广州中山大学学生会欢迎会演讲。

《而已集·通信》:"我到中山大学的本意,原不过是教书。然而有些青年大开其欢迎会,我知道不妙,所以首先第一回演说,就声明我不是什么'战士'、'革命家'。倘若是的,就应该在北京、厦门奋斗;但我躲到'革命后方'的广州来了,这就是并非'战士'的证据。"按此次演讲,在钟敬文编的《鲁迅在广东》内有林霖记录,题为《鲁迅先生的演说》,杨霁云编《集外集》时,曾拟收入;鲁迅因其"记得很坏,大抵和原意很不同"(见一九三四年五月二十二日致杨函),主张删去,故未收入。

一月二十六日,在中山大学医科欢迎会演讲。

一月二十七日,在中山大学部分员生组织的社会科学研究会演讲,讲题不明。

二月十八日,在香港青年会演讲,题曰:《无声的中国》。稿存《三闲集》。按《三闲集》作"二月十六日",误。

二月十九日,在香港青年会演讲,题曰:《老调子已经唱完》。刘随(前度)记录。稿存《集外集拾遗》。

按《老调子已经唱完》原载广州《国民新闻》副刊《新时代》,后附该报记者梁式按语云:"鲁迅先生被香港的人邀请去演讲,便毫不迟疑地应允了。……青年会的惯例,凡听讲的都得先期领取入座券,因此,有一般不知什么人领去不少入座券,到时却不到会——可是这种劣拙的捣乱方法,终不能使会场冷落。鲁迅先生并没有准备到那里高呼打倒英帝国主义,英帝国主义者究不能不心慌,急忙暗中严密监视他。英帝国主义者也颇聪明,听明白了他的话,他的演词在报上发表就被删节了。"这篇讲稿后经武汉《中央日报副刊》转载(附梁式按语),据鲁迅致该刊编者孙伏园函,在香港发表时被删节的,是《无声的中国》一篇;《老调子已经唱完》则"在香港不准登出来",所以"只得在《新时代》上发表"(见一九二七年五月十一日武汉《中央日报副刊》)。又《语丝》一三七期所载辰江通信也说:"香港政府听闻他(指鲁迅)到来演说,便连忙请某团体的人去问话,问为什么请鲁迅先生来演讲,有什么用意。"凡此都可见鲁迅这次在香港演讲前后情形。

三月一日,在中山大学开学会演讲。

有林霖记录稿,曾载一九二七年三月出版的《国立中山大学开学纪念册》,题为《本校教务主任周树人(鲁迅)演讲词》;又载同年四月一日广州《广东青年》第三期,题为《读书与革命》,署名鲁迅,文后有"编者附识",云系由林霖笔记,"鲁迅先生又亲自校阅过"。两相比较,后者在词句上略有改订。钟敬文编《鲁迅在广东》曾收《读书与革命》,《集外集》两者均未收。

又,此次演讲,尚有清水记录稿,讲题亦为《读书与革命》,我曾见过抄件,似是发表在《槟榔月刊》上的。记此待查。

三月十一日,在中大中山先生逝世二周年纪念会演讲。

三月二十九日,在广州岭南大学黄花节纪念会演讲。

四月八日,在黄埔军官学校演讲,题曰:《革命时代的文学》。吴之苹记录。稿存《而已集》。

七月十六日,在广州知用中学演讲,题曰:《读书杂谈》。黄易安记录。稿存《而已集》。

七月二十三日,在广州夏期学术演讲会(市教育局主办)演讲,题曰:《魏晋风度及文章与药及酒之关系》。邱桂英、罗西(欧阳山)记录。稿存《而已集》。按《而已集》作"九月间",误。

七月二十六日,在广州夏期学术演讲会继续前次演讲。

十月二十五日,在上海劳动大学演讲,题曰:《关于智识阶级》。黄源记录。稿存《集外集拾遗补编》。

十月二十八日,在上海立达学园演讲,题曰:《伟人的化石》。讲稿失传。

王任叔《一二感想》："一九二七年秋天……江湾立达学园请鲁迅先生演讲……鲁迅先生讲的题目是《伟人的化石》。大意是说，一个伟人在生前总多挫折，处处受人反对；但一到死后，就无不圆通广大，受人欢迎。佛说一声'唵'，弟子皆有所悟，而所悟无不异。"（见一九三六年十月二十三日《申报·文艺专刊》）按《华盖集续编·无花的蔷薇》(5)，亦同此意，可参看。

十一月二日，在上海复旦大学演讲，讲题不明。有萧立《鲁迅之所谓"革命文学"》（见一九二八年五月九日上海《新闻报》副刊《学海》），据云即此次听讲记录。

十一月六日，在上海华兴楼暨南大学同级会演讲，讲题不明。

十一月十六日，在上海光华大学演讲，讲题不明。有洪绍统、郭子雄记录稿，题为《文学与社会》（见一九二七年十一月二十八日《光华》周刊第二卷第七期）。

十一月十七日，在上海大夏大学演讲，讲题不明。

十二月二十一日，在上海暨南大学演讲，题曰：《文艺与政治的歧途》。刘率真（曹聚仁）记录。稿存《集外集》。又此次演讲，另有章铁民的记录稿（见一九二八年二月《秋野》月刊第三期）。

（按《鲁迅日记》本年十二月七日及十四日条下，均有"往劳动大学讲"的记载，此所谓"讲"，系指授课而非演讲。同年十一月十八日致翟永坤函云："我近半年来，教书的趣味，全没有了，所以对于一切学校的聘请，全都推却。只因万不得已，在一个学校里担任了一点钟，但还想辞掉他。"这"一个学校"即指劳动大学。这时劳大校长易培基，在北京时曾与鲁迅等一同反抗过段祺瑞、章士钊等军阀政客，女师大复校后又一度担任校长；所以他请鲁迅去劳大授课，鲁迅不便坚拒，即所谓"万不得已"；但鲁迅旋即辞掉，故一九二八年一月十日日记，又有"复易寅村信并还薪水六十"的记载。因此事不大为人注意，恐不免有误认为演讲者，故特略为说明。）

一九二八年

五月十五日，在上海复旦实验中学演讲，题曰：《老而不死论》。讲稿失传。

《毁灭》第二部一至三章译者附记："欧洲的有一些'文明人'，以为蛮族的杀害婴孩和老人，是因为残忍野蛮，没有人心之故，但现在的实地考察的人类学者已经证明其误了：他们的杀害，是因为食物所逼，强敌所逼，出于万不得已，两相比较，与其委给虎狼，委之敌手，倒不如自己杀了去之较为妥当的缘故。所以这杀害里，仍有'爱，存。……西洋教士，常说中国人的'溺女''溺婴'，是由于残忍，也可以由此推知其谬，其实，他们是因为万不得已：穷。前年我在一个学校里讲演《老而不死论》，所发挥的也是这意思。"（见一九三〇年四月一日《萌芽》月刊第一卷第四期）

十一月十日,在上海大陆大学演讲,讲题不明。

一九二九年

五月二十二日,在北平燕京大学国文学会演讲,题曰:《现今的新文学的概观》。吴世昌记录。稿存《三闲集》。

五月二十九日,在北京大学国文学会演讲,讲题不明。按此次演讲原定在该校第二院礼堂,因听讲者多,临时改在第三院礼堂。

六月二日,在北平第二师范学院(女师院)演讲,讲题不明。有于一《追记鲁迅先生在女师大的讲演》(见一九二九年十二月十八日北平《世界日报》副刊《骆驼》)。

同日,在北平第一师范学院演讲,讲题不明。有陈楚桥《记鲁迅先生的一次讲演》(见一九六一年十月二十二日《西安日报》)。按陈当时在北京大学学习,此文系三十余年后根据回忆追述,自说"既不全面也可能有错误"。

十二月四日,在上海暨南大学演讲,题曰:《离骚与反离骚》。有郭博如记录稿(见一九三〇年一月十八日《暨南校刊》第二八至三二期合刊)。

按许寿裳《亡友鲁迅印象记》第十五节述鲁迅准备写的《中国文学史》的分章,第三章为《从〈离骚〉到〈反离骚〉》,其大意是:"关于《反离骚》者,以为扬雄撅《离骚》而反之,只是文求古奥,使人难懂,所谓'昔仲尼之去鲁兮,斐斐迟迟而周迈,终回复于旧都兮,何必湘渊与涛濑。'但假使竟没有可以回复之处,那将如何呢?《离骚》而至于《反离骚》,《恨赋》而至于《反恨赋》,还有什么意思呢?"

一九三〇年

二月十三日,在中国自由运动大同盟成立会演讲,讲题不明。

许寿裳《亡友鲁迅印象记》第二十一节述一九三〇年春,国民党浙江省党部以"自由大同盟"为由呈请通缉鲁迅事,说"鲁迅曾把这事的经过,详细地对我说过:'自由大同盟并不是由我发起,当初只是请我去演说。按时前往,则来宾签名者已有一人(记得是郁达夫君),演说次序是我第一,郁第二,我待郁讲完,便先告归。'"

二月二十一日,在上海中华艺术大学演讲,题曰:《绘画杂论》。有刘汝醴《鲁迅在中华艺术大学讲演记录》(见一九七六年六月南京师院《文教资料简报》第四七、四八期合刊)。

三月二日,在中国左翼作家联盟成立大会演讲,题曰:《对于左翼作家联盟的意见》。王黎民记录(实为冯雪峰追记)。稿存《二心集》。

三月九日,在上海中华艺术大学演讲,题曰:《美术上的写实主义问题》。讲稿失传。讲题据曹白、江丰《鲁迅先生对于版画工作的年表》。

三月十三日,在上海大夏大学乐天文艺社演讲,题曰:《象牙塔和蜗牛庐》,讲稿失传。

《二心集·序言》:"当三〇年的时候……还曾经在学校里演讲过两三回。……只记得有一个大学里演讲的题目,是《象牙塔和蜗牛庐》。大意是说,象牙塔里的文艺,将来决不会出现于中国,因为环境并不相同,这里是连摆这'象牙之塔'的处所也已经没有了;不久可以出现的,恐怕至多只有几个'蜗牛庐'。蜗牛庐者,是三国所谓'隐逸'的焦先曾经居住的那样的草寨,大约和现在江北穷人手搭草棚相仿,不过还要小,光光的伏在那里面,少出,少动,无衣,无食,无言。因为那时是军阀混战,任意杀掠的时候,心里不以为然的人,只有这样才可以苟延他的残喘。但蜗牛界里那里会有文艺呢,所以这样下去,中国的没有文艺,是一定的。"按一九三〇年三月十八日上海《民国日报》副刊《觉悟》登载署名敌天的反动文章《呜呼"自由运动"竟是一群骗人勾当》,其中有这样几句:"大概是十三日吧!我们校内(大夏)请了中国鼎鼎大名的文艺家鲁迅先生演讲……末了鲁迅先生最后来登台了!他的题目是《象牙塔与蜗牛庐》,新鲜得很!……"从中可见十三日在大夏所讲即《象牙塔与蜗牛庐》。

三月十九日,在上海中国公学分院演讲,题曰:《美的认识》。

郑伯奇《鲁迅先生的演讲》:在"一个广大的文学组织宣告成立"时,"为将新的文学主张扩大宣传起见",鲁迅曾"被派到沪西D大学去演讲","他先从他的家乡说起。他说,他是浙东一个产酒名区的人,但他并不爱喝酒。这样他对于曾经说他'醉眼朦胧'的冯乃超君轻轻地回敬了一下。以后,他便谈他家乡的风俗。语词是记不清了,大意是他的家乡那里,讨媳妇的时候,并不要什么杏脸柳腰的美人,要的是健壮的少女。由这类的例子,他归结到农民和绅士对于美观的不同,然后他用实证揭破了'美是绝对的'这种观念论的错误,而给'美的阶级性'这种思想,找出了铁一般的根据。"按郑文解放后收入人民文学出版社编印的《忆鲁迅》一书中,"沪西D大学"已明改为"沪西大夏大学"。据一九三〇年四月一日上海《民国日报》副刊《觉悟》登载署名甲辰生的反动文章《鲁迅卖狗皮膏药》所说:"我们中国公学……今年开学了没有好久,社会科学院里便有几位巨头的同学,发起组织了一个社会科学会。……昨天下午是他们第一次聘请名人演讲。……鲁迅先生在春雷似的掌声中登了讲台……他的讲题是《美的认识》。"说鲁迅"讲到世人对于美的认识,可以分为无产阶级的美,中小资产阶级的美,大资产阶级的美三种。他们的认识,完全是分道扬镳的。"又说鲁迅曾举他家乡的农民为例:"像我们绍兴农人嫁女前,首须看一看新女婿;而选择的最主要条件,便是肥大的两条腿,因为如此才能养活他的女儿。"可证郑文所述,即此次在中公分校演讲而非大夏大学。

八月六日,在夏期文艺讲习会(左联、社联合办)演讲,讲题不明。

一九三一年

四月十七日,在上海同文书院演讲,题曰:《流氓与文学》。讲稿失传。

六月十一日,在上海日人妇女之友会演讲,讲题不明。

七月二十日,在社会科学研究会演讲,题曰:《上海文艺之一瞥》。稿存《二心集》。按《二心集》作"八月十二日",误。

八月二十四日,在一八艺社木刻部演讲,讲题不明。

江丰《鲁迅先生与"一八艺社"》:"(木刻)讲习会结束后第三天,即八月二十四日上午,鲁迅先生约请'一八艺社'社员去北四川路底,施高塔路先生寓所看画片、画册并讲话一小时。"(见《鲁迅回忆录》二集)按如系在寓所内看画片时讲话,则非正式演讲。

一九三二年

十月二十六日,在上海江湾路野风画社演讲,题曰:《美术上的大众化与旧形式利用问题》。讲稿失传。讲题据曹白、江丰:《鲁迅先生对于版画工作的年表》。

十一月二十二日,在北京大学第二院演讲,题曰:《帮忙文学与帮闲文学》。柯桑记录。稿存《集外集拾遗》。

同日,在北平辅仁大学演讲,题曰:《今春的两种感想》。吴昌曾、邢新镛记录。稿存《集外集拾遗》。

十一月二十四日,在北平女子文理学院演讲,题曰:《革命文学与遵命文学》。讲稿失传。

鲁迅一九三四年十二月十八日致杨霁云函,曾说北平五讲中有一题为《革命文学……》,即《革命文学与遵命文学》之略,但未说明系在何校演讲。《论语》半月刊第八期(一九三三年一月一日)载有柯桑的《帮忙文学与帮闲文学》讲词记录,首尾记演讲前后情形,其最末数句云:"二十四日(按应为二十五日)的《世界日报》上,发表他(指鲁迅)在女子文理学院的讲稿,题目是《革命文学与遵命文学》。"据此可知在女子文理学院所讲即为此题。

十一月二十七日,在北京师范大学演讲,题曰:《再论"第三种人"》。讲稿失传。

林曦:《鲁迅在群众中》,记鲁迅此次在师大演讲内容云:"讲台上钉着一纸讲题:《再论"第三种人"》。……我只听到了一段话,大意说:文艺的园地,被士大夫遗老遗少们霸占了一两千年,现在劳动者的泥脚,是要踏进来了。"

由茨:《我记忆中的鲁迅先生》,记鲁迅此次演讲情形云:"我们到师大去,师大的门口,已贴一张通告,说明鲁迅先生演讲的时间、题目、会场。我们到了大操场时,那里已经挤满了人了。……鲁迅先生是站在一张破旧的书桌上讲话。四周的人都仰望着他。……他的话很缓,不响亮,有点沙,但是每一句的意思很清楚,听的人是不会听到厌倦。那次的讲题我现在记不清楚,大概就是'帮忙文学'或'帮闲文学'一类,我只记得,他引用产妇来比喻社会的改革。他说:有血,有污秽,也有婴孩;见了血、污秽,而骇怕生孩子,是傻妇女的见解。再进而谈到偏重感情的文人们,只期望快乐,一朝碰着社会改革的过程中的困苦,便咀咒、逃避……种种的错误。"(见《鲁迅先生纪念集》悼文第三辑)按据上举林曦文及《世界日报》报导(一九三二年十一月二十八日)所载讲题,均为《再论"第三种人"》,此误。

十一月二十八日,在北平中国大学演讲,题曰:《文艺与武力》。讲稿失传。

鲁迅一九三四年十二月十六日致杨霁云函,说有一讲题为《文艺与武力》,亦未说明演讲时间及地点。但其他四讲既已判明,则在中国大学所讲者自应即为此题。

由茨:《我记忆中的鲁迅先生》,记鲁迅此次在中大演讲情形云:"其后他又到中国大学去演讲一次,会场是在中山纪念堂。在距离演讲的时候还很久,而堂里已挤满了人,迟到的人只得站在门口、窗边。所以有人提议演讲会到外头空地上开,而早占了便宜坐在里头的人很不愿意,便发生小小的吵闹,直闹到鲁迅先生走到讲台,才由他亲口答应在里面讲一次,再到外头讲一遍。他的演讲一完,便从讲台后面的小门溜出,但他被在那里等候的青年围住了。他从袋里抽出一条纸烟吸着,他行,青年们跟。那条烟还没有吸到半截,被逼迫似的,被青年拥上石阶上,他微微的笑着,又开始演讲。"

陆万美:《追记鲁迅先生"北平五讲"前后》,综论鲁迅此次在北平演讲的中心内容云:"鲁迅先生在北平一共做了五次公开的演讲,都是党所领导的左翼文化团体布置、邀请的。……演讲的中心内容记得主要有二:一、在打击当时华北以至全国反动统治的投降主义,荒淫无耻,和压制残害人民的反动政策;同时又深沉地警惕和唤醒广大人民'认真''实际'地热爱祖国,鼓舞群众积极进行反法西斯侵略的抗争。另一个,却是针对着北平京派文人的死气沉沉,口口声声不问政治,为艺术而艺术,实际却在帮忙帮闲,为统治者服务的亡国倾向,予以剖解揭露。同时又公开地介绍上海左联情况(记得几次讲演中都涉及至'泥脚'和'皮鞋'……这一类文艺为谁服务的基本问题),实际是无产阶级文学运动的有力的宣传和号召。"(见一九五一年十月一日《北京文艺》第三卷第一期)

后　记

　　数年以来,我曾写过些关于鲁迅先生的文字,这里是较成片段的十篇的选集。其中也许曾接触到一二研究鲁迅生平所不可忽略的重大事迹,但也有一向为人不大注意或不屑注意的小问题。不过在我却并无什么轩轾。只要认为对读者不无小小益处,便都勉力写了下来。在一些问题上,我一面提出自己的主张,一面对时贤的同性质的著作,也提出商榷的意见。执笔之顷,论述力求审慎,资料力求完备;但由于才力不副,写成后却仍只是像这样不成器的东西。

　　书中各篇先后写于一九四二年至一九四五年之间,那正是对日抗战时代,差不多全是在流离困苦的生活中写成。一九四五年夏末,蒐集成书,交给一个朋友办的书店出版;不久,这书店因"胜利"而蚀本关门,我的稿子也就不知去向;但这却给了我一个修正增补的机会。现在时隔二年,而生活的困苦,心境的芜杂,较之战时,实有过无不及;写作之事,更不易言。这又令我想起了这些东西,于是又将底稿找出重抄一遍,汇齐付印。

　　本书在写作时,得许寿裳,孙伏园二先生之助不少,许先生以高龄硕德,而对于一个后进的请益,往往不吝用长达二三千字的复书,赐以周详的指教;孙先生在函札和口述之外,并为这小书写作序言:这都是我所感念不忘的。谨志于此,用表谢忱。

林　辰　一九四七年十二月十日

[附录]

《鲁迅事迹考》第二版后记

　　本书曾于一九四八年七月由开明书店出版；现因书店方面另有专业范围，所以改由新文艺出版社重排付印。

　　书中各篇先后写于一九四二年至一九四五年之间，那正是抗日战争和国民党黑暗统治时代，差不多全是在流离困苦的生活中写成。当时我手边即没有《鲁迅全集》，而流转的地方又大抵是小县城和偏僻乡镇，参考书籍，极感缺乏；加以那时还无从看到像《鲁迅日记》一类的重要资料，所以，对于鲁迅事迹的考证，有一部分只是从鲁迅自己的有关的文章和他人的记述间接推证而得。现在，研究鲁迅的资料已较当时增加了不少，参照之下，在各篇中发现了若干不充分或不妥贴的地方。这次乘重印的机会，便依据我所新见到的资料，作了一些补充或修订。此外，又删去了两篇，新增一篇。

　　本书内容，主要是对于鲁迅部分事迹的考述，自有其一定范围和目的。它只是环绕鲁迅的传记，就已经蒐集到的资料加以整理而成的"长编"式的文字。这样性质的文字，倘若暂时还能供读者参考，可为他们略省翻检考索之劳，那就是我最大的希望了。

当我写这些文字时,曾得许寿裳、孙伏园二先生的帮助不少。许先生以高龄硕德,而对于一个后进的请益,往往不吝用长达二三千字的复书,赐以周详的指教;孙先生在函札和口头上也给予很多宝贵的意见和资料,这都是我所感念不忘的。不幸在本书初版印成的前数月,许先生竟为国民党反动派所惨杀。现在,当我重新校订这些文字时,又不禁时时想起这位谦冲慈祥,须发皤然的长者来。

一九五四年七月二十五日夜林辰记于北京

(原载新文艺出版社一九五五年四月上海第一版《鲁迅事迹考》)

《鲁迅事迹考》第三版后记

　　本书于一九四八年七月由开明书店出版，一九五五年四月改由新文艺出版社重版。多年没有再印，经过十年浩劫，图籍零落，有时要找一本已很不容易了。两种版本，在篇目上略有不同，现在根据开明版重排付印。

　　这些文章，都是在抗日战争和国民党黑暗统治时期写成。在那些年代里，我常年流转在一些小县城和偏僻乡镇，生活困苦，书籍缺乏，手边有的，只是鲁迅著作的几种单行本，常常要步行二三十里到附近较大城市去借阅《鲁迅全集》，有些参考书也不易入手，那时更无从看到像《鲁迅日记》一类的重要资料，所以，工作进行是很困难的，也难免疏漏谬误。解放以后，研究鲁迅的资料日渐增多，一九五五年版曾作过少许修订，现在乘重排的机会，又对其中《鲁迅演讲系年》一篇补充了一些必要的材料，此外改动不多，基本上保留了开明版的面貌。

　　这里，我想就下列几篇略加申说。

　　《鲁迅曾入光复会之考证》　在本文里，我根据许寿裳先生的《鲁迅年谱》和他给我的复信，并从鲁迅在日本留学时期的思想、志行、交游以及回国之初的出处等方面，论证了鲁迅的确为光复会会员。这篇文章写于一九四四年,三十年来,先后在报刊上看到一些讨论或涉及鲁迅曾否参加光复会这一问题的文章,其中重要的如沈瓞民的《记光复会二三事》、《回忆鲁迅早年在弘文学院的片断》、《鲁迅早年的活动点滴》(均一九六一年作)三文,根据自己的亲身经历,证明鲁迅的确参加过光复会。这是许寿裳以外的又一个历史见证人。冯雪峰在《回忆鲁迅》(一九五二)一书里,说鲁迅"几次谈到他青年时代的革命活动",谈到光复会时,他说:"我可是就属于光复会的……我们那时候,实在简单得很!"此外,日本友人增田涉在他的《鲁迅的印象》(约一九四八年)一书中,有《鲁迅参加光复会问题》一节,认为鲁迅加入过晚清的革命党。后来,增田又写了《鲁迅与"光复会"》(一九七六)长文,其中说:一九三一年他在上海鲁迅的寓所里,"经常听到鲁迅谈他过去的经历","他跟我说过他是光复会会员,但他的语气不希望发表"。于是增田在一九三一年八月写成的《鲁迅传》里,说在筹办《新生》杂志时,"鲁迅已经是志在推翻清朝的革命党的党员",即光复会会员。这篇《鲁迅传》发表于次年四月号《改造》杂志。原稿曾请鲁迅看过,他"改过一些错字,用铅笔勾掉一些地方"。但鲁迅没有把这一句勾掉。这样,冯雪峰和增田涉都以亲闻于鲁迅的自述,肯定了鲁迅是光复会会员。加上我文章中引用的鲁迅答胡风的话,已有三条直接的有力的证明。总之,鲁迅曾参加光复会这一事实,到了现在,可说已被中国乃至日本的学术界所承认了。

但关于参加的年份,则尚有不同意见。

鲁迅参加光复会,许寿裳说是在一九〇八年,历来都无异议。直到一九六一年,沈瓞民在《记光复会二三事》中,提出另一说法。大意是,一九〇三年十月,一些留学日本东京的"浙学会"会员王嘉祎、蒋尊簋、许寿裳和沈瓞民等十余人,集会商讨另组秘密革命团体,会上认为应邀请当时在东京的陶成章、魏兰、龚宝铨、周树人等参加,分头联络;同年十一月初第二次集会,"陶成章等均参加"。两次会议是

"以'浙学会'名义召开,还没有正式命名为光复会"。一九〇四年,陶成章、龚宝铨等在上海根据东京"浙学会"的原议,另组革命团体光复会,于十月间正式成立。十二月,陶成章赴东京与原发起人王嘉祎等筹商,光复会东京分部也正式成立,"入会者有蒋尊簋、孙翼中、黄鸿炜、许寿裳、周树人等人。"(参阅《片断》、《点滴》二文)这样,又有鲁迅一九〇四年入会之说。

沈瓞民以当事人身份,提出此一新说,我们自然不能随意加以否定。但我综合他的三篇文章,反复阅读之后,觉得还是有许多疑窦。如鲁迅一九〇四年四月在东京弘文学院卒业,九月赴仙台,入医学专门学校;同年十二月光复会东京分部成立,他已远在仙台,很难说这时又回东京正式参加,如说是春假中回东京时加入的,那年份又应当是一九〇五年了。并且,沈说他在一九〇四年春回国,一九〇五年再赴日本。一九〇四年东京分部成立时,他正在国内,何由知道严守秘密的何人入会等事?是亲历还是再到东京后得之耳闻?他也没有交代清楚。沈说许寿裳与鲁迅"同时"加入光复会,许对于入会的时间是应当保有深刻的记忆的。沈瓞民自一九〇五年归国后,大约即不复与鲁迅晤面;而许寿裳则与鲁迅相交数十年,熟悉鲁迅,撰写《年谱》又是一件严肃的工作,对于参加光复会这样重要的事,是不会轻易落笔的。沈一再提到,他写这几篇文章时,有些事"距今近六十年了,记忆较难","年已八十有四,记忆维艰"。恐难望其完全无误。一九〇四年说还是有商酌余地的。

我认为,鲁迅在一九〇三年也许参与过"浙学会"的会议,一九〇四年光复会成立后,又与该会有一些联系。鲁迅同它的核心人物陶成章时相往还,友情甚笃。又从光复会领导人,"有学问的革命家"章炳麟受学。这几年间,光复会在安徽、浙江等地屡次起义,声势日盛。国内和留东学界反清革命空气日愈高涨。把这种种联系在一起考虑,鲁迅在一九〇八年正式加入光复会,实在是很自然的事情。(鲍昌、邱文治编著的和复旦大学三校合编的两部《鲁迅年谱》,均在一九〇三年条略记鲁迅与"浙学会"的联系,而于一九〇八年条列入鲁迅参加光复会事,我赞成这种审慎的作法。)

《鲁迅北京避难考》 写本文时,由于还无法看到最珍贵的资料《鲁迅日记》,少数知情人(如许羡苏)也还没有把所知情况写成文章发表,我不了解鲁迅在避难期间有时也"回家半天或一夜"的事实,因而本文中推断鲁迅这次避难的起讫日期,就迟误了半月左右。现在有了《鲁迅日记》,这问题就可以完全弄清楚了。

一九二六年三月二十六日,避居西城莽原社。(《日记》无记载。据艾云文,入山本医院前先避居莽原社三日;许羡苏答访者问《我所认识的鲁迅》亦言先至莽原社)三月二十九日,"上午入山本医院。"(以下据《日记》)四月六日,"回家。……仍至医院。"四月十五日,"晚移住德国医院。"四月十七日,"上午回家一省视。……夜往东安饭店。"四月十八日,"上午往东安饭店。……下午广平来。晚淑卿来。"四月二十一日,"回家省视,夜至医院。"四月二十三日,"晚自德国医院回家。"四月二十六日,"夜往法国医院。"四月三十日,"夜回家。"五月一日,"晚往医院。"五月二日,"下午回家一转,仍往医院。……夜回家。"五月三日,"往法国医院取什物少许。"五月六日,"往法国医院取什物。"

由上所记,可知在一九二六年三月二十六日《京报》登载段祺瑞政府将通缉鲁迅、许寿裳等五十人的消息后,鲁迅即于当日离家避难,屡经迁徙,于五月二日夜回家。(以后两次赴医院取什物,已非避居,故应截至五月二日止)

开明版本文后,叶圣陶先生代加了两条注释,转述许广平先生的意见,其一是指出"那时避居者们常常回家半天或一夜的,……鲁迅虽避居,仍可能回家写文章",这在《日记》出版之前,是无从知道的。其二是告诉我们鲁迅避难期间,"在某一天托人在东城的东方饭店(?)赁了一间房,把母亲及朱氏接去,另外还有一位住在他家的许钦文的妹妹羡苏,又托她到校邀我,一同去住在旅馆。"鲁迅在四月十七、十八日《日记》里,只记"往东安饭店","广平来。淑卿(即许羡苏)来",而未明言接老太太等。这条注释和艾云文,为我们作了补充说明,此外似尚无人道及。这种说明有助于我们了解鲁迅这几天的《日记》。

《朝花夕拾·小引》说:"中三篇是流离中所作,地方是医院和木匠房。"但对照《日记》,《"二十四孝图"》、《五猖会》、《无常》这"中三篇",都写于五月二日避难生活结束以后,与《小引》不符。许先生所说"鲁迅虽避居,仍可能回家写文章"的话,不适用于这"中三篇",因为鲁迅这时早已回家了。鲁迅在《小引》中既如此说,许寿裳《鲁迅的生活》接着就说这三篇是在"D医院的一间堆积房里"写的,D医院指德国医院,而许羡苏的《回忆鲁迅先生》一文却说《朝花夕拾》中有几篇多半是写于山本医院,真是越说越乱。我文章中对《小引》所说"中三篇"写作时间和地点提出的疑问,未得解答,似乎还可探究一下。

《鲁迅与文艺会社》 开明版本文最后,原有"左翼作家联盟"一节。当时由于史料缺乏,内容极为简陋。现在,更考虑到左联是中国共产党所领导的革命文学团体,与鲁迅过去组织和支持的一些文艺社团,在性质上有所不同;论述鲁迅和左联的关系,那是另一篇专题研究的任务,因此这次将这一节删去了。

《论〈红星佚史〉非鲁迅所译》 《红星佚史》一书,原为周作人所译,除了我在文章中所举的《〈发须爪〉序》外,周作人还在《习俗与神话》和《我是猫》等文中,一再说到此书是他所译。《习俗与神话》一开头便说:"一九〇七年即清光绪丁未在日本,始翻译英国哈葛德安度

阑二人合著小说,原名《世界欲》(The World's Desire),改题曰《红星
佚史》,在上海出版。……安度阑即安特路朗(Andrewlang 1844—
1912),是人类学派的神话学家的祖师。……《世界欲》是一部半埃及半
希腊的神怪小说,神怪固然是哈葛德的拿手好戏,其神话及古典文学一
方面有了朗氏做顾问,当然很可凭信,因此便决定了我的选择了。"此书
由选定到翻译,都是出于周作人对神话学的趣味,是非常明白的。在
《我是猫》一文里,他又说:"我在东京的头两年,虽然在学日文,但是平
常读的却多是英文书。……一九○六至八年中间翻译过三部小说,现
在印出的有英国哈葛德与安度阑二氏合著的《红星佚史》。"这段话正可
与孙伏园先生"鲁迅译书,大抵根据德文或日文,而这书似是根据英文"
的话合看,此书是在东京时多读英文书的周作人所译。周晚年在《知堂
回想录》中还说,《红星佚史》,"据序文上所记是在丁未(一九○七)年二
月译成,那时还住在伏见馆里。"时间和地点都很明确。

解放初周遐寿(即周作人)在《鲁迅的故家》第二分《笔述的诗文》
一节里,对此书提出了一种新情况,说"这译本不是用鲁迅出名,但其
中韵文部分,出于他的笔述。"一个译者在翻译一本书时,从他人得到
一些帮助,代译一章一节或作文字润饰,原是常有的事,周作人的早
期翻译,如《劲草》、《炭画》等都经过鲁迅的修改;《红星佚史》中的韵
文部分,即使是鲁迅代译,但从整体看,此书总是周作人翻译的。

《红星佚史》中的诗十六章,已收入《鲁迅译文集》第十卷《译丛
补》,作为附录。

《鲁迅演讲系年》 这次增订较多的就是这一篇。因为像这样谱
录性的东西,应当力求完备一点。不过我尽量注意"演讲"的正式范
围,其他各种会上的发言、致辞、谈话等,均不阑入。这次根据鲁迅生
前剪报中留下来的《民国日报》上的反面材料,订正了一九三○年三
月分别在大夏大学乐天文艺社和中国公学分院两次演讲的题目和内
容概要。有几次演讲,题目内容都不知道,我记下何种报刊"有某某

记录稿",并非认为完全可信,只不过是慰情胜无、聊备查考的意思。各次演讲的年份月日,均据《鲁迅日记》,不在每条下一一注明。

　　岁月如流,此书初版到现在,已经过去了三十多年了。回首当年,我出于对鲁迅著作的爱好,出于对鲁迅精神和人格的景仰,一面学习,一面写下了这些东西。不是为了趋时,不是追求名利。那时候研究鲁迅还没有成为一种时尚,并且鲁迅及其著作,在反动势力的眼里,是危险和可怕的;为了收藏一本红色封面的《呐喊》,就可以招致种种惨酷的灾难,更何况乎写文章歌颂鲁迅、研究鲁迅。我只是在学习之余,胸中有话要说,又觉得占有资料,辨明事实,是进行研究的必不可少的一部分工作,就环绕着鲁迅的传记,写下了这些"长编"式的文章。三十年来,除了十年浩劫时期以外,鲁迅研究工作不断进展,取得了很大的成绩。研究者也已经形成了一支相当庞大的队伍。我在书中提出的一些问题,如参加光复会、西安讲学、组织文艺社团和历次演讲等等,当时只不过是一次粗浅的探索的开端,而现在讨论这些问题的文章已经不少,有的还写出了专书。念往思今,真令人感到无限的高兴。

　　当初这部稿子寄到开明书店后,是由叶圣陶先生审阅、处理的。对我说来,这是一件很觉荣幸的事。初版本有孙伏园先生写的一篇序,内多鼓励希望之辞,现在重看一过,颇感惶愧。但既是照开明版重印,孙先生又早已去世,就留下来,也算作对他的一点纪念吧。

林　辰　一九八一年三月十四日记于北京

(原载人民文学出版社一九八一年九月北京新一版《鲁迅事迹考》)

鲁迅传

第一章　家世及早年生活

一

　　鲁迅先生,姓周,名树人,字豫才,清光绪七年(辛巳)阴历八月初三日(公元一八八一年九月二十五日),生于浙江省绍兴府会稽县。^①

　　周氏之先,不知是哪里人,普通说是湖南道州,住在绍兴已有十四世。(周作人:《雨天的书·序》)阖族分为覆盆、清道、竹园等若干房,住在不同的地方。覆盆房住在城东的覆盆桥附近,即老台门周家,后来人口渐多,这一房又分成致房、中房、和房三家。致房的大部分移住在靠近都昌坊口的另一所房子里,叫做新台门。——鲁迅属于致房,就出生在都昌坊口。^②

　　周氏最初搬到绍兴的一代,似乎是农民。(无名:《鲁迅的家世》)但到后来,却成了世代书香的大族。鲁迅的六世祖韫山(名璜),"以集诗举于乡"(见鲁迅叔祖玉田公作《鉴湖竹枝词》注)。曾祖父八山公也,是读书人,他的书斋叫一蒉轩。(见药堂即周作人:《一蒉轩笔记·序》)祖父介孚公(名福清),是光绪初年的翰林(至今老台门的门斗上,还存留着蓝底金色的"翰林"二大字,下款为"钦点翰林院庶吉士周福清立"),曾任湖南某县知县及翰林院编修。^③著

有一本遗训,名曰《恒训》(己亥年,一八九九年作)。在第一章中有这样一节:

> 少年看戏三日夜,归倦甚。我父斥曰:"汝有用精神,为下贱戏子所耗,何昏愚至此!"自后逢歌戏筵席,辄忆前训,即托故速归。(见周作人《我最》一文所引,载《语丝》四十七期)

由这可见他是一个很方正严肃的人,"脾气颇乖戾"(周作人:《我学国文的经验》),所以很难合时宜。他教育子弟的方法也很特别,他自然仍教子弟学作诗文,但第一步却是教人自由读书,尤其奖励看小说,他以为这最能使人"通",通了以后,再去读别的书就无所不可了。他推荐给子弟们看的小说,有《西游记》、《镜花缘》、《儒林外史》等。(周作人:《镜花缘》)这在清末那种只知抱着四书五经,视小说为"闲书"的空气里,实在是一种难得的开明通达的识见。父亲伯宜公,性情比较严峻,喜欢喝酒,"他每晚用花生米水果等下酒,且喝且谈天,至少要花费一点钟"(周作人:《谈酒》)。他的诗文,还有一篇替人代作的祭文的草稿,由后人保存着。(知堂:《关于范爱农》)母亲姓鲁,绍兴东皋乡安桥村人,是一个前清举人的女儿。(无名:《鲁迅的家世》)她虽生活在思想闭塞的咸丰时代,但却凭了她的坚强的毅力,"以自修得到能够看书的学力"(鲁迅:《自叙传略》)。她喜欢看旧式小说,后来又学看报纸,能接受新的潮流,"看不过家里晚辈的小脚,特自先把自己的解放起来,作为提倡","从不迷信,脑里没有什么神鬼在作怪。一切都自然地生活。又从不唠叨,不多讲闲话。"(景宋:《母亲》)和一般"乡下人"出身的旧式的老太太,很不相同。

覆盆房三房,在最有钱时,共有三千多亩田和几爿当铺(无名:《鲁迅的家世》),后来衰微下去,到鲁迅幼年时候,他的一家还有四五十亩水田和少许店面房子,并不很愁生计:是一个小康人家。

二

在鲁迅诞生以前的数十年间,中国的大势,正处在一个空前剧变的时期。以一八四〇年的中英鸦片战争为起点,"最初的欧罗巴之旗"①开始飘扬于中国的万里长城之上。随着帝国主义的炮舰商品而来的资本主义,轰毁了中国原有的封建经济结构,使之转化为半封建半殖民地的社会。当时的满清政府,在这种外来压力下,最初虽曾表示拒绝、反抗,但不久即屈服投降,甚而依靠外国资本主义来支持其无耻统治。这样,中国人民在旧的统治阶级和新的民族敌人的双重剥削压迫之下,遂愈渐堕入苦痛的深渊。而在一八六四年太平天国革命运动失败以后,这苦痛的程度就更加深加重了。

鲁迅就出生在这样的时代。其时,上距鸦片战争四十一年;距太平天国革命失败十七年。

当鲁迅诞生时,他的祖父正在北京做官。长孙降世的喜讯传来,适有一个姓张的人——张之洞或张之万——来访,所以他便给这新生的孙儿取乳名为"张",学名"樟寿",字"豫山"。后来家中人觉得"豫山"和"雨伞"的读音相近,请于祖父,改为"豫才"。

鲁迅还不满一岁,他的父亲便领他到附近塔子桥旁的长庆寺去,拜了一个和尚为师。这是因为他是长男,"物以稀为贵",父亲怕他有出息,养不大,所以便用这种世俗通行的迷信办法,表示只是"下贱之流",好让那些专喜欢杀害有出息的孩子的妖魔鬼怪们放手安心。这和尚给他取了一个法名叫"长庚",又给他一件用"橄榄形的各色小绸片所缝就"的百家衣,和一条上挂历本、镜子、银筛等零星小件,据说可以避邪的称为"牛绳"的东西。

这和尚大家都称他为龙师父。"瘦长的身子,瘦长的脸,高颧细眼",留着两绺下垂的小胡子。论理和尚是不应该娶妻的,但他却有老婆和四个也作了和尚的儿子。在年轻时代,他有一次跳上乡下做社戏的戏台,去替戏子们敲锣,因此引起观众的攻击,他在如雨而下的甘蔗梢头中,从戏台逃下,躲进一位年青寡妇的家里去;以后这寡妇就成了他的老婆。他和一般只知念经拜忏、笃守清规的和尚不同,他没有教鲁迅念一句经,也没有教一点佛门规矩,然而看他的这种叛逆的敢于和世俗相违的精神,的确可算鲁迅的"第一个"师父。

两三岁时,鲁迅种了牛痘。那时候,很多人都不相信这来自西洋的所谓"洋痘",加以住在偏僻之区,要种也必须待到有一个时候,城里临时设立起施种牛痘局来,才有机会。但鲁迅并非到牛痘局去,而是请医生到家里来种的,这显得特别隆重。这一天,"堂屋中央摆了一张方桌子,系上红桌帷,还点了香和蜡烛",他的父亲抱了他,坐在桌旁边。由一位面孔红胖、带墨晶大眼镜的"医官",在他的臂膀上种了六粒。他并不觉得痛,也没有哭。

为了种痘,父亲还给了他两样可爱的玩具。一样是朱熹所谓"持其柄而摇之,则两耳还自击"的鼗鼓;另外一样最可爱的,叫作万花筒。"是一个小小的长圆筒,外糊花纸,两端嵌着玻璃,从孔子较小的一端向明一望,那可真是猗欤休哉,里面竟有许多五颜六色,稀奇古怪的花朵,而这些花朵的模样,都是非常整齐巧妙,为实际的花朵丛中所看不见的。……如果看得厌了,只要将手一摇,那里面就又变了另外的花样,随摇随变,不会雷同"。这使他非常高兴,然而也如别的一切小孩一样,他要探检这奇境了。于是背着大人,剥去花纸,挖掉玻璃,就有一些五色的通草丝和小片落下;花也没有,什么也没有。想做它复原,也没有成功。

在孩提时代,鲁迅有一个女工领带着他。他叫她"阿妈",别的许多人则叫他"长妈妈"。她生得黄胖而矮,常常"喜欢切切察察,向人们低声絮说些什么事,还竖起第二个手指,在空中上下摇动,或者点着对手或自己的鼻尖"。一到夏天,睡觉时她又伸开两脚两手,在床中间摆成一个"大"字,挤得鲁迅没有余地翻身,推她叫她,都不动不闻;有时甚而还把一条臂膊搁在鲁迅的颈子上。

她懂得许多繁琐而麻烦的礼节和禁忌。元旦清晨,她要鲁迅一睁开眼睛,第一句话就得对她说:"阿妈,恭喜恭喜!"平常不许鲁迅随便走动,拔一株草,翻一块石头,就说是顽皮,要告诉他的母亲去。又教给鲁迅,"人死了,不该说死掉,必须说'老掉了';死了人,生了孩子的屋子里,不应该走进去;饭粒落在地上,必须拣起来,最好是吃下去;晒裤子用的竹竿底下,是万不可钻过去的……"。

她常常对鲁迅讲"长毛"。一次,在说到先前长毛进城,鲁迅家里一个门房被杀和一个老妈子骇破了胆的故事时,她向鲁迅说:

> "像你似的小孩子,长毛也要掳的,掳去做小长毛。还有好看的姑娘,也要掳。
>
> "那么,你是不要紧的。"鲁迅以为她一定最安全了,既不做门房,又不是小孩子,也生得不好看。……
>
> "那里的话?!"不料她严肃地说。"我们就没有用么?我们也要被掳去。城外有兵来攻的时候,长毛就叫我们脱下裤子,一排一排地站在城墙上,外面的大炮就放不出来;再要放,就炸了!"

鲁迅原以为她满肚子只不过是麻烦的礼节,想不到还有这样伟大的神力。一向由于她的繁琐唠叨而生的厌恶不觉消逝,从此对她就有了敬意。

长毛故事,她对鲁迅讲得最多。但她并无邪正之分,只说"长毛","短毛","花绿头",都是最可怕的东西,而后两种就是官兵。(《且介亭杂文·病后杂谈之余》)在长妈妈这样的"愚民"的经验上,"官兵"和"长毛"是并无什么区别的。就从这些讲述里,鲁迅最初地接触了关于太平天国这一伟大的农民战争的片段。

此外,老祖母蒋太君,也是鲁迅童年生活里占重要位置的人物。夏夜,鲁迅躺在一株大桂树下的小板桌上乘凉,祖母摇着芭蕉扇坐在桌旁,给他猜谜语,讲故事,如猫的故事,白蛇娘娘的故事等。听了后者,幼小的鲁迅很为白蛇娘娘抱不平,怪法海和尚太多事,而希望雷峰塔快快倒掉。

鲁迅的体质,自幼即不怎样健康。由于父亲的遗传,七八岁起,即患龋齿(须藤五百三:《医学者所见的鲁迅先生》),或蛀,或破,终于牙龈出血,无法收拾;住的又是小城,并无牙医,这时也想不到天下有所谓"西法……",惟一的救星是《验方新编》,然而试尽"验方",都不验,后来正式看中医,服汤药,都无效果。只有用细辛者稍有效,但也不过麻醉片刻,不是对症药。(《坟·从胡须说到牙齿》,《华盖集·忽然想到之一》)不过,此外似乎没有生过什么重病。

三

七岁⑤,鲁迅"从叔祖玉田先生初诵鉴略"(许寿裳:《鲁迅年谱》),开始了读书生活。

这位玉田先生,是鲁迅一生历史中很有关系的人物。他是叔祖,而且又是鲁迅的第一个启蒙老师。他的事迹已不可考,但很侥幸,还可看到他的一首诗:

耸秀遥瞻梅里尖,孤峰高插势凌天;
露霜展谒先贤兆,诗学开科愧未传。

这是他所作的《鉴湖竹枝词》中的一首,据周作人《旧日记钞》所引转录。梅里尖是鲁迅的六世祖韫山公墓所在地。其自注云:"先太高祖韫山公讳璜,以集诗举于乡。"故最末有"诗学开科愧未传"之句。由这首难见的诗里,可约略想见玉田先生是怎样的一个人。鲁迅在他的教导下,"第一本读的是《鉴略》,桌上除了这一本书和习字的描红格,对字(这是做诗的准备)的课本之外,不许有别的书"(《且介亭杂文·随便翻翻》)。他"记得那时听人说,读《鉴略》比读千字文,百家姓有用得多,因为可以知道从古到今的大概"(《朝花夕拾·五猖会》),所以一开始就读《鉴略》。

> 粤自盘古,生于太荒,
> 首出御世,肇开混茫。

他读着,然而一个字也不懂。

这死板的书斋和难懂的书本,自然不能系住一个孩子的活泼的心,他的精神飞越重围,别有所注。他在过年过节之外,又盼望着迎神赛会。但他家的所在很偏僻,待到下午赛会行列经过时,仪仗已减而又减,往往只不过"见十几个人抬着一个金脸或蓝脸红脸的神像匆匆地跑过去"罢了。不过也有一回,他曾亲见过较盛的赛会。"开首是一个孩子骑马先来,称为'塘报';过了许久,'高照'到了,长竹竿揭起一条很长的旗,一个汗流浃背的胖大汉用两手托着;他高兴的时候,就肯将竿头放在头顶或牙齿上,甚而至于鼻尖。其次是所谓'高跷','抬阁','马头'了;还有扮犯人的,红衣枷锁,内中也有孩子。"他觉得很羡慕,也想有一个"扮犯人"的机会。

有一天,他要到东关看五猖会去了。这是他儿时所罕逢的一件盛事。因为东关离家很远,出城还有六十多里水路,所以预先定好了一只三道明瓦窗的大船。大家清早起来,鲁迅笑着跳着,催工人们将饭菜,茶饮,点心盒子之类快些搬上泊在河埠头的船上去。忽然,工人的脸色变得很谨肃,他的父亲在不知觉中来到了。

"去拿你的书来。"父亲慢慢地说。

这所谓"书"，就是他开蒙时所读的《鉴略》，他忐忑着，拿了书来，父亲教他一句一句地读下去，大约读了二三十行，父亲说：

"给我熟读。背不出，就不准去看会。"

这真是从头上浇了一盆冷水。但是，没有法子，只好读着，强记着，似乎头里要伸出许多铁钳，将什么"生于太荒"之流夹住。母亲，工人，长妈妈，都无法营救，只默默地静候着他读熟，而且背出来。幸而五六岁时就被宗党称为"胡羊尾巴"的他，聪明灵活，忽然觉得已有把握，便拿书走到父亲面前，一气背下去，梦似的背完了。

"不错。去罢。"父亲点着头，说。

但是，开船以后，水路中的风景，盒子里的点心，以及到了东关的五猖会的热闹，对于他似乎都没有什么大意思，他的一团高兴，已被背书的冷水所浇熄了。

在书塾里读《鉴略》，回到家中背《鉴略》，实在枯燥得很。除此以外，鲁迅只有从家藏的老书里，找出《文昌帝君阴骘文图说》和《玉历钞传》，看看那上面所画的雷公电母或牛头马面。但这又并不能满足一个孩子的"爱美的天性"。

十岁上下①，鲁迅从一个远房的叔祖那里，知道有一种绘图的《山海经》，于是便引起了他的强烈的渴慕。那是一个寂寞的老人，他的书多，而且特别。鲁迅在他的书斋里，见过陆玑的《毛诗草木鸟兽虫鱼疏》和上面有许多图的《花镜》，以及别的名目很生的书籍。他告诉鲁迅，还有一部绘图的《山海经》，画着人面的兽，九头的蛇，三脚的鸟，生着翅膀的人，没有头而以两乳当作眼睛的怪物……可惜一时忘了放在哪里。鲁迅很想看看，但不好意思逼他去寻找，因为他很疏懒的。问别人呢，没有头绪；买罢，压岁钱虽有几百文，但又没有到大街上的书店去的机会。他记在心里，念念不忘。连长妈妈也知道而来探问"山海经"是怎么一回事了。过了不久，她告假回家以后的四五天，她

穿着新的蓝布衫回来了,一见面,就把一包书递给鲁迅,高兴地说道:

"哥儿,有画的'三哼经'我给你买来了!"

鲁迅似乎遇着一个霹雳,全体都震悚起来;赶紧接过手,打开纸包,是四本小小的书,略略一翻,人面的兽,九头的蛇,……果然都在内。

这四本小书,乃是鲁迅最初得到,最为心爱的宝书。

四

鲁迅幼年时代,常和他的母亲到外祖家去。[1]那地方叫安桥村,离海边不远,[2]全村姓鲁,百分之九十五不识字,多半以种田、打渔为业;在不满三十的住户中,只有一家很小的杂货店。

到了这里以后,鲁迅才从城中那古老屋子和什么"秩秩斯干幽幽南山"的书本下面解放出来,亲近了清新秀丽的乡村风物。[3]在这小村里,一家的客,几乎也就是公共的客。鲁迅不特受到外祖母的钟爱,且还受村人的优待。许多小朋友,都因他之到来而得到父母减少工作的允许,一同伴他游戏。他们每天掘蚯蚓,钓虾,放牛,又在海塘上拨草寻蛇:用"竹竿打动塘上芦苇,且打且跑,蛇从芦丛中出来,几十条不断"(孙福熙:《鲁迅,艺术家》)。他和这些农家孩子们玩得很快活,但他第一所盼望的,却是到离安桥村五里的较大的赵庄去看社戏。

在他十一二岁时的一年,一夜,他又和一群"野孩子"——聪明的双喜,天真的阿发,桂生……到赵庄去看社戏了。由安桥村到赵庄是水程,几个孩子撑篙摇橹,驾着一只白篷船,"在左右都是碧绿的豆麦田地的河流中",飞一般前进。"两岸的豆麦和河底的水草所发散出来的清香,夹杂在水气中扑面的吹来;月色便朦胧在这水气里。淡黑的起伏的连山,仿佛是踊跃的铁的兽脊似的,都远远地向船尾跑去了。"到了赵庄,"最惹眼的是屹立在庄外临河的空地上的一座戏台,模胡在远处的月夜中,和空间几乎分不出界限",有如"画上见过的仙境"。他们停了船,挤在船头,最先"看见台上有一个黑的长胡子的背上插着四张旗,捏着长枪,和一群赤膊的人正打仗","接着走出一个小旦来,咿咿呀呀的唱"。鲁迅"最愿意看的是一个人蒙了白布,两手在头上捧着一枝棒似的蛇头的蛇精,其次是套了黄布衣跳老虎。但是等了许多时都不见,小旦虽然进去了,立刻又出来了一个很老的小生"。他和小同伴们都有些疲倦了,"忽而一个红衫的小丑被绑在台柱子上,给一个花白胡子的用马鞭打起来了,大家才又振作精神的笑着看"。在这一夜里,他以为这实在要算是最好的一折。然而老旦终于出台了,大家都很扫兴,"那老旦当初还只是踱来踱去的唱,后来竟在中间的一把交椅上坐下了"。鲁迅很担心他尽唱不完,同伴们却就破口喃喃地骂,终于大家忍耐不住,便开船回转。其时"月还没有落,仿佛看戏也并不很久似的,而一离赵庄,月光又显得格外的皎洁。回望戏台在灯火光中,却又如初来未到时候一般,又漂渺得像一座仙山楼阁,满被红霞罩着了"。他们在船上议论着戏子,或骂,或笑,船"就像一条大白鱼背着一群孩子在浪花里蹿",连夜渔的老渔夫,也停了艇子看着喝采起来。

这是普通的社戏,看戏的主体是神;还有"大戏"和"目连戏",请神之外,而又请鬼,尤其是横死的怨鬼。这也是鲁迅最爱看的。两者都是开头有"起殇",中间有鬼魂时时出现,最后以好人升天、恶人落地狱收场。所谓"起殇",就是到野外无主孤坟之处,去召请种种横死的孤魂厉鬼来看戏。鲁迅在"十余岁时候",就曾经在这种仪式中充当过义勇鬼卒。那情形是:

> 在薄暮中,十几匹马,站在台下了;戏子扮好一个鬼王,蓝面鳞纹,手执钢叉,还得有十几名鬼卒,则普通的孩子都可以应募。我在十余岁时候,就曾经充过这样的义勇鬼,爬上台去,说明志愿,他们就给在脸上涂上几笔彩色,交付一

柄钢叉。待到有十多人了，即一拥上马，疾驰到野外的许多无主孤坟之处，环绕三匝，下马大叫，将钢叉用力的连连刺在坟墓上，然后拔叉驰回，上了前台，一同大叫一声，将钢叉一掷，钉在台板上。我们的责任，这就算完结，洗脸下台，可以回家了。

这事情倘被父母所知，是往往不免挨一顿竹筱的，但鲁迅幸而从来没有被觉察。他就在这两种戏中，看见过无常。"就是雪白的一条莽汉，粉面朱唇，眉黑如漆，蹙着，不知道是在笑还是在哭。"他虽是阎罗天子所派出的勾魂使者，但在"一切鬼众中，就是他有点人情"，因此，"人民之于鬼物，惟独与他最为稔熟，也最为亲密"，在迎神和演剧中都可以见到他。又看见过女吊，她是"一个带复仇性的，比别的一切鬼魂更美，更强的鬼魂"。她穿着"大红衫子，黑色长背心，长发蓬松，颈挂两条纸锭，垂头，垂手，弯弯曲曲的走一个全台"，然后她将披着的头发向后一抖，这才现出了脸孔："石灰一样白的圆脸，漆黑的浓眉，乌黑的眼眶，猩红的嘴唇"，"她两肩微耸，四顾，倾听，似惊，似喜，似怒"，终于发出悲哀的声音，慢慢地唱起来。对于这种"特色的鬼"，那时的鲁迅，是觉得可怖而又可爱的。

除了在乡下认识的双喜，阿发，桂生……之外，在家中，他又认识了一个和他"仿佛年纪"的"十一二岁的少年"，这就是闰土。他是鲁迅家里一个"忙月"的孩子，"紫色的圆脸，头戴一顶小毡帽，颈上套一个明晃晃的银项圈"。他从乡下到鲁迅家来，不到半日，两人便熟识了。

他告诉鲁迅：

"我们沙地上，下了雪，我扫出一块空地来，用短棒支起一个大竹匾，撒下秕谷，看鸟雀来吃时，我远远地将缚在棒上的绳子只一拉，那鸟雀便就罩在竹匾下了。什么都有：稻鸡、角鸡、鹁鸪、蓝背……"

他又约鲁迅夏天到他们乡下去：

"我们日里到海边捡贝壳去,红的绿的都有,鬼见怕也有,观音手也有。晚上我和爹管西瓜去,[4]你也去。"

"管贼么?"

"不是。走路的人渴了摘一个瓜吃,我们这里是不算偷的。要管的是獾猪,刺猬,猹。月亮地下,你听,啦啦的响了,猹在咬瓜了,你便捏了胡叉,轻轻地走去……"

鲁迅那时并不知道这所谓猹是怎样一件东西,只是无端地觉得状如小狗而很凶猛。

"他不咬人么?"

"有胡叉呢。走到了,看见猹了,你便刺。这畜生很伶俐,倒向你奔来,反从胯下窜了。他的皮毛是油一般的滑……"

鲁迅素不知天下有这许多新鲜事:海边有如许五彩的贝壳;西瓜有这样危险的经历;然而闰土还告诉他,沙地里有一种生着青蛙似的两个脚的跳鱼儿……这一切无穷无尽的稀奇的事,都是平素"只看见院子里高墙上的四角的天空"的鲁迅和他往常的朋友所不知道的。这不禁使他对于那美丽神秘的世界发生深深的向往。

他那时家景还好,"正是一个少爷"。但他不特和双喜、闰土们厮混,甚至还和别的孩子们去扮演那有跌死危险且"带着鬼气"的鬼卒,"在儿童时代就混进了野孩子的群里,呼吸着小百姓的空气"(何凝:《鲁迅杂感选集序》),并因此已逐渐开始了对于现实的认识。他自己曾说:"我母亲的母家是农村,使我能够间或和许多农民相亲近,逐渐知道他们是毕生受着压迫,很多痛苦。"(《集外集拾遗·英译本〈短篇小说选集〉自序》)由此可见这类经历在他的生活和思想历程上所发生的影响和意义。

五

然而,安桥村毕竟不能长期居住,更不能常有机会看迎神赛会和充当鬼卒。鲁迅的更多的时间,还是只有生活在私塾和他们那聚族而居的老屋之中。幸而屋后有一个很大的园子,叫作百草园,可以让他在那儿快乐地消磨掉不少的时光。关于这"乐园",他曾说过:

> 不必说碧绿的菜畦,光滑的石井栏,高大的皂荚树,紫红的桑椹;也不必说鸣蝉在树叶里长吟,肥胖的黄蜂伏在菜花上,轻捷的叫天子(云雀)忽然从草间直窜向云霄里去了。单是周围的短短的泥墙根一带,就有无限趣味。油蛉在这里低唱,蟋蟀们在这里弹琴。翻开断砖来,有时会遇见蜈蚣;还有斑蝥,倘若用手指按住它的脊梁,便会拍的一声,从后窍喷出一阵烟雾。何首乌藤和木莲藤缠络着,木莲有莲房一般的果实,何首乌有拥肿的根。有人说,何首乌根是有像人形的,吃了便可以成仙,我于是常常拔它起来,牵连不断地拔起来,也曾因此弄坏了泥墙,却从来没有见过有一块根像人样。如果不怕刺,还可以摘到覆盆子,像小珊瑚珠攒成的小球,又酸又甜,色味都比桑椹要好得远。

到了十二岁,不知是因为拔何首乌毁了泥墙;是因为将砖头抛到间壁的梁家[5]去了;还是因为站在石井栏上跳了下来?……总之,鲁迅不能常到百草园了。——他家里的人将他送进了全城中称为最严厉的书塾。

出门向东,不上半里,走过一道石桥,便是先生的家。从一扇黑油的竹门进去,第三间是书房。中间挂着一块匾道:三味书屋。先生姓寿,名怀鉴,字镜吾(许寿裳:《年谱》),鲁迅很早就听到他是本城中极方正、质朴、博学的人。那时他年事已高,须发都花白了。

鲁迅便将一个久已怀在心里的疑问去请问他:

"先生,'怪哉'这虫,是怎么一回事?"

"不知道!"他似乎很不高兴,脸上还有怒色了。

鲁迅这才知道,"做学生是不应该问这些事的",于是就只有读书,正午习字,晚上对课。书是四书五经之类(连山:《鲁迅先生和他的先生》),渐渐加多,对课也渐渐从三言加到五言七言。

在大家放开喉咙读书时,真是人声鼎沸。有念"仁远乎哉我欲仁斯仁至矣"的,有念"笑人齿缺曰狗窦大开"的,有念"上九潜龙勿用"的,有念"厥土下上上错厥贡苞茅橘柚"的……。先生自己也念书,后来学生们的声音低下去了,他还大声朗读着:"铁如意,指挥倜傥,一座皆惊呢～～～；金叵罗,颠倒淋漓噫,千杯未醉嗬～～～。"

当先生读书入神的时候,鲁迅便画画儿。用一种叫做"荆川纸"的,蒙在小说的绣像上,一个个描下来,像习字时候的影写一样。画得最多,最成片断的是《荡寇志》和《西游记》的绣像,都有一大本。后来,为要钱用,卖给一个有钱的同窗了。

由书塾回到家中,他也喜欢画画。有一次在堂前廊下影描马静江的诗中画(或是王寅[6]的三十六赏心乐事)。描了一半,暂时他往,祖母看了好玩,就去画了几笔,却画坏了,鲁迅回家,又扯去另画(周作人:《关于鲁迅》)。由于爱好艺术的心太切,他也顾不得祖母的不高兴了。

从得到绘图的《山海经》起,鲁迅不断搜集着绘图的书,先后有了石印的《尔雅音图》,《毛诗品物图考》,《点石斋丛画》,《诗画舫》等。《山海经》也另买了一部石印的。这时,又由一位长辈赠给他一部二十四孝图[时间系据许作年谱[7]],这使他很高兴。然而当他请人讲完二十四个故事之后,接着就是扫兴。对于"哭竹生笋","卧冰求鲤"之类,他觉得可疑；而对"老莱娱亲","郭巨埋儿"两事,则更发生反感。他觉得前者"简直是装佯,侮辱了孩子",后者则不近人情。由于这幅画,他不但自己不敢再想做孝子,并且怕他的父亲去做孝子了。此外,他自己又买了《芥子园画谱》,在那位远房的叔祖那里看到过的陈淏子的《花镜》也买到了。(周作人:《关于鲁迅》)这些书大多并非纯粹的画本,上面的画,乃在解释文句,也非特为儿童所作;但在鲁迅的儿童生活里,它们却发生了教育和娱乐的作用,并因之而引起他一生对于艺术的爱好。他"家中原有几箱藏书,却多是经史及举业的正经书,也有些小说如《聊斋志异》,《夜谭随录》,以至《三国演义》,《绿野仙踪》等,其余想看的须得自己来买添"。这买添的书里边,"有《酉阳杂俎》,《容斋随笔》,《辍耕录》,《池北偶谈》,《六朝事迹类编》,《二酉堂丛书》,《金石存》,《徐霞客游记》等"。见了买不起的好书,他便抄了下来,如向人借得《唐代丛书》,便从中抄了三卷《茶经》和《五木经》。对于书籍,他是真心的爱好,偶然有点纸破或墨污,便不舒服。在买冈元凤所著的《毛诗品物图考》时,曾至再至三地拿到书店里掉换,直到伙计厌烦了,戏弄说:"这比姊姊的面孔还白呢,何必掉换!"才愤然出来,不再去买书。(以上均见引周文⑦)这种从小说开始了的喜欢图画,珍惜书籍并亲自抄录的兴趣,一直保留下来,和他后来的辑集逸书(这一点尤其受张澍(介侯)《二酉堂丛书》的影响,在《会稽郡故书杂集序》中曾提过),提倡版画,以及印书的力求精美等等,都有密切的关系。

六

在入三味书屋的后一年,当鲁迅十三岁的时候,他家中发生了一个巨大的变故。光绪十八年阴历十二月,他曾祖母戴太君卒。次年(光绪十九年)三月,祖父介孚公因丁忧自北京归,秋天,便因事被捕(见《年谱》),关在杭州府的监狱里。⑧据说是一件有关科场的案子。⑨幸得当时杭州知府(陈六笙?)的帮忙,力说他患神经错乱,才把这事搁起。(无名:《鲁迅的家世》)但也一时不能了结,每年要出卖房田,用银两去官府上下打点。本来"有四五十亩水田"的家庭,这样就弄得"几乎什么也没有了"(《自序传略》)。一家分散,鲁迅和弟弟们寄居在大舅父家里,初住皇甫庄,在《越谚》著者范啸风(寅)住宅的隔壁;后又搬住小皋埠,即皋社诗人秦秋渔(树铦)的别业的厢房。(参看周作人《关于鲁迅·娱园》)虽然同是住在外家,但在那炎凉势利的社会里,这时不惟得不到像以前去安桥村时那样的优待,反而受尽奚落,有时还被称为"乞食者"了。这很伤害了鲁迅的幼小的心灵,于是他不顾家境的艰难,毅然回到自己的家里去。不料回家之后,他父亲又患重病。

正当这时,和鲁迅的家难相应,整个的中国,也被卷在苦难的风暴里。在列强加紧侵略的过程中,又爆发了一八九四年的中日战争。结果,广土众民的中国,竟败于区区岛国之手,又是屈辱求和,割地赔款,在这一震撼全国的大事变当中,鲁迅已是一个十四岁的少年,他一定也感受到刺激。不过,这时候,最切身最苦恼他的,还是他父亲的病。

他的父亲是患的水肿病。最初由一位有名的中医诊治,诊金一元四角,隔日一次。他的用药与众不同,药引是经霜三年的甘蔗之类,至少也得搜寻两三天。但经过整整两年,病人逐日厉害,毫无起色,为推卸责任起见,他便另荐一位陈莲河,这也是当地的名医。他和前一位名医一样,诊金还是一元四角,而所用丸散和药引却更加奇特。他曾经用过一种特别的丸药"败鼓皮丸",因为他认为病人所患的水肿一名鼓胀,所以这种用打破的旧鼓皮做成的奇药,一定可以克伏它。而药引则是"原配蟋蟀一对"、"平地木十株"等等不容易办到的东西。然而吃了一百多天的"败鼓皮丸",却并无一点效验。一次,他更推荐了他的一种灵丹,他说这种丹点在舌上,一定可以见效,"因为舌乃心之灵苗……",但鲁迅的父亲摇摇头,没有花"两块钱一盒"的重价去购买。他对这位"名医",对自己的病,都已失掉信心了。

在那个年代,隔日一次的一元四角的诊治金,已经是一笔巨款;再加药费,实在不是"几乎什么也没有"的家庭所能负担。有四年多,鲁迅几乎是每天,出入于当铺和药店里,从比他高一倍的当铺的柜台外送上衣服或首饰去,在侮蔑里接了钱;再到和他一样高的药店的柜台上去给他久病的父亲买药。然而到了后来,连医生陈莲河也要往鬼神的身上推了,他说:"我这样用药还会不大见效,我想,可以请人看一看,看有什么冤愆……医能医病,不能医命,对不对? 自然,这也许是前世的事……"

最后,在光绪二十二年九月,他的年仅三十七岁的父亲,终于在邻居衍太太的安排和他的"父亲! 父亲!"的高叫声中断了气。

这时,鲁迅只有十六岁。

曾祖母的逝世,祖父的下狱,父亲的早逝,这一连串的不幸接着发生于四五年之中,使鲁迅受尽了戚族的白眼,经济的压迫。然而,正是在这"从小康人家而坠入困顿"的"途路中",他看见了"世人的真面目"(《呐喊·自序》),这是他一生思想事业发展上的一个重大关键。

在侍病的四年多中,他是辛苦而忙碌的。但偶有余暇,也不废阅读。就在十四五岁时,他便读过记载张献忠屠杀蜀人的《蜀碧》,也憎恨着这"流寇"的凶残。但后来又得到一本家藏的明钞本《立斋闲录》,从书中所载的永乐上谕里,他发现这位皇帝的凶残远在张献忠之上,于是他的憎恨便移到永乐身上去了。(《且介亭杂文·病后杂谈之余》)这时他便已能够如此冲破传统的樊篱,正和对于二十四孝图的批判一样,实在表现了普通少年所没有的识力。

父亲故去以后,祖父还在狱中,⑩他是长子,别无可以支持或重振家庭的人,他的生活愈加穷困。许多想看和想吃的东西都无钱买。更坏的是,邻居衍太太之间,还传说着他"已经偷了家里的东西去变卖了"的流言,这使他"觉得有如掉在冷水里"而急于要离开绍兴城的这些"早经看熟"的脸,甚至"连心肝也似乎有些了然"的人物,"寻找别一类人们去"。

但是,到哪里去呢?

贫穷的磨难,世态的炎凉,中医的欺骗,使这个坚强睿智的青年,对于一切古旧的传统的东西,都发生反感和怀疑。他最初萌发了对于封建势力的仇恨,也萌发了对于新的未来的憧憬。他要突破围绕着他的这个腐恶的环境,踢开一切绅商士大夫子弟们的生活轨迹,而另走一条新的道路。

那时,绍兴有一个开得不久的学校,叫中西学堂,汉文之外,还教些洋文和算学。这学校在熟读圣贤书的秀才们的眼中,虽已是一个"变于夷"的可笑可怕的地方,但鲁迅却还不满足于它的功课的简单,不想进去。杭州有一个求是学院,功课较为别致,然而学费贵。

无需学费的学校在南京,他自然只好往南京去。那时读书应试是正路,绍兴衰落了的读书人家的子弟,通常也是学做幕友和商人。(《自叙传略》)而鲁迅到南京,即非应试,也非学幕或经商,他是去学洋务。这在社会上是被认为"走投无路","只得将灵魂卖给鬼子",是要受"加倍的奚落而且排斥的"。(《呐喊·自序》)鲁迅的母亲为这十分难过。而况变故频仍的家庭,实在不堪更有儿子远走的凄凉,所以,当她在无可如何之中,为鲁迅办了八元的川资,说是由他自便的时候,她哭了!

注 释:

① 绍兴府的首县是山阴会稽,山会同城。民国废府,两县并为绍兴县。故通称鲁迅是绍兴人。

② 据无名《鲁迅的家世》。又据景宋《绍兴与鲁迅》一文。新台门鲁迅故居,即今都昌坊口五十一号法院所在地。

③ 官湖南某县事,见鲁迅逝世时上海《时事新报》所载《盖棺论定的鲁迅》一文,又谓在京官职为"内阁中书",均未说明何所根据。该文未署名,且多歪曲之论,令人未敢遽信。但因出宰湖南一事,尚未见有另种记载,故暂记于此,容后再考。至在京职位,则孙伏园《鲁迅先生的少年时代》谓系"翰林编修",兹从之。

④ 借用日本村山知义以鸦片战争为题材的一个剧本的名称。

⑤ 许寿裳著《年谱》作六岁。但鲁迅在《五猖会》内说:"我们那里上学的岁数是

多拣单数的，所以这使我记住我其时是七岁。"兹从后说。

⑥ 此事颇难考定时间。但从《阿长与山海经》一文，知道鲁迅渴慕绘图的《山海经》，是当他"哀悼隐鼠，给它复仇的时候"。而隐鼠被吃，与猫为敌，据《狗·猫·鼠》一文，是在"十岁上下的时候"。由此推知鲁迅之渴慕《山海经》，也就是这"十岁上下"时的事。

⑦ 周作人的《关于鲁迅》，是很珍贵的一篇资料。但他将影描《荡寇志》，在堂前廊下描诗中画，买《花镜》，抄《茶经》等，都以为是祖父下狱以后的事，这在时间上，恐有讹误，因为：一、鲁迅十二岁在三味书屋读书时，便影描了一大本《荡寇志》绣像，这在《从百草园到三味书屋》一文里已曾说过，不必待到十三岁祖父下狱以后，才在皇甫庄向表兄借到一册《荡寇志》来影描；二、祖父下狱以后，接着父亲生病，鲁迅的生活穷乏而忙碌，是否有钱买书，有闲描画和抄书，实在是个疑问。周氏此文，在时间和层次上，都很杂乱。如刚说"顶早买到的大约是两册石印本冈元凤所著的《毛诗品物图考》"，而不料下文又说："陈淏子的《花镜》恐怕是买来的第一部书"。所以，对他这篇文章，在材料上，应当分别去取；在时间上，应当别行排列。这里，便将影描《荡寇志》诸项，置于祖父下狱之前。

⑧ 据孙伏园《鲁迅先生的少年时代》，说鲁迅祖父"在苏州被捕，解送北京"。但周作人《陶庵梦忆序》则云："光绪二十三年（一八九七年），祖父因事系杭州府狱，我跟着宋姨太太住在花牌楼，每隔两三天去看他一回。"周建人在王士菁著《鲁迅传》的后记里也说："记得先祖关在杭州，似没有解京之事。"故这里不采孙说，而直书系杭州府狱。

⑨ 鲁迅祖父因何被捕，素无明白记载。谅必与他的"脾气又颇乖戾"有关。孙伏园《鲁迅先生的少年时代》一文，谓与某年江苏乡试有关，可备一说。

⑩ 祖父出狱，不悉何年。许作《年谱》，亦仅载入狱年代及卒年。今按周作人《关于鲁迅》："光绪癸巳祖父因事下狱"，年代与《年谱》同。但周在《陶庵梦忆序》里，又有"光绪二十三年（一八九七年），祖父因事系杭州府狱"句。这大约并非序文记错，而是说自癸巳——光绪十九年被捕，直到二十三年也还在狱中的罢。又据周作人《我最》一文，说祖父《恒训》作于一八九九年，一八九九年为光绪二十五年（己亥）。依此推算，祖父出狱，当在光绪二十四五年。其时鲁迅的父亲已早去世了。

校 记：

本传第一章在《民讯》月刊发表后，作者在排印件上又作了若干处修订，本章据修订稿排印，并据此做校记。

[1]《民讯》刊本原文是："鲁迅十一二岁了。他的母亲在每年扫墓完毕以后，都要抽空到母家去住几天，鲁迅也每年跟了去。"今据修订稿。

[2] 此句下《民讯》刊本有"村前有一条小河"句。今据修订稿。

[3] 从"到了这里之后"至"清新秀丽的乡村风物"，《民讯》刊本归于上段。今据修订稿。

[4]《民讯》刊本"晚上和我爹……"，现据鲁迅刊文改正为"晚上我和爹……"。

[5]《民讯》刊本"果家"，现据鲁迅刊文改正为"梁家"。

[6]《民讯》刊本作"王冶梅"，今据修订稿。

[7] 在修订稿上此外标一"＊"号，意欲作为注解专写一则考释文，后未果。

第二章　无需学费的学校[1]

七

被封建社会放逐了出来的鲁迅，于光绪二十四年（一八九八）闰三月，独自前往南京。他仅有八元旅费，只得一切节俭。"凡上下轮船，总是坐独轮车，一边搁行李，一边留自己坐。"（许寿裳：《鲁迅的生活》）到南京后，他将"樟寿"这名字废弃，改为树人（周作人：《关于鲁迅》），考入江南水师学堂。其时他十八岁。

这一年，正是戊戌变法的一年。自海禁开放，外患相逼而来，清王朝及其御下的官僚士大夫，依旧根据"以夷制夷"的古老想法，以为只要仿制了西洋的枪炮、兵舰，便可以收御侮图存之功。所以，先后创办了兵工厂、造船厂、矿务局、水陆师学堂……企图用同样的坚甲利兵，去应付列强的坚甲利兵，但不料经过甲午一役，曾国藩、李鸿章、张之洞等所辛辛苦苦经营了二三十年的所谓"洋务"，竟隳坠于一旦。清政府的腐败与无能，至此彻底暴露，政治改革的呼声，一时勃起，终至有戊戌这年的维新变法。同时，又因为甲午这次重大的刺激，使许多人知道了西洋各国之强，不仅在船坚炮利，若徒然用新法训练军队，开办实业，不过是袭人皮毛；必须研究介绍他们的学术思想，来一个根本的改变才成。于是有的译书，有的兴学，真是"海内缤纷，争言西学"（康有为语）。虽然大多数人是抱着"中学为体，西学为用"的见解，但他们毕竟也还要学"西学"。在光绪朝末，"便是三四十岁的中年人，也看《学算笔谈》，看《化学鉴原》，还要学英文，学日文，硬着舌头，怪声怪气的朗诵着，对人毫无愧色，那目的是要看'洋书'，看洋书的缘故是要给中国图'富强'"（《准风月谈·重三感旧》）。鲁迅就在这谈变法、谈西学的空气里，进入了江南水师学堂。

鲁迅在这学堂里，是分在机关科。（《自叙传略》）功课很简单，一星期中，四整天读英文："It is a cat." "Is it a rat?"—一整天读汉文："君子曰，颍考叔可谓纯孝也已矣，爱其母，施及庄公。"一整天做汉文：知己知彼百战百胜论，颍考叔论，云从龙风从虎论，咬得菜根则百事可做论等。

这学校的校长，当时叫作"总办"，是具有候补道资格的官僚。大堂上还有军令，可以将学生杀头，记过开除，自然更不算什么事了。但纵然是在这样的学校里，鲁迅也没有被养成屏息低头，一味驯服。一次，一个新的职员到校了，势派非常之大，可是他却将一个叫"沈钊"的学生叫作"沈钧"，于是鲁迅他们就叫他为"沈钧"，并且由讥笑而至相骂。两天之内，鲁迅和十多个同学就迭连记了两大过两小过，再记一过，就要被开除了。（《华盖集·忽然想到之八》）

这学校里有一根二十丈高的桅杆，乌鸦喜鹊，都只能停在它的半途的木盘上。人如果爬到顶，便可以近看狮子山，远眺莫愁湖，而且下面张着网，即使跌下来，也并不危险。鲁迅很觉得它"可爱"。原先还有一个给学生学游泳的池，因为淹死了两个年幼的学生，在鲁迅进去时，早已填平了，上面还造了一所小小的关帝庙，来镇压那两个失了池子，难讨替代的淹死鬼。每年七月十五，办学的人总请一群和尚，戴上毗卢帽，捏诀，念咒："回资罗，普弥耶吽！唵耶吽！唵！耶！吽！！！"（《朝花夕拾·琐记》）

这虽是一个"无需学费的学校"，但添制衣履和零用，也实在需钱。而鲁迅的八元川资,早已用完,别无筹措的方法。学校里的津贴,最初三个月的试习期内,只有零用五百文,以后第一年内不过二两银子。戋戋之数,不敷应用,他的生活很苦。到了冬季,甚至连御寒的棉衣也无力缝制,只好穿着夹裤过冬。(《许寿裳:《鲁迅的生活》)而"砭人肌骨的寒威,是那么严酷。没有法子,就开始吃辣椒取热,以至成了习惯,进而变为嗜好"(景宋:《鲁迅的日常生活》),种下了他后来肠胃作痛消化不良的一个重要根源。

他这时还写过不少随笔及诗文,如《戛剑生杂记》、《莳花杂志》,便是戊戌这一年所作。这是现在见到的鲁迅最早的作品了。《戛剑生杂记》四则云:

> 行人于斜日将堕之时,瞑色逼人,四顾满目非故乡之人,细聆满耳皆异乡之语,一念及家乡万里,老亲弱弟必时时相语,谓今当至某处矣,此时真觉柔肠欲断,涕不可仰。故予有句云:日暮客愁集,烟深人语喧。皆所身历,非托诸空言也。

> 生鲈鱼与新粳米炊熟,鱼须砍小方块,去骨,加秋油,谓之鲈鱼饭。味甚鲜美,名极雅饬,可入林洪《山家清供》。

> 夷人呼茶为梯,闽语也。闽人始贩茶至夷,故夷人效其语也。

> 试烧酒法,以缸一只猛注酒于中,视其上面浮花,顷刻迸散净尽者为活酒,味佳,花浮水面不动者为死酒,味减。

《莳花杂志》二则云:

晚香玉本名土秘螺斯，出塞外，叶阔似吉祥草，花生穗间，每穗四五球，每球四五朵，色白，至夜尤香，形如喇叭，长寸余，瓣五六七不等，都中最盛。昔圣祖仁皇帝因其名俗，改赐今名。

里低母斯，苔类也，取其汁为水，可染蓝色纸，遇酸水则变为红，遇碱水又复为蓝。其色变换不定，西人每以之试验化学。（据周作人：《关于鲁迅》转录）

在这个官僚主持的学堂里，功课既那样简单，而种种措施，又极荒诞浮浅，即如号称"水师"的学校，而竟因噎废食地填平游泳池，甚至请和尚来放焰口一事，就有多么的荒谬可笑！这原是当然的，水师学堂不过是当时所谓"富国强兵"口号下的纸糊的玩意，它并没有政治社会的根本改革作为基础，所以，只能有这样的面貌和内容。然而，这却使怀着极大的理想和求知欲的鲁迅感到失望了，对于这学校，他"总觉得不大合适"。

在鲁迅肄业水师的这年的秋季，发生了历史上著名的大政变，维新运动失败了。本来所谓维新变法，实际并非为了推翻旧的制度而变，乃是为了存续旧的制度而变，用鲁迅的话来说，那目的，是想"用这学来的新，打出外来的新，关上大门，再来守旧"（《热风·随感录四十八》）。但即便是这样，也为极端顽固的守旧派所不许。这年八月，一个政治阴谋展开，于是西太后复政，德宗被幽禁，六君子被杀，康梁逃走，一切复归于旧。所谓新政，仅历百日，便归夭亡。

在这样的政治形势下，一个学校的"乌烟瘴气"（《朝花夕拾·琐记》），原是不足为异的。到了次年，鲁迅"只得走开"，另外去选择较好的学校。

八

光绪二十五年（一八九九）正月，鲁迅考进了江南陆师学堂附设的矿路学堂。

这学堂的设立，是因为两江总督（大约是刘坤一）听到青龙山的煤矿出息好，所以开办的。功课方面，较之水师学堂已有若干的不同。鲁迅在这里，才知道世上有所谓格致、算学、地理、历史、绘图和体操（《呐喊·自序》），还有名称奇特的地学（地质学）和金石学（矿物学），都非常新鲜。英文不学了，改学德文：Der Mann，Das Weib，Das Kind。汉文虽仍旧是读《左传》，但另外还加了《小学集注》。作文题目也是先前没有做过的《工欲善其事必先利其器论》之类。听讲以外，有时还要下矿洞去实地察看。

在鲁迅入学后的第二年（一九〇〇），学校里的总办，是一个新党。他坐在马车上的时候，大抵看着《时务报》，考汉文也自己出题目，有一次是《华盛顿论》，弄得汉文教员反而惴惴地来问学生："华盛顿是什么东西呀？……"学校里又设了一个阅报处，《时务报》，《译书汇编》，都可以经常阅览了。

这样，便养成了看新书的风气，鲁迅接触了许多由新党编译的书报，严复所译的《天演论》刚刚出版，也特地跑到城南花五百文买来了一本。[①]翻开一看，开首便道：

"赫胥黎独处一室之中，在英伦之南，背山而面野，槛外诸境，历历如在机下。乃悬想二千年前，当罗马大将恺彻未到时，此间有何景物？计惟有天造草昧……"

这令鲁迅眼界一新，于是一口气读下去，"物竞""天择"出来了，苏格拉第、柏拉图也出来了,斯多噶也出来了。②以后又陆续购读《法意》等书。③林琴南的翻译小说,自《茶花女遗事》出版以后,也随出随买。(周作人:《关于鲁迅之二》)他看过的科学和文学的译本已不少了。

在这些书中,有木版的《全体新论》和《化学卫生论》。鲁迅将现在从它们所得到的知识,去和数年前每日周旋的医生的议论和方药比较起来,他便渐渐悟得中医不过是一种有意或无意的骗子。同时,从译出的历史上,他又知道了日本维新是大半发端于西方医学的事实。(《呐喊·自序》)此外所读,"属于科学上的古典之作的,则有侯失勒的《谈天》,雷侠儿的《地学浅释》,④代那的《金石识别》"等等。(《且介亭杂文二集·在现代中国的孔夫子》)

这虽是在戊戌政变以后的反动时期,但时代的浪潮始终奔流不息,民权自由的学说,声光化电的科学,小仲马、迭更斯……的文学,毕竟还是渐渐地流行起来。所以,矿路学堂的总办,竟会是一个新党,而林、严的翻译和《时务报》等等,也那么为青年界所爱读。自然,也还有看不顺眼的人,政变之后,一位族中的长辈便教训鲁迅说:"康有为是想篡位,所以他的名字叫有为;有者,'富有天下',为者,'贵为天子'也。非图谋不轨而何?"(《华盖集·忽然想到之五》)还有一位老辈,见鲁迅爱看新书报,便给他一张报纸,严肃地说:"你这孩子有点不对了,拿这篇文章看去,抄下来去看去。"接来看时,"臣许应骙跪奏……",是参康有为变法的。但鲁迅并不理会他们,"仍然自己不觉得有什么'不对',一有闲空,就照例地吃侉饼,花生米,辣椒,看《天演论》"。

然而,这批守旧派的势焰,这两年中,愈见增长。以西太后为首的清政府更加倒行逆施,积极推行着反动政策,一面继续镇压国内的革新,一面并利用着原始的反帝性质的义和团来"扶清灭洋",遂致酿成了庚子(一九○○)八国联军攻陷北京的巨祸。——这正是鲁迅在矿路学堂肄业的第二年。

在学堂里，他是全班二十余人中年龄最小的一个。每逢考试，他并不温习功课，但总是常常名列第一。这学校每次考课都有奖金，"国文每周一次，其它小考每月一次，优者都给以三等银质奖章。依章程：凡四个三等章准许换一个二等的，又几个二等的换一个头等的，又几个头等的换一个金的。全班中，得过这种金质奖章的惟鲁迅一个人"（鲁迅矿路学堂同学张燮和述，见许寿裳《民元前的鲁迅先生序》）。他天资聪敏，又加刻苦过人，看书之外，还常常亲自抄录，曾"手抄汉译赖耶尔（C. Lyell）的《地学浅说》（案即是 Principles of Geology）两大册，图解精密，其他教本称是"（周作人：《关于鲁迅》注四）。他又常作诗文，庚子年作有《莲蓬人》七律、《送灶即事》五绝各一首，又除夕作《祭书神文》一篇，可惜现在只知道题目，无从见到原作。⑤（据前揭周文）

他在课余，喜欢外出骑马，往往由马上坠落，皮破血流，也不以为意，常说："落马一次，即增一次进步。"（许寿裳：《鲁迅的生活》）在骑马经过明故宫满人的驻处时，常受旗人欺侮，曾被顽童骂詈和投石。《坟·杂忆》至于交际，他是不喜欢的。

到了光绪二十七年（一九〇一），辛丑和议告成。赔偿列强巨额军费，平毁大沽口一带炮台，国势日蹙。鲁迅就在这年的十二月，在矿路学堂毕业。

在南京求学的这四年的期间，正是李、张洋务运动余音未绝，康、梁维新运动升到高潮而又降到低潮的时期；他经历了"维新"、"政变"、"拳乱"、"辛丑和议"等大的历史事变，开始接受科学知识，又受着翻译文学的涵泳，在初期启蒙思潮的激荡下，成为进化论（天演论）的坚强的信仰者和维新论的一时的赞同者。

但是毕业以后又怎样呢？他说"爬上天空二十丈和钻下地面二十丈，结果还是一无所能"。这自然只是表示了他的谦挹，不可相信；但爬了几次桅杆，不能就去当水兵，下了几回矿洞，也没有把握就可掘出金银铜铁锡来，却大约是实情。永远不满的求知欲——说自己

"一无所能"就是这不满的表现——和对于国事的革新的希望,使他要求着更多的充实自己的机会,于是他便决心到外国去了。但是,以他的家境来说,这怎样办得到呢? 恰巧在经过了义和团事件和辛丑和约以后,嫉视维新的满清政府,迫于情势,在表面上也装着又要维新了。"维新有老谱,照例是派官出洋去考察,和派学生出洋去留学。"(《且介亭杂文末编·因太炎先生而想起的二三事》)这派学生出洋的"维新老谱"给鲁迅开了一条路,有了志愿,有了决心,现在又有了这样的历史条件,遂使他达到了"到外国去"的愿望。

注 释:

① 《天演论》木刻本,出版于一八九八年,故鲁迅于一九○○年即可得见。那时是还刚刚出版一二年的新书。

② 严复于《天演论》案语中,对于苏格拉第、亚里士多德、达尔文、斯宾塞尔……等人的学说,均附带略有介绍,故读下去,会有"物竞天择"等等出来。

③ 鲁迅在《琐记》里,仅说读《天演论》,未提《法意》,这只是据周作人《关于鲁迅之二》。但严译《法意》出版于一九○二年,鲁迅这年二月已赴日本,不可能在南京读到。存疑于此,容后辨正。

④ 鲁迅在《在现代中国的孔夫子》一文里,赖耶尔译为雷侠儿;《地学浅说》译为《地学浅释》,实即一书。

⑤ 这几首旧诗均记载于周作人日记中,当时周作人日记尚未公开发表,故作者云"无从见到原作"。

校 记:

[1] 本章手稿《民讯》编辑部未退回,已佚。现据《民讯》月刊第五期(一九四九年二月)发表稿排印。

第三章　由医学到文学[1]

九

光绪二十八年（壬寅，一九〇二）二月，鲁迅由江南督练公所派赴日本留学，这时他二十二岁。[2]

到日本后，[3] 鲁迅最初入学的地方，是东京弘文学院。这是特为中国留学生设立的预备学校，创立人为嘉纳治五郎、山内繁雄等。鲁迅是在江南班，由三泽力太郎教他"水是养气和轻气所合成"，山内繁雄教他"贝壳里的什么地方其名为'外套'"。（《且介亭杂文二集·在现代中国的孔夫子》）课余他爱读哲学文学的书，购有不少日文书籍，如拜伦的诗，尼采的传，希腊神话，罗马神话，以及线装的日本印行的《离骚》等等。（许寿裳：《亡友鲁迅印象记》页五）他每月的官费是三十六元，学费膳费在内。（《华盖集续编·杂论管闲事·做学问·灰色等》）

在这里，鲁迅认识了浙江班的同学许寿裳（季茀，山阴人）。他们两人虽不同班，也不同自修室，但常在一起谈话。"有一天，谈到历史上中国人的生命太不值钱，尤其是做异族奴隶的时候，相对凄然。"（许寿裳：《回忆鲁迅》）从这时起，他们便结成了亲密的终生不渝的友谊。

这时候的东京,因为路途较捷,活动较便等关系,简直成了革命党人的聚集中心。康梁的改良主义已不复能影响青年;彻底推翻满清统治的革命思想,正如火如荼,弥漫在留学界里。辛丑以前,留日学生不满百人;辛丑、壬寅间(一九〇一———一九〇二)突然增至数千人,曾设留学生会馆于神田的骏河台。集会演讲,时有举行。在鲁迅刚到东京的第二月,便遇着了章太炎、秦力山等人所发起的"支那亡国二百四十二年纪念会",并由章起草了一篇大气磅礴声情激越的宣言;结果虽因日政府的禁止未能举行,但风声所播,已提醒了一般人的亡国记忆,收到了和开会相同的效果。那时留学生一到日本,"除学习日文,准备进专门的学校之外,就赴会馆,跑书店,往集会,听讲演"(《且介亭杂文末编·因太炎先生而想起的二三事》)。刚由异族的专制底下去到比较自由的日本的鲁迅,自然也是相当兴奋而活跃的。

大约到东京半年之后,鲁迅便剪掉了发辫。那时的留学生,大多"头顶上盘着大辫子,顶得学生制帽的顶上高高耸起,形成一座富士山"(《藤野先生》)。剪发的还不多,鲁迅是在江南班十余人中最先剪发的第一个人。剪掉之后,他去到同学许寿裳的自修室,脸上微微现着喜悦的表情。许说:"阿,壁垒一新!"他便用手摩一下自己的头顶,相对一笑。(许寿裳:《亡友鲁迅印象记》页三)这是一件重要的事。虽然他说:"毫不含有革命性,归根结蒂,只为了不便"(《因太炎先生而想起的二三事》),但倘若真正没有革命的觉醒,则这"不便"是只有忍受下去的。他又曾明明说过:"对我最初提醒了满汉的界限的不是书,是辫子。"(《且介亭杂文·病后杂谈之余》)这足见辫子对于他是具有怎样屈辱的印象,将它剪掉,不能说毫无排满意味。惟其如此,所以有几位辫子盘在头顶上的同学便很厌恶他,留学生监督也大怒,说要停了他的官费,送回中国去。(《呐喊·头发的故事》)幸而不几天,这位监督姚某因奸私事,被邹容等五人排闼入寓,掌颊数十,并剪去了辫子;他羞愤难当,悄悄归国。鲁迅才免去了许多麻烦。

第二年(一九〇三)鲁迅仍在弘文学院。

这一年,上海《苏报》因为刊载了邹容的《革命军》,章太炎的《驳康有为论革命书》、《革命军序》等文,昌言革命,大骂"载湉小丑,不辨菽麦"致遭清政府所忌,邹容被捕,报馆被封,造成了轰动中外的苏报案。在东京的留学生,也因为帝俄进兵东三省,特开拒俄大会,组织拒俄义勇队,操练不绝。由于外患愈重,就愈觉清廷无能,排满活动,更趋积极。留学界编著的革命书报,纷纷出版,如《湖北学生界》、《汉声》、《江苏》、《浙江潮》、《游学译编》、《新湖南》、《猛回头》、《警世钟》、《国民必读》、《最近政见之评决》、《汉帜》、《太平天国史》、《二十世纪之支那》等。(李剑农:《最近三十年中国政治史》)又有人在图书馆里,专意搜集明末遗民的著作,满人残暴的记录,于是《扬州十日记》、《嘉定屠城纪略》、《朱舜水集》、《张苍水集》等,也都翻印出来了。(《坟·杂忆》)鲁迅在未出国前,本来对于"排满的学说和辫子的罪状和文字狱的大略,是早经知道了一些的"(《因太炎先生而想起的二三事》),到了现在,又得吐纳着革命的空气,往集会,听讲演;感故国的飘零,受异邦的刺激,于是,便很自然的接受了民族主义思想,立下了"我以我血荐轩辕"(《自题小像》,一九〇三年作)的毕生实践的誓言。

这一年里,鲁迅写了《斯巴达之魂》和《说鈤》,发表于《浙江潮》杂志。《浙江潮》是浙江留学生所办的一种月刊,创刊于一九〇三年三月,起初由孙江东、蒋百里二人主编,蒋撰发刊词有云:"忍将冷眼,睹亡国于生前,剩有雄魂,发大声于海上。"后由许寿裳接编,许便向鲁迅拉稿,他一口答应,隔了一天,便缴去一篇《斯巴达之魂》。(许寿裳:《亡友鲁迅印象记》页一七)内述西历纪元前四百八十年,波斯王泽耳士大举侵希腊,斯巴达王黎河尼佗率民军三百御敌数万人于温泉门,波斯军由间道乘夜进袭,斯巴达军奋勇迎击,全军战死。但其中有一人名亚里士多德,因患目疾,未曾参加此次战斗,生还以后,其妻涘烈娜以为他有损斯巴达武士的荣光而伏剑自杀。后来亚里士多德终于参加了浦累皆之战,斯巴达大破波斯军,尽雪前耻,亚里士多德亦于是役战死。鲁迅引言中说:"我今掇其逸事,贻我青年。呜呼!世有不甘自下于巾帼之男子乎?必有掷笔而起者矣。"这说明了全篇主旨,是在借斯巴达故事,来鼓励我们民族的爱国尚武精神。这里且引少妇斥责生还者的一段,以见鲁迅这时的文章风格和青年豪气:

> 长夜未央,万籁悉死。噫,触耳膜而益明者何声欤?则有剥啄叩关者。少妇出问曰:"其克力泰士君乎?请以明日至。"应曰,"否否,予生还矣!"咄咄,此何人?此何人?时斜月残灯,交映其面,则温泉门战士其夫也。

> 少妇惊且疑。久之久之乃言曰:"何则……生还……污妾耳矣!我夫既战死,生还者非我夫,意其鬼雄欤。告母国以吉占今,归者其鬼雄,愿归者其鬼雄。"

> (略)而户外男子曰,"涘烈娜乎?卿勿疑。予之生还也,故有理在。"遂推户脱扃,潜入室内,少妇如怨如怒,疾诘其故。彼具告之。且曰,"前以目疾未愈,不甘徒死。设今夜而有战地也,即洒吾血耳。"

> 少妇曰,"君非斯巴达之武士乎?何故其然,不甘徒死,而遽生还。则彼三百人者,奚为而死?噫嘻君乎!不胜则死,忘斯巴达之国法耶?以目疾而遂忘斯巴达之国法耶?'愿汝持盾而归来,不然则乘盾而归来。'君习闻之……而目疾乃更重于斯巴达武士之荣光乎?来日之行葬式也,妾为君妻,得参其列。国民思君,友朋思君,父母妻子,无不思君。呜呼,而君乃生还矣!"

> 侃侃哉其言。如风霜疾来,袭击耳膜;懦夫懦夫,其勿言矣。而彼犹嗫嚅曰,"以爱卿故。"少妇拂然怒曰,"其诚言耶!夫夫妇之契,孰则不相爱者。然国以外不言爱之斯巴

达战士，其爱其妻为何若？而三百人中，无一生还者何……
君诚爱妾，曷不誉妾以战死者之妻。妾将娩矣，设为男子，
弱也则弃之泰噶托士之谷；强也则忆温泉门之陈迹，将何以
厕身于为国民死之同胞间乎？……君诚爱妾，愿君速亡，否
则杀妾。呜呼，君犹佩剑，剑犹佩于君，使剑而有灵，奚不离
其人？奚不为其人折？奚不断其人首？设其人知耻，奚不
解剑？奚不以其剑战？奚不以其剑断敌人头？噫，斯巴达
之武德其式微哉！妾辱夫矣，请伏剑于君侧。"（《集外集》）

这种文章，现在看来，不免觉得有点"古怪"。但这是受了一时风尚的
影响。鲁迅自己曾说："当时的风气，要激昂慷慨，顿挫抑扬，才能被
称为好文章，我还记得'被发大叫，抱书独行，无泪可挥，大风灭烛'是
大家传诵的警句。"（《集外集·序言》）而二十三岁的鲁迅的文字，其风格
实与"当时的风气"相吻合，达到了同时代人的水平，足以称为"好文
章"了。

《说钼》是最初介绍"雷锭"的一篇科学论文。文内详述一八九八年
居里夫人发见"镭"的经过及镭的成分性质等等；并上溯德人林达根的
发明 X 线，法人勃克雷的发明铀线，以见发现"镭"的因缘。内云：

昔之学者曰："太阳而外，宇宙间殆无所有。"历纪以来，
翕然从之；怀疑之徒，竟不可得。乃不谓忽有一不可思议之
原质，自发光热，煌煌焉出现于世界，辉新世纪之曙光，破旧
学者之迷梦。若能力保存说，若原子说，若物质不灭说，皆
蒙极酷之袭击，跉跰倾敧，不可终日。由是而思想界大革命
之风潮，得日益磅薄，未可知也！

这新原质是什么？就是居里夫妇所发现的"镭"：

> 法国巴黎工艺化学学校教授古篱夫人,于授业时,为空气传导之装置,偶于别及不兰(奥大利产之复杂矿物)中,见有类似 X 线之放射线,闪闪然光甚烈。亟告其夫古篱,研究之末,知含有铋化合物,其放射性凡四千倍于铀盐。以夫人生于坡兰德故,即以坡罗尼恩名之。既发表于世,学者大感谢,法国学士会院复酬以四千法郎,古篱夫妇益奋励,日事研究,遂于别及不兰中,又得一新原质曰钼(Radium),符号为 Ra。(《集外集》)

这时,"镭"刚刚发见不过五六年,鲁迅便已熟知其说,研究有得,并作文以介绍于国人。在中国,关于"镭"的介绍,恐怕要以他的这篇文章为最早。

同年,鲁迅又译成了两种科学小说,一为美国培仑所作的《月界旅行》,以三十元出售,用了"进化社译"的名义,于同年十月由该社出版。一为法国①威南所作的《地底旅行》②。署名之江索士,曾于《浙江潮》第十期发表二回,《浙江潮》只出十期,故未载完,后由南京启新书局印行。两书都是章回体,前者共十四回,除回目外,末尾并缀七言二句或四言四句。如第一回回目云:"悲太平会员怀旧 破寂寥社长贻书",最后殿以"正是:壮士不甘空岁月,秋鸿何事下庭除"二句。后者共十二回,仅有回目,如第一回:"奇书照眼九地路通 流光逼人尺波电谢",后无偶句。这是当时最通行的小说作法。他曾说过:"我因为向学科学,所以喜欢科学小说,但年青时自作聪明,不肯直译。"(《鲁迅书简》六七一页,一九三四年五月十五日致杨霁云信)所以两书虽说是译,其实几乎是编述或改作。此外,又曾译过《世界史》,每千字五角,出售之后,连曾否出版,也不知道(《鲁迅书简》六七○页,一九三四年五月六日致杨霁云信),又译过一部《北极探险记》,叙事用文言,对话用白话,托蒋观云介绍给商务印书馆,不料不但不收,编辑者还将他大骂一通,说

是"译法荒谬"。后来寄来寄去,终于没有人要,连稿子也不知何往了。(《鲁迅书简》六七一页,同上)

从这些翻译工作,可以看出鲁迅当时对于科学研究的热心。他在《月界旅行》辨言里,说明他翻译的目的,是在使读者"获一斑之智识,破遗传之迷信,改良思想,补助文明,……导中国人群以进行"。从钼的介绍,到翻译两部旅行和探险记,都是在这个目标下进行工作的。简单一句话,他想用科学来救治中国。

而且,这时候,在鲁迅的对于科学和祖国的热爱里面,已经更深更远地产生了并统一了对国民性劣点的改造斗争。他常常和许寿裳谈到下列三个相联的问题:

一、怎样才是最理想的人性?

二、中国国民性中最缺乏的是什么?

三、它的病根何在?

(许寿裳:《怀亡友鲁迅》)

这表现他已痛感到长期封建统治下的国民精神的麻木,并开始寻求改变的方法。他以后志愿学医,想从科学入手;继又从事文艺,不断对国民性劣点加以研究、揭发、攻击、肃清,主旨都重在解决这些问题。

就是在弘文学院时,有一天,学监大久保集合起大家来,说:

"因为你们都是孔子之徒,今天到御茶之水的孔庙里去行礼罢!"

鲁迅大吃了一惊,心里想,正因为绝望于孔夫子和他的之徒,所以到日本来的,然而又是拜么?一时觉得很奇怪。(《在现代中国的孔夫子》)

一九〇四年二月,日俄战争爆发。日本全国鼎沸,人心激昂。鲁迅也生活在异国的那种紧张热烈的空气里。

到了这年的夏季,鲁迅在弘文学院已经住了两年半。这一段时间,虽是东京留学界最活跃的时期,但留学生中,也有不少为镀金出洋的胡胡涂涂的公子哥儿。他们盘着"油光可鉴"的大辫子,在留学生会馆里咚咚地学跳舞(《藤野先生》),或是在住所里关起门来炖牛肉吃(《杂论管闲事·做学问·灰色等》)。就是有些从事革命的人,也不免使鲁迅失望。例如在一次集会上,他看见一个头包白纱布,用无锡腔讲演的青年,最初不觉起敬,但后来听得他说:"我在这里骂老太婆(按指西太后),老太婆一定也在那里骂吴稚晖。"听者一阵大笑,鲁迅就感到没趣,觉得这是"无聊的打诨"(《因太炎先生而想起的二三事》)。他不满意于这种无聊和浮薄,发生了"东京也无非是这样"的厌恶的感觉,而想"到别的地方去看看"(《藤野先生》),于是他便到仙台去了。

十

光绪三十年(一九〇四)八月,鲁迅往仙台医学专门学校学习。

他其所以要学医,"原因之一是因为我确知道了新的医学对于日本的维新有很大的助力"(《自叙传略》),"预备卒业回来,救治像我父亲似的被误的病人的疾苦,战争时候便去当军医,一面又促进了国人对于维新的信仰"(《呐喊·自序》)。此外,还有两个小原因,一是救济中国女子的小脚(许寿裳说);二是由于从小就有牙痛的难受(孙伏园说)。这就使他的学籍列在日本一个乡间医学专门学校里了。

仙台是一个并不怎么大的市镇,那时还没有中国留学生。所以鲁迅在医专里很受优待。不但学校不收费,几个职员还为他的食宿操心。他先是住在监狱旁边一个客店里,饭食也不坏。但一位先生却以为这客店也包办囚人的饭食,几次三番地说住在那里不相宜。鲁迅虽觉得客店兼包囚人的饭食和他并不相干,然而好意难却,只好搬到别一家,这里离监狱很远,可惜每天总要喝难以下咽的芋梗汤,饭食不如前一家了。

在这学校里，鲁迅看见许多陌生的先生，听到许多新鲜的讲义。担任骨学、血管学、神经学的一位教授，叫藤野严九郎①。人很黑瘦，八字须，戴着眼镜，衣服随随便便，有时没有带领结便上讲堂。他教课认真，诲人不倦，过了一星期，便叫鲁迅将记录的讲义送去改订，第二三天发下，从头到末，都已经用笔改过，不但增加了许多脱漏的地方，连文法的错误，也都一一订正了。这使鲁迅"很吃了一惊，同时也感到一种不安和感激"。

有一回，藤野教授将鲁迅叫到他的研究室里去，翻出鲁迅讲义上的一个图来，指着一条血管，和蔼地说道：

"你看，你将这条血管移了一点位置了。——自然，这样一移，的确比较的好看些，然而解剖图不是美术，实物是那么样的，我们没法改换它。现在我给你改好了，以后你要全照着黑板上那样的画。"

在学校里，鲁迅刻苦力学，勤奋过人。除校中规定的学科外，他自己更读赫克尔的《自然创造史》，阿·海尔脱维息的《细胞学》，梅契聂科夫的著作等。

自然，他也有游憩的时候。一次，他曾和同学们往游松岛，得了许多张海上小岛松林雪景的照片。（许寿裳：《亡友鲁迅印象记》页三三）平常同学们在闲谈时，爱问他关于中国的事情，曾经有过这样的问题：在中国最有大利的买卖是什么？他答道："造反。"那些日本学生大为骇怪。（《华盖集续编·学界的三魂》）

一九〇五年春假期间，鲁迅回到东京，接着又到箱根温泉。友人许寿裳、钱均夫、陈公孟已经先往，他们结伴登山，游芦之湖，坐在临湖旅馆的阳台上，只见四山环抱着这个大湖，正面形成一个缺口，恰好有"白扇倒悬东海天"的富士山远远地来补满。他们入浴既毕，坐对富士，喝啤酒，吃西餐，其中炸鱼的味道最鲜美，各人都吃了两份。兴尽下山，大家都认为不虚此行。（许寿裳：《亡友鲁迅印象记》页二一）春假很短,他不久便回学校去了。

过了一学年,试验完毕之后,一九○五年夏天,鲁迅又去东京过暑假。大约就是这一次,他中途在水户下车,去瞻仰明末遗民朱舜水的遗迹。朱舜水反抗满清,流亡日本,自誓非中国恢复不归,以致客死水户。鲁迅一向崇拜他的人格,所以亟亟乎去凭吊。夜间,在旅店里,曾经两次受到邻居失火的惊扰。第二天终于访了舜水的遗迹而去。

到东京后,又得和朋友们相处,一破在仙台时满目皆异邦人的岑寂。他那些时候的仪容和风度,在朋友们的印象中是:"身材并不见高,额角开展,颧骨微高,双目澄清如水精,其光炯炯而带着幽郁,一望而知为悲悯善感的人。两臂矫健,时时屏气曲举,自己用手抚摩着;脚步轻快而有力,一望而知为神经质的人。"(许寿裳:《亡友鲁迅印象记》页一八)他的胸怀磊落,光风霁月,健谈而富于机智,有时也说笑话,喜欢给人取绰号,每令听者感到一种涩而甘,辣而腴的味道。

这年夏间,孙中山先生由欧抵日,留学界于七月十三日开欢迎大会于麹町区富士见楼,到会者千三百余人。同月二十日,同盟会正式成立。这时候,鲁迅正在东京。

秋初,鲁迅回到学校,成绩已经发表了。同学一百余人之中,他考在中间。伦理学和组织学的成绩尤其好,这样就招来了骄横的日本同学的疑惑:弱国的低能儿,怎么分数会在六十分以上呢?于是他们检查鲁迅的讲义,又写了一封匿名信来,说上年解剖学试验的题目,是藤野教授在讲义上作了记号,鲁迅预先知道,所以才能有这样的成绩。后来经过鲁迅诘责抗议,流言虽终归消灭,但这重大的侮辱,给鲁迅的刺激很大,使他深尝到弱国国民的悲哀。

第二学年,藤野先生所担任的功课,是解剖实习和局部解剖学。他因为听说中国人敬鬼,很担心鲁迅不肯解剖尸体,实习了大概一星期,才放了心。鲁迅曾经"解剖过二十几个"尸体(萧红:《回忆鲁迅先生》

页二二),有年老的,壮年的,男的,女的。最初他也曾感到不安,后来才渐渐不觉得什么。不过对于年青的妇人和小孩的尸体,当开始去破坏的时候,常会感到一种可怜不忍的心情,尤其是小孩的尸体,更觉得不好下手,非鼓起了勇气,拿不起解剖刀来。(夏丏尊:《鲁迅翁杂忆》)在实际解剖中,"胎儿在母体中的如何巧妙,矿工的炭肺如何墨黑,两亲花柳病的贻害于小儿如何残酷"(许寿裳:《亡友鲁迅印象记》页十九),他都见到了。

他又"曾经研究过灵魂的有无,结果是不知道;又研究过死亡是否苦痛,结果是不一律"(《且介亭杂文末编·死》)。

这学年内,又添了霉菌学。细菌的形状,全用电影来显示。时间有余时,便映些时事片。那时正当日俄战争,所映的,都是日本怎样战胜俄国的片子。有一回,片上竟出现了一个中国人因给俄国做侦探,被日军绑着要处斩,四周有一群中国人在围着赏鉴。他们"一样是强壮的体格,而显出麻木的神情"。鲁迅在日本同学们拍掌欢呼"万岁"声中,受到深深的刺激,从此便动摇了学医的志愿。

本来,鲁迅先前所看的那种把日本维新归功于医学的历史书,是欠正确的,从而由这种书本的影响而生的学医的志愿,也不会很坚牢;何况受了西欧文化的熏陶,时代环境的影响,鲁迅的思想也在日新月异之中;所以现在一张影片的偶然的刺激,便成了他的放弃医学转入文学的契机。关于这件鲁迅生活史上——也是中国文学史上——的大事件,鲁迅曾经有过很详细的说明:

> 因为从那一回以后,我便觉得医学并非一件紧要事,凡是愚弱的国民,即使体格如何健全,如何茁壮,也只能做毫无意义的示众的材料和看客,病死多少是不必以为不幸的。所以我们的第一要著,是在改变他们的精神,而善于改变精神的是,我那时以为当然要推文艺,于是想提倡文艺运动

了。(《呐喊·自序》)

第二年(一九〇六)春假期中①,鲁迅便决心放弃仙台医专的学籍,他去向藤野教授告别,为了安慰教授起见,他撒谎说:"我想去学生物学,先生教给我的学问,也还有用的。"教授却黯然地答道:"为医学而教的解剖学之类,怕于生物学也没有什么大帮助。"他赠给鲁迅一帧照片,背面写了"惜别"两字。

鲁迅于是离开仙台,回到东京。他在仙台,共计不满两年(一九〇四年秋——一九〇六年春)。由于这时便早具有了丰富的自然科学的修养,又加以对于规范科学(如伦理学)也有极深研究,所以对于一切事物,客观方面既能说明事实之所以然,主观方面又能判断其价值所在,使他后来在创作上和思想上才会达到那么的精密和正确。

十一

回到东京,遇见许寿裳,鲁迅便将这个重大的决定告诉了他:

"我退学了。"

"为什么?"许听了出惊问道,"你不是学得正有趣么? 为什么要中断……"

"是的。"鲁迅踌躇一下,终于说:"我决计要学文艺了。中国的呆子、坏呆子,岂是医学所能治疗的么?"(许寿裳:《怀亡友鲁迅》)

许寿裳是能够了解他的。其余有些人见鲁迅不回仙台,一定会以为他是见异思迁;甚至暗笑他抛弃了可以谋生的听诊器,而拿起一支不能赚钱的弄文学的笔,是不智的行为。但鲁迅不管他们,自己按照着预定好的计划,在东京住了下来。

然而,没有多久,一件意外的事,突然扰乱了鲁迅的生活秩序,不仅当时给他很大的苦痛,影响所及,且绵延至以后二十余年。这就是他的被骗回家结婚。

不知怎么说起,在远远的绍兴,这时忽然传说鲁迅已在日本结婚,并已生了孩子;有人曾亲眼看见他带着日籍夫人和孩子在神田散步。他原是由"父母之命,媒妁之言",早就与山阴朱女士订了婚的,所以这谣传使得他的家中十分惶急,便不断地写信来催促他回家,说是母亲病了。于是鲁迅便只得于一九〇六年六月回国。

但是,到家以后,他才知道是受了骗,家中已为他准备好了结婚的一切。他虽然不满意这种不合理的旧式婚姻,但为了不愿拂逆母亲的意思,免她伤心,只得牺牲自己,默默地下了决心,一任家庭摆布,举行繁琐的旧式婚仪。一到婚礼已成,母亲的心愿已了,他便按着自己心里的预定计划,于婚后第三日⑤,就从家中出走,偕同他的弟弟作人于六月内又到东京去了。

同月,章太炎自上海西牢出狱,东渡日本。七月,满清政府为了欺骗民众,缓和人心,颁布预备立宪的上谕,规定九年后实行立宪政治。但这种伎俩对于它的摇摇欲坠的统治,并不能发生稳定的作用:十月,湖南江西一带,便爆发了以萍乡矿工为主力的浏阳起义;而国内民众,因反对增加租税地丁而起的武装反抗,更到处发生。

此后,鲁迅便留在东京研究文艺,开始了他的光辉的文艺生涯。在当时中国封建文化的传统和浅薄的实用主义的风气下,[4]鲁迅虽曾受到很多嘲讽和困难,但也正因为是在这冷淡的空气里,然后鲁迅从事文艺的那种先驱者的远见,最严肃的态度,以及完全从国民精神与个性着眼的观点,才愈加显得鲜明,意义也愈见得重大。

次年(一九〇七)夏天,鲁迅筹办一种文艺杂志。参加的人有许寿裳、袁文薮(毓麟)、陈师曾(衡恪)、周作人等。(据许寿裳先生致笔者函)。杂志名称,最初拟用"赫戏"或"上征",都采取《离骚》词句,但觉得不容易使人懂,最后才决定用"新生"二字。(许寿裳:《亡友鲁迅印象记》页二五)当时东京的留学生,大抵都是学法政、理工、农业、警察……

治文学和美术的,简直没有。"连'新生'之名,取于但丁作品,亦不为人所知,但随意解释,以为取笑之资。"（据许寿裳先生致笔者函）这些人,对于"新生",都认为很奇怪。

有人俏皮地开玩笑说:

"这不会是学台所取的进学'新生'么?"

又有人当面问鲁迅:

"你弄文学做甚,有什么用处?"

鲁迅答道:

"学文科的人知道学理工也有用处,这便是好处。"

听了这不从正面去解答,而含有反刺学理工者思想不清的意味的答语,问者才默然而退。

然而《新生》终于没有出版。虽然连封面图案、插图,以及西文译名（拉丁 Vita Nuona）等等,都已经一一预备好（许寿裳:《鲁迅的生活》）,但终因部分参加分子们不了解文艺,中途消极,剩下的鲁迅、许寿裳、周作人三人,又都"不名一钱",所以,结果还是流产了。

> 《新生》的出版之期接近了,但最先就隐去了若干担当文字的人,接着又逃走了资本,结果只剩下不名一钱的三个人。创始时候既已背时,失败时候当然无可告语,而其后却连这三个人也都为各自的运命所驱策,不能在一处纵谈将来的好梦了,这就是我们的并未产生的《新生》的结局。（《呐喊·自序》）

这对鲁迅是一个不小的打击,他开始感到了未尝经验的无聊。

《新生》胎死腹中以后,适有孙竹丹来为河南同乡所办的杂志《河南》拉稿,鲁迅便写了几篇论文,署名迅行或令飞,在《河南》上发表。（周作人:《关于鲁迅》）这就是:《人之历史》、《科学史教篇》、《文化偏至论》、《摩罗诗力说》、《破恶声论》等篇。

在这些文章里,鲁迅对于当时思想界的"竞言武事"、"制造商估"、"立宪国会"等俗论,强烈地予以掊击。那时候,洋务运动余波未息,满清政府又正在施行预备立宪的骗术,"奔走干进之徒","至愚屯之富人","善垄断之市侩",就乘着这个时机来高谈"立宪民主",许多立宪团体,如梁启超等组织的政闻社,张謇等组织的预备立宪公会等,也相继应运而生。一般自由资产阶级的知识分子和新官僚,除了富国强兵和立宪民治之外,就没有什么理想。鲁迅在南京求学时代,虽然也曾一时地受过"洋务"和"维新"的影响,但到了这时,却能超出了当时的水平,反过来给这些思想以严厉的批判。对于"竞言武事"者,他说:

> 有新国林起于西,以其殊异之方术来向,一施吹拂,块然踣僵,人心始自危,而轾才小慧之徒,于是竞言武事。……谓钩爪锯牙,为国家首事,又引文明之语,用以自文……且使如其言矣,而举国犹屏,授之巨兵,奚能胜任,仍有僵死而已矣。……虽兜牟深隐其面,威武若不可陵,而干禄之色,固灼然现于外矣!

对于主张"制造商估"(振兴工业,发展商业)者,他说:

> 国若一日存,固足以假力图富强之名,博志士之誉;即有不幸,宗社为墟,而广有金资,大能温饱,即使怙恃既失,或被虐杀如犹太遗黎,然善自退藏,或不至于身受;纵大祸垂及矣,而幸免者非无人,其人又适为己,则能得温饱又如故也。

对于主张"立宪国会"者,他说:

> 至尤下而居多数者,乃无过假是空名,遂其私欲,不顾
> 见诸实事,将事权言议,悉归奔走干进之徒,或至愚屯之富
> 人,否亦善垄断之市侩,特以自长营撝,当列其班,况复掩自
> 利之恶名,以福群之令誉,捷径在目,斯不惮竭蹶以求之耳。
> 呜呼,古之临民者,一独夫也;由今之道,且顿变而为千万无
> 赖之尤,民不堪命矣,于兴国究何与焉。(《坟·文化偏至论》)

这严厉猛烈,锋利有力的抨击,充分显示了鲁迅的旺盛的战斗力和思想立场。这些话,不仅揭穿了当时那种种论调的虚伪浅薄和提倡者的自私自利的目的,而且还预言了辛亥革命后三十年来的历史。试看民国以来直到国民党时代,到处充满干禄军阀、亡国富翁、猪仔议员,以致弄得"民不堪命"的情景,他的预言竟不幸一一应验。

至于鲁迅当时的意见,是以为在振兴邦国,必须"掊物质而张灵明,任个人而排众数",苟能如此,"则国人之自觉至,个性张,沙聚之邦,由是转为人国,人国既建,乃始雄厉无前,屹然独见于天下"。又说:"将生存两间,角逐列国是务,其首在立人,人立而后凡事举。"怎样才能立人呢?"若其道术,乃必尊个性而张精神。"(以上均引自《文化偏至论》)他特别强调"个性解放",希望人们从封建意识的麻醉里面觉醒,从愚昧、迷信、麻木、自私、"安弱守雌,笃于旧习"的状态中解放出来。

因此,这时候,鲁迅在思想文化运动上的实践,便是用文艺来争取个性解放,唤起人民的"自觉"。"自觉之声发,每响必中于人心,清晰昭明,不同凡响。"但当时的中国是"群生辍响,荣华收光",他只得"别求新声于异邦",于是介绍了西方的摩罗诗派,自裴伦(拜伦)、修黎(雪莱)以至普式庚、来尔孟多夫(莱蒙托夫)、密克维支、斯洛伐支奇、克拉旬斯奇、裴彖飞等摩罗诗人。"举一切诗人中,凡立意在反抗,指归在动作,而为世所不甚愉悦者悉入之,为传其言行思维,流别

影响。"想用他们的战斗事迹和雄杰伟美破坏挑战的声音,来号召反抗,打破麻痹。他一再指出这些诗人的共同的归趋,说他们:"大都不为顺世和乐之音,动吭一呼,闻者兴起,争天拒俗,而精神复深感后世人心,绵延至于无已。"又说:"无不刚健不挠,抱诚守真;不取媚于群,以随顺旧俗;发为雄声,以起其国人之新生,而大其国于天下。"最后则深深慨叹于中国的萧条零落:

今索诸中国,为精神界之战士者安在?有作至诚之声,致吾人于善美刚健者乎?有作温煦之声,援吾人出于荒寒者乎?家国荒矣,而赋最末哀歌,以诉天下贻后人之耶利米,且未之有也。非彼不生,即生而贼于众,居其一或兼其二,则中国遂以萧条。……俄文人凯罗连珂(V. Korolenko)作《末光》一书,有记老人教童子读书于鲜卑者,曰,书中述樱花黄鸟,而鲜卑沍寒,不有此也。翁则解之曰,此鸟即止于樱木,引吭为好音者耳。少年乃沉思。然夫,少年处萧条之中,即不诚闻其好音,亦当得先觉之诠解;而先觉之声,乃又不来破中国之萧条也。然则吾人,其亦沉思而已夫,其亦惟沉思而已夫!（以上均引自《摩罗诗力说》）

此外,《人之历史》是叙述生物进化论的发展,《科学史教篇》是叙述"科学历来发达之绳迹",都是关于自然科学的论文。还有一篇《破恶声论》,现已失传。[⑥]（见钱玄同:《我对于周豫才君之追忆与略评》）

自然,鲁迅这时候的这种"非物质重个人"的主张,是受了尼采学说的影响。"可是,鲁迅在当时的倾向尼采主义,却反映着别一种社会关系。固然,这种个性主义,是一般的知识分子的资产阶级性的幻想。然而在当时的中国,城市的工人阶级还没有成为巨大的自觉的政治力量,而农村的农民群众只有自发的不自觉的反抗斗争。大部分的市侩和守旧的庸众,替统治阶级保守着奴才主义,的确是改革进取的阻碍。为着要光明,为着要征服自然界和旧社会的盲目力量,这种发展个性,思想自由,打破传统的呼声,客观上在当时还有相当的革命意义。"(何凝:《鲁迅杂感选集·序言》)

同年(一九○七)五月,徐锡麟刺杀安徽巡捕恩铭,"被挖了心,给恩铭的亲兵炒食净尽"。秋瑾也在绍兴被杀。消息传到东京,人心愤怒,同乡会开会,吊烈士,骂满洲,并讨论是否发电报到北京去痛斥满清政府的无人道。会众分成两派:一派要发电,一派不要发。鲁迅是主张发电的,他在会场上热烈发言,很是活跃。在讨论和推举拟电稿的人时,他都和一个同乡范爱农(名斯年)发生争执。由他的坚执地主张发电和与人争论上,可见出鲁迅对满清政府的痛恨和对革命的倾心。

这一年的下季①,鲁迅和许寿裳、陈子英(濬)、陶望潮(铸,后以字行曰冶公)、汪公权、周作人等六人,共学俄文。教师孔特夫人,住在神田,是一个因革命逃到日本的俄国人。不久,因陈子英先退,陶望潮亦将往长崎从俄人学造炸药,剩下四人暂时支撑,卒因财力不继而散。

十二

光绪三十四年(一九○八)春,鲁迅和许寿裳、钱均甫、朱谋宣、周作人五人,同住于本乡区西片町,号曰"伍舍"。这是有名的学者住宅区,东京帝大便在附近。他们的住宅规模宏大,房间华美,有荷花,有菊畦,又因为建筑在坂上,居高临下,正和小石川区的大道平行,眺望也甚佳。庭园既广,隙地又多,他们便在园中隙地种植花草。鲁迅从小就爱好植物,幼年喜欢看陈淏子的《花镜》等书,在弘文学院时代,又买了三好学的《植物学》两厚册,其中着色的插图很多,所以他对于植物的栽培很有素养。他们在"伍舍"种了多种,其中以朝颜(即牵牛花)尤为可爱。"每当晓风拂拂,晨露湛湛,朝颜的笑口齐开,作拍拍的声响,大有天国乐园去人不远之感。"(许寿裳:《亡友鲁迅印象记》页三三)其余的秋花满地,蟋蟀初鸣,也助他们的乐趣!

就是住在西片町这时,鲁迅从章太炎受《说文解字》。

章太炎是革命元勋,学术大师,鲁迅在以前曾读过他著的《訄书》和在《苏报》上发表的《驳康有为论革命书》、《革命军序》等,他的文章和慷慨入狱的事迹,都曾经使鲁迅受到很大的感动。他在狱中所作的《赠邹容》、《闻沈禹希见杀》诸诗,在《浙江潮》上发表,鲁迅读后,历久不忘。他出狱东渡,主持同盟会机关报《民报》,和主张保皇的梁启超斗争,和"××"的×××斗争⑧,和"以红楼梦为成佛之要道"的××⑨斗争,所向披靡,令人神往。鲁迅很爱看《民报》,对于这位"有学问的革命家"极为敬仰。这便是他前往问学的动因。

先是,钱玄同、龚未生(宝铨,章之长婿)、朱蓬仙(宗莱)、朱逖先(希祖)等,请章太炎讲语言文字之学(音韵,说文),借神田大成中学的一间教室开讲。(钱玄同:《我对于周豫才君的追忆与略评》)鲁迅和许寿裳等想前往听讲,但苦与学课时间相冲突,因请龚未生和章太炎商量,章便允许每星期日特开一班,地址就在他住的牛込区新小川町二丁目八番地民报社内。(许寿裳:《亡友鲁迅印象记》页二八)同去的,有鲁迅、许寿裳、钱均甫(家治)、周作人。钱玄同等四人也再去听讲。一共八人。

当讲授时,"师生席地环一小几而围坐,师依据段玉裁氏说文注,引证渊博,新谊甚富,间杂诙谐,令人无倦,亘四小时(按上午八时至十二时)而无休息"(许寿裳先生致作者函)。听讲虽不满一年,但鲁迅所受于章太炎的影响却很大。⑩

这年八月,满清政府颁布了所谓宪法大纲,主要内容为:大清皇帝为帝国主权所有者,不能侵犯;清帝有立法、司法、召开及解散议会、制定官制、统帅海陆军、宣战、媾和、爵赏、恩赦、发命施令诸权等等。这种钦定的宪法大纲,充分暴露了清政府的所谓预备立宪的欺骗性,人民的革命情绪并未因它的颁布而稍趋和缓。

就在这一年内,鲁迅参加了光复会。他常常出入民报社,在交游中,也更多革命党分子。如章太炎、龚未生、陈子英、许季茀等,都是光复会中人。光复会的重要领袖陶成章,和他也有很密切的友谊。成章字焕卿,会稽人,光复会创立人之一。他在浙江会党中极有力量,尝"芒鞋日行八九十里,运动浙东诸县的豪俊起义,屡遭危难,而所向有功。又游南洋群岛,运动侨民"(许寿裳:《亡友鲁迅印象记》页一四)。他在徐锡麟案后为清廷通缉,逃往日本,常来鲁迅寓所谈天。那时他正在联络会党,计划起义,来时大抵谈某地不久就可以"动"。为了避免日本警吏注意,曾携文件一部分来鲁迅处收藏,内有会党所用空白票布,红布上盖印,"又一枚红缎者,云是'龙头'"。他笑对鲁迅们说:"填给一张正龙头的票布如何?"(周作人:《关于鲁迅之二》)他给鲁迅的印象很深刻,若干年后,鲁迅在文字里还一再提到他。①

对于光复会和当时这些革命的知识分子的思想,鲁迅曾经作过这样的分析:

> 在前清末年,我们从事反满革命的时候,我们当然也认自己是"为民前驱"的。但我们实在很单纯,以为只要赶出满洲人就是。无论皇帝,无论什么,只要汉人来做就是了。的确是单纯的,谈不上什么理想,却是一股热情。……

> 但根源也就在此,富国强兵也罢,共和政体也罢,首先是要推倒异族的腐败无能的满清政府。所以,用来宣传革命的也多是明末遗民的著作,可以说只是民族主义,甚至是种族主义。……我自己是接近光复会的,光复会的人们就都这么简单的,他们没有明确的政纲。……

> ××会(原文如此。或系指同盟会——林)就不同些。他们和华侨有关系。华侨的有钱人是要一个便利他们做生

意,能够在南洋保护他们发展的政府,倒不一定非汉人做皇帝不可。……这和光复会的领袖是浙江人,××会的领袖是广东人都有关系的罢。我们光复会人反对满人是要反对到底的,可以说是更农民式的。但××会,有政纲,并且很圆通,所以吸收的人就更复杂,广泛。……

说到那时的读书人的理想之类,有一部分人可以说是复古派,譬如说,革命的目的之一就是恢复'汉官威仪',回复明宋以至唐汉的旧制;这些人可说是士大夫中的复古的理想派,他们后来是幻灭灰心了。另外想从西洋和日本学习富国强兵的道理的,也仍是根深蒂固的传统的思想,所谓'中学为体,西学为用'。能从欧洲的科学思想出发,看到民族的根本的病源,如慑于天演的法则,想从生物进化论的观点以谋国民的精神的改造开始,如我自己,以及想彻底地采用欧洲现代的法制的革新派,自然是极少数的。……（雪峰：《回忆片断》）

十三

另一方面,这几年间,鲁迅沉浸在外国文学的研究中,兴趣十分浓郁。他尤其偏重斯拉夫系统和被压迫民族的文学。"因为那时正盛行着排满论,有些青年,都引那叫喊和反抗的作者为同调的。"这样,"势必至于倾向了东欧,因此所看的俄国,波兰以及巴尔干诸小国作家的东西就特别多。也曾热心的搜求印度,埃及的作品,但是得不到"（《南腔北调集·我怎么做起小说来》）。他常常查阅英德文书目,殷勤搜寻,出入于相模屋,江南堂,丸善书店……认为是一种乐趣。他有一段关于神田区一带旧书坊的回忆道:

　　这一带书店颇不少,每当夏晚,常常猬集着一群破衣旧帽的学生。店的左右两壁和中央的大床上都是书,里面深处大抵跪坐着一个精明的掌柜,双目炯炯,从我看去很像一个静踞网上的大蜘蛛,在等候自投罗网者的有限的学费。但我总不免也如别人一样,不觉逡巡而入,去看一通,到底是买几本,弄得很觉得怀里有些空虚。(《小约翰·引言》)

　　他所用心搜求的,是俄国果戈理、伽尔洵、安特列夫、契诃夫、科洛连珂;波兰显克微支;捷克纳卢陀、扶尔赫列支奇;芬兰歪佛林多;匈牙利裴彖飞;荷兰望蔼覃……等人的作品。(周作人《关于鲁迅之二》)德国的霍甫特曼、苏德曼,挪威的易卜生,虽然正负盛名,但却不大注意。(《坟·杂忆》)法国则只购莭罗贝尔、莫泊三,左拉诸大师的二三卷,与诗人波特莱耳、魏耳伦的一二小册子。至于日本,鲁迅那时只注意夏目漱石。他的小说《我是猫》印出,鲁迅即陆续购读,又热心读他每日在《朝日新闻》上所载的《虞美人草》。森鸥外也爱看。②上田敏、长谷川、二叶亭诸人,则差不多只注重他们的批评或译文;岛崎藤村的作品,始终未曾过问。自然主义盛行时,也只取田山花袋的《棉被》,佐藤红绿的《鸭》一读,似乎不很感到兴趣。(前揭周文)

　　在这许多作家中间,安特列夫的阴冷,契诃夫的悒郁,夏目漱石的轻妙,果戈理与显克微支的擅用幽默的笔法写阴暗的事迹,都曾经给了鲁迅很大的影响。

　　他除了作品,"也看文学史和批评,这是因为想知道作者的为人和思想,以便决定应否绍介给中国"(《我怎么做起小说来》)。他一面阅读研究,一面便开始了介绍的工作。一九〇八年,他根据德文本重译了安特列夫的《谩》、《默》,伽尔洵的《四日》。翻译忠实,文章渊懿,真如蔡元培所说:"译笔古奥,比林琴南君所译的,还要古奥。"(《记鲁迅先生轶事》)而选材又极严谨,都是近代的作品。安特列夫的《红笑》,他也曾经"译过几页,那预告,就登在初版的《域外小说集》上,但后来没有译完,所以也没有出版"(《集外集·关于〈关于红笑〉》)。以前虽有林琴南和别人翻译过西洋的小说,但要说到真正的介绍,却还应以鲁迅为第一人。

冬天(一九〇八),他们五人同住的"伍舍"退了租。鲁迅就在西片町,另外觅得一所小小的赁屋,和许寿裳、周作人三人同住。(许寿裳:《亡友鲁迅印象记》页三五)也许就是这时候的房东或近邻,一个日本老武士,送给鲁迅一把短刀,"式子很旧,两面平的,没有血槽,装一个白木头的柄与套。套两半合拢,用白皮纸条转粘住,是一点也不坚固的"(周建人:《关于鲁迅的断片回忆》)。老武士告诉他:这刀是曾经杀过人的。据鲁迅向人解说,刀壳为什么不用整片的木头,或用金属的钉子或圈子,使它更为坚固呢? 那是"因为希望它不坚固,所以只用两道皮纸;有时仇人相见,不及拔刀,只要带了刀壳刺去,刀壳自然分为两半飞开,任务就达成了"(孙伏园:《往事》)。这把刀,后来在回国以后,他也一直保存着。

次年(一九〇九),《域外小说集》二册在东京印成。第一册印一千本,二月内出版,第二册只印五百本,六月内出版。印费是由友人将抑卮(鸿林)代付的。东京以外,并由上海广昌隆绸庄(即蒋开的)寄售。内收上述鲁迅所译的三篇,及周作人的其他译文。鲁迅在序言里说:

> 《域外小说集》为书,词致朴讷,不足方近世名人译本。特收录至审慎,迻译亦期弗失文情。异域文术新宗,自此始入华土。使有士卓特,不为常俗所囿,必将犁然有当于心。按邦国时期,籀读其心声,以相度神思之所在,则此虽大涛之微沤与,而性解思惟,实寓于此。中国译界,亦由是无迟莫之感矣。己酉正月十五日。

然而,半年过去,在东京寄售处,只不过第一二册各卖出了二十本,上海也只是二十册上下,以后再没有人买了。正如石沉大海一般,他的劳力并没得到什么反应。原定的卖回本钱,再印第三第四册,继续介绍各国名家作品的计划,完全幻灭。他"又想往德国去,也失败了"(《自叙传略》)。鲁迅于是又落进"寂寞"的命运中了。

注　释:

①《鲁迅全集》本作英国,各家著作亦根据全集,谓威南为英国人。但《鲁迅书简》页六八四致杨霁云信,则云:"威南的原名,因手头无书可查,已记不清楚,大约也许是 Jules Verne,他是法国的科学小说家,报上作英,系错误。"我即据此改作法国。

②《地底旅行》译于何年?未见记载。兹按《浙江潮》月刊创刊于一九〇三年三月,同年十二月出第十期后即停刊。《地底旅行》发表于第十期,故可推知为一九〇三年所译。

③ 关于藤野教授的生平,小田岳夫的《鲁迅传》里,有较详的叙述,转录于下:"藤野教授生于明治七年福井县坂井郡的本藏村下番,在爱知县立医学专门学校毕业后便执教母校。明治三十四年末,转任教授于仙台医学专门学校,在这里工作直至大正四年的春季,此后返归乡里,在三国町开设医院。因为大正八年在母亲的娘家也是从事医业的胞兄亡故,而且又因为大儿子正在求学,所以又在母亲的娘家分设诊所,一直到昭和八年。当时,因为亡兄的遗儿也已经在本郡的芦原温泉开业,已有相当巩固的基础,所以把那自己的生家作为亡兄遗儿的出诊所,自己便终止了在生家的诊疗。就在这之前,各乡村都发起欢迎他去的运动,但他毕竟不愿离开生地,租借了寺小屋时代的老师的旧宅前面乡舍的一部分作为诊疗所,每天从位在别处的住宅搭乘电车到那里去办诊疗。患病的人当然都是农民,他对于病患者的态度非常周到和亲切,他以年老的身躯整个地献给乡村的农民,而他也获得了乡村农民的深深的敬慕和信赖。"(范译本页二一)

④《藤野先生》作"到第二学年的终结……",但《呐喊·自序》却说:"这学年没有完毕……",今按许寿裳《怀亡友鲁迅》:"到了第二学年春假的时候,他照例回到东京,忽而转变了。"则当以《呐喊·自序》为确。他是第二学年没有完毕,便离开仙台的。

⑤ 据孙伏园在昆明文协纪念鲁迅逝世三周年大会上的讲词,见《宇宙风》九十

期。孙讲词作"三日",但欧阳凡海的《鲁迅的书》作"六日",王冶秋的《民元前的鲁迅先生》作"四日",后二者均未说明何所根据,兹从孙说。

⑥《破恶声论》一文,当时林辰尚未见到,故曰"现已失传"。该文原载一九〇八年十二月《河南》月刊第八期,现辑入八一年版《鲁迅全集》第八卷。

⑦ 学俄文事,见周作人《关于鲁迅之二》。但周文仅云丁未年(一九〇七),并未详细说明时间。兹按同学俄文友人,有陈子英在内;而陈是丁未五月徐锡麟被杀后避难至东京的,由此可知学俄文绝非上半年事。故此处假定为下季。

⑧ "××"指"献策"二字;"×××"指吴稚晖。

⑨ "×××"指蓝公武。

⑩ 请参看拙著《鲁迅与章太炎及其同门诸子》,载开明版《鲁迅事迹考》。

⑪ 请参看拙著《鲁迅曾入光复会之考证》,同上。

⑫ 周作人《关于鲁迅之二》:"森鸥外……诸人,差不多只重其批评或译文。"但鲁迅《我怎么做起小说来》,却说:"记得当时最爱看的作者,……日本的,是夏目漱石和森鸥外。"足见除批评或译文外,对于森鸥外的作品,鲁迅也是"最爱看"的。自当依鲁迅本人之说。

校 记:

[1] 本章的九、十两节曾连载于《民讯》月刊第六期,手稿尚存,现据手稿排印。第十一、十二、十三节因《民讯》停刊未能刊出,现据手稿排印。题目原稿作《留东时代的鲁迅先生》,在《民讯》月刊刊布时改为《由医学到文学》。

[2] 此句下原有"同时东渡者,有张燮和等三人"一句,修订稿涂删。

[3] 手稿此上有一段:"路经长崎,鲁迅找了一个牙医医治他从小就患的牙病,医生给他刮去了牙后面的所谓'齿垽',就不再出血了。所花去的医费仅仅两元,时间不到一小时(《坟·从胡须说到牙齿》)。这比之幼年在家所遇见的那些只叫他服汤药的中医,实在高明有效得多。这一件事,无疑更加强了他对于西医的信赖,和他日后学医,不无一点关系。"修订稿全段涂删。

[4] 手稿此句下有"研究文艺不仅不像后来的名利双收,反而要被视为无出息的末路,但鲁迅却毫不犹豫,第一个向文艺运动的最前列站了上去。当时的冷漠的空气虽使……"几句,作者涂删。

第四章　鲁迅在辛亥前后^[1]

十四

鲁迅的"寂寞"的命运,还不止于上面所述;更甚的是,他连在东京住下,从事文艺研究的可能也没有了。他自己说:"终于,因为我的母亲和几个别的人很希望我有经济上的帮助,我便回到中国来。"(《自叙传略》)所谓"几个别的人",是指周作人和他的日籍太太羽太信子。"因为作人那时在立教大学还未毕业,却已经和羽太信子结了婚,费用不够了,必须由阿哥资助,所以鲁迅只得自己牺牲了研究,回国来做事。"(《许寿裳:《关于〈弟兄〉》)这时间是在宣统元年(一九〇九)六月,正当辛亥革命的前夜。鲁迅年二十九岁。

一到上海,鲁迅的头发便发生了问题。在大清帝国的统治下,没有辫子便是叛逆的明证。鲁迅只有如其他刚回国的留学生一样,装假辫子。那时上海有一个著名的专装假辫的专家,定价每条大洋四元,鲁迅也买了一条,装着回家。他的母亲倒也不说什么,然而旁人一见面,便都首先研究这辫子,等到知道是假的,将他拟为杀头的罪名;有一位本家,还预备去告官,但后来因为恐怕革命党的"造反"或许会成功,这才中止了。

但是，鲁迅不管这些，在"装了一个多月"之后，他甚至连假辫子也废而不用。因为它虽然做得很巧妙，但也经不起别人的留心研究，而且，夏天不能戴帽，人堆里要防挤掉或挤歪，都不行。所以鲁迅索性直截爽快地将它去掉。这样一来，情形自然更坏。到了街上，一路走去，一路便是笑骂的声音。小则说是偷了人家的女人，因为那时捉住奸夫，总是首先剪去他的辫子的；大则指为"里通外国"，就是后来的所谓"汉奸"。有的还跟在后面骂：

"这冒失鬼！"

"假洋鬼子！"

鲁迅最后对付这恶骂的办法，是在手里添了一只手杖，拼命的打了几回，骂声才渐渐稀少。只是走到没有打过的地方还是骂。

"头发是我们中国人的宝贝和冤家"，"不知道有多少中国人只因为这不痛不痒的头发而吃苦，受难，灭亡"。（《呐喊·头发的故事》）而现在鲁迅一回故乡，"头发的苦"就轮到他了。

这一次，他在绍兴家中，大约住了不过两月。秋季，他便到杭州就浙江两级师范学堂之聘，任化学和生理学教员。他开始以一个教育者的资格，现身于中国社会。

那时，杭州两级师范学堂的监督，是沈钧儒（衡山），教务长是比鲁迅先回国数月的他的好友许寿裳。（许寿裳先生致作者函："一九〇九年春，弟先回国，是年夏，鲁迅亦返国，同在杭州教书。"）校中有许多功课是聘用日人为教师的，他们所编的讲义要人翻译一遍，上课时也要人在旁翻译。鲁迅除了上课之外，还担任着生物学科方面的翻译职务（这种工作不易出色，然而他却因译文被赞美）。他用他翻译《域外小说集》那样精美的古文来翻译动植物的讲义，在那重视古文的当时，很受人欢迎。有一次，他答应学生的要求，在生理学上，加讲生殖系统，这使得全校师生惊讶了，但他坦然地去教，结果很好。他的讲义写得很简单，而且还故意用许多古语，如用"也"字表示女阴，用"了"字表示男阴,用"仝"字表示精子,对文字学毫无素养的人,这讲义真好比一部天书。(夏丏尊:《鲁迅翁杂记》)他爱护学生,也"很受学生尊敬",但有时也"因为爱人而受人欺侮"。(上句夏丏尊语;下句孙福熙语,见《我所见于示众者》)如在上化学时,曾发生过这样一件事:"他在教室试验轻气的燃烧,因为忘记携带火柴了,故于出去时告学生勿动收好了的轻气瓶,以免混入空气,在燃烧时炸裂。但是取火柴回来一点火,居然爆发了;等到手里的血溅满了白的西装硬袖和点名簿时,他发见前面两行只留着空位;这里的学生,想来是趁他出去时放进空气之后移下去的,都避在后面了。"(孙福熙:《我所见于示众者》)他在课外,又继续研究植物学,往西湖等处采集植物,亲自压制标本。因为他觉得在中国研究科学,什么设备都不够,只有植物材料,随地可以采得。(周建人:《鲁迅先生对于科学》)

在这些时候,鲁迅的日常生活,一如后来为人所熟知的那样,刻苦严肃。他已经留须。衣服向不讲究,是旧的学生装,和一件他个人独出心裁,叫裁缝做成的形式很像中山装的外套。(许寿裳说,见王冶秋《民元前的鲁迅先生》页一一八,并参看《全集》第八卷照片)还有一件廉价的羽纱——当年叫洋官纱——长衫,从端午节前一直穿到重阳。从那时已爱吸卷烟,但都是廉价的强盗牌。他每晚看书,深夜不息,睡得很迟,强盗牌香烟和条头糕是他夜间必需的粮食。侍候他的斋夫陈福,每晚在摇寝铃以前,便得替他买好这两种东西。平时不大露笑容,但常摹拟官场的习气引人发笑。如"今天天气——哈哈哈!"一类摹拟谐谑,那时从他口头已常听到。(夏丏尊:《鲁迅翁杂记》)

在第一学期之末,冬天,学校监督易人:沈钧儒被选为谘议局副议长,继任者为夏震武。"夏震武初到,以道学自高,大摆架子,先要教务长许寿裳陪同谒圣,许答以本学期开始时业已拜过,不肯再拜,次则夏对教师们,仅仅派一工友持名片去一转,未曾亲到教员宿舍,教员们便立刻开会严词责问,一哄而散。许即向沈校长(时沈先生亦在场)辞职。于是教员们主张一同进退，鲁迅持之尤力。"（许寿裳先生寄作者函中语）教员中有夏丏尊、朱希祖、章嶔、张宗祥、钱家治、张邦华、冯祖荀、胡濬济、杨乃康、沈朗斋等，都陆续辞职，统统搬出了校舍，表示决绝。使得夏震武只好辞职。鲁迅们仍然回校。

他在这个学校里服务的期间，计自一九〇九年下季起至一九一〇年上季止，合共两学期。

十五

一九一〇年（宣统二年）的夏天，鲁迅在暑假中离开杭师回到故乡绍兴去，这就是他所说的"第二年就走出"。八月，改就绍兴府中学堂教务长，兼任博物学和生理学的一部分功课。

这学堂内，绍兴府所辖八县各县籍的教职员和学生都有。山阴会稽两县，因为同属首县，不分什么畛域，但是两县和其他六县却界限分明。各县籍的教职员与各县籍的学生关系往往比较密切，鲁迅最初并不了然。他任教务长，奖惩学生，一凭客观标准，但是他渐渐发觉，凡开除某县学生的时候，必有某具教职员挤满了他的屋子，替被开除的学生说情。他对人原本厚重宽大，但像这样不问理由，只一味凭着地域观念来干扰他职权时，他也是要还击的。那就是：从此山会籍的学生犯了校规，他也是考虑一番，不但决不矫枉过直，偏偏严惩他们，而且鉴于各县教职员对于同乡学生的回护，凡能从宽发落的他就尽量从宽发落。（孙伏园：《往事》）

他教课认真，办事负责，据时当学生的胡愈之说，他"在学校里，以严厉出名，学生没一个不怕他。他每晚到自修室巡查"。同时也为学生所尊敬："学生们都知道他和同盟会及徐锡麟有过关系……是革命党，因此都对他起了敬意。"（胡愈之：《我的中学生时代》）

课余，他仍然继续采集植物标本，常在做显微镜下的工作。（周建

人：《鲁迅先生对于科学》》

一九一一年（宣统三年）上季，鲁迅仍任原职。这时革命的空气非常紧张，满清政府对于革命势力的镇压也很严酷，绍兴因为闹了几次党案，是徐锡麟、秋瑾的家乡，所以当时官员防止革命运动，非常出力。而徐锡麟并曾经担任过府中学的副监督，因此府中学内更不得不格外谨慎。然而，就在这一学期内，学生中忽然发生了剪发运动了。有一天，几个学生走到鲁迅的房里来，说：

"先生，我们要剪辫子了。"

他说："不行！"

"有辫子好呢，没有辫子好呢？"

"没有辫子好……"

"你怎么说不行呢？"

"犯不上，你们还是不剪上算，——等一等吧。"

学生们不说什么，撅着嘴唇走出房去；然而终于剪掉了。

啊！不得了了，人言啧啧了；鲁迅却只装着不知道，一任他们光着头皮，和许多辫子一齐上讲堂。

在这样的情形下，鲁迅的处境自然很危险。满洲人的绍兴知府每到学校来，总喜欢注视他的短头发，和他多说话。同事们也避之惟恐不远。他终日如坐在冰窖子里，如站在刑场旁边。

在这年的"春末时候"，他重会过去在东京所认识的范爱农。这位从前反对鲁迅的人，现在头上已经有了白发，穿着破旧的衣履，样子很寒素。谈起经历，他说回到故乡以后，受尽轻蔑、排斥、迫害，几乎无地可容。只有躲在乡下，教几个小学生糊口。现在很爱喝酒。鲁迅当时住在家乡，那偏僻地方的风气和人物，于他都不很相宜。许多事他看不惯，也没有一个可谈的人；计划译书印书，从事文艺运动，自然更不可能。因此他很能理解那落拓不得意的范爱农。他常常和他一道喝酒，"醉后常谈些愚不可及的疯话"。他的心境是很寂寞的。

这时有一件有趣的小事，颇足以表现鲁迅当年的豪迈和风趣。他的家距学校相当远，一个深夜，他从一条近路回家，中间经过义冢，两旁乱草丛生，往来无人。他正走着，忽然看见前面有个白色的东西，毫不做声地走近来，逐渐变为矮小，终于成为石头那样不动了。他有点踌躇：莫非这就是"鬼"么？但还是决定冲上去，走到那白东西的旁边，他便用力将硬底皮鞋踢了出去，结果那白东西啊唷一声，站起来向草中逃走了。原来只是一个小偷。后来鲁迅常常兴趣浓郁地给熟人们讲述这个"鬼的故事"，高兴地笑着说："鬼也是怕踢的，踢他一脚，就立刻变成人了。"（参阅池田幸子：《最后一天的鲁迅》；萧红：《回忆鲁迅先生》页二三）

大约就是在绍兴府中学堂时，鲁迅又参加了当时的革命文人的集团南社。当时南社在绍兴设有分社，名曰越社，因为是"由南社分设于越，故以越名"（唐弢：《鲁迅全集补遗·编后记》）。鲁迅所参加的大约是分社而不是本社。"不过对于南社的作风，先生似乎不赞同，所以始终是一个挂名的社员，没有什么表现，甚至连许多社友也不大知道他是同志之一。"（景宋：《民元前的鲁迅先生》；见孙伏园《鲁迅先生二三事》、《惜别·附录》）鲁迅在排满一点上，和南社诸人旨趣相同，但在"作风"上，则悬殊甚远。因为南社中大部分人，旧时才子气息极重，与鲁迅是迥不相同的。

他在绍中，仍只有两学期便离开了。这便是他所说的"第三年又走出"。一时"没有地方可去"，想到一个书店去做编译员，到底也被拒绝了。

十六

正当鲁迅任教于绍兴府中学堂的这后数月内，革命风暴更为猛烈，成功的机运也更接近了成熟。在三月内，有广州七十二烈士死难之役,大大地激动了全国的人心;在四月内,满清政府宣布铁路国有,因此,以后数月之中,又不断有冀、川、鄂、湘、粤各省人民的保路运动,纷纷反对将筑路权利出卖给外人。在鲁迅离开绍中不久,到了十月十日,革命爆发于武昌,满清政府的腐败残暴的统治,终于土崩瓦解。从此,中华民国正式出现于世界。

辛亥革命虽然在中国第一次推翻了世界历史上最古老的专制皇帝制度,但由于它的不彻底,只求表面的成功,不惜与反革命妥协,所以并没有得到真正的胜利,完成资产阶级民主革命的任务。结果,只不过是以袁世凯为首的北洋军阀政府代替了满清政府,五色旗代替了龙旗,"招牌虽换,货色照旧"(《两地书》)。帝国主义和封建势力依旧奴役着中国人民。

绍兴也和整个老中国一样,脸上被涂饰着新的油漆,于九月内(阳历十一月)光复了。由几个旧乡绅组织了军政府,什么铁路股东做了行政司长,钱店掌柜做了军械司长……还是换汤不换药。在光复后的第二天,范爱农就从乡间上城来,带着从来没有的笑容,向鲁迅说:"老迅,我们今天不喝酒了。我要去看看光复的绍兴。我们同去。"于是鲁迅便和他意兴飞扬地上街去了。通衢贴着"溥仪逃,奕劻被逮!"的大新闻。(孙伏园:《惜别》)举眼一望,满眼是白旗。然而,鲁迅当时已经深刻地感到,"貌虽如此,内骨子是依旧的"(《范爱农》),他所高兴的只是"从此可以昂头露顶,慢慢的在街上走,再不听到什么嘲骂"(《病后杂谈之余》)。遇见几个也是没有辫子的老朋友,他总爱摩着自己的光头,从心底里笑了出来道:

"哈哈,终于也有了这一天了!"

几天之后,"绿林大学"出身的王金发从杭州来到绍兴,改名王逸,自称都督。(周作人:《关于范爱农》)初来的时候,他还算顾大局,听舆论;但随即被许多闲汉和新进的革命党所包围,这个拜会,那个恭维,今天送衣料,明天送翅席,捧得他忘其所以,渐渐变成老官僚一样,动手刮地皮。(《华盖集·这个与那个》)衙门里面的那些人物,来的时候本是穿布衣的,不上十天,虽在并不冷的天气,也大概都换上皮袍子了。

一切都和鲁迅的预期距离很远。然而,鲁迅还想争取着做一点踏踏实实的工作,他于是出任绍兴师范学校校长。他请范爱农做监学。

鲁迅到校和全校学生相见的那一天,穿一件灰色棉袍,头上却戴着一顶陆军帽。这陆军帽的来历,大概是仙台医学专门学校的制服。他对学生的谈话简明有力,学生欢迎新校长的态度,十分热烈,完全和欢迎新国家的态度一样。(孙伏园:《哭鲁迅先生》)

在接收之初,因为"当局对前任校长不满意",本来要鲁迅"从办交待中,找出前校长的错处,做一个堂堂的处理的"(景宋:《民元前的鲁迅先生》)。这前任校长是杜海生,当局不满意他的原因,"是一般青年革命者,认为杜先生在秋先烈瑾殉难的时候,站在可以援救的地位而不援救"。但鲁迅原情度理,以为他"未必有援救的力量,援救了也未必有效,不援救也决不应该在交代的时候借故报复"(孙伏园:《惜别》)。所以鲁迅不挑剔,不查账,而且还一反一般人会计必用私人的陋习,把前任姓钱的会计也留下了。这姓钱的会计,把存下的钱拿出来交待,鲁迅看也不看说:你拿了去吧。他呆了半晌,不知什么意思,鲁迅于是又说:仍请你做下去吧。这捏着一把汗来接待新校长的会计,满以为要走了,却不料还留他做,以后逢人便说,叹为奇遇。(周建人在上海文化界纪念鲁迅六十诞辰大会上讲词;景宋:《民元前的鲁迅先生》)

这时候,绍兴刚刚光复,人心还很浮动。有一天,鲁迅"曾经召集了全校学生们整队出发,在市面上游行了一通来镇静人心"(景宋:《民元前的鲁迅先生》)。这批"整队出发"的学生们所用的名义,据绍师学生孙伏园说:"是一个颇为特别的'武装演说队'。武装演说队将要出发的时候,鲁迅先生曾有一段简单的训话,当时同学中有一位当队长的请问先生:'万一有拦阻便怎样?'鲁迅先生正颜厉色的答复他说:'你手上的指挥刀做甚么用的?'那时学校用的指挥刀都没有'出口',用处虽不在杀人,但当作鞭子用来打人也就够厉害的,结果游行一趟直到回校没有遇着抵抗。"(孙伏园:《惜别》)这种行动,在当时那种死气沉沉不问外事的学风中,实在十分奇突;它是鲁迅革命热情的燃烧,是入民国后中国学生参预政治的第一次的运动。

鲁迅在校有时候也自己代课,代国文教员改文。学生们因为思想多少得了他的启示,文字也自然开展起来。大概是目的在于增加青年们的勇气吧,学生们常常得到夸奖的批语。(孙伏园:《哭鲁迅先生》)

在校长的繁忙的工作中,他和范爱农连闲谈的工夫也很少有。但他还计划出丛书,德文的书籍外,更买了些英文的,如《家庭大学丛书》等,预备把好的选出来,邀集几个人分头翻译。(周建人:《鲁迅先生对于科学》)

但是,在当时的政治情势之下,绍兴仍是漆黑一团。革命之前和革命之后,并无什么不同,是不能让鲁迅好好地按照计划进行他的教育工作的。一天,一个学生来向鲁迅说他们要办一种报来监督王金发,请求鲁迅借用他的名字作为发起人,他答应了。还有两位,一是陈子英,一是孙德清,一共三人。几天之后,一种叫做《越铎》的报纸出版了。开首便是骂军政府和那里面的人员;此后便是骂都督,都督的亲戚、同乡、姨太太……这样骂了十多天,就有一种消息传到鲁迅的家里来,说都督因为你们诈取了他的钱,还骂他,要派人用手枪来打死你们了。这令鲁迅的母亲很着急,叮嘱他不要再出去。但鲁迅自问所拿的只是学校款二百元,并不是什么"诈取",所以并不在意。果然没有来杀。写信去要经费,又取了二百元。但仿佛有些怒意,同时传令道:再来要,没有了!

不过范爱农得到了一种新消息,却使鲁迅很为难。原来所谓"诈取"者,并非指学校经费而言,是指另有送给报馆的一笔款。报纸上骂了几天之后,王金发便叫人送去了五百元。于是乎少年们便开起会议来,第一个问题是:收不收?决议曰:收。第二个问题是:收了之后骂不骂?决议曰:骂。理由是:收钱之后,他是股东;股东不好,自然要骂。

鲁迅即刻到报馆去问这事的真假。都是真的。略说了几句不该收他钱的话,一个名为会计的便不高兴了,质问鲁迅道:

"报馆为什么不收股份?"

"这不是股本……"

"不是股本是什么?"

鲁迅不再说下去了。旧的力量依旧如此强大,而新少年们却又如此幼稚鲁莽;他一时不禁有点不知所可,更加感到革命的希望的渺茫。

凑巧许寿裳写信来催他往南京去,他于是便到都督府去辞职。自然照准,派来继任的人,是孔教会会长傅励臣。鲁迅将账目和余款一角又两铜元,交给一个拖鼻涕的接收员朱幼溪,便卸去了校长的职务。他任校长的时间,只不过是一九一一年冬季的几个月。

鲁迅之不能久于其位,甚至不能见容于他的故乡,乃是辛亥革命失败的影响下的必然结果。他所谓的在《新生》事件以后,又"亲历或旁观过几样更寂寞更悲哀的事"(《呐喊·自序》),这应该就是其中之一。这次革命对于他以后数年间的思想,是曾经发生过很大的影响的。

十七

鲁迅在离绍兴往南京之前,曾经作过一篇小说,这是很值得注意的一件事。据周作人说,鲁迅"辛亥冬天在家里的时候曾经写过一篇,以东邻的富翁为模特儿,写革命前夜的事,性质不明的革命军将要入城,富翁与清客闲汉们商议迎降,颇富于讽刺的色彩。这篇文章未有题名,过了两三年,由我加了一个题目与署名,寄给《小说月报》,那时还是小册,系恽铁樵编辑,承其复信,大加称赏,登在卷首,可是这年月与题名都完全忘记了"(周作人:《关于鲁迅》)。这篇小说,后来经人寻出,题名《怀旧》。内容近自叙,以富翁学究们在革命军进城的风传中的故事为经,以儿时书塾生活为纬,写冬烘塾师的迂腐,富人的愚昧,以及那第一人称的儿童的纯真活泼,幽默而逼真,处处显露智慧的光芒。如写秃先生教书时的神态道:

> 明日,秃先生果又按吾《论语》,头摇摇然释字义矣。先生又近视,故唇几触书,作欲啮状。人常咎吾顽,谓读不半卷,篇页便大零落;不知此咻咻然之鼻息,日吹拂是,纸能弗破烂,字能弗漫漶耶! 予纵极顽,亦何至此极耶! 秃先生曰:"孔夫子说,我到六十便耳顺;耳是耳朵。到七十便从心所欲,不逾这个矩了。……"余都不之解,字为鼻影所遮,余亦不之见,但见《论语》之上,载先生秃头,烂然有光,可照我面目;特颇模糊臃肿,远不如后圃古池之明晰耳。

这虽是用文言写出,但和鲁迅后来用白话写的小说,在描写手法和讽刺色彩上,都有一脉相承之处。从这篇早年的作品里,已经依稀闪耀着鲁迅在创作上的非凡的才能和灿烂的前途。

在这数年之中,还有应该特别提出的,是鲁迅又开始了古籍辑录研究的工作。他幼年时曾抄过《茶经》和《五木经》等,现在则更抄了许多种。这在他,是一种工作,同时也是种排遣;而在当时,尤以前一种的意义居多。因为在那段时间里,译书和出版都无可能,于是深受清代朴学濡染,旧学极有根柢的他,自然便以纂辑校勘为其寂寞中的工作。据周作人说:"归国后他就开始钞书,在这几年中不知共有若干种。"(同上)可知他的抄书,并非始于以后在南京和北京时代,而是发端于这几年中的。这时他抄有:

《穆天子传》

《南方草木状》 （晋嵇含撰）

《北户录》 （唐段公路撰）

《桂海虞衡志》 （宋范成大撰）

《释虫小记》 （清程瑶田撰）

《燕子春秋》 （清郝懿行撰）

《蜂阁小记》 （同上）

《记海错》 （同上）

以及从《说郛》抄出的多种。其中《南方草木状》记草木果竹四类；《北户录》和《桂海虞衡志》，记岭南风土物产；《记海错》记山东登莱海物，都是关于草木虫鱼的书籍。这和他的喜欢研究动植物学很有关系，当时科学研究的设备极为缺乏，他除了采集植物标本以外，只好将注意力放在这些记载植物的旧籍上了。所以这绝非单纯的排遣（或如一些人所说的娱乐），而是当时政治和学术条件规定下所可做的工作。过去的学者们，是把动植物附属于经学，作为《诗经》和《尔雅》的一部分而研究的；鲁迅的工作却联系着现代自然科学，从抄录以求比较验证。至于《穆天子传》和从陶宗仪编的《说郛》中抄出的各种，他有从明钞本《说郛》抄出来的一卷《义山杂纂》，或即此时所抄之一种（章川岛《杂纂四种序言》引鲁迅给他的信："《唐人说荟》里的《义山杂纂》，也很不好。我有从明钞本《说郛》〔刻本《说郛》也是假的〕钞出来的一卷，好得多"），则又属小说之类。由这些上面，可以看出鲁迅这几年间的兴趣所在，仍是科学与文学。此外，他还一面翻古书辑唐以前小说逸文，一面又辑唐以前的越中史地书。后来继续下去，便成《古小说钩沉》和《会稽郡故书杂集》。在这些时候，这两部书不但已经着手，而且已完成部分了。

校 记：

　　[1] 此章据手稿整理。手稿上此章题目为"辛亥革命前后"，后改为"鲁迅在辛亥前后"并加副题"——鲁迅传之一章"，为统一体例，此副题未用。

第五章 在"五四"前夜[1]

十八

　　中华民国元年一月一日,临时政府成立,鲁迅应教育部长蔡元培之邀,赴南京任教育部部员。

　　他到南京以后,最初的印象,是觉得"确是光明得多"《《两地书·八》)。这应当是和他十年前求学时代所见的南京比较,以及刚由更黑暗紊乱的小县城来到的缘故。事实上,当时满清政府残喘未绝,民军尚与袁世凯的军队相持,南京新政府从一开始便与反革命进行妥协;到了二月中旬,清帝退位,孙中山先生辞职,袁世凯被选为临时大总统,旋于三月十日在北京就职,政权又复落入反革命势力的掌握。可想而知,对于绍兴革命后的"骨子依旧"的情形还可说是一隅;而现在鲁迅住在新中央政权所在地的南京,两三月来所见的全国的情形也还是如此模样,他自然要感到深深的"寂寞"和"悲哀"的。

　　所以,他在办公之暇,仍旧只有继续过去一贯的工作,常往江南图书馆①借抄各种书籍。江南图书馆藏书,主要是从钱塘丁氏八千卷楼购来,善本秘籍甚多。在鲁迅借抄的书中,有《沈下贤集》一种。当时和他同在教育部办公的许寿裳,说他"公馀老是钞沈下贤集子",可见他那时对于这位唐代传奇作家的注意。沈亚之,字下贤,吴兴人,有才名,李贺曾称他为"吴兴才人"。他的《沈下贤集》,现在虽有长沙叶氏观古堂刻本和上海涵芬楼影印本,但在"二十年前则甚希觐",鲁迅所见的是影钞小草斋本,他从中抄出了《湘中怨辞》、《异梦录》、《秦梦记》等传奇三篇。这三篇皆并见《太平广记》,注云出陈翰《异闻集》,并未根据沈著原书,所以字句往往不同。鲁迅则直接从本集抄出,并用丁氏八千卷楼抄本校改数字(见《唐宋传奇集·稗边小缀》),较之从第二手转录的《广记》完善得多。

他在数年前已经开始了的古小说的辑录工作,现在也仍然继续进行。所作序言发表于元年二月出版的《越社丛刊》第一集上,可见以后虽有增改,但这时大概已大部完成了现存的形态。他在一篇文章里这样说过:"六朝小说……我据别本及自己的辑本,这工夫曾经费去两年多,稿本有十册在这里。"(《华盖集续编·不是信》)所以倘若根据发表年月假定序言是作于民元(唐弢:《鲁迅全集补遗·后记》),又从序言写作时间推定全书之成是在民元之初,则"两年多"的工夫,是上起宣统元年末,下迄民国元年一、二月间。② 这个时候,除了抄《沈下贤集》之类,他还在从事《古小说钩沈》的最后剩余的工作。

关于辑录这书的经过和意义,鲁迅在序言内有很简要的说明:

……余少喜披览古说,或见讹敚,则取证类书,偶会逸文,辄亦写出。虽丛残多失次第,而涯略故在。大共炎语支言,史官末学,神鬼精物,数术波流;真人福地,神仙之中驷,幽验明徵,释氏之下乘。人间小书,致远恐泥,而洪笔晚起,此其权舆。况乃录自里巷,为国人所白心;出于造作,则思士之结想。心行曼衍,自生此品,其在文林,有如舜华,足以丽尔文明,点缀幽独,盖不第为广视听之具而止。然论者尚墨守故言。惜此旧籍,弥益零落,又虑后此闲暇者尟,爰更比辑,并校定昔人集本,合得如干种,名曰《古小说钩沈》。

（唐弢：《鲁迅全集补遗》）

全书共辑自汉至隋小说三十六种,兹录书名于后,并参考《中国小说史略》,将各书著者姓名及时代一并列出:

一、《青史子》 古之史官,不知何时。

二、《语林》 晋·裴启

三、《郭子》 东晋·郭澄之

四、《笑林》 后汉·邯郸淳

五、《俗说》 梁·沈约

六、《小说》 梁·殷芸

七、《水饰》 隋·杜宝

八、《列异传》 传魏·曹丕

九、《古异传》 晋·袁王寿

一〇、《甄异传》 晋·戴祚

一一、《述异记》 晋·祖冲之

一二、《灵鬼志》 晋·荀氏

一三、《志怪》 晋·祖台之

一四、《志怪》 晋·孔氏

一五、《神怪录》 ?

一六、《神录》 梁·刘之遴

一七、《齐谐记》 刘宋·东阳无疑

一八、《幽明录》 刘宋·刘义庆

一九、《鬼神列传》 晋·谢氏

二〇、《志怪记》 晋·殖氏

二一、《集灵记》 隋·颜之推

二二、《汉武故事》 传后汉·班固

二三、《妒记》 刘宋·虞通之

二四、《异闻记》 汉·陈实

二五、《玄中记》 晋·郭氏

二六、《异林》 晋·陆氏

二七、《志怪》 晋·曹毗

二八、《集异记》 郭季产

二九、《神异记》 晋·王浮

三十、《续异记》 ?

三一、《录异传》 ?

三二、《杂鬼神志怪》 ?

三三、《祥异记》 ?

三四、《宣验记》 刘宋·刘义庆

三五、《冥祥记》 齐·王琰

三六、《旌异记》 隋·侯白

（以上有数种在《小说史略》中未以叙及，其作者姓名系据台静农《鲁迅先生整理中国古典文学之成绩》一文补入。）

由书目看，内中包括汉以前一部，汉一部，后汉二部，魏一部，晋十四部，宋四部，齐一部，梁三部，隋三部，其它无可考者六部。魏晋六朝散佚的作品，大抵都网罗无遗了。

在这书里，鲁迅耗费了长时间的心血，如蜂之采百花以酿蜜一样，博采群书，辛苦经营，一句一条，得来不易。对于魏晋小说的概评，各书内容的分论，撰者生平的考证，作品真伪的鉴别，他都是具有深刻独到的见解。这虽然在本书内没有一篇详尽的序跋来说明，但却可从《中国小说史略》和其他的文章里看出来；他不过还没有写在《古小说钩沈》里罢了。在对于六朝小说的总括的评论方面，如：

六朝人小说，是没有记叙神仙或鬼怪的，所写的几乎都是人事；文笔是简洁的；材料是笑柄，谈资；但好像很排斥虚构,例如《世说新语》说裴启《语林》记谢安语不实,谢安一说,这书即大损声价云云,就是。

但六朝人也并非不能想象和描写,不过他不用于小说,这类文章,那时也不谓之小说。例如阮籍的《大人先生传》,陶潜的《桃花源记》,其实倒和后来的唐代传奇文相近;就是嵇康的《圣贤高士传赞》(今仅有辑本),葛洪的《神仙传》,也可以看作唐人传奇文的祖师的。

至于他们之所以著作,……都是有所为的。……晋人尚清谈,讲标格,常以寥寥数言,立致通显,所以那时的小说,多是记载畸行隽语的《世说》一类,其实是借口舌取名位的入门书。(《且介亭杂文二集·六朝小说和唐代传奇文有怎样的区别?》)

在对于个别作品的评骘方面,如关于《笑林》云:

《隋志》又有《笑林》三卷,后汉给事中邯郸淳撰。淳一名竺,字子礼,颍川人,弱冠有异才,元嘉元年(一五一),上虞长度尚为曹娥立碑,淳者尚之弟子,于席间作碑文,操笔而成,无所点定,遂知名,黄初初(约二二一),为魏博士给事中,见《后汉书》《曹娥传》及《三国》《魏志》《王粲传》等注。《笑林》今佚,遗文存二十余事,举非违,显纰缪,实《世说》之一体,亦后来诽谐文字之权舆也。(《中国小说史略·第七篇》)

又如关于《列异传》云:

《隋志》有《列异传》三卷，魏文帝撰，今佚。惟古来文籍中颇多引用，故犹得见其遗文，则正如《隋志》所言，"以序鬼物奇怪之事"者也。文中有甘露年间事，在文帝后，或后人有增益，或撰人是假托，皆不可知。两《唐志》皆云张华撰，亦别无佐证，殆后有悟其抵牾者，因改易之。惟宋裴松之《三国志注》，后魏郦道元《水经注》皆已征引，则为魏晋人作无疑也。(《中国小说史略·第五篇》)

倘与前人的辑书对照，那就更显出鲁迅辑本的优异可贵。如《青史子》和《笑林》，在清马国翰的《玉函山房辑逸书》内，也曾经辑入；但拿来和《钩沉》对校，则鲁迅所辑《青史子》较玉函山房本多出一则：

鸡者，东方之牲也。岁终更始，辨秩东作，万物触户而出，故以鸡祀祭也。(《风俗通义》八)

《笑林》多出三则：

伯翁妹肥于兄，嫁于王氏，嫌其太肥，遂诬云无女身，乃遣之。后更嫁李氏，乃得女身。方验前诬也。(《类林杂说》一〇)

平原人有善治伛者，自云："不善，人百一人耳！"有人曲度八尺，直度六尺，乃厚货求治。曰："君且□"。欲上背踏之。伛者曰："将杀我！"曰："趣令君直，焉知死事？"(《续谈助》四)

有人常食蔬茹，忽食羊肉，梦五藏神曰："羊踏破菜园！"(《绀珠集》一三)

且玉函山房本与《钩沉》相同者,只有《青史子》、《语林》、《郭子》、《笑林》、《俗说》、《齐谐记》、《玄中记》、《水饰》等八种,其他二十八种,皆马书所未有。由此可见鲁迅搜罗之宏富。又《钩沈》本《郭子》里有这样一则:

> 王佛大曰:"三日不饮酒,觉形神不复相和亲也。酒自引人入胜地耳。"(《书抄》一四八)

而玉函山房本根据《太平御览》在《北堂书钞》所引的这一则以外,又加了《御览》所引的一段:

> 王孝伯问王大:"阮籍何如司马相如?"王大曰:"阮籍胸中垒块故须浇之。"

但《御览》并没有说是《郭子》之文。鲁迅便只据《北堂书钞》引的辑入,不节外生枝的将《御览》的一段附入。(郑振铎:《鲁迅的辑佚工作》)由此又可见鲁迅采集之精审。《玉函山房辑逸书》大体还算好书,但都不及鲁迅辑本;其余"自郐以下",如《龙威秘书》(内有戴祚《甄异传》),《古今说部丛书》(内有祖台之《志怪》),《五朝小说》(内有刘义庆《幽明录》十一条)之类,自然更不可与《钩沈》同日而语了。

这若干种书,失传很早,有的远在隋代便已散佚。历时既久,搜集起来,是十分困难的。但鲁迅辛勤搜检开掘,终能蔚为巨帙,使那些散见于类书的篇章,又得"归魂故书",留传后世;唐以前小说的源流和面目,自此才清晰地全部显现出来。这在学术上实在是一个很大的贡献。不过在这时候,还未经最后整理,各书作者及时代,都未注明;亦未依作者先后编排;没有分卷(《〈唐宋传奇集〉序例》:"先辑自汉至隋小说,为《钩沈》五部讫。"可知他是本拟分为五部的);没有详尽的序跋(像《会稽郡故书杂集》每种前的序或《唐宋传奇集》后的《稗边小缀》),全书还未达成定本的规模。可惜最初曾想用周作人名义木刻不成,后来又没有闲暇来整理,所以终于没有将这一切补成。

此外,他还有一部刘恂《岭表录异》的校正本,大约也是着手于清末而完成于此时。③这书至今未印,据他在《三闲集》自撰《译著书目》内说,是"以唐宋类书所引校《永乐大典》本,并补遗",共计三卷。此书见《唐书·艺文志》,久佚,乾隆间四库馆自《太平广记》、《太平御览》、《百川学海》、《说郛》等书中辑出,取材于《永乐大典》者尤多,因《唐志》作三卷,故亦分为三卷,这就是鲁迅所说的"《永乐大典》本"。刘恂,唐昭宗时官广州司马,书中多记岭外虫鱼草木,训诂名义,亦颇精赅。鲁迅之特别补校它,那还是和以前抄录《南方草木状》、《北户录》等书一样,完全出于对博物学的爱好。

在这样的勤勉的工作之中,他有时也到明故宫等处游览,他青年时代的旧迹,还可在这些地方历历追寻。一次,他和许寿裳、董恂士(鸿祎)同访满清驻防旗营的废址,只见已经成了一片瓦砾场,偶尔剩下几间破屋,门窗全缺,一二年老的满族妇女,见了他们,便惊恐地连说没有什么,没有什么。使鲁迅记起了以前在矿路学堂读书时,骑马经过这里,因为不甘心受旗人欺侮,扬鞭穷追,以致坠马的往事。

到了四月五日,为了迁就袁世凯不愿离开北洋军阀的巢穴北京,参议院又议决将临时政府迁入北京。鲁迅在随同政府北上之前,曾和许寿裳于四月中先返故乡绍兴一次(许寿裳:《亡友鲁迅印象记》页四一),他就这样离开了南京。

十九

民国元年五月,鲁迅由海道前往北京,许寿裳等三人同行。抵京以后,住宣武门外南半截胡同绍兴会馆的藤花馆内。

这时,教育总长蔡元培正提倡美育,他知道鲁迅对美学和美术,素有研究,所以特请鲁迅担任社会教育司第一科科长,主管图书馆、博物馆、美术馆等事宜。这年暑假期中,鲁迅曾在教育部暑期演讲会上,演讲美术;还在教部出版的一种汇报上,用文言写过一篇简短的关于美术的文章。(许寿裳:《亡友鲁迅印象记》页四五)

八月,鲁迅升任教育部佥事。

从三月起到现在,袁世凯就职不到半年,但已野心显著,他大权独揽,蔑视约法。内阁总理唐绍仪六月被迫辞职出走,同盟会四阁员也随之联袂去辞,召鲁迅来教部供职的教育总长蔡元培也辞职了。共和政体,貌存神亡。在这种情形下,鲁迅只有埋首于古书堆里,在八月中开始纂辑谢承的《后汉书》。谢承,字伟平,吴山阴人。其姊为孙权夫人,早卒。著有《后汉书》百余卷,及《会稽先贤传》七卷(佚文鲁迅已辑入《故书杂集》)。《后汉书》在北宋时已不传,鲁迅因为在《隋书》《经籍志》著录的后汉书八种中,"谢书最先,草创之功,足以称纪"①,故特为辑集,共成五卷(序云六卷,详下)。当时因为分量太多,未能刊版,后来编《全集》时,又因原稿在平,所以也未收入。这里且引鲁迅一篇序文,以见此书在史籍上的著录,撰者事略,和鲁迅对于过去各家辑本的意见以及他自己的辑校体例等等。在未见全书以前,这篇序文是更加显得可贵的:

> 《隋书》《经籍志》:《后汉书》一百三十卷,无帝纪,吴武陵太守谢承撰;《唐书》《艺文志》同,又录一卷,《旧唐志》三十卷。承字伟平,山阴人,博学洽闻,尝所知见,终身不忘;拜五官郎中,稍迁长沙东部都尉,武陵太守;见《吴志》《妃嫔传》并注。《后汉书》宋时已不传,故王应麟《困学纪闻》自《文选》注转引之;吴淑进注《事类赋》在淳化时,亦言谢书遗逸。清初阳曲傅山乃云其家旧藏明刻本以校曹全碑,无不

合,然他人无得见者;惟钱塘姚之骃辑本四卷,在《后汉书补逸》中,虽不著出处,难称审密,而确为谢书。其后仁和孙志祖,黟汪文台又各有订补本,遗文稍备,顾颇杂入范晔书,不复分别。今一一校正,厘为六卷,先四卷略依范书纪传次第,后二卷则凡名氏偶见范书或所不载者,并写入之。案《隋志》录后汉书八家,谢书最先,草创之功,足以称纪;而今日逸文乃仅藉范晔书《三国志注》及唐宋类书以存。注家务取不同之说以备异闻,而类书所引又多损益字句,或转写讹异,至不可通,故后贤病其荒率,时有驳难;亦就闻见所及,最其要约,次之本文之后,以便省览云。(此序系景宋夫人于廿八年抄寄台静农,又由台君抄寄笔者。)[2]

由这可见鲁迅不仅从范书裴注及唐宋类书中一一辑出原文,并且还仔细对校过姚、孙、汪诸家的辑本,分量比他们多,又没有他们的谬误,实在是世间最完善的一个辑本。

二月二日,教育部召开"读音统一会",会员包括各省代表,部聘专家和教部部员凡八十人。鲁迅虽不是会员,但通过他的同门同事中任会员的(许寿裳、朱希祖、马裕藻等)提出许多意见,贡献很大。初开会时,为了注音符号的形式问题,众论纷纷,不能决定。鲁迅主张采用章太炎在民元前四年所拟定的标音符号,来作会场中假定的"记音字母",大家才无异议。章氏所拟定的标音符号,共声母三十六,韵母二十二,"皆取古文篆籀径省之形,以代旧谱"。(章太炎:《驳中国用万国新语说》)鲁迅和他的同门同事们,将章谱经过一些斟酌损益,遂成"记音字母"三十九个。有了这套假定的"记音字母",然后开会时审定字音的工作才得有所依据。在四月间将闭会时,为了最后的"采定字母",会中争论更烈,提出字母案的凡三派二十余家,个个都想做仓颉,鲁迅又提议就把这套"记音字母"正式通过为"注音字母"。

他说:"记音字母既用了来注明多数表决的六千五百字的国音而不感到什么不便,则把它正式通过,作为正式采定的字母,有何不可? 何必另外再议呢?"他这种主张厘然有当于人心,很轻松地便得到通过,于是现行的"注音字母"就正式产生出来了。因为他不是会员,以友谊的态度,学术的立场,提出这些意见,所以转较有力。(黎锦熙:《鲁迅与注音符号》)他与注音符号(当时叫字母)的这一段关系,知道的人很少;这种符号,鲁迅后来说"它究竟不过简单的方块字……写起来会混杂,看起来要眼花"(《门外文谈》),替代不了汉字;但在二十年前,要想补救汉字读音没有标准的毛病,实在也只能想出这样的办法。

这年三月,袁世凯刺杀革命党领袖宋教仁;四月,向英法德日俄五国银行秘密借款二千五百万磅,用以扩充军队,收买爪牙;一切布置停当,便于六月下令免国民党三都督职,于是"二次革命"发生,但讨袁军不旋踵即完全失败,袁世凯更加横行无忌,他的"假革命的反革命者"的"本相"也更加显著出来:"于是杀,杀,杀。北京城里,连饭店客栈中,都满布了侦探;还有'军政执法处',只见受了嫌疑而被捕的青年送进去,却从不见他们活着走出来。"(《伪自由书·〈杀错了人〉异议》)而先前在革命党人不修旧怨的"文明"下得免覆灭的一批落水狗,"伏到民国二年下半年,二次革命的时候,就突出来帮着袁世凯咬死了许多革命人,中国又一天一天沉入黑暗里……"(《坟·论"费厄泼赖"应该缓行》)。袁世凯就在这无数人的鲜血里,于十月六日,浮上了正式大总统的宝座。

在这种"杀杀杀"的恐怖空气当中,鲁迅不觉对于历史上那位"严气正性,宁愿复折,憎恶权势,视若蔑如"(许寿裳语)的嵇康,发生精神上的共鸣。他本来对于魏晋六朝的思想文艺,素有研究;对于嵇康,尤其有新颖深刻完全和古人不同的认识。他以为"嵇康的论文,比阮籍更好,思想新颖,往往与古时旧说反对"(《而已集·魏晋风度及文章与药及酒之关系》),所以一向对嵇康具有特殊好感;现在他便怀着极大的热心来补校《嵇康集》。从他写跋文的时间是"癸丑十月二十日"看,他在民国二年十月,正从事这项工作。

他所依据的本子,是从京师图书馆借来的明吴宽丛书堂抄本。吴宽,字原博,号匏庵,长洲人。丛书堂抄本很有名,为历来藏书家所珍视,称曰"吴抄",与所谓"叶抄"(叶兴子)、"文抄"(文衡山)、"毛抄"(毛子晋)、"谢抄"(谢肇淛)等齐名。这部《嵇康集》抄本,据说"源出宋椠,又经匏庵手校,故虽迻录,校文者亦为珍秘"。鲁迅借得以后,便抄下一份,用明黄省曾刻本,及其他各家刻本比照校勘,并将旧校谬误的地方,尽力改正。旧校虽说是出吴匏庵手,其实恐"不止一人",往往随便增删,看不清楚。这样,重加订正,是很为麻烦的。鲁迅所用的方法是:"今此校定,则排摈旧校,力存原文。其为浓墨所灭,不得已而从改本者,则曰:字从旧校,以著可疑。义得两通,而旧校辄改从刻本者,则曰:各本作某,以存其异。"(《〈嵇康集〉序》)这样一校,便比过去的任何本子都完美了。如以第一卷诗第一首为例来比较⑤——

黄省曾刻本作:

　　双鸾匿景曜,戢翼太山崖。抗首漱朝露,晞阳振羽仪。长鸣戏云中,时下息兰池。自谓绝尘埃,终始永不亏。何意世多艰,虞人来我疑。云网塞四区,高罗正参差。奋迅势不便,六翮无所施。隐姿就长缨,卒为时所羁。单雄翻独逝,哀吟伤生离。徘徊恋俦侣,慷慨高山陂。鸟尽良弓藏,谋极身心危。吉凶虽在己,世路多崄峨。安得反初服,抱玉宝六奇。逍遥游太清,携手长相随。

丛书堂抄本作:

　　双鸾匿景曜，戢翼太山崖。□（旧校涂改为"抗"，原字已不可辨）首嗽（旧校改漱）朝霞，晞阳振羽仪。长鸣戏云中，时下息兰池。自谓绝尘埃，终始永不亏。何意世多艰，虞人来我维（维一作仪）。云罥（旧校改网）塞四区，高罗正参差。奋迅势不便，六翮无所施。隐姿就长缨，卒为时所羁。单雄翩（旧校改翻）独逝，哀吟伤生离。徘徊恋俦侣，慷慨高山陂。鸟尽良弓藏，谋极（极一作损）身必（旧校改心）危。吉凶虽在己，□（旧校涂改为"世"，原字已不可辨）路多崄峨。安得反初服，抱玉宝六奇。逍遥游太清，携手相追随（一作长相随）

鲁迅校正本作：

　　五言古意一首（各本皆作赠公穆诗艺文类聚卷九十引前六句亦云嵇叔夜赠秀才诗也）

　　双鸾匿景曜，戢翼太山崖。抗（字从旧校）首嗽（各本作漱）朝露，晞阳振羽仪。长鸣戏云中，时下息兰池。自谓绝尘埃，终始永不亏。何意世多艰，虞人来我维（维一作仪○四字旧注　各本及诗纪　维作疑　无注）。云罥（各本作网　诗纪同），塞四区，高罗正参差。奋迅势不便，六翮无所施。隐姿就长缨，卒为时所羁。单雄翩（各本作翻　诗纪同）独（诗纪作孤）逝，哀吟伤生离。徘徊恋俦侣，慷慨高山陂。鸟尽良弓藏，谋极（极一作损○四字旧注　各本及诗纪俱无）身必（各本作心　诗纪同）危。吉凶虽在己，世（字从旧校）路多崄峨。安得反初服，抱玉宝六奇。逍遥游太清，携手相追随（一作长相随○五字旧注　各本及诗纪文同一作　无注）。

此诗各本皆与后面的四言十八首混在一起,作为赠兄入军十九首的
第一首;鲁迅则认为虽然同是赠兄(嵇喜,字公穆,举秀才)之作,但此
为五言,与十八首四言不同,故据旧抄独立为一首。他所说的"各
本",包含黄省曾、汪士贤、张溥、张燮、程荣五家刻本;"诗纪"是指《古
诗纪》。他不仅用五家刻本互校,还举出别种书里所引的来作参证。
三本对照,鲁迅校正本的优良和他的用力之勤,是可以概见的。

这还只是短诗;在篇幅校长的论文里,简直是密密麻麻,差不多
两句一校,三句一注,读者看起来也不免要感觉头痛;而鲁迅竟这么
不厌求详,真不知费了多少心血。

在民国二年内,这部书的工作,并未结束,以后还经过一次又一
次的校勘;不过从跋文都已写好,跋内并有"中散遗文,世间已无更善
于此者矣"的话看来,在民国二年十月,大体上已经距完成不远了。

二十

从民国三年起,鲁迅开始研究佛经。他陆续写了《瑜伽师地论》、
《翻译名义集》……等,用功很猛。他博览群书,阅读范围甚广,对于
人类思想重要史料的佛经,自然不会放过。但他恰恰在这个时
候——袁世凯解散国会,修改临时约法,废除国务院,设立政事堂,成
为事实上的"皇帝总统"的这一年,开始研究佛经,怕也不能说完全和
当时的黑暗政治无关。不过他本是信仰科学的人,研究以后所得的
结论,又是"佛教和孔教一样,都已经死亡,永不会复活了"。所以别
人谈佛经,容易趋于消极,而他独不然,始终能保持积极。(许寿裳:《亡
友鲁迅印象记》页五四)由他在这年秋天捐资刊印《百喻经》一事,就可见
出他并不消极:他的着眼点仍在文艺,没有丝毫宗教的意味。

《百喻经》,"具名《百句譬喻经》;《出三藏记集》云,天竺僧伽斯那
从《修多罗藏》十二部经中钞出譬喻,聚为一部,凡一百事,为新学者,

撰说此经。萧齐永明十年九月十日,中天竺法师求那毗地出。"(《集外集·〈痴华鬘〉题记》)鲁迅因为印度寓言,"如大林深泉,他国艺文,往往蒙其影响",而《百喻经》正是一部富有文学意味的印度寓言,所以特别"施洋六十元"给金陵刻经处,刊刻此经。这种用意,看了下面的例子,便可明白:

　　往昔之世,有富愚人,痴无所知。到馀富家,见三重楼,高广严丽,轩敞疏朗,心生渴仰。即作是念:"我有财钱,不减于彼,云何顷来而不造作如是之楼?"即唤木匠而问言曰:"解作彼家端正舍不?"木匠答曰:"是我所作。"即便语言:"今可为我造楼如彼。"是时木匠即便经地垒墼作楼。愚人见其垒墼作舍,犹怀疑惑,不能了知。而问之言:"欲作何等?"木匠答言:"作三重屋。"愚人复言:"我不欲下二重之屋,可先为我作最上屋。"木匠答言:"无有是事。何有不作最下重屋而得造彼第一之屋? 不造第二,云何得造第三重屋?"愚人固言:"我今不用下二重屋,必可为我作最上者。"时人闻已,便生怪笑,咸作是言:"何有不造下第一屋而得上者?"(《三重楼喻》)

　　昔有大富长者,左右之人,欲取其意,皆尽恭敬。长者唾时,左右侍人以脚蹋却。有一愚者不及得蹋,而作是言:"若唾地者,诸人蹋却。欲唾之时,我当先蹋。"于是长者正欲咳唾,时此愚人即使举脚蹋长者口,破唇折齿。长者语愚人言:"汝何以故蹋我唇口?"愚人答言:"若长者唾出口落地,左右谄者,已得蹋去。我虽欲蹋,每常不及。以是之故,唾欲出口,举脚先蹋,望得汝意。"(《蹋长者口喻》)

这虽是为佛家的说法而作,但除去"教诫",独看寓言,实在可适用于广泛的范围。鲁迅之所以刊印它,很显然是希望它对于中国"艺文"发生点"影响"的。

同年九月,《会稽郡故书杂集》最后整理完竣,并作序言。他纂辑这部书的动机,就序文看,也许还是未到南京求学之前,因为看了张澍所辑的《二酉堂丛书》而引起的。不过那时只刚刚开了一个头,"中经游涉,又闻明哲之论,以为夸饰乡土,非大雅所尚。……俯仰之间,遂辍其业"。直到"十年已后,归于会稽",——从日本回国以后,才继续进行;经历数年,到了现在,全部才告杀青。他在序中自序宗旨云:

> ……是故叙述名德,著其贤能,记注陵泉,传其典实,使后人穆然有思古之情,古作者之用心至矣!其所造述虽多散亡,而逸文尚可考见一二,存而录之,或差胜于泯绝云尔。因复撰次写定,计有八种。诸书众说,时足参证本文,亦各最录,以资省览。书中贤俊之名,言行之迹,风土之美,多有方志所遗,舍此更不可见。用遗邦人,庶几供其景行,不忘于故。

所谓八种,是:吴谢承的《会稽先贤传》、晋虞预的《会稽典录》、钟离岫的《会稽后贤传记》、贺氏的《会稽先贤像赞》、吴朱育的《会稽土地记》、晋贺循的《会稽记》、晋孔灵符的《会稽记》、陈隋间夏侯曾先的《会稽地志》。前四种记人,后四种记地,许多地方可补史传的阙失。全书有总序,各种之前有分序;辑录、校勘,完备而又邃密,所用书多至三十余种。

这书的一切编排考订写序文,都是鲁迅做的,起草以至誊清大约有三四遍,也全是自己抄写。然而在刊行时,却将名义让给周作人。这说明他做事只问有无意义,而不计较个人的名利。

民国四年一月,《百喻经》刻成,上下两卷,一册。二月,《会稽郡故书杂集》刻成,一册。⑥

到这一年,鲁迅多年来纂辑的几种书,都已先后完成,而客观的政治形势又愈来愈坏。在这一年里,他看见了日本帝国主义提出二十一条(一月)和袁世凯的承认(五月);看见了策划帝制的筹安会的成立(八月);看见了袁世凯自推自戴地揭开了洪宪的丑剧(十二月),一切都使他感觉到漆黑一团,于是从这年起,至以后的三数年间,他的工作的重点,又集中在搜集并研究金石拓片上面。

金石之学,始于宋而盛于清,但过去学者只重文字,作用是考经订史,鲁迅却和他们不同。他搜集汉魏六朝的石刻拓本,自然也抄碑文;但尤其注重碑上的各种图案。文字方面,"他所手抄的可以说是南北朝现存碑文的全部,比任何一家搜集的都丰富。而且工作态度最为精审,《寰宇访碑录》和《续录》所收的他都用原拓本一一校勘过,改正许多差讹以外,还增出不少的材料"(孙伏园:《鲁迅逝世五周年杂感》)。因此,他对魏晋文学,研究最精;所作文言,风格极近魏晋;在书法上也带着浓重的魏晋碑刻的笔意。至于图案方面,他的收获,更是空前。"从前记录汉碑的书,注重文字;对于碑上雕刻的花纹,毫不注意。先生特别搜辑,已获得数百种。"(蔡元培:《记鲁迅先生轶事》)凡是碑额、碑阴、基座的花纹、人物、螭龙之类,他都搜集。这是旧时代的考据家鉴赏家所从未着手过的。鲁迅以他所特具的卓识和鉴赏力,独辟蹊径,为中国艺术史发掘出不少珍贵的东西。他不徒是把它们当作艺术品而欣赏,并且是把它们当作古代社会生活的记录而研究的。这意思,在以后给朋友的书信中,时时可以看出:

> 我陆续曾收得汉石画象一箧,初拟全印,不问完或残,使其如图目,分类为:一,摩崖;二,阙,门;三,石室,堂;四,残杂(此类最多)。材料不完,印工亦浩大,遂止;后又欲选

其有关于神话及当时生活状态,而刻划又较明晰者,为选集,但亦未实行。南阳画象如印行,似只可用选印法。(致台静农,《鲁迅书简》页一三五)

关于秦代的典章文物,我也茫无所知,耳目所及,也未知有专门的学者,倘查书,则夏曾佑之《中国古代史》最简明。生活状态,则我以为不如看汉代石刻中之"武梁祠画像",此像《金石粹编》及《金石索》中皆有复刻,较看拓本为便,汉时习俗,实与秦无大异,循览之后,颇能得其仿佛也。

(致姚克,《鲁迅书简》页四二三)

在其他的书信中,提到石刻画像,也最注意表现当时风俗,如游猎、卤簿、战斗、刑戮、宴饮……一类的。因为是从这种历史观点出发,所以他的整理民族美术遗产的工作,才能贯穿古今,保存过去,裨益未来。他这方面的成绩是:《六朝造象目录》(始自晋代,终至隋代,计十一期),《六朝墓志目录》(未完成)以及散稿汉画像、汉碑帖等(此据《译著书目续编》,但《华盖集续编·厦门通信〔三〕》已说书名为《汉画像考》,且已"集成"。)

五年五月,鲁迅移居绍兴会馆内的补树书屋。⑦这里共三间屋,院子里有一株槐树,相传往昔曾有一个女人缢死在槐树上,所以很久没有人住。现在鲁迅就住在这冷清清的地方抄古碑。"客中少有人来,古碑中也遇不到什么问题和主义,而我的生命却居然暗暗的消去了,这也就是我惟一的愿望。夏夜,蚊子多了,便摇着蒲扇坐在槐树下,从密叶缝里看那一点一点的青天,晚出的槐蚕又每每冰冷的落在头颈上。"(《呐喊·自序》)他就这么消磨着他的生活。

然而,到了民国六年七月,张勋在袁世凯"龙驭上宾"一年之后又来发动复辟的时候,鲁迅却也不能忍耐了,抄古碑之类的"麻醉法"已经无用,他于是不顾饥饿和迫害的威胁,而毅然将教育部的职务辞掉。等到乱平以后,才重新返部复职。

在这数年之中,鲁迅所抄的书,现在可知者还有:《百专考》(《溁喜斋丛书》),《汉石存》(罗振玉),《淮阴金石仅存录》(《罗氏群书》),《出三藏记集》(梁释僧祐),《谢氏后汉书补》(汪文台?),《青琐高议》(宋刘斧),《遂初堂书目》(宋尤袤),《谢灵运集》四卷,以及唐宋传奇《绿珠传》、《梅妃传》、《赵飞燕外传》等。(黄裳:《关于鲁迅先生的遗书》)其中《百专考》、《汉石存》、《淮阴金石仅存录》、《遂初堂书目》(谱录类部分),和他的搜集金石拓本有关;《出三藏记集》和研究佛经、印《百喻经》有关;《谢氏后汉书补》和他自己的辑本有关;《青琐高议》、《绿珠传》等和他的纂辑小说有关;而《谢灵运集》、《遂初堂书目》(别集六朝人著作部分),又和他的喜爱魏晋文章有关。总起来看,更可明白鲁迅这时期内的治学兴趣。有了这样长期的大量的一笔一笔的苦功夫,无怪他在纂辑研究上的成绩会是这么高卓了。

鲁迅的辑佚工作和他的创作及翻译,曾被人称为"三绝"。这项工作"需要周密小心的校勘和博大宏阔的披览。表面上看起来好像是人人能做的死功夫;其实,粗心大意的人永远不会做;浅薄而少读书的人永远做不好。其工作的辛苦艰难,实不下于创作与翻译。鲁迅先生在辑佚这方面的成功,也便是他博览和细心校辑的结果。"(郑振铎:《鲁迅的辑佚工作》)若单就这一方面来说,他实在是远非顾千里、黄荛圃之流所能比拟的卓越的学者。前人校辑,往往只注重经史诗文,而鲁迅则更扩大及于小说;前人大抵只以考据、校订为止境,而鲁迅则深研科学,精通现代文艺,校辑不足以窥他的学问才能之全;前人抄写的目的只在珍藏,是为了抄书而抄书,多雇"抄手"代抄,有种种类似摩挲古董的考究⑧,而鲁迅的抄书,目的却在学艺,是为了撰著而做的根本功夫。既不是留作秘本,所以虽然也很工整精细,但却不注意一定要什么字体墨色。尤其不同于前人的最重要的一点,是鲁迅虽然对这种工作有兴趣、有心得,但他却常常把它放在社会实践的意义和效果上来估计。所以,他一生中致力于这种工作最多的时期,是辛亥革命、二次革命、袁世凯称帝、张勋复辟的这一漫长的黑夜。而且,据他说,是用来"驱逐寂寞"、"麻醉自己的灵魂"。(《呐喊·自序》)这沉郁的话语,正面说明了他对于这种纂辑工作的态度;而反面又恰恰透露出了他对于现实社会的不能自已的关心。关心越深,"寂寞"越大,但并不就此流于悲观失望,他所用来"驱逐寂寞"的方法,还是这种积极严肃的学术工作。因为这样,所以,他才有可能由这儿通到光辉远大的未来。接着便开始了另一种新的生活和新的工作。

注 释:

① 蔡元培《记鲁迅先生轶事》和许寿裳《亡友鲁迅印象记》(页四一),均述及向图书馆借书事,但未说明馆名。兹因:一、当时南京最大的图书馆只有江南图书馆(即今龙蟠里国学图书馆);二、江南图书馆创于光绪三十三年,以端方所购钱塘丁氏(丁丙与其兄丁申)八千卷楼藏书为庋藏骨干。鲁迅民元抵京,在江南图书馆成立后五年;他抄《沈下贤集》,曾用八千卷楼抄本校小草斋本,故知其曾向江南图书馆借书。这样我们便可缅想鲁迅当年往来于清凉山下龙蟠里的情形。

② 根据序文假定写作时间,在不得已的时候,也是可用的办法。如鲁迅拟作的《明以来小说年表》凡例一说:"云某年作某年成者,皆据序文言之,其脱稿当较先",即用此法。(见黄裳:《关于鲁迅先生的遗书》)其余请参看前章(注十一)及本章(注三)。

③《岭表录异》不知校补于何时,在许寿裳《年谱》中,此书与《古小说钩沈》,均未著录。按《年谱》主要材料为鲁迅日记,而日记始于民元五月抵京之日(见《年谱》凡例),此两书在抵京以前,殆已完成,故日记中并无记载;《年谱》因之亦未著录。今据此理,姑将此书置于《钩沈》之后。

④ 周作人《关于鲁迅》云:"又有一部谢承《后汉书》,因为谢伟平是山阴人的缘故,特为辑集,可惜份量太多,所以未能与《故书杂集》同时刊版,这从笃恭乡里的见地说来,也是一件遗憾的事。"这完全用乡曲之见抹杀了鲁迅辑集此书的学术意义,观鲁迅自作序言,其谬妄不辩自明。

⑤ 丛书堂抄本藏北平图书馆,作者迄今犹未到北平,并未得见;目前手头连黄

刻本也没有。此处列出比较的两首,乃是根据鲁迅本推想还原而来,这是费力而冒险的事情,未悉它们的本来面目果然是这样否?

⑥ 许寿裳《年谱》民国四年条:"一月,辑成《会稽郡故书杂集》一册,用二弟作人名印行。同月,刻《百喻经》成。"实则《杂集》辑成于三年九月(据序文推断),印行于四年二月。木刻原本封里有"乙卯二月刊成,会稽周氏藏板"字样。出名印行的周作人在《关于鲁迅》里,亦云"乙卯二月刊成"。至《百喻经》则于三年秋九月雕板,四年一月刻成。

⑦ 许寿裳著《年谱》作补树书屋,但他在另一篇《鲁迅的生活》中,却说是古槐书屋,名虽不同,实即一处。兹用补树书屋,盖《年谱》必较其他文字为郑重也。

⑧ 如清人孙庆增所说:"前辈抄录书籍,以软宋字小楷颜柳欧字为工,宋刻字更妙。摹宋版字样,笔墨匀均,不脱落,无遗误,乌丝行款,整齐中带生动,为至精而备美。序跋图章画像,摹仿精雅,不可呆板,乃为妙手。"(孙著:《藏书纪要》,佞宋斋刊本)这简直是玩古董,并非做什么学问了。

校　记:

[1] 本章据手稿排印。此章原稿未拟题目,现题系整理者代拟。

[2] 此序,作者据台静农转抄件引录,文字与现刊本无异,个别标点不同,为保持原文本面貌,未做订正。

第七章　海滨的遁迹[1]

　　鲁迅于一九二六年八月二十六日,①离开北京,登上跋涉的征途,沿津浦铁路南下,经南京,转道沪宁铁路,于八月三十日抵上海。(《华盖集续编·上海通信》)同行者有许广平女士。②

　　九月二日晨七时,鲁迅一人离沪,四日午后一时抵厦门,当晚即移入厦门大学。(见《两地书·三六》,下文不再注此书名,凡引语加引号者,即均引自《两地书》)

　　他之赴厦大,是应林玉堂(即今之林语堂)的邀请而去的。其时林玉堂在那里任国学院秘书兼文科主任。鲁迅的职务是国文系教授兼国学院研究教授。他的功课,每周原定六小时:小说史,专书研究,中国文学史各二小时。开课之后,专书研究无人选,每周只有四小时了,"但别的所谓'相当职务',却太繁,有本校季刊的作文,有本院季刊的作文,有指导研究员的事(将来还有审查),合计起来,很够做做了"。中国文学史须编讲义,他看看先前存下来的别人的讲义,本来随便讲讲就行的,但他"还想认真一点,编成一本较好的文学史"。他决定"好好的来编一编,功罪在所不计"。除文学史外,"还拟指导一种编辑书目的事",这是一桩"范围颇大,两三年未必能完"的工作。他本拟"在这里住两年,除教书之外,还希望将先前所集成的《汉画象考》和《古小说钩沈》印出。"(《华盖集续编·厦门通信〔三〕》)由这些看来,鲁迅之到厦门,在先原是抱着很大的希望,打算在这里住二三年,认真做一些事的。

但鲁迅到校只几天,便已看出了厦大的"没有计划","无基金"和"散漫",林玉堂"也不大顺手"。校长林文庆博士,是一个英国籍的中国人,"开口闭口,不离孔子,曾经做过一本讲孔教的书","还有一本英文的自传"。(《华盖集续编·海上通信》)他之聘请鲁迅,实际上是因为厦大新闹风潮,大部分学生分裂到上海另成立了大夏大学,厦大校誉日低,鲁迅是著名教授和作家,正好利用来作为号召学生的招牌。他又急于事功,悭吝鄙俗,出重资聘请教员,只不过"如以好草喂牛",总希望教员"从速做许多工作,发表许多成绩,像养牛之每日挤牛乳一般"。鲁迅刚到校,他便问履历,问著作,问计划,问年底有什么成绩发表,但当鲁迅对他说:"我原已辑好了古小说十本,只须略加整理,学校既如此着急,月内便去付印就是了。于是他们就从此没有后文了。没有稿子,他们就天天催,一有,确实并不真准备付印的。"后来,校长要减少国学院预算,林玉堂力争,他就对林说,只要你们有稿子拿来,立刻可以印,于是鲁迅便"将稿子拿出去,放了大约至多十分钟罢,拿回来了,从此没有后文。"(《华盖集续编·厦门通信〔三〕》)而鲁迅的"少读中国书",赞成白话,学生应该留心世事等主张,也无不和当局者的意思相反。除了这位尊孔的校长,在学校里,又多"现代评论派"中人,国学院中,如顾颉刚便"自称只佩服胡适陈源两个人","他所安排的羽翼,竟有七人之多",如田千顷、辛家本、白果、田难干、卢梅、黄梅等人。这些胡陈之徒,语言无味,油滑浅薄,只知道钻营奔走,中伤挑眼,惟校长之喜怒是伺;而"在讲堂上装口吃","在会场上唱昆腔",便是他们的"学问"。在这些"妾妇"们之外,另外的一批,则"有希望得爱,以九元一盒的糖果恭送女教员的老外国教授;有和著名的美人结婚，三月复离的青年教授；有以异性为玩艺儿，每年一定和一个人往来，先引之而终拒之的密斯先生；有打听糖果所在，群往吃之的无耻之徒"。鲁迅，他当时便是被包围在这两批人之中！

对付这些同事，主要是那批"现代派"小卒，鲁迅假如要打击他们，像先前在北京时那样，原是不费力的；但如要"和此辈周旋，就必须将别的事情放下，另用一番心机，本业抛荒，所得的成绩就有限了"。为了不愿抛荒本业，鲁迅"惟一的方法是少说话"，"专取闭关主义，一切教职员，少与往来"。但这还是没有效果，那些人"偏又常常寻上门来"。在九月间，鲁迅到校的第一个月内，顾颉刚便已开始了他的伎俩，说鲁迅是"名士派"，"白果尤善兴风作浪"。他们一面明枪暗箭，排斥鲁迅，一面又个个接家眷，准备长久住下去。白果一人，便从北京搬来了"一个太太，四个小孩，两个佣人，四十件行李，大有山河永固之意"。除了这些人令他心烦之外，有时还要"恭听校长教授辈的胡说"，又还有许多无聊应酬来纠缠他，例如太虚和尚到厦门讲经，厦大的教职员便硬要他去赴宴作陪，而且要他"与太虚并排上坐"，他虽然推掉，但也不免看到许多令人哭笑不得的怪现象。

至于日常生活，则因学校设备不齐，起居饮食，极感不便。他的住处累有变更，初到时被搁在国学院的三层楼上，他去上课，来回须走石阶一百九十二级。这楼就在海边，有山有水，不远有一道城墙，据说是郑成功筑的。他并不留心什么风景，却有好几天，忘不掉郑成功的遗迹。"一想到除了台湾，这厦门乃是满人入关以后我们中国的最后亡的地方，委实觉得可悲可喜。"（《华盖集续编·厦门通信》）在这楼上住了不过二十天，因为要陈列物品了，于是又搬到图书馆的楼上，但空无所有，费力发怒之后，才弄到器具。然而没有多久，说是什么先生的少爷已到，要把他屋里的三把椅子搬去两把。这使他很气愤，便问："倘若他的孙少爷也到，我就得坐在楼板上么？不行！"（《而已集·答有恒先生》）椅子算是保住了，但以后庶务科又要他搬到半间小屋子里去,虽说没有搬,其不安已可想见。吃饭也无一定,时而与他人合雇厨子,时而上小馆子或买面包,时而向厨房买饭,由孙伏园做菜。连住处和"吃一口饭也就如此麻烦",其生活真是困顿不安极了。

在学校外面,鲁迅用心血培植起来的北京的莽原社,在他走后,也发生了纠纷。那原因,据说是向培良投寄给《莽原》的剧本,被韦素园压下了,因而引起了高长虹、向培良等和韦素园的冲突,高长虹在《狂飙》上登了一封给鲁迅的信,要他说几句话,鲁迅因为相距太远,真相难明,没有开口,于是高长虹便在《狂飙》上大骂鲁迅,什么"青年的绊脚石"啰,"世故老人"啰,"戴其纸糊的'思想界的权威'之假冠,而入于身心交病之状态矣"啰,等等。其余还有同属于狂飙社的尚钺及什么鸟文光等人。他早就说过:"死于敌手的锋刃,不足悲苦。"(《华盖集·杂感》)但发现当面称为"同道"的人,不择手段袭击他,这却使他感到悲哀。所以,这时的牢骚也最多,一再说:

> 我的生命,碎割在给人改稿子,看稿子,编书,校字,陪坐这些事情上者,已经很不少,而有些人因此竟以主子自居,稍不合意,就责难纷起,我此后颇想不再蹈这覆辙了。
> (《两地书·七一》)

我先前在北京为文学青年打杂,耗去生命不少,自己是知道的。……但先前利用过我的人,现在见我偃旗息鼓,遁迹海滨,无从再来利用,就开始攻击了,长虹在《狂飙》第五期上尽力攻击,自称见过我不下百回,知道得很清楚,并捏造许多会话(如说我骂郭沫若之类)。其意即在推倒《莽原》,一方面则推广《狂飙》的销路,其实还是利用,不过方法不同。他们那时的种种利用我,我是明白的,但还料不到他看出活着他不能吸血了，就要打杀了煮吃，有如此恶毒。

（《两地书·七三》）

这样，一方面是对学校的不满，一方面是对部分青年的失望，于是，在鲁迅的心上，便涂上了一层淡淡的哀愁和深浓的愤懑。他后来有一段抒写得十分美丽近于诗的文字，追述他这时的心境道：

> 去年躲在厦门岛上的时候，因为太讨人厌了，终于得到'敬鬼神而远之'式的待遇，被供在图书馆楼上的一间屋子里。白天还有馆员，钉书匠，阅书的学生，夜九时后，一切星散，一所很大的洋楼里，除我以外，没有别人。我沉静下去了。寂静浓到如酒，令人微醺。望后窗外骨立的乱山中许多白点，是丛冢；一粒深黄色火，是南普陀寺的琉璃灯。前面则海天微茫，黑絮一般的夜色简直似乎要扑到心坎里。我靠了石栏远眺，听得自己的心音，四远还仿佛有无量悲哀，苦恼，零落，死灭，都杂入这寂静中，使它变成药酒，加色，加味，加香。这时，我曾经想要写，但是不能写，无从写。这也就是我所谓"当我沉默着的时候，我觉得充实，我将开口，同时感到空虚"。
>
> 莫非这就是一点"世界苦恼"么？我有时想。然而大约又不是的，这不过是淡淡的哀愁，中间还带些愉快。我想接近它，但我愈想，它却愈渺茫了，几乎就要发见仅只我独自倚着石栏，此外一无所有。必须待到我忘了努力，才又感到淡淡的哀愁。（《三闲集·怎么写》）

还有一篇表现着这种心情的重要文章，那便是《写在〈坟〉后面》。他在十一月给景宋的一封信里曾说："我自到此以后，仿佛全感空虚，不再有什么意见,而且有时确也有莫名其妙的悲哀,曾经作了一篇我的杂文集的跋,就写着那时的心情。"这里便是指《写在〈坟〉后面》而言,当时曾登载《语丝》一〇八期上。由这封信,可知这篇跋是了解鲁迅在厦大时的心情的重要资料,它在一开头便有一节如上引《怎么写》那样凄丽动人的文字:"今夜周围是这么寂静,屋后面的山脚下腾起野烧的微光;南普陀寺还在做牵丝傀儡戏,时时传来锣鼓声,每一间隔中,就更加显得寂静。电灯自然是辉煌着,但不知怎地忽有淡淡的哀愁来袭击我的心,我似乎有些后悔印行我的杂文了。"以下接着说:

> 这不过是我的生活中的一点陈迹。如果我的过往,也可以算作生活,那么,也就可以说,我也曾工作过了。但我并无喷泉一般的思想,伟大华美的文章,既没有主义要宣传,也不想发起一种什么运动。不过我曾经尝得,失望无论大小,是一种苦味,所以几年以来,有人希望我动动笔的,只要意见不很相反,我的力量能够支撑,就总要勉力写几句东西,给来者一些极微末的欢喜。……我的生命的一部分,就这样地用去了,也就是做了这样的工作。然而我至今终于不明白我一向是在做什么。比方做土工的罢,做着做着,而不明白是在筑台呢还在掘坑。所知道的是即使是筑台,也无非要将自己从那上面跌下来或者显示老死;倘是掘坑,那就当然不过是埋掉自己。总之:逝去,逝去,一切一切,和光阴一同早逝去,在逝去,要逝去了。——不过如此,但也为我所十分甘愿的。

> 偏爱我的作品的读者,有时批评说,我的文字是说真话的。这其实是过誉,那原因就因为他偏爱。我自然不想太欺骗人,但也未尝将心里的话照样说尽,大约只要看得可以

交卷就算完。我的确时时解剖别人，然而更多的是更无情
面地解剖我自己，发表一点，酷爱温暖的人物已经觉得冷酷
了，如果全露出我的血肉来，末路正不知要到怎样。我有时
也想就此驱除旁人，到那时还不唾弃我的，即使是枭蛇鬼
怪，也是我的朋友，这才真是我的朋友。倘使并这个也没
有，则就是我一个人也行。但现在我并不。因为，我还没有
这样勇敢，那原因就是我还想生活，在这社会里。还有一种
小缘故，先前也曾屡次声明，就是偏要使所谓正人君子也者
之流多不舒服几天，所以自己便特地留几片铁甲在身上，站
着，给他们的世界上多有一点缺陷，到我自己厌倦了，要脱
掉了的时候为止。

他本想更无情地解剖自己，但那样一定很难"生活在这社会里"，徒使
正人君子之流感到"舒服"，所以他要"留几片铁甲在身上"。放恣倔
强，使景宋看后，也觉得他"是在自己走出壕堑来了"，而先前利用过
他的所谓文学青年对他的攻击，又使他在静寂中发生把一向的工作，
比成筑台或掘坑，无非要将自己从那上面跌下来或者埋掉自己的苍
凉的情怀。据他在《两地书》里说："当时动笔的原因，一是恨自己为
生活起见，不能不暂戴假面，二是感到了有些青年之于我，见可利用
则尽情利用，倘觉不能利用了，便想一棒打杀，所以很有些悲愤之
言。"这已是解释得很明白了。

这时，国民革命军在广大群众拥护之下，节节胜利。九月七日占
汉口汉阳，十月十日克武昌，十一月四日克九江，八日入南昌，十一月
占漳州，十二月下旬入福州，反动军阀，望风披靡。这给鲁迅以莫大
的鼓舞。本来，他之所以要到厦门，便是因为它接近"革命策源地"的
缘故。到厦大之后，由于积累的种种经验，他更感到："以北京为污

浊,乃至厦门,现在想来,可谓妄想,大沟不干净,小沟就干净么?"而国民革命军的北伐,正是打扫"大沟"的工作,所以他对北伐军寄与热烈的希望和热情。在《两地书》第二集中,几乎信信都提到北伐进展的消息,而认为"极快人意"。

如十月十五日信:

> 今天本地报上的消息很好,但自然不知道可确的,一,武昌已攻下;二,九江已取得;三,陈仪(孙之师长)等通电主张和平;四,樊锺秀已入开封,吴佩孚逃保定(一云郑州)。总而言之,即使要打折扣,情形很好总是真的。

又如十一月九日信:

> ……听说漳州是民军就要入城了。克复九江,则其事当甚确。昨天又听到一消息,说陈仪入浙后,也独立了,这使我很高兴,……

十月十日,他看到双十节的庆祝后所写的信,也充满欢欣:

> 今天是双十节,却使我欢喜非常,本校先行升旗礼,三呼万岁,于是有演说,运动,放鞭爆。北京的人,仿佛厌恶双十节似的,沉沉如死,此地这才像双十节。我因为听北京过年的鞭爆听厌了,对鞭爆有了恶感,这回才觉得却也好听。

鲁迅后来说到他们的通信集,曾经感叹道:"我们当日居漫天幕中,幽明莫辨,……一遇到推测天下大事,就不免胡涂得很,所以凡有欢欣鼓舞之词,从现在看起来,大抵成了梦呓了。"(《两地书·序言》)大约就是指这一类话而言。由于革命的中道夭殂,这感慨自属当然;但作为一个时期的心情的印痕,鲁迅当时对革命的热望,却正在这些"欣欣鼓舞之词"上表现了出来。

时局的发展,使他高兴;景宋的慰解,也使他减去不少的哀愁。景宋实在是最了解和关心他的人。在信里,她也常常报告着北伐胜利的消息。其中的一封,她针对着鲁迅由于对长虹等的失望而生的悲凉的心境说道:

> 你的弊病,是对有些人过于深恶痛绝,简直不愿同在一地呼吸,而对有些人又期望太殷,不惜赴汤蹈火,一旦觉得不副所望,你便悲哀起来了。……几个人乘你遁迹荒岛而枪击你,你就因此气短么?你就不看全般,甘为几个人所左右么?……况且说你敢说天下就没有一个人是你的永久的同道么?有一个人,你就可以自慰了,可以由一个人而推及二三以至无穷了,那你又何必悲哀呢?(《两地书·七八》)

这对于鲁迅当时的心情,真是最透彻的了解,也是最切适的慰安。她在广州女子师范学校,环境复杂,工作繁重,一切也很拂意;两人的牢骚,身边都无人可谈,也只有借笔札互相倾诉。她竭力劝鲁迅赴粤,怕他厦大"受不住气,独自闷着,无人从旁劝解"。而鲁迅也希望和景宋有常见的机会,他初收到中山大学聘书时,其所以不能立即决定赴粤,原因之一,便是景宋当时有就业汕头的意思,所以他说:"我的一个朋友或者将往汕头,则我虽至广州,又与在厦大何异。"后来他决定赴粤了,便更希望景宋勿离广州,说:"我极希望 H. M. 也在同地,至少可以时常谈谈,鼓励我再做些有益于人的工作。"H. M. 是他们通信时景宋所用的名字。⑤这时北京上海等地都有许多关于他们两人的流言,有些人甚至说鲁迅已将她带到厦门了。但鲁迅却说:"偏在广州,住得更近点,看他们躲在黑暗里的诸公其奈我何。"于是,他在接受了中大的聘书以后,便为景宋谋得了中大助教的工作,他对景宋说:"我想即同在一校也无妨,偏要同在一校,管他妈的。"在这一期间,他们关切着彼此的饮食寒暖,殷勤周至,其情感已较在北京时深厚得多。

就是在这样的生活里,鲁迅编好了《坟》和《华盖集续编》,做完《朝花夕拾》,编好《争自由的波浪》,看完《卷葹》,分头寄出。此外,还写好了《汉文学史纲要》的一部分。

《坟》,包含一九○七年用文言所写的文字四篇,以及一九一八至一九二五年间所写的讨论思想问题、文艺问题和"指斥那些自称'无枪阶级'而其实是拿着软刀子的妖魔"的十九篇论文。汇集印行,用意是给"憎恶"他的文章的人们"放一点可恶的东西在眼前,使他有时小不舒服,知道原来自己的世界也不容易十分美满"。在他自己,又还有留一部分生活痕迹的意义,所以名之曰《坟》:"虽然明知道过去已经过去,神魂是无法追蹑的,但总不能那么决绝,还想将糟粕收敛起来,造成一座小小的新坟,一面是埋藏,一面也是留恋。"(《坟·题记》)

《华盖集续编》是一九二六年在北京和"正人君子"们论战的杂感的结集。于十月中旬编好,并作小引,又重申了他写这些文章的意旨和态度:"那时无非借此来释愤抒情,现在更不想和谁去抢夺所谓公理或正义。你要那样,我偏要这样是有的;偏不遵命,偏不磕头是有的;偏要在庄严高尚的假面上拨它一拨也是有的,此外却毫无什么大举。"后又加上在厦门作的《〈阿 Q 正传〉的成因》、《关于〈三藏取经记〉等》文字七篇,称为《华盖集续编的续编》,这"一年中所作的杂感全有了"。

《朝花夕拾》,原名《旧事重提》。其中的后五篇:《从百草园到三味书屋》，《父亲的病》，《琐记》，《藤野先生》，《范爱农》，就是在厦大图书馆的楼上写的。他"对着大海，翻着古书，四近无生人气，心里空空洞洞……不愿意想到目前；于是回忆在心里出土了"（《故事新编·序言》）。童年生活，闾巷景色，师友面貌，遂重现于他的带着浓重的抒情的笔端。哀愁糅合着愉快，回忆贯通到现实，造成一种为过去中国散文所没有的独特的风格。《从百草园到三味书屋》作于九月十八日，《父亲的病》，《琐记》，《藤野先生》，连作于十月七日，八日，十二日。他原说："这东西还有两篇便完"，但不知怎地，在十一月十八日写了一篇《范爱农》之后，便没有再写下去。至此，《朝花夕拾》全书便"做完"了。他又以古代的传说为题材，写了《铸剑》（十月）和《奔月》（十二月）。

《争自由的波浪》，是俄国 V. 但兼珂、高尔基等所作的短篇小说集，董秋芳译。鲁迅为之编定，并作小引。《卷葹》为淦女士（即冯沅君）所作，也是短篇集，总共四篇。鲁迅为他们编校，自然也费去心血不少。

《汉文学史纲要》，原名《中国文学史略》（见《两地书》），是为授课所编的讲义。据鲁迅九月二十五日致景宋函云："如果再没有什么麻烦事，我想开手编《中国文学史略》了。"十一月一日函又云："讲义已经一共做了五篇"，则至少此书有前五篇：一，《自文字至文章》；二，《〈书〉与〈诗〉》；三，《老庄》；四，《屈原及宋玉》；五，《李斯》是在厦门作的。④

此外，他自然还不断做着译著工作，如鹤见佑辅的《说幽默》（见《思想·山水·人物》）便是译于此时。他在厦大，不过短短的四个月，虽环境那么恶劣，心绪那么芜杂，但他还能在教书之余，做了如许工作，收到这么多的成绩，这足够说明在"淡淡的哀愁"之下的他的内心，倒实在是最富于热力的。

到了十一月中旬,鲁迅便决心离开厦大了。他最先原是"以转瞬便是半年一年,聊自排遣";后来,住了不过一月,便不得不放弃"住两年"的计划。他"将印《汉画象考》的希望取消,并且自己缩短年限为一年"(《华盖集续编·厦门通信〔三〕》)。这是因为看林玉堂为故乡做事的热心和学生对他很好的原故,否则他"也许早跑到广州或上海去了"。但到十一月十七日,他却下了"本学期末非走不可"的决心,又"将印《古小说钩沈》的意思也取消,并且自己再缩短年限为半年"(《华盖集续编·厦门通信〔三〕》)。这里,且引《两地书》十一月十八日中的一段,来说明这原因吧:

> 我虽然早已决定不在此校,但时期是本学期末抑明年夏天,却没有定,现在是至迟至本学期末非走不可了。昨天出了一件可笑可叹的事。下午有校员恳亲会,我是向来不到那种会去的,而一个同事硬拉我去,我不得已,去了。不料会中竟有人演说,先感谢校长给我们吃点心,次说教员吃得多么好,住得多么舒服,薪水又这么多,应该大发良心,拼命做事,而校长如此体帖我们,真如父母一样……我真要立刻跳起来,但已有别一个教员上前驳斥他了,闹得不欢而散。

> 还有希奇的事情,是教员里面,竟有对于驳斥他的教员,不以为然的。他说,在西洋,父子和朋友不大两样,所以倘说谁和谁如父子,也就是谁和谁如朋友的意思。这人是西洋留学生,你看他到西洋一番,竟学得了这样的大识见。

> 昨天的恳亲会是第三次,我却初次到,见是男女分房的,不但分坐。

> 我才知道在金钱下的人们是这样的,我决计要走了,但我不想以这一件事为口实,且仍于学期之类作一结束。至

于到那里去，一时也难定，总之无论如何，年假中我必到广
州走一遭，即使无嗷饭处，厦门也决不住下去的了。

当晚他多饮了些酒，带着醉意回到寝室，靠在躺椅上抽着烟睡熟
了，以致香烟头引燃了棉袍，醒来救熄之后，在腹部烧了七八寸直径
的一大块（景宋：《鲁迅的日常生活》）。由此可见他那天的愤懑之深。

十二月三十一日，鲁迅正式向学校提出辞职书。这使学校当局
很为难：为虚名计，想留他；为干净省事计，愿放他走。自然，要留也
留不住的，于是，校长也虚应面子，给他饯行。"酒过三巡，不知怎地，
校长先生忽然乘醉的说道：'厦大是一个私立大学，谁出钱的，谁便可
以说话。'鲁迅先生也带着醉意，在袋里取出一个铜板来，幽默的回答
说：'我捐给厦大一个铜板，我要说话！'"（庄泽宣：《在厦大的一年》，载《宇
宙风》六九期）接着是学生会的挽留，赴送别会，演说，喝酒，照相，使他
感到"名人得太苦"。连白果也要办酒给他饯行，称他为"吾师"了。
学生因他之走而愤慨恼怒，有许多还要跟着他转学广州。后来"由挽
留运动转为改革学校运动"，"首先提出的是要求校长罢免大学秘书
刘树杞博士"（《华盖集续编·海上通信》）。这就跟着来了种种谣言：校长
说他"到厦门，原是来捣乱，并非预备在厦门教书的，所以北京的位置
都没有辞掉"。又说他的辞职，"乃是胡适之派和鲁迅派相排挤，所以
走掉的"（《华盖集续编·海上通信》）。而田千顷、白果之流，则说他之"不
肯居留厦门，乃为月亮（指一女性——辰）不在之故"。分头广布，意
在中伤。他这才知道，"吃饭固难，不吃亦殊为'学者'所不悦"（《而已
集·再谈香港》），大大地出乎他的意外。

鲁迅在这一段时间中的生活和心境，都和过去在北京时的平静
不同。他过去曾经多次纠集一些他所认为较优秀的青年，希望能一
同向前奋斗，不料这时，有的反而向他进攻；而他素来憎恶的"正人君
子"，想不到在这里竟这么多；又因他离开了便于研究学问，有好的图

书馆,他曾长期居留过的北京,改变了十五年来从没有改变过的生活习惯,一个人"住在海边,……几乎和社会隔绝"(《华盖集续编·小引》)。这一切自然要使他感到哀愁和愤懑。不过,必须注意,他这时不平是有的,牢骚也是有的,却没有悲观和颓唐。所以,就以他对青年来说吧,他虽然因长虹等人而愤懑过一时,曾说此后想不再蹈为青年看稿,编书,校字的覆辙,"关门大吉,各人看书,吸烟,睡觉"。然而,哪里能够实行?厦大有几个学生办了一种月刊,叫作《波艇》,他仍然又去打杂了。"这也还是不能因为遇见过几个坏人,便将人们都作坏人看的意思。"景宋曾说:"他好像是青年的吸铁石,自他到后,厦门大学研究文艺之风盛行起来了,冷清清的大房间里,时常有学生的足迹不断来往。"(景宋:《鲁迅和青年们》)由此可见他的精神和所收效果。而且,由于惊天动地的国民革命的进行,由于他一贯的精神和远见,再加上他在厦门的经历,使他更加认清了现实,加强了斗志。他在离开厦大时说:"虽或受着各方面的斫刺,似乎已经没有创伤,或者不再觉得痛楚;即使加我罪案,也并不觉得一点沉重了。……我已经管不得许多,只好从退让到无可退避之地,进而和他们冲突,蔑视他们,并且蔑视他们的蔑视了。"(《华盖集续编·海上通信》)他这时是在酝酿一个新的变化,他自己也体察到这一点,曾明白说:"我离开厦门的时候,思想已经有些改变。"(《而已集·答有恒先生》)这改变在经历广州生活以后便日渐显著了。

他离开厦门大学的日子,是次年(一九二七)一月十五日。(《华盖集续编·海上通信》)

注　释:

① 鲁迅离京日期,未见记载。但《华盖集续编·记谈话》篇前,有记录人向培良说明云:"八月二十二日,女子师范大学学生会举行毁校周年纪念,鲁迅先生到会,曾有一番演说。"鲁迅在篇后附记中说:"我赴这会的后四日,就出北京了。""八月二十二日"的"后四日",自然是八月二十六日。

② 在鲁迅著作中,此事亦无从记载。兹据致韦素园函云:"景宋在京时,确是常常来我寓……这回又同车离京,到沪后她回故乡,我来厦门"。(《鲁迅书简》页一八〇)

③ H. M. 是 Haima 的缩写,义为"害马"。因景宋在女师大风潮中被目为"害群之马",故云。

④《汉文学史纲要》,为厦大及中大讲义,故编著时代应为一九二六年下季至二七年上季。但《鲁迅三十年集》纸函上"著作年代"栏所注,则为"一九二七至二九年"。兹据《两地书》以下各条:"我对于编文学史讲义,不愿草率,现已有两章付印了"(十月四日函);"讲义已经一共做了五篇"(十一月一日函);"现在对于校事,已悉不问,专编讲义,作一结束"(十二月十四日函)。故我断定至少前五篇为在厦大时作。

校 记:

[1] 第六章因手稿已佚,阙如。从第一章到第五章,每章分若干节,均有节序数码,至第五章共二十节。因第六章稿佚,不知该章共分几节,故此后二章各节的序码无法相接,原稿以空行代之。从原稿。

第八章　在钟楼上

　　中山大学是旧广东大学在一九二六年下季改组而成，因为从新开始，教员大抵新聘，鲁迅于十月十六日，便接到中大的电邀。电文说中大已改委员制，请他和沈兼士、林玉堂等去"指示一切"。鲁迅以为"大概是议定学制罢"，很想"借此走一遭"，但因在厦大上课不到一月，不便请假。在十一月初，他知道中大电请的教员，有"现代派"中人，便"对于到广州教书的事，很有些踌躇了，恐怕情形会和在北京时相像"。到十一月十四五日间，中大的聘书寄到了，但他一时仍然不能决定行止，因为厦大虽不愿久居，但到广州也有不合的地方。所以，在年底或明年夏季离开，尚未决定。至十一月十七日他已决心"至本学期末非走不可了"，但"到那里去，一时也难定"。十九日才决定赴中山大学。① 而决定不久，在廿五日却因厦大学生的要求教满一年，便又说"年底大概未必能走了……再在这里熬半年，也还做得到的，以后如何，此时还无从说起"。后来，到十二月初，才"决计于本学期末离开这里而往广州中大，教半年书看看再说……教不下去时，明年夏天又走"。此后才不见犹豫的话了。

　　经过了这样久的彷徨反复，终于还是决定了赴粤，这原因自然是由于厦门大学的不可久居，和"革命策源地"的广州在热烈地向他招手。他在北方时,本来便同情国民革命,并曾在文化阵线上尽过极大的努力,以致因此不能在北京立足而不得不远迢迢地跑到南方来。现在有了机会,他自然是要到那地方去看看的。而景宋自从知道了鲁迅不安于厦大的环境和中大电邀鲁迅的消息以后,便也一再地劝他赴粤。在十月廿二日给鲁迅的信里,她说:"倘有人邀你的话,我想你也不妨一试,重新建造,未必不佳。"廿三日的信说:"广州情形虽云复杂,但思想言论,较为自由,'现代'派这里是立不住的,所以正不妨来一下。否则,下半年到那去呢? 上海虽则可去,北京也可去,但又何必独不赴广东? 这未免太傻气了。"她在信尾又自注道:"我这信,也因希望你来,故说得天花乱坠。"由此可见其希望之殷。在十月廿七日的信内,又说:"以中大与厦大比较,中大较易发展,有希望,因为交通便利,民气发扬,而且政府也一气,又为各省所注意的新校。"她的这样殷切的劝驾,在鲁迅的行止上会发生相当影响,自然是极明显的事情。他在动身以前,对广东怀着很大的希望,准备着一些计划。中大的月薪仅二百八十元,不及厦大优厚,而工作却反比厦大繁苦,生活及应酬之费,也较在厦门为多;但他却"并不计较这一层",以为"只要不在不死不活的空气里就好了"。他热心地希望把中大的文科办好,在将到中大前给景宋的信里,一再说:"到中大后,也许不难择一并不空耗精力而较有益于学校或社会的事","中大如有可为,我还想为之尽一点力"。又说:"只要中大的文科办得还像样,我的目的就达了。"而且,除此之外,他"还有一点野心,也想到广州后,对于'绅士'们仍然加以打击,至多无非不能回北京去,并不在意。第二是与创造社联合起来,造一条战线,更向旧社会进攻,我再勉力写些文字。"还有:"为社会方面,则我想除教书外,仍然继续作文艺运动,或其他更好的工作。"他便是抱着这样的"梦幻"而到广州去了。

　　自然,鲁迅是不会对于尚属拟想中的未来的事给与过高的估计的。他自己所说的"抱着梦幻而来",这话应该是意味着上面指出的那种不顾自己,拼命为学校为社会做事的热忱而说的。实际上,他在未决定赴粤以前,曾如上述那样经过很久的深思熟虑;既经决定之后,也明明知道中大的一切不会尽如理想。他在厦门时,听到广州社会和青年之间的倾轧、诬陷……等情形后,也预料"在广州做人,要比北京还难"。那时中大又"有左倾之谣"(《两地书》许函),郭沫若、郁达夫等创造社中人,也先后离开中大了。所以当他将要去中大时,他的"联合创造社"和"作文艺运动"的希望,便已破灭了。他一定知道往中大后不会有多大的办法。这用他自己的解嘲的话,便是"教半年书看看再说。一则换换空气,二则看看风景,三则……"(原文如此)"还想吃一回蛇,尝一点龙虱。"景宋也明白的告诉他:"中大或较胜于厦大,却不能优于北大;盖介乎二者之间,现在可先作如是想,则将来便不至于大失所望。"(以上文均引见《两地书》)他便是在这样的情形下,和几个随他转学的学生来到广州了。

一九二七年一月十八日,鲁迅到了广州。②

中山大学聘请他担任校中惟一的"正教授",他在厦门时,便料定是"主任"。他自以为"对于行政方面,素不留心,治校恐非所长",所以"想不做主任,只教书"(《两地书·九九》)。但到校后,却兼任了文学系主任和教务主任。(参看《年谱》及《在钟楼上》)讲授文学论和中国文学史。(见许寿裳:《鲁迅的生活》)住在校内最中央而最高的大钟楼上。

这时,景宋亦到校就助教职③,两人同在一校,除职务上的事情以外,鲁迅在日常生活上,也得到她的许多关切和帮助。他因初到,道路不熟,语言不通,出入多由景宋作向导。她又恐中大的饭菜,不合浙江人的口味,每日都由家里送些菜肴去。④

鲁迅一到中大,便立刻受到广州青年们的狂热的欢迎。报纸上时时都有关于他的文章,在他住的那间大钟楼上,也常常来往着青年们的足迹。热情的青年们对于这位"思想界的先驱者"、"时代的战士"之到来,感到莫大的兴奋,希望他能领导他们从事文艺运动和社会改革运动。一个青年在他的欢迎鲁迅的文章里，这样写道：

> 我们青年都应该知道一点文艺。一个站在新时代的文
> 艺作家和革命的实践者领导者要一样的受我们的尊敬。他
> 们对于社会的革命精神是一样的伟大的。……俄国的郭戈
> 尔，托尔斯太，陀斯妥以夫斯基，安得列夫，高尔基：都是有
> 革命性的人，他们是俄国革命的泉源。在这一点看来，鲁迅
> 先生是值得我们尊敬的。我们现在对于鲁迅先生有什么希
> 望呢？并不一定就是要他给我们（指广州）的文坛振作一
> 下，我们唯一的希望，是待着他对于我们和我们的现社会，
> 有什么批评，有什么纠正，有什么改革和企图。（锦明：《鲁迅先
> 生》；见李何林编《鲁迅论》）

又一个青年，在他的访问记里，这样描写对鲁迅的印象道：

> 今天，十句钟，我们到了中大，虽然问了一回人，仍然没
> 有消息。但不久，我们就在甬道上遇见了孙伏园先生。
> ……他把我们延到房里，我问他鲁迅先生现住在何处，他说
> 就在邻房，此刻尚未起身。……谈话之间，渐闻得隔房有像
> 老年人似的咳嗽之声，我们都凝神地听着，心境感到无上的
> 严肃。久之，孙先生引鲁迅先生出见我们。……鲁迅先生，
> 他穿着一领灰黑色的粗布长衫，脚下着的是绿面树胶底的
> 陈嘉庚（？）的运动鞋。面部消瘦而苍黄，须颇粗黑，口上含
> 着枝燃掉了半段的香烟。态度从容舒缓，虽不露笑脸，但却
> 自然可亲，大不像他老人家手写的文章那样老辣。……鲁
> 迅先生谈起厦大此次风潮发生的内幕，颇致叹于该校前途
> 之绝望。先生又提到《现代评论》，谓久不见该报，不知它近

来态度怎样。我答他，现在也渐渐赞成国民政府，像要革命
起来了。先生笑说道：这样善变，真没有法子呢！我们请他
今后常为《国民新闻》的副刊写文字，他说怕找不到说话的
材料，原因是(一)没有什么可闹引起多写文字兴趣，(二)因
新到和语言不同的关系，对地方的事情太隔膜，要说话也无
从说起，半年来在厦门大学，不能写出什么文字，就是为此。
(钟敬文：《记找鲁迅先生》，见钟著《荔枝小品》)

由这两个青年的文章，可知广东的青年们对鲁迅是具着怎样的
认识和怎样的崇敬。由后者更可想见当时鲁迅的风貌和生活情形。
但鲁迅以为这样的欢迎是"不妙"的，所以，他在中山大学学生会欢迎
会席上，发表到广州后的第一次演说时，便特加声明：

> 对于我的本身，社会上有许多批评和误解，而对于这些
> 误解和批评，我又没有工夫做文章来辩护。譬如有人说，我
> 是对社会的斗争者，或者因为这句话，引起了诸位对于我的
> 好感，可是，我要得申明，我并非一个斗争者，如果我真是一
> 个斗争者，我便不应该来广东了，应该在北京厦门与恶势力
> 来斗争，然而我现在已到广东来了。(见钟敬文编：《鲁迅在广
> 东》，讲词系林霖记录)。⑤

然而主席却继起演说，说这是鲁迅太谦虚了，就过去的事实看，鲁迅
确是一个战斗者，革命者。于是，会众就劈劈拍拍地鼓掌。鲁迅说：

> 我的"战士"便做定了。拍手之后，大家都已走散，再向
> 谁去推辞？我只好咬着牙关，背了"战士"的招牌走进房里
> 去。想到敝同乡秋瑾姑娘，就是被这种劈劈拍拍的拍手拍

死的。我莫非也非"阵亡"不可么？（《而已集·通信》）

这决不是虚伪的自嘲。这是他一贯的实事求是的精神，敏锐深刻的感觉，和当前的广州新环境接触后所发生的真挚而沉重的心情。然而，这种心情是难为人了解的，"战士的招牌"，给他招来了很多麻烦："访问的，研究的，谈文学的，侦探思想的，要做序，题签的，请演说的，闹得个不亦乐乎。"（《而已集·通信》）这使得鲁迅在白天里应接不暇，没有余闲；而到夜晚，他住的那间大钟楼上，又有成群的老鼠驰骋；早上又有工友们的响亮的歌声；无论日夜，差不多简直没有安静休息的时候。

在这些访问者中，除了那别具用心的少数以外，大多是爱读他的著作，景仰他的为人，"特来表示诚恳的欢迎"和"瞻仰丰采，以释倾仰之私怀"的（钟敬文语）。他们对鲁迅寄着极大的期待。关于这，鲁迅也很明白：

> 白天来访的本省的青年，却大抵怀着非常的好意的。有几个热心于改革的，还希望我对于广州的缺点加以激烈的攻击。这热诚很使我感动，但我终于说是还未熟悉本地的情形，而且已经革命，觉得无甚可以攻击之处，轻轻地推却了。（《三闲集·在钟楼上》）

这里所说的理由，正和对钟敬文所说的完全一样，他大概是常常用这样的话去作为回复的。但到底他对于广州的印象是怎样呢？他接着说：

> 其实是，那时我于广州无爱憎，因而也就无欣戚，无褒贬。我抱着梦幻而来，一遇实际，便被从梦境放逐了，不过

剩下些索漠。我觉得广州究竟是中国的一部分，虽然奇异的花果，特别的语言，可以淆乱游子的耳目，但实际是和我所走过的别处都差不多的。……我那时觉得似乎其实未曾游行，所以也没有特别的骂詈之辞，要专一倾注在素馨和香蕉上……（同上）

他在抵粤之初，"有时确也感到一点小康"，但渐渐"悟到这不过是'奉旨革命'的现象"。他的超人的深刻的观察，早已看清了隐伏在革命背后的危机。在一处演讲时，他说：

广州的人民并无力量，所以这里可以做'革命的策源地'，也可以做反革命的策源地……（同上）

给一处做文章时，又说：

青天白日旗插远去，信徒一定加多。但有如大乘佛教一般，待到居士也算佛子的时候，往往戒律荡然，不知道是佛教的弘通，还是佛教的败坏？（同上）

然而这几句讲词译成广东话时，却被删掉；文章也终于没有印出。他的满腔热忱，到头却只有无可如何的，将它倾注在素馨和香蕉上。他不能在口头或文字里，直说什么。然而，一般天真热情的青年们又不能从那些曲折隐约的词句上体会出它的真意，所以对于他的"无甚可以攻击之处"的回答，当然要很失望，有的忍不住了，便不禁大呼"鲁迅先生往哪里躲？"——

他到了中大，不但不曾恢复他"呐喊"的勇气，并且似乎

在说"在北方时受着种种压迫,种种刺激,到这里来没有压
迫和刺激,也就无话可说了。"噫嘻!异哉!鲁迅先生竟跑
出了现社会,躲向牛角尖里去了。旧社会死去的苦痛,新社
会生出的苦痛,多多少少放在他眼前,他竟熟视无睹!他把
人生的镜子藏起来了,他把自己回复到过去时代去了。噫
嘻!异哉!鲁迅先生躲避了。(宋云彬:《鲁迅先生往哪里躲?》,见
李何林编《鲁迅论》)

鲁迅真个躲起来了吗?自然是不会的。热心的青年们,只以为
他一来到,便会尽情地喊,尽情地写,喑呜叱咤,冲锋陷阵,一下便把
广州文坛和社会的空气振作起来。他们不懂得鲁迅是一个实事求
是,厌恶标榜的人,不了解鲁迅对广州的"无褒贬"的"索漠"心怀,也不
知道中大就要开课,鲁迅正忙于"辩论和开会",所以一见到他并未如他
们的意料赤膊上阵,便以为他是"躲"起来了。⑥

在这段时间里,他的确极为忙碌。陪客,谈话,演讲,已经是日无
暇晷了;而还有学校方面的事情要做。他既兼任了教务主任,自然许
多行政和事务上的工作,都落到了他的头上。到将开学前,他便更加
忙碌了。这里且看他自己的一段纪录:

在钟楼上的第二月,即戴了"教务主任"的纸冠的时候,
是忙碌的时期。学校大事,盖无过于补考与开课也,与别的
一切学校同。于是点头开会,排时间表,发通知书,秘藏题
目,分配卷子,……于是又开会,讨论,计分,发榜。工友规
矩,下午五点以后是不做工的,于是一个事务员请门房帮
忙,连夜贴一丈多长的榜。但到第二天的早晨,就被撕掉
了,于是又写榜。于是辩论:分数多寡的辩论;及格与否的
辩论;教员有无私心的辩论;优待革命青年,优待的程度,我

说已优,他说未优的辩论;补救落第,我说权不在我,他说在我,我说无法,他说有法的辩论;试题的难易,我说不难,他说太难的辩论;还有因为有族人在台湾,自己也可以算作台湾人,取得优待'被压迫民族'的特权与否的辩论;还有人本无名,所以无所谓冒名顶替的玄学底辩论……(《三闲集·在钟楼上》)

这样的生活,真是在"和有限的生命开着玩笑",与在厦大时相较,环境还更复杂,工作还更繁苦。鲁迅的许多宝贵的精力和时间,便被这些无意义的辩论和琐事浪费掉了。而在同事里面,又不乏厦大白果一流人物,使鲁迅常因他们的浅薄无知的言行而引起厌憎,增加心绪的烦扰。例如其中一位,每见一篇关于鲁迅的文章登出,便魂不附体似的对鲁迅说道:"又在恭维你了! 看见了么?"说下去,他照例说"在西洋,文学是只有女人看的。"(《而已集·通信》)是这样一类的同事! 假如鲁迅能和他们相处,那他也不会离开北京或厦门了。他不计较薪水之减少,工作之繁重,一心想把中大文科办好的希望,也落空了。

但是,纵令环境是这样拂逆,心情是这样索漠,他也并未真的不说话。他在不满两月的时间里,先后写了《黄花节的杂感》(三月二十四日),《略论中国人的脸》(四月六日),《写在〈劳动问题〉之前》(四月十一日)等文。除了在中大学生会欢迎会席上和开学时发表演说外,又在香港青年会讲《无声的中国》(二月十六日),《老调子已经唱完》(二月十九日),在岭南大学演讲(三月二十九日,讲题不明,见《年谱》),在黄埔军官学校讲《革命时代的文学》(四月八日)。在这些文章和讲词里,他鼓励大家做"自己该做的工作"(《而已集·黄花节的杂感》),提倡"野性"——反抗性(《而已集·略论中国人的脸》),希望广东展开"文艺的新运动"(《在中大学生会欢迎会讲词》)。他指出:因为中国的文字难懂难用,所以,"我们受了损害,受了侮辱,总是不能说出些应说的话",于是中国便成了无声的中国,"人是有的,没有声音,寂寞得很。……可以说:是死了。"如果要活过来,首先就须"说现代的,自己的话;用活着的白话,将自己的思想,感情直白地说出来"。他大声叫喊:"青年们先可以将中国变成一个有声的中国。大胆地说话,勇敢地进行,忘掉了一切利害,推开了古人,将自己的真心的话发表出来。"(《三闲集·无声的中国》)他更无比深刻地说明:"中国的文化,都是侍奉主子的文化,是用很多的人的痛苦换来的。"一切"旧文章,旧思想,都已经和现社会毫无关系了",于民众也没有甚么"益处"。许多外国人之所以赞美中国旧文化,那用心是在"利用了我们的腐败文化,来治理我们这腐败民族","叫我们用自己的老调子唱完我们自己"。(《集外集拾遗·老调子已经唱完》)他将大革命对文学的影响,分做三个时候来说:大革命之前,所有的文学,大抵都是叫苦鸣不平的文学;大革命时代,大家由呼喊而转入行动,加上民生凋蔽,文学只好暂归沉寂;到大革命成功之后,文学又产生了,有"对旧制度的挽歌"和"对新社会的讴歌"的两种。这两种文学中国都没有,"这足见中国革命对于社会没有多大的改变,对于守旧的人没有多大的影响,……也可以证明广东社会没有受革命影响;……广东仍然是十年前底广东"(《而已集·革命时代的文学》)。为了授课,他又写了《汉文学史纲要》的后几篇,大约:六、汉宫之楚声;七、贾谊与晁错;八、藩国之文术;九、武帝时文术之盛;十、司马相如与司马迁,就是写于此时。我们不要忘记,这其中的两篇讲词,是在英帝国主义者统治下的殖民地香港说的。他去演讲前曾受着种种的阻碍,但他依旧无畏地说了他要说的话。①而在黄埔军校的演讲,他甚至直白地说出"广东仍然是十年前的广东","工会参加游行","也不过是奉旨革命"等话。要知道这已是"四一二"前三四天的时候了。他对民族前途极为关怀,对外来麻醉深感愤怒,所以他一面针砭着民族自身的病态,一面抗议着帝国主义的文化侵略。从这些文章和演讲,显示出了他的深刻的识见,也显示出了他的一颗跃动着的灼热的心,他何曾"跑出了现社会"呢!

他到校不到两月,便"因为谨避'学者',搬出中山大学"（《而已集·略谈香港》）。原来中大在改组之初,"旧派已在那里抱怨"（《两地书》许函）,后来"现代派"又一个一个的来了。一天,文学院长傅孟真来鲁迅处,谈及顾某（颉刚？——辰）可来任教,鲁迅听了就勃然大怒说:"他来,我就走!"态度异常坚决。（见许寿裳:《亡友鲁迅印象记》）他在厦门大学时所容忍下的愤怒已不能按捺住了。于是,在三月中,他搬出中山大学,移居东堤白云楼,和许寿裳、景宋三人合居。他"首先挑选那个比较大而风凉朝南的给许（寿裳）先生住",自己则住在一间朝西的屋里。（见景宋:《我所敬的许寿裳先生》）这时他并没有辞职,但已在作着辞职的准备了。渐渐的,政治形势日愈逆转,从上海开始,于四月十二日,发生了大规模屠杀工人的"苦迭挞"。广东继"四一二"之后,也于四月十五日,大举逮捕与屠杀革命分子。中大学生,也被捕多人。鲁迅于当日因为"赴中山大学各主任紧急会议,营救被捕学生无效"（见《年谱》）,他便爽性地将中大的一切职务辞掉了。他在中大,大约不过三个月而已。

他之中途从中大走出,是一定具着最大决心的。他自一九〇九年归国以后,即从事教育事业,自浙江两级师范学堂以讫中大,执教已达十有八年。在厦门时,他曾徘徊于"研究而教书"和"作游民而创作"的两条路之间,但始终迟疑未定,而现在他竟下决心不再教书了。结束了一十八年的教育生涯,这是何等大的剧变!这种剧变,实是自从被章、陈等所围剿,以至奔波闽粤这一长时间中,逐渐酝酿,到现在才成熟了的。他已经不像过去那样为"生活"和"地位"而"多所顾忌"了。这在鲁迅的生活史上,实在是最可纪念的事件。

辞职以后,鲁迅定居在东堤的白云楼。情势日非,处处充满着残杀的空气。当时的局面,是欧化绅士、洋场市侩和"革命军人"结合了新的帮口,僵尸统治变成了戏子统治,僵尸还做戏的可怕的局面。(用何凝语意)鲁迅的处境十分恶劣。他真的变成了一只"招人疑忌的乌鸦"(林玉堂语),要他作序的书,往往托故取回;期刊上他的题签,已经撤换;报上说他因为"清党",已经逃走;或说他原是"《晨报副刊》特约撰述员",现在则"到了汉口",意在说他先是研究系的好友,现是共产党的同道;有一种报竭力不使有"鲁迅"二字出现;又一种报则称之为杂感家;和他同来的几个学生,也因认识他之故没有学校可进。(《而已集·略论香港》《而已集·通信》)而且,还不断有人来探访侦察,或请他演讲,以便将他的态度测度出来。情况艰危,他不禁感到"逃掉了五色旗下的'铁窗斧钺风味',而在青天白日之下又有'缧绁之忧'了"(《而已集·通信》)。但鲁迅却能忍耐而巧妙地应付着,他并未即离广州,所以报上"逃走了","到汉口去了"的闹了一通之后,也就没事。对于访问者,他滔滔不绝地发表意见,论这个,论那个,谈了一些他的对方简直莫名其妙的事情,例如,安特列夫哪,陀斯妥耶夫斯基哪,使那些来谈的人十分愕然的回去了。(参看林玉堂作《鲁迅》)他又应约外出演讲,到知用中学讲《读书杂谈》(七月十六日),到广州夏期学术演讲会讲《魏晋风度及文章与药及酒之关系》(九月间)。前者叫学生们"看看本分以外的书,即课外的书,不要只将课内的书抱住",要"自己思索,自己观察","和实社会接触,使所读的书活起来"。后者则是谈公元三世纪时代的文学状况,他分析了孔融、稽康等人的思想,行为,和当时的政治社会的关联。对于这些乱离时代的诗人们的反抗权势破坏礼教寄与同感。那独创的见解,丰富的内容,直抉发了"一千六百多年"前的奥秘,言前人所未言。而又加以奇特有趣的故事,轻松幽默的语气,使听众叹服不止。但他们大抵只领会那趣味而忽略了那要点,而将鲁迅看作了一个只知潜心于古代典籍的纯学者了。

鲁迅一面运用他所深谙的在中国社会中"做人"的法术,应付着这难以应付的环境；一面竭力忍耐下来，控制住自己做了许多工作。这时，正是炎热如火的南国的夏天，他所住的白云楼，又当"西晒"（《而已集·革"首领"》），是一间"很阔，然而很热的房子"（《〈小约翰〉引言》），"夕阳从西窗射入，逼得人只能勉强穿一件单衣"（《〈朝花夕拾〉小引》），他"满身痱子，有如荔枝"（《革"首领"》）。然而他还是孜孜矻矻，勤勉不息地工作着，一样一样地，收获了许多成绩。在辞职后不数日，他即着手编校《野草》，于四月二十六日完竣，并作题辞。五月一日，又将《朝花夕拾》编校成书，并作小引。五月二日，便接着开始修正《小约翰》的工作，月底才完，于五月三十日作了一篇四千余字的引言。七月七日，作《〈游仙窟〉序言》。（唐张鷟原作，见《集外集拾遗》）七月三十日，作《关于小说目录两件》的小引及按语。（见唐弢编：《鲁迅全集补遗》）到八月内，又费了一月的工夫，将过去纂辑的《唐宋传奇集》重加勘定，于九月十日完成，并作序言。其中以《小约翰》及《唐宋传奇集》所花的精力为最多。《小约翰》虽是就原先的草稿加以修正，但也常遇疑难，为了一两个动物或植物的名字，他也往往不惮烦地写信给远地的周建人、江绍原等，请他们代为查考，决不马虎。还做了一篇《动植物译名小记》，作为附录。修正之后，并且誊清，费力之多，可想而见。《唐宋传奇集》也是一件经过长期辛苦的工作，他在序例里自述这时整理的经过及刊行的用意道："今夏失业，幽居南中，……顿忆旧稿，发箧谛观，黯澹有加，渝敝则未。乃略依时代次第，循览一周。……自审所录，虽无秘文，而曩曾用心，仍自珍惜。复念近数年中，能恳恳顾及唐宋传奇者，当不多有。持此涓滴，注彼说渊，献我同流，比之芹子，或亦将稍减其考索之劳，而得酖绎之乐耶。"凡这些，虽大都在来粤之前，即已写就和译成，但直到此时，才最后完成。或为鲁迅自己的创作，或为域外名著的迻译，或为古代文学的整理，每一种都是光辉不朽的巨制。

除此以外，他还陆续写了一些短篇文章。他因为三经香港，更痛感到帝国主义对中国的麻醉压迫。他在二月中的那两篇讲演里，即已指出外国人"要中国人永远做侍奉主子的材料"的阴谋诡计；现在他又在《略谈香港》(六月十一日⑥)，《再谈香港》(九月廿九日)等文里，攻击着"金制军"(港督金文泰)"赖太史"(高等华人)等的提倡"国粹"、"尊孔"，同时又随便对华人"笞十二藤"、"搜身"，以及上船"查关"时对旅客的打骂索贿等行为。他沉痛愤激地对那些高等华人和作伥的奴气同胞及其洋主子，投与了最大的憎恨。他又从香港的各种报纸，捕捉了一些怪异现象，如绑匪的"撕票布告"，"通儒显宦，兼作良医"启事等等，加上引言和按语，集成《匪笔三篇》(未注月日，但已用八月一日《循环日报》材料)和《某笔两篇》(九月二十二日)。在给一个青年的通信中，他还附了一篇香港《循环日报》社论(据《略谈香港》，这就是说鲁迅已到汉口的报纸。——辰)。这篇社论在所骂"中国的学者"中，有一位邓南遮。鲁迅在后面写道："这是一九二七年(注意：二十世纪已经过了四分之一以上!)六月九日香港《循环日报》的社论。硬拉 DANNUNZLO 入籍而骂之，真是无妄之灾。……我们在中国还谈什么文艺呢？呜呼邓南遮!"(见李霁野:《忆鲁迅先生》)由这种种，可见鲁迅很注意一切可笑的事物，阅览范围，极为广泛，连一个报纸上的广告也不曾放过。所以他对社会的观察，会那么深，那么广，讽刺也才会那么有力。香港社会就从这种种光怪陆离的资料上，暴露出来了它的真实面貌了。

这时，鲁迅也不曾放松了对于"正人君子"们的攻击。在厦门，他除了在后来公开了的给景宋的信里，曾表示了对一部分"现代派"小卒的愤恨以外，并没有留下什么特为打击"正人君子"而写的专文。但到广州以后却不然了。在"八月末"，他便写了一封《辞顾颉刚教授令"候审"》的信。⑧因为顾教授说鲁迅的文字损害了他，拟于"九月中"回粤起诉，特于七月二十四日先来一函，叫鲁迅"暂勿离粤，以俟开审"。鲁迅回信说："先生在杭盖已闻仆于八月中须离广州之讯，于是顿生妙计,命以难题。……但我意早决,八月中仍当行,九月已在沪。……良不如请即就近在浙起诉,尔时仆必到杭,以负应负之责。倘其典书卖裤,居此生活费綦昂之广州,以俟月余后或将提起之诉讼,天下那易有如此十足笨伯哉!……"短短数行,便抵一篇大文,无情地揭穿了学者的"妙计"。上述《匪笔三篇》,一方面固在暴露香港社会相,但主要"动机",则在讽顾。因为和顾颉刚给他的信相同,这三篇也是三封恐吓信:一、潘平撕票布告;二、相命家金吊桶致信女某书;三、飞天虎诘妙嫦书;如果加上,四、顾颉刚致鲁迅书,那真是珠联璧合,妙不可言! 所以鲁迅在接到顾信的第二天,在报上看到飞天虎信中"早夜出入,提防剑仔"的话,便"不知怎地忽而欣然独笑"。结果他将它们集成这《匪笔三篇》,排列在《辞顾颉刚教授令"候审"》之后(见《三闲集》)。接着,到九月初,他因为陈西滢的《闲话》借用他的名义作广告,便于九月三日写了《辞"大义"》,又于九月九日写了《革"首领"》,对陈西滢掷去了讥嘲。《闲话》的广告说:

> 前一两年的北京文艺界,便是现代派和语丝派交战的场所。鲁迅先生(语丝派首领)所仗的大义,他的战略,读过《华盖集》的人,想必已经认识了。但是现代派的义旗,和它的主将——西滢先生的战略,我们还没有明了。……

这样,自然是应该读《闲话》了。鲁迅针对着说道:

> "主将"呢,自然以有"义旗"为体面罢。不过我没有这么冠冕。既不成"派",也没有做"首领",更没有"仗"过"大义"。更没有用什么"战略",因为我未见广告以前,竟没有知道西滢先生是"现代派"的"主将",——我总当他是一个喽罗儿。(《辞"大义"》)

鲁迅又指出了现代派将他升为"首领"的原因：

> 背后插着"义旗"的"主将"出马，对手当然以阔一点的
> 为是。我们在什么演义上时常看见："来将通名，我的宝刀
> 不斩无名之将！"主将要来"交战"而将我升为"首领"，大概
> 也是"不得已也"的。（《革"首领"》）

对于广告作用一点，鲁迅更给以辛辣的有趣的揭破：

> 假如有谁看见我攻击茅厕的文字，便以为也是我的劲
> 敌，自恨于它的气味还未明了，再要去嗅一嗅，那是我不负
> 责任的。（《革"首领"》）

这时，由于北洋军阀的迅速崩溃，许多"正人君子"们都已顺着国
民革命军势如破竹的胜利的风转了舵，他们突然一改从前预料革命
不会成功，攻击广东为"赤化"的态度，一个个的都到广东来"革命"
了。鲁迅于是又写了《"公理"之所在》（未注月日，据《而已集》排列次
序，当作于九月中旬），指出这些过去曾参加过公理维持会的"正人君
子"们的趋炎附势，投机取巧：

> 慨自执政退隐，"孤桐先生""下野"之后，——呜呼，公
> 理亦从而零落矣。那里去了呢？枪炮战胜了投壶，阿！有
> 了，在南边了。于是乎南下，南下，南下……

此外，在《而已集》的其他文章里，还零星散见着一些对"正人君
子"们的笑骂。不过若与以前的《华盖集》和《续编》比较，则分量已大
不如前，只能算作余波了。因为这时他的目光另有所注，笔锋另有所

指,在他看来,攻击"正人君子",已经不算什么重要的事了,这在九月四日写的《答有恒先生》内,说得很明白:"倘若再和陈源教授之流开玩笑罢,那是容易的,我昨天就写了一点。(按即《辞"大义"》——辰)然而无聊,我觉得他们不成什么问题。"(见《而已集》)时代环境已有新的变动,鲁迅的认识也有了新的变动了。

在这时候,鲁迅其所以能做如许的工作,那实在是靠了他的坚强的理智,冷静的头脑,和超人的忍耐力。他的心绪,自勿庸说,其实是极不宁静的。他投身在一个前所未经的环境里,"被血吓得目瞪口呆"(《三闲集·序言》),经历了"这种恐怖,我觉得从来没有经验过"(《而已集·答有恒先生》),生活,精神,情绪,正都处在一种空前的异常的状态里。他在编校《朝花夕拾》时,曾说:"书桌上的一盆'水横枝',是我先前没有见过的:就是一段树,只要浸在水中,枝叶便青葱得可爱。看看绿叶,编编旧稿,总算也在做一点事。做着这等事,真是虽生之日,犹死之年。"(《小引》)在《唐宋传奇集》整理完竣之后,他说:"结愿知幸,方欣已歇。顾旧乡而不行,弄飞光于有尽,嗟夫,此亦岂所以善吾生,然而不得已也。"(《序例》)淡淡数语,实较之披发大叫,捶床顿足,还表示出来了浓烈的哀愁。而将他的心情表露得最明白的,还有《答有恒先生》。他分析他这时的心情,是:

一,我的一种妄想破灭了。我至今为止,时时有一种乐观,以为压迫,杀戮青年的,大概是老人。……现在我知道不然了,杀戮青年的,似乎倒大概是青年,而且对于别个的不能再造的生命和青春,更无顾惜。如果对于动物,也要算"暴殄天物"。我尤其怕看的是胜利者的得意之笔:"用斧劈死"呀,……"乱枪刺死"呀,……血的游戏已经开头,而角色又是青年,并且有得意之色。我现在已经看不见这出戏的收场。

二,我发见了自己是一个……。是什么呢?我一时定不出名目来。我曾经说过：中国历来是排着吃人的筵宴，有吃的，有被吃的。被吃的也曾吃人，正吃的也会被吃。但我现在发现了，我自己也帮助着排筵宴。……你是看我的作品的，我现在发一个问题：看了之后，使你麻木，还是使你清楚；使你昏沉，还是使你活泼？倘所觉的是后者，那我的自己裁判，便证实大半了。中国的筵席上有一种"醉虾"，虾越鲜活，吃的人便越高兴，越畅快。我就是做这醉虾的帮手，弄清了老实而不幸的青年的脑子和弄敏了他的感觉，使他万一遭灾时来尝加倍的苦痛，同时给憎恶他的人们赏玩这较灵的苦痛，得到格外的享乐。我有一种设想，以为无论讨赤军，讨革军，倘捕到敌党的有智识的如学生之类，一定特别加刑，甚于对工人或其他无智识者。为什么呢？因为他可以看见更锐敏微细的痛苦的表情，得到特别的愉快。倘我的假设是不错的，那么，我的自己裁判，便完全证实了。

这显示了一颗先知者的仁慈而苦痛的心。至今读之，还令人连灵魂也感到震颤，深深体会了他当时的心境。他一方面因为轰毁了一向相信的"青年必胜于老年"的进化论的思想；一方面又对"四一二"苦迭挞后的革命的新形势有点茫然，因此他说："我也许从此不再有什么话要说，恐怖一去，来的是什么呢？我还不得而知，恐怕不见得是好东西罢。"（《答有恒先生》）他这时用以"救助"自己的，还是老法子："一是麻痹，二是忘却。"（同上）但是，他住在那西晒的楼中，而却关心着楼外的世界，他"仿佛觉得不知那里有青春的生命沦亡，或者正被杀戮，或者正在呻吟，或者正在'经营腐烂事业'和作这事业的材料。然而我却渐渐知道这虽然沉默的都市中，还有我的生命存在，纵已节节败退，我实未尝沦亡。"（《〈小约翰〉引言》）他的"老法子"是并未收敛的。

这样，又经过了五个多月，于一九二七年九月二十八日，①他便离开广州而向上海去了。

注　释：

① 一九二六年十一月二十日致许函："我决计至迟于本学期末离开这里，到中山大学去。……从昨天起，我又很冷静了，一是因为决定赴粤，二是因为决定对长虹们给一打击。"根据这儿所说的"昨天"，故云十九日。

② 鲁迅何时抵广州？此事未见记载。兹据一九二七年一月十七日夜致许函："现在是十七夜十时，我在'苏州'船中，泊香港海上。此船大约明晨九时开，午后四时可到黄埔，再坐小船到长堤，怕要八九点钟了。"由此推知鲁迅之抵广州，是在一九二七年一月十八日。

③ 景宋就职与否，未见记载。此处肯定到职，系据孙伏园先生口述。

④ 此系孙伏园先生口述。孙先生云：日子稍久，鲁迅很觉不安，但景宋却说："这不要紧，我家的钱，原是取之于浙江，现在又用之于浙江人好了！"原来她的祖父曾在浙江做官，故她如此说笑。

⑤ 在中山大学学生会欢迎会席上讲稿，原已收入杨霁云编的《集外集》(见杨作《编后杂记》)，但被鲁迅在校正时删掉了，理由详序言，但此段与《而已集·通信》对照，尚无出入之处，故引用了。

⑥ 在鲁迅逝世之后，宋云彬写过一篇《鲁迅》，提及此事，曾说："一九二七年的春天，我在广州，鲁迅也从厦门来广州，因为久不见他的作品，想用'激将法'激他一下，便写了一篇题为《鲁迅先生往哪里躲》的短文，登在广州《国民新闻》(?)的副刊上。"(《中学生杂志》)可参看。

⑦《略谈香港》云："我去讲演的时候，主持其事的人大约很受了许多困难，……先是颇遭干涉，中途又有反对者派人索取入场券，收藏起来，使别人不能去听。"又，引起鲁迅写《略谈香港》的辰江的通信，题名《谈皇仁书院》，载《语丝》一三七期，里面亦云："在前月鲁迅由厦大到中大，有某团体请他到青年会演说……两天的演词都是些对于旧文学一种革新的说话，原是很普通的，但香港政府听闻他到来演说，便连忙请来某团体的人去问话，问为什么请鲁迅先生来演讲，有什么用意。"这已是现在难见的资料，可供参看。

⑧《略谈香港》写作日期，全集本及三十年集本均作六月十一日，恐有讹误。盖文内已说及《循环日报》六月十日、十一日所载《北京文艺界之分门别户》一文，及该

报六月二十五日"昨天下午督军府茶会"新闻,足证非十一日作。又《北京文艺界之分门别户》文内,谓鲁迅已到汉口。鲁迅写信去更正,则没收。"从发信之日到今天,算来恰恰一个月,不见登出来。"更正信必在六月十一日后发出,既云作此文时距发信之日"恰恰一个月",则可见非六月十一日作矣。

⑨《匪笔三篇》引言:"七月末就收到了一封所谓'学者'的信。"

⑩ 鲁迅离粤日期,尚无明白记载。复顾颉刚信云:"但我意早决,八月中仍当行。"《匪笔三篇》引言:"旅资将尽,非逐食不可了,许多人已知道我将于八月中走出广州。"据此,则当在"八月中"。但"九月间"尚到广州夏期学术演讲会演讲,并作文多篇,《某笔两篇》引言,即写于"九月二十二日午饭之前"。故"八月中"并未成行。细查《而已集》与《三闲集》各篇,在《再谈香港》内,提到经过香港,他说:"算起来九月二十八日是第三回。"又说:"船是二十八日到香港的,当日无事。"文末注着:"九月二十九之夜,海上。"故我推定鲁迅是九月二十八日离广州。

一部"颇尽了相当的心力"的鲁迅传记

——读林辰先生的《鲁迅传》

孙玉石

林辰先生逝世后,友人王世家兄热心协助先生家属整理其藏笈、书札、手稿,以望使这些遗存,能够"物得其所"。于先生亲自收藏多年的《鲁迅传》存稿,他尤为珍视,与福建人民出版社谈洽,将予出版,并要我为之书序。我委实不敢承担这样的任务。然林辰先生的为人、为学,素为我所心仪与敬佩。作为一个同样热爱鲁迅的后学与晚辈,我愿意于此书先睹为快,并乐意将之推荐给更多的读者。为此,我散漫地写下这些文字,权作一篇读后感想。

一

林辰先生所著《鲁迅传》,系一部未完整出版过的书稿。原书稿,共八章(现存七章)。其中,曾以《鲁迅传》为总题,在杂志上公开发表过的排印件,有两章半,即:第一章《家世及早年生活》(第一至六节),讲鲁迅家世及其童年与少年的生活经历。第二章《无需学费的学校》(第七、八节),讲鲁迅南京求学时的生活经历与思想。第三章《由医学到文学》，已发表者，只第九、十两节，余三节未发表。发表文章末尾标有"（上）"字样，且文中有注码而文尾无注释，这说明该刊物将继续刊载下部分。发表的两节，讲鲁迅在东京弘文学院及仙台学医的生活经历与思想著述。

上述两章半，均连续揭载于一九四九年一、二、三月出版，由翻译家林如稷在成都编辑的《民讯》月刊第四、五、六期上。后因该刊停办，未续载。所余者，现在所见，悉为手稿。

查北京大学图书馆，藏有《民讯》月刊杂志第一至五期。第六期阙逸。过去一些鲁迅研究史著作，论及林辰的《鲁迅传》时，说该传曾"公开发表过的只有前三章"，"这三章分别发表于林如稷在成都编辑的《民讯》月刊第三、四、五期，一九四八年十二月至一九四九年二月。"（袁良骏：《鲁迅研究史》上卷第 494 页，陕西人民出版社，1986）或说"于一九四九年一月、二月在成都《民讯》月刊第四期、第五期上发表了《鲁迅传》的开头两章"（张梦阳：《中国鲁迅学通史》上卷第 449 页，广东教育出版社，2001）。所述，与实际情形多有不符。这是因为论者没有亲自看到《民讯》杂志刊载情况或林辰先生手稿的缘故。

除上述已发表者外，现存《鲁迅传》手稿，共五章，即第三、四、五、七、八章。第六章手稿阙。

手稿第三章，题为《留东时代的鲁迅先生》，发表时改题为《从医学到文学》，手稿没有发表时所署"鲁迅传"的总题目。浅绿色带边框薄型稿纸，印有"重庆渝商印刷纸号出品"字样，页四百字，共四十七页，毛笔工整小楷，竖写，末尾下端，有作者小字自注："一万八千字"。共分五节，作者将原序号九至十三，用纸盖上，均重改为一至五。其第一、二节内容，与《民讯》月刊上已发表的第三章第九、十两节同。手稿文字，较发表稿，略有删削。未发表的三、四、五三节，按原标总序号，应为第十一、十二、十三节。讲的是鲁迅自仙台返回东京时期创办《新生》，发表几篇文言论文，回国完婚，与许寿裳等学俄文，从章太炎听讲及翻译外国小说等其他文学活动。其中部分内容的文字，我所知道的，个别曾见诸报端，如《鲁迅与章太炎及同门诸子》（原载《抗战文艺》第6卷第5、6期合刊，1944年12月）。

手稿第四章，原题《辛亥革命前后》，后拟发表时改为《鲁迅在辛亥前后——鲁迅传之一章》，下署名"岱云"——此该为作者当时拟用笔名。稿纸与前章同，共二十三页。毛笔工整小楷，竖写。手稿首页，有编辑红笔签发字号的字迹，但未见发表。共四节，原序号为第十四至十七，作者用毛笔分别改为一至四。写鲁迅回国后的"辫子问题"，任杭州两级师范学堂监督及教员，任职绍兴府中学堂教务长兼博物学等课教师，参加越社，辛亥革命爆发，任绍兴师范学校校长，办《越铎》，写《怀旧》，辑录古籍，往南京教育部等。

手稿第五章，未见发表。与前不同者，惟只有"第五章"三字，无具体标题。文字节数，但仍继续前面《鲁迅传》总序号，分为第十八、十九、二十三节，共三十六页。毛笔工整小楷，竖写。主要讲在鲁迅应蔡元培之邀，赴南京教育部任职，他于"寂寞"与"悲哀"中往江南图书馆借抄古书，继续《古小说钩沈》等辑录工作；随政府北上，任职社会教育司第一科科长、佥事，提倡美术；在绍兴会馆，进行纂辑谢承《后汉书》、《会稽郡故书杂集》，补校《嵇康集》，研究佛经并刻印《百喻经》等其他工作。

手稿第六章，未存。当佚失，原因不详。内容应是关于五四时期鲁迅在北京的生活经历与创作成就及学术活动。

手稿第七章，题为《海滨的遁迹》。为淡蓝色无边框厚型稿纸，右下角印有"江南稿纸"字样，页四百字，无页码，共二十七页。毛笔工整小楷，竖写。无"鲁迅传之一章"的副题，但章目次序，仍按总顺序排列。文内无分节小标题，但分为五个部分。主要讲述鲁迅在海岛上之厦门大学时期的生活经历、思想心境及创作。

手稿第八章，题为《在钟楼上》。稿纸同上，无页码，共三十八页。

竖写,毛笔工整小楷。亦无"鲁迅传之一章"副题,但作者标出"第八章"章目次序,明显仍是其《鲁迅传》的一部分。文内无小标题,但分成三个部分。本章讲述的,是鲁迅在广州时期的生活经历、思想心境及创作。

现存《鲁迅传》,仅写至鲁迅离开广州赴上海为止。鲁迅到上海以后生活时期的部分,则为现存手稿所无。这一重要时期的生活创作,在《鲁迅传》中,是需要更多笔墨的。作者是因时间关系没有来得及写出,还是由于资料不够尚未动手写作,或是出于其他什么原因而未写,尚不清楚。这是一个无法弥补的遗憾。

二

前述手稿第七、八章两章,早些时候世家兄将书稿交我时,我自己也以为,连同第三章的后半部分,和之后的几章文字,只存于手稿,未曾有文字公开发表。但是,翻阅《中国现代文学期刊目录汇编》一书(天津人民出版社,1984),得见其中所录林辰的一些文章,其中有两篇文章,引起了我的注意。

这两篇文章是:一、《鲁迅在厦门大学》(原载《抗战文艺》,重庆,第7卷第6期,1942年6月15日),二、《鲁迅在中山大学》(原载《抗战文艺》,重庆,第9卷第3、4期合刊,1944年9月)。我推想,这会不会就是现存《鲁迅传》手稿中第七、八章的内容呢?遂至北京大学图书馆,查阅《抗战文艺》,结果说明,我的推测大体上是不错的。

《鲁迅在厦门大学》一文,刊载时有副标题:"鲁迅生涯之分期的研究"。文内分设八个小标题:一、海滨的遁迹;二、如此厦大;三、鲁迅在这环境里的生活;四、寂寞·烦躁·悲愤;五、慰藉和鼓舞;六、辛勤的著译;七、离厦赴粤;八、略论这时期的鲁迅。文末署有:"一九四一年七月二十三,离虹庐前一日记"。《鲁迅在中山大学》

一文,刊载时,也有副标题:"鲁迅生涯之分期的研究"。文内分设三
个小标题:一、赴粤的经过;二、在钟楼上;三、辞职以后。文末署有
写作时间:"一九四四年一月二十八日二稿完毕"。

从这两篇文章内容及写作时间,可以推想:第一,这两篇文章,副
题均标明"鲁迅生涯之分期的研究",说明它们都是系列性鲁迅传记
写作构想的一部分。第二,《鲁迅传》手稿第七、八章,标题分别为《海
滨的遁迹》《在钟楼上》,与已发表的这两篇文章里的一个小标题,完
全相同,说明《鲁迅传》手稿与已发表文字之间,有着不可分割的联
系。第三,再从发表的《鲁迅在厦门大学》、《鲁迅在中山大学》,与《鲁
迅传》第七、八章手稿的内容进行比较,可以看出,《鲁迅传》手稿,系
成文在后,全部用了《抗战文艺》发表两篇文章的内容,又有较大的增
加和修订,但主要文字的内容、段落、注释,乃至标点,则是完全相同
的。这也可以说明,两篇文章,就是后来完成的《鲁迅传》的初稿。第
四,《鲁迅在厦门大学——鲁迅生涯之分期的研究》,文末署"一九四一、
七、二十三,离虹庐前一日记",而"附记"中说:"本文作于去年一月中
旬"。由此可以推断,林辰先生以《鲁迅传》总题的正式传文,虽开始
公开发表为一九四九年一月,其开始动笔写作《鲁迅传》的时间,则要
早得多,应该是开始于一九四○年十月。由此而猜想的可能是事实:
林辰的《鲁迅传》,早在一九四○年初,就已开始酝酿写作了,他是由
近及远,从后面的厦门、广东时期生活开始写作的。或者由此可以这
样说,林辰的《鲁迅传》,已经发表的文字,不只是第一、二两章,及第
三章的半章,即两章半,如再加上这两章,应该说是四章半了。当然,
经作者修改补充更为完整详细的《鲁迅传》手稿,与《抗战文艺》发表
的这两章相比较,毕竟面目已经是不完全一样了。

三

《鲁迅在厦门大学——鲁迅生涯之分期的研究》一文"附记"曰:

"本文作于去年十月中旬,时作者僻处黔西的一个小县城里,万山重叠,交通不便,参考书极感贫乏。鲁迅先生的日记之类,自然更无从得到。关于他的许多事迹,主要都是从他的遗著里得来,例如他离开北京的日子,许寿裳《年谱》也仅仅说:'八月底离北京向厦门,任厦门大学文科教授。'拙稿则详细考出月日。其他日常生活详情也是从先生的许多集子里钩稽而得。搜集排比,未尝稍为随便,颇尽了相当的心力,但始终限于能力,时间和资料不够,写成后和理想相隔尚远。现略加修改,发表于此,私意是把它作为一块砖抛出去,望能引出珠玉来。我尤其希望和鲁迅先生关系很密,而且又一同在厦大执教的孙伏园先生能写一篇,因为在还没有详细而正确的鲁迅传的今日,这类的文章,并非全无意义的。"这段话,不仅说明了林辰开始撰写作鲁迅传的时间,作者写作鲁迅传时所面临的困难与为之"颇尽了相当的心力"的努力,他对于一部"详细而正确的鲁迅传"早日产生的期待,也清楚透露出他自己关于一部"理想"的鲁迅传写作的心理图景。

林辰先生是以自己的努力实践他的期待的。他的这部未完成的《鲁迅传》,考稽史实确凿,搜集资料翔实,多叙述而少议论,重理解而轻发挥,在简约拙朴的文字中,传达平实精到的思想,可以说是一部具有很强的科学性与很高的学术性的鲁迅传记。他没有说明自己的意图,却有自己的学术坚守,或者夸大一点地说,有他自己的"史识":尊重历史的原来面貌,回到历史的真实处境,力求"详细而正确"地写出鲁迅这个真实的人的真实思想和面貌来。不以当时流行的主流思想去故意拔高,不用自己主观感情或现实需要去随意塑造,不借研究对象的论述去倾吐自己的现实心声,不对传主的文学创作去作属于自己观念需要的更深的挖掘,也不对一些客观史料作某种超越文本内涵的曲意的诠释,甚至一些当时鲁迅评价论述中最具权威性而且颇被理论界认同的论断和分析,在他的传记的文字中,也很少有直接引入或间接化用的痕迹。他追求的是学术性传记的准确性、客观性与永久性。林辰的《鲁迅传》确实以"详细而正确"的学术性,给我们描绘了一个真实而可以亲近可以理解的鲁迅。在这里我们也确然看到了一个热爱鲁迅的人所书写的一个真实的鲁迅。这部在二十世纪四十年代历史环境中所产生的《鲁迅传》,因此也就超越时间的界限,至今还能浮现出它自身的历史价值与学术特色来。

这部学术性的《鲁迅传》,获得这样的价值与特色,首先根基于作者在史实考订和资料钩稽方面所下的工夫。当时,除了一九三八年版的《鲁迅全集》,鲁迅著作的单行本,少数前人所作最简单的年谱,以及一些回忆纪念文章外,几乎很难找到更多可靠的信史材料。鲁迅的日记与大量书信,还未见诸于世。鲁迅家世、生平及文学活动的系统资料,尚无人整理。为此需要许多史实的考稽与资料的钩沉。在这种情形下,要写作鲁迅传,是一件相当困难的事情。且当时距鲁迅离世,才四五年,许多问题的认识与思考,也需要沉淀的时间。林辰就从这里为起点,开始了自己带有冒险性与拓荒性的工作。

还在撰写发表"鲁迅生涯之分期的研究"文章的同时,从四十年代初期起,三十初度的林辰,就开始动手连续撰写关于鲁迅生平史实考订的系列文字,陆续于内地各重要刊物上发表,并于一九四五年编成《鲁迅事迹考》书稿,一九四八年七月由上海开明书店出版。他的这些"差不多全是在流离困苦的生活中写成"(《鲁迅事迹考》初版后记,人民文学出版社,1981年)的考订文字,以及它们的发表传达的细密谨严的方法和其与写作鲁迅传之间的关系,曾得到了一些鲁迅研究者的肯定和赞扬。孙伏园说:"传记工作的初步条件,只是方法的细密与谨严","林辰先生这十篇论文,都代表了极细密谨严的方法。无论解决问题的方法,排列材料真伪的方法,都是极细密谨严的"。"即使一时没有传记,我们读了这样细密谨严的论文,其快乐也不会下于阅读整本的传记。"(《鲁迅事迹考》孙序)曹聚仁也说:"就他所下的考据功夫来说……是一个会写出有价值的鲁迅传的人。"因此可以这样说,林辰为构想与撰写《鲁迅传》,刺激他去搜求资料,弄清疑难,便在个中发现了鲁迅生平与创作史迹的许多问题,促使他对之进行细密的考证辨伪。而已经完成的《鲁迅事迹考》系列诸文本身,又成为他撰写《鲁迅传》时所可以运用和吸收、依据、支撑的成果与基础。因此,这种互动性的研究思索与学术实践,所带来的史实考据功力甚深,材料搜集的广博与运用的细密谨严,也就成了这部以文学家与学者为主线的传记的一个最突出的特色。

涉及《鲁迅传》写作的生平史迹中一些带有关键性问题,作者不是泥于俗囿,习惯轻易地接受权威性或流行的既成结论,而是能于似乎已被研究者接受的定论中,提出自己的质疑,并在大量资料基础上,进行新的严密的考证工作。如为大家所熟悉的《鲁迅曾入光复会之考证》(原载《中原》第2卷第1期,重庆,1945年3月),寻找出周作人的回忆、王冶秋《民元前的鲁迅先生》的叙述,与许寿裳先生记述之间的缝隙,就鲁迅是否加入光复会这一重要行藏问题,所作的考证功夫与结论,几乎成为一种学术定论,曾得到许多人的赞赏。有些史实,前人有所提及,但或语焉不详,或说法有异,他的考证,进一步弄清了历史的真实,如《鲁迅与章太炎及其同门诸子》(原载《抗战文艺》第6卷第5、6期合刊,1944年12月)、《鲁迅归国的年代及初回国时的生活》(原载《文艺阵地》第6卷第5期,1942年5月20日)、《记鲁迅赴陕始末》(原载《文坛》第2卷第1期,1943年4月30日)等,后来都收入《鲁迅事迹考》,其所考证后的史迹及结论,也都作为学术成果,写进了他的《鲁迅传》,并一一注释出自己考证文章,论出有据,供人参考。

关于传中五四时期鲁迅在北京一段生活经历,虽然阙逸,但从现存文章中看得出,他的写作,也是以坚实的史料搜集梳理和史实的考证为基础的。他的几篇考证性文章,如《鲁迅与莽原社》(原载《萌芽》月刊第1卷第4期,重庆,1946年11月5日)、《鲁迅与狂飙社》(原载《文艺春秋》第6卷第4期,上海,1948年4月15日)、《鲁迅北京避难考》(1943年9月写,

1945年9月改,收《鲁迅事迹考》),也都是先以考证或史料文章先发表,后吸收入《鲁迅传》的文字之中的。林辰的这些考证功夫,既深得清代朴学治学坚实与功力深厚的精髓,又有现代学者时间贴近与资源获取的优势,使得一些文章的成果,为材料不完全的情况下传记写作提供了一种努力建构信史的可靠途径。

以最后一篇文章为例。一九二六年,鲁迅至德国医院等处避难,离寓时间,许寿裳《鲁迅年谱》只说是"三一八惨案后",极为笼统。林辰为此进行推证,先是用排除法:鲁迅于三月二十五日参加女子师范大学刘和珍君等追悼会,而段祺瑞政府通缉名单是三月二十六日见于《京报》,则鲁迅这时还未开始避难生活。接着他找出一个有可能改变原有说法的根据推算说:鲁迅在《野草》英文译本序里,说到《淡淡的血痕中》一文时,曾解释道:"段祺瑞政府枪击徒手民众后,作《淡淡的血痕中》,其时我已避居别处。"按《淡淡的血痕中》作于一九二六年四月八日,由此当可见在四月八日,鲁迅已离开寓所了。根据这些材料可以推证,似乎鲁迅离寓避难的生活,是开始于三月二十六日至四月八日之间。但是,他在一个鲁迅作品的材料里又发现疑窦:细读《野草》,在《淡淡的血痕中》之后,紧接着一篇《一觉》,在《一觉》里,有这么几句:"窗外的白杨的嫩叶,在日光下发乌金光;榆叶梅也比昨日开得更烂漫。收拾了散乱满桌的日报,拂去昨夜聚在书桌上的苍白的微尘,我的四方的小书斋,今日也依然是所谓'窗明几净'。"按《淡淡的血痕中》作于四月八日,这篇《一觉》作于四月十日,作前者时既已"避居别处",何以一日之后,便回到他的"四方的小书斋"里呢?这"四方的小书斋",大概是别的临时避难的处所吧?接着他利用现代学术研究的资源优势,向鲁迅当时的知情人请教:"对此问题,我踌躇着无从决定。"后承许寿裳先生来函指示云:"《一觉》中所谓'四方的小书斋','白杨'及'榆叶梅',都是'老虎尾巴'窗内外的景色,并非说临时避难的处所。"(1944年2月4日函)但他知道,仅仅靠知情人忆述,还是不坚实的。于是他继续寻找史料的支撑:"在接许先生信不久之后,无意中我又在《华盖集》的《北京通信》里,发现这样几句:'北京暖和起来了;我的院子里种了几株丁香,活了;还有两株榆叶梅,至今还未发芽,不知道他是否活着。'这证明了这'四方的小书斋',就是鲁迅自己家中的书斋;同时,也就证明了四月十日,鲁迅尚未离寓避难。许寿裳先生函云:'记得初次避入德国医院的一间堆积房,日子约在四月十二或十三。(总之是张作霖的卫队,已经到了高桥,我得友人齐君电话,教我立即移居,我便立即通知鲁迅。入院已经傍晚。)(同上,2月4日函)'根据这些论证,可知鲁迅离寓时间,是在四月中旬。至于《〈野草〉英译本序》说四月八日作《淡淡的血痕中》时,鲁迅'已避居别处',那应该是因为在作序时,年代相距太久,追忆中遂难免有几天的出入了。"现查《鲁迅日记》载,鲁迅四月十日至十四日,还在家中住,至四月十五日,"下午……往山本医院","晚移往德国医院"。林辰的考据,虽不能达到准确无误,但在那时还是纠正了鲁迅自己的记忆讹误,将史实考据的结果推进到最接近真实的程度。这些都显示了一个现代治学考据者的敏感与功力,运用史料的周全与细密,利用文本材料与向知情人书函调查相结合这些特长。

《鲁迅传》中,凡叙述文字,出于鲁迅自己作品,为大家熟悉者,略其出处。而不熟悉者,或涉及重要史实,鲁迅文字或别人所说,无论大小巨细,凡必要者,均在文字之后括号内,一一注明资料来源的出处。有需要特别加以说明,或需要考证性的论断与材料,便在文末,另立注解,或详或略,加以考证说明。如至今仍无结论,只是一说,也聊存疑备考,不轻易选择一说为定论。这是一种非常严肃的治学方法与科学的态度。如手稿第三章讲,鲁迅一九○三年翻译法国威南所作的《地底旅行》,作者就加了两个注释。注一:"《鲁迅全集》本作英国,各家著作亦根据全集,谓威南为英国人。但《鲁迅书简》页六八四致杨霁云信,则云:'威南的原名,因手头无书可查,已记不清楚,大

约也许是 Jules Verne,他是法国的科学小说家,报上作英,系错误.'
我即据此改作法国."注二:"《地底旅行》译于何年?未见记载.兹按
《浙江潮》月刊创刊于一九〇三年三月,同年十二月出第十期后即停
刊.《地底旅行》发表于第十期,故可推知为一九〇三年所译."一个
改正了鲁迅自己的误记,一个弄清了鲁迅译作的写作时间.关于鲁
迅弃医学文,离开仙台返回东京的时间,林辰传曰是"第二年(一九〇
六)春假中",并加注四说:"《藤野先生》作'到第二学年的终结……'.
但《呐喊·自序》却说:'这学年没有完毕……'.今按许寿裳《怀亡友
鲁迅》:'到了第二学年春假的时候,他照例回到东京,忽而转变了.'
则当以《呐喊·自序》所说为确.他是第二学年没有完毕,便离开仙
台的."这就将鲁迅关于同一问题的不同自述,作了更近真实的考订.
又如《鲁迅传》中说,一九〇六年六月,鲁迅奉母命回家完婚,于婚后
第三日,就从家中出走.作者加注五曰:"据孙伏园在昆明文协纪念
鲁迅逝世三周年大会上的讲词,见《宇宙风》九十期.孙讲词作'三
日',但欧阳凡海的《鲁迅的书》作'六日',王冶秋的《民元前的鲁迅先
生》作'四日',后二者均未说明何所根据,兹从孙说."据后来出版的
周退寿《鲁迅的故家》说,鲁迅在家仅停留四天即返回东京.这里把
几种不同说法,都列出,说明自己在无法找到确凿根据情况下,暂从
一说.其所加尾注,多属考释,其考释功夫认真而确凿.不能确定
的,引用后,则在注释里注明出处及存疑意见.如鲁迅读严复翻译
《天演论》,"以后又陆续购读法意等书",注三里说,"鲁迅在《琐记》
里,仅说读《天演论》,未提《法意》,这只是据周作人《关于鲁迅之二》.
但严译《法意》出版于一九〇二年,鲁迅这年二月已赴日本,不可能在
南京读到了.存疑于此,容后辨证".又第三章注九:"周作人《关于
鲁迅之二》:'森鸥外……诸人,差不多只重其批评或译文.'但鲁迅
《我怎么做起小说来》,却说:'记得当时最爱看的作者……日本的,是
夏目漱石和森鸥外.'足见除批评或译文外,对于森鸥外的作品,鲁迅

也是'最爱看'的。自当依鲁迅本人之说。"以鲁迅的自述,改正了周作人的回忆之误。他又根据原刊作品,纠正了当时许寿裳《年谱》记载之误。如"许著《年谱》民国四年条:'一月,辑成《会稽郡故书杂集》一册,用二弟作人名印行。同月,刻《百喻经》成。'实则《杂集》辑成于三年九月(据序文推断),印行于四年二月。木刻原本封里有'乙卯二月刊成,会稽周氏藏板'字样。出名印行的周作人在《关于鲁迅》里,亦云'乙卯二月刊成'。至《百喻经》则于三年秋九月雕版,四年一月刊成"(《鲁迅传》手稿第五章注六)。这样一些注释,或以作品证作品,或纠正鲁迅自己互文的误记,或众说不一注明暂从一说,或辨正知情人回忆所叙的不确。虽个别不能说是准确无误,但大多数却坚实可信,为传记的叙述内容,带来了作者理想中传记的"正确而细密"的色彩。

林辰为传记而广泛搜阅资料,甚至连最不引人注意的文章,也搜罗殆尽。只要认为有史的价值者,即尽量吸收,入诸文字。如第一章,叙及鲁迅家世时,传文说,鲁迅祖父介孚公(名福清),是光绪初年的翰林,"曾任湖南某县知县及翰林院编修"。文末注三云:"官湖南某县事,见鲁迅逝世时上海《时事新报》所载《盖棺论定的鲁迅》一文,又谓在京官职为'内阁中书',均未说明何所根据。该文未署名,且多歪曲之论,令人未敢遽信。但因出宰湖南一事,尚未见有另种记载,故暂记于此,容后再考。至在京职位,则孙伏园《鲁迅先生的少年时代》谓系'翰林编修',兹从之。"后来史料发现说明,周福清曾为翰林院庶吉士,入庶常馆学习。三年散馆,选授任江西金溪县知县。一八七九年,捐升内阁中书,在京候补。十年后方实授内阁中书。虽然林辰《鲁迅传》吸收材料,不一定全然准确,随着史料的发现,可能不免有误,但其广搜博采,暂记不按,"容后再考"的态度,却是一个非常严肃的传记作者难得的学术姿态。

《鲁迅传》中,有的史料,是作者亲自书函,向当事人调查得来的。如第三章《留东时代的鲁迅先生》手稿后面,叙述创办《新生》杂志的情形,说"次年(一九〇七)夏天,鲁迅筹办一种文艺杂志。参加的人有许寿裳、袁文薮(毓麟)、陈师曾(衡恪)、周作人等(据许寿裳先生致笔者函)"。接着谈到当时读者对于《新生》的不理解,说:当时东京的留学生,大抵都是学法政、理工、农业、警察……治文学和美术的,简直没有。"连'新生'之名,取于但丁作品,亦不为人所知,但随意解释,以为取笑之资。"(据许寿裳先生致作者函)关于从章太炎师学文字学,当先生讲授时,"师生席地环一小几而围坐,师依据段玉裁氏说文注,引征渊博,新谊甚富,间杂诙谐,令人无倦,亘四小时(按上午八时至十二时)而无休息"(许寿裳先生致作者函)。第四章《鲁迅在辛亥前后》手稿,说鲁迅任教的杭州两级师范学堂,学校监督易人,沈钧儒迁职后,继任者夏震武初到,"以道学自高,大摆架子,先要教务长许寿裳陪同谒圣,许答以本学期开始时业已拜过,不肯再拜,次则夏对教师们,仅仅派一工友持名片去一转,未曾亲到教员宿舍,教员们便立刻开会严词责问,一哄而散。许即向沈校长(时沈先生也在场)辞职。于是教员们主张一同进退,鲁迅持之尤力"。注释云:"许寿裳先生寄作者函中语。"林辰后来说:"许先生以高龄硕德,对于一个后进的请益,往往不吝用长达二三千字的复书,赐以周详的指教。"(《鲁迅事迹考》后记)"没有许先生的指示,我的关于鲁迅先生的文章,有些地方简直是无法写成的。"(林辰《对于许寿裳先生的感谢与悼念》,《中国作家》第1卷第3期,1948年5月)从许寿裳先生,这种"周详的指教",是一种前辈的热诚的尽责;从作者林辰先生,这种"后进的请益"及其获得,是一种个人的受益和写作传记独特的添彩。这一对话形式的求真互动,赋予为当代人立传者伴随学术难度而来的难得机遇,也给传记书写中一些史实的考证、爬梳与叙述,增加了更多的坚实性、可信度与亲近感。

四

林辰说,鲁迅的辑佚工作,他的创作及翻译,曾被人称为"三绝"。

他特别引述郑振铎先生的话说：这工作"需要周密小心的校勘和博大宏阔的披览。表面上看起来好像是人人能做的死功夫，其实，粗心大意的人永远不会做，浅薄而少读书的人永远做不好。其工作的辛苦艰难，实不下于创作与翻译。鲁迅在辑佚这方面的成功，也便是他博览和细心校辑的结果"（郑振铎《鲁迅的辑佚工作》）。基于同样的认识，以及林辰自身于中国古典文学又颇富功力与兴趣，这就使他的《鲁迅传》，在鲁迅整理乡贤文献与古籍辑佚方面的书写，尤其着力，显出了为别的传记作者所少有的学术的和历史的眼光。

《鲁迅传》第四章里，叙述鲁迅在离绍兴往南京任职教育部之前，就用了相当多的文字，书写鲁迅这方面的工作及成绩。"在这数年之中，还有应该特别提出的，是鲁迅又开始了辑录研究的工作。他幼时曾抄过《茶经》和《五木经》等，现在则更抄了许多种。这在他，是一种工作，同时也是一种排遣；而在当时，尤以前一种的意义居多。因为那段时间里，译书和出版都无可能，于是深受清代朴学濡染，旧学极有根底的他，自然便以纂辑校勘为其寂寞中的工作。据周作人说：'归国后他就开始抄书，在这几年中不知共有若干种。'可知他的抄书，并非始于以后的南京和北平时代，而是发端于这几年中。"林辰一一列出鲁迅工作的成绩，分析了他这种辑佚抄书工作所表现的严肃态度与科学观念，还论述了从他的这些工作可以看出，鲁迅这几年间的兴趣所在，"仍是科学与文学"。而且，他所关注的两个重要方面，即辑录唐以前小说佚文和越中史籍，后来继续完成的《古小说钩沈》和《会稽郡故书杂集》，在这时候已经完成一部分了。他说："这绝非单纯的排遣（或如一些人所说的娱乐），而是当时政治和学术条件规定下所可做的工作。"

林辰在第五章里，详尽地介绍鲁迅在公余认真进行《古小说钩沈》的辑录工作，论述了辑录这书的经过和意义。他说："尤其不同于前人的最重要的一点，是鲁迅虽然对这种工作有兴趣，有心得，但他却常常把它放在社会实践的意义和效果上来估计。所以,他一生中致力这种工作最多的时间,是辛亥革命、二次革命、袁世凯称帝、张勋复辟的这一漫长的黑夜。而且,据他说,是用来'驱除寂寞'、'麻醉自己的灵魂'(《呐喊·自序》)。这沉郁的话语,正面说明了他对于这种纂辑工作的态度,而反面又恰恰透露出了他对于现实社会的不能自已的关心。"(见《鲁迅传》手稿第五章)在注释里,对于鲁迅向江南图书馆借书的实况,进行了考证。还缅想了当年鲁迅往来清凉山下龙蟠里的情形。对于鲁迅所做《古小说钩沈》工作,所叙极详,于其搜罗之宏富,采集之精审,多所论述,评价尤精:"在这书里,鲁迅耗费了长时间的心血,如蜂之采百花以酿蜜一样,博采群书,辛苦经营,一句一条,得来不易。对于魏晋小说的概评,各书内容的分论,撰者生平的考证,作品真伪的鉴别,他都具有深刻独到的见解。"

于鲁迅补校《嵇康集》工作的价值与功力,亦所叙甚详,评价极高。传文中以《赠兄秀才公穆入军十九首(一)》为例,对于明黄省曾刻本、明吴宽丛书堂刻本、鲁迅校正本,三者进行仔细对照,详加比较,说明鲁迅在"比照校勘"中做了怎样的精心细致工作,其用功之深,所费心血之大,是非有旧学功底者和大毅力者所无法做到的:

> 此诗各本皆与后面的四言十八首混在一起,作为赠兄入军十九首的第一首。鲁迅则认为虽然同是赠兄(嵇喜,字公穆,举秀才)之作,但此为五言,与十八首四言不同,故据旧钞独立为一首。他所说的"各本",包括黄省曾、汪士贤、张溥、张燮、程荣五家刻本。"诗纪"是指《古诗纪》。他不仅用五家刻本互校,还举出别种书里所引的来作参证。三本对照,鲁迅校正本的优良和他的用力之勤,是可以概见的。
>
> 这还只是短诗。在篇幅较长的论文里,简直是密密麻麻,差不多两句一校,三句一注,读者看起来也不免要感觉

头痛。而鲁迅竟这么不厌求详，真不知费了多少心血。

林辰做完这一极为烦琐之事后，又在注释里，老实地告诉大家："丛书堂钞本藏北平图书馆，作者迄今犹未到过北平，并未得见。目前手头连黄刻本也没有。此处列出比较的两首，乃是根据鲁迅本推想还原而来，这是费力而冒险的事情，未悉它们的本来面目果然是这样否？"（《鲁迅传》手稿第五章注五）在这里，与原来藏本的本来面目，是否完全一致，已经不甚重要了，重要的是林辰这样的比照、分析、论述，所花费的工夫，本身所表现的精神与功力，是非对于鲁迅这一工作有至深理解与朴学造诣甚深者，所绝对不可能做到的。

《唐宋传奇集》整理完竣之后，鲁迅说："结愿知幸，方欣已歇：顾旧乡而不行，弄飞光于有尽，嗟夫，此亦岂所以善吾生，然而不得已也。"（《序例》）引述这段话之后，林辰评说："淡淡数语，实较之披发大叫，捶床顿足，还表示出来了浓烈的哀愁。"（见第八章手稿）他深深理解鲁迅当时的心境，更深深理解他这方面工作的价值与意义。因此才这样说：鲁迅因为从事了用来"驱除寂寞"的"这种积极严肃的学术工作"，使得"他才有可能由这儿通到光辉远大的未来"。这一对于鲁迅学术功力与成就的评骘，在诸多传记中，是极有见地与眼光的。

五

林辰的《鲁迅传》不以论析鲁迅文学作品见长。在北京生活的第六章，手稿阙逸，鲁迅参加新文化运动，创作《呐喊》、《彷徨》、《野草》等小说、散文诗等，我们就无法读到了。上海十年，后期杂文的辉煌与《故事新编》的探索，也因未能继续写作，而留下无法弥补的遗憾。由于时代制约和史料所限，书中对于一些历史与现实事件、现实人物的评述，现在看起来，或许已经显出因过于接近当时历史所造成的不够客观的痕迹,如对于胡适、顾颉刚及现代评论派的评价等。此乃历史的必然所致,不应去苛求于作者。这些笔墨,留下的历史面影与足迹,没有经过作者生前的删削与修饰,倒更显出这部传记存留并出版的几分历史真实性的价值。

就论及介绍鲁迅文学创作,已经写出并存留的几章里,还是比较到位的。对于鲁迅文学成就的认识评述,言简意赅,多有新意。鲁迅留日时期,用一千三百余字篇幅,介绍他在《浙江潮》上发表的《斯巴达之魂》,以说明鲁迅当时精神所追求和一时"风尚"的影响。鲁迅四篇文言论文的叙述介绍甚详,颇能抓住其中精义。如说鲁迅对于"制造商估"、"立宪国会"的批判,不仅改变了南京求学时期受过的"洋务"、"维新"的影响,"也超出了当时的水平,反过来给这些思想以严厉的批判"。他将鲁迅当时的意见,归结为"角逐列国是务,首在立人",而立人"若其道术,乃必尊个性而张精神",这时候,鲁迅在思想文化运动上的实践,便是用文艺来争取个性解放,唤起人民的"自觉"。这些见解,现在看来已经非常平实,在当时能于复杂中提出精义,在肯定中不予夸饰,也是难能可贵的了。对于文言小说《怀旧》,"内容近自叙,以富翁学究们在革命军进城的风传中的故事为经,以儿时书塾生活为纬,写冬烘塾师的迂腐,富人的愚骇,以及那第一人称的儿童的纯真活泼,幽默而逼真,处处显露智慧的光芒"。"这虽是用文言写出,但和鲁迅后来用白话写的小说,在描写手腕和讽刺色彩上,都有一脉相承之处。从这篇早年的作品里,已经依稀闪耀着鲁迅在创作上的非凡的才能和灿烂的前途。"对于《朝花夕拾》一集中的散文,评说:"童年生活,闾巷景色,师友面貌,遂重现于他的带着浓重的抒情的笔端,哀愁糅和着愉快,回忆贯通到现实,造成一种为过去中国散文所没有的独特的风格。"对于杂文,他多引用作为史料叙述。如写鲁迅初到广州时的风貌、心境与思想时,引述杂文。偶有评述,却常有灼见真知闪露。例如他论述鲁迅在杂文里《老调子已经唱完》,怎样无比深刻地说明:"中国的文化,都是侍奉主子的文化,是用很多的人的痛苦换来的。"一切"旧文章、旧思想,都已经和现社会毫无关系",于民众也没有什么"益处"。许多外国人之所以赞美中国旧文化,那用心是在"利用了我们自己的腐败文化,来治理我们这腐败民族","叫我们用自己的老调子唱完我们自己"。之后,林辰评述道:"他对于民族前途,极为关怀,对于外来麻醉深感愤怒,所以他一面针砭着民族自身的病态,一面抗议着帝国主义的文化侵略。从这些文章和讲演,显示出了他的深刻的识见,也显示出了一颗跃动着的灼热的心,他何曾'跑出了现社会呢'?"(见第八章)

手稿和发表文章的一些修改之处,也可见林辰先生的用心与深意。一九四四年一月发表的《鲁迅在中山大学——鲁迅生涯之分期的研究》中,第二节《在钟楼上》有这样一段叙述:"他抵粤之初,'有时却也感到一点小康',但渐渐看清了一切,满腔热忱,到头却只有无可如何的,将它倾注在素馨和香蕉上。"在《鲁迅传》手稿的第八章《在钟楼上》里,在自"但渐渐看清了一切",到"满腔热忱,到头却只有无可如何的,将它倾注在素馨和香蕉上"这两句之间,却可以看到改写并增加了的下面一大段话:

> 但渐渐"悟到这不过是'奉旨革命'的现象。"他的超人的深刻的观察,早已看清了隐伏在革命背后的危机。他也曾试想"斗胆"地明白说出他的意见,在一处讲演时,他说:
> "广州的人民并无力量,所以这里可以做'革命的策源地',也可以做'反革命的策源地'。"(《三闲集·在钟楼上》)
> 给一处做文章时,他说:
> "青天白日旗插远去,信徒一定加多。但有如大乘佛教一般,待到居士也算佛子的时候,往往戒律荡然,不知道是佛教的弘通,还是佛教的败坏?"(同上)

　　然而这几句讲词译成广东话时,却被删掉;文章也终于没有印出。他的满腔热忱,到头却只有无可如何的,将它倾注在素馨和香蕉上。

　　发表的文章里,紧接这句话后面,是"这是何等难堪的心怀啊!比之任何苦痛,这种寂寞,是更为难耐的"。在《鲁迅传》的手稿里,这段话却改成是:"他不能在口头或文字里,直说什么。"而将"比之任何苦痛……"之后的一些话删去了。

　　《鲁迅在中山大学》第二节《在钟楼上》里,叙述鲁迅说:

　　　　后来"现代派"又一个一个的来了,他在厦门大学时所容忍下的愤怒已不能按捺住了,于是,他在三月中,便搬出了中山大学,移居东堤白云楼。(见《年谱》)后来,在文字里,他提到此事,曾说:"我因为避'学者'逃到一间西晒的楼上。"(《革"首领"》)愤懑之情,跃然纸上。但没有辞职。一到四月十五日,因为"赴中山大学各主任紧急会议,营救被捕学生无效"(见《年谱》),他便爽性地将中大一切职务辞掉了。

　　到了后来手稿《鲁迅传》第八章《在钟楼上》里,这段文字,修改增加许多内容,变成如下的样子:

　　　　后来"现代派"又一个一个的来了,一天,文学院长傅孟真来鲁迅处,谈及顾某(颉刚?——辰)可来任教,鲁迅听了就勃然大怒说:"他来,我就走!"态度异常坚决。(见许寿裳:《亡友鲁迅印象记》)他在厦门大学时所容忍下的愤怒已不能按捺住了。于是,在三月中,他便搬出了中山大学,移居东堤白云楼,和许寿裳、景宋三人合居。他"首先挑选那个比较大而风凉朝南的给许（寿裳）先生住"，自己则住一间朝西的屋里。（见景宋：《我所敬的许寿裳先生》）这时他并没有辞职，但已在做辞职的准备了。渐渐地，政治形势日愈逆转，从上海开始，于四月十二日，发生了大规模屠杀工人的"苦迭挞"。广东继"四一二"之后，也于四月十五日，大举逮捕与屠杀革命分子。中大学生，也被捕多人。鲁迅于当日因为"赴中山大学各主任紧急会议，营救被捕学生无效"（见《年谱》），他便爽性地将中大的一切职务辞掉了。

这两段文字的修改与增删，可以看出林辰当时的态度与用心来。两段文字，都尖锐涉及对国民党当局"四一二"后实行白色恐怖的抨击。这究竟是一九四四年发表时，被检查部门删去的？还是后来写《鲁迅传》时，作者新增添写入的？现在似乎已是很难确定了。但即使是后来作者所添写，面临文章发表的处境，在一九四八年这样国民党残酷黑暗统治的时候，作者也是非常冒险的。这需要一种无畏的精神与勇气。林辰在《鲁迅传》写作同时，曾发表了《"英雄所见略同"》（原载《抗战文艺》第8卷第3期，1943年1月5日）、《略论宋玉的帮闲》（原载《文学新报》第1卷第5期，1945年2月20日）等许多杂文，置黑暗压迫与血腥屠杀于不顾，进行富有正义感的现实的思想抗争。他的《鲁迅传》里的这些文字，与他的这种继承鲁迅传统、敢于面对黑暗而不畏惧的精神，是密不可分的。

六

我的印象里，林辰先生是一个博学的人，一个亲切的人，一个耿直的人，一个敢于恪守真理的人。我和林辰先生较多的接触，大约是在二十世纪八十年代初期。

　　因为被借调,我参加一九八一年版《鲁迅全集》第一卷《坟》的注释定稿工作,住到人民文学出版社办公室的二层楼的一个房间里。在大约一个多月的时间里,每天早上,我都要到楼上现代文学组的办公室,参加讨论注释条目的定稿会。参加这项工作的前辈学者中,有自广东来的散文作家秦牧先生和林辰先生、王仰晨先生。一个多月的日子里,我与林辰先生可以说是"朝夕相处"。

　　林辰先生,要从他住的家里,乘公共汽车,赶到出版社来,参加讨论。我们那时还算是中年人。林辰先生,当时已年近七旬。他的脸上棱角鲜明,满是沧桑。头发也已经半是花白了。他总是按时来"上班",精力非常充沛。我从来没有看到他因年纪大而稍加懈怠过。他的古典文学与考据知识,非常广博。许多涉及古代文献的词条,鲁迅自己的文章,注释里面的文字,常常都需要他出来说话,发表意见,认可,把关。每当休息的时候,秦牧先生很少离开会议室,总是坐在椅子上,翻阅那里摆着的一本厚厚的《辞海》,或《辞源》,或其他什么有关近代人物的辞典之类的东西。而林辰先生,或走出去,休息一会儿,或与社里的青年人聊聊天。讨论中,他本身就好像一部活辞典,许多关于鲁迅和鲁迅著作涉及的知识,都似储存在他的头脑里。

　　林辰先生,王仰晨先生,秦牧先生,对于讨论,都非常认真。为了一个条目,常常要查阅文献,字斟句酌,一句一字地推敲,有时甚至要花去半天的时间。秦牧先生是散文作家,他那样不厌其烦,那样认真审稿,于他的写作,似乎没有什么关系,却从来也没有觉得这是浪费自己的时间。林辰先生做这项工作,则是真正的本行里手,经验非常丰富。几十年如一日,没有觉得这种"奉献"对自己的研究有什么影响。他们的为人品格,广博知识,一丝不苟的认真态度,对鲁迅、对读者的负责精神,耳濡目染,对我以后的治学予以深深的浸润。由此我对林辰先生,始终保持钦敬之情。林辰先生待我如自己的孩子,在他的面前,我也是像孩子一样,很随便,没有任何拘束,言谈和讨论中,也学到了许多知识，真实地感到他是一位很容易亲近的长辈。我心里默默以先生为我研究鲁迅及为人为学的楷模。

林辰先生非常耿直。他有什么看法、意见，就直率地表露出来，从不躲闪，不隐约其辞。他知道我是研究现代文学的，当时又刚刚兴起一股"张爱玲热"、"周作人热"，他对之是颇不以为然的。一次与我聊天，他就很直率地对我说：一些有名的刊物，发表的文章，把张爱玲吹捧得那么高，我就不赞成。抗战的时候，张爱玲在上海，做人的名声就不怎么好，她的那些作品，也不都是水平很高的。他说话的声音很高，常常激动得不能自已。

记得还在读研究生的时候，我因为喜欢古典文学和搜集资料，就读过并非常喜欢四十年代林辰先生出版的《鲁迅事迹考》这本书，读过他发表过的关于鲁迅传记一类的文字，而且知道他一直热心于鲁迅著作进行注疏的倡导。这些，经过多日的亲聆教诲，给我后来的鲁迅研究，留下了很深的影响。

他在四十年代末发表的一篇文章，题目就是《鲁迅著作需要疏证》，里面阐发的一些意见，至今读了，还觉得非常的亲切，很有远见性。他说："鲁迅先生逝世已有整整十二年，在时间上，他之离我们而去，似乎日益渺远；但在一般青年的精神上，他的感召力却随着岁月的加深而日愈加强。研读鲁迅作品，学习鲁迅精神，在广大的青年层里，简直成为一种普遍的热潮。"因为不明白当时的情势和有关故实，"要真正能透彻理解鲁迅的著作，实在有着相当的困难。因此，对鲁迅的作品加以注释疏证，俾能更为一般读者所了解所接受，就成为研究和学习鲁迅工作中最基本最需要的一个项目了"。他还举鲁迅几篇关于女师大事件的文章为例，说明这一工作的重要。在文章最后，他呼吁："我希望有人能对鲁迅的著作，一篇一册，就其所知，踏实地做一番疏证的工作。或者沿着时代的先后，将每一本书的有关史实和文献，辑成专书，作为全集的附册，也是一件值得做的事情。这可以使一般研究鲁迅的人,解除许多困难,获得很大裨益;从而使鲁迅精神得到更大的继承和发扬,实在是毫无疑问的。"(原载《大公晚报·半月文艺》,重庆,1947 年 10 月 25 日)

这种热爱与弘扬鲁迅精神的拳拳之心和注释疏证鲁迅作品的殷殷期望,后来终于如愿。林辰先生自五十年代初期起,就被调到上海鲁迅著作编刊社,全部精力致力于鲁迅著作的校勘、注释及出版工作。后来到北京人民文学出版社,继续实践着他的宿愿。他没有时间能够完成整部《鲁迅传》的写作。但他的心与血与精神,却一点一滴的融入到浩如大海的鲁迅先生的全部文字之中了。

孙伏园先生一九四六年为《鲁迅事迹考》所作序里这样说:"无论传记作者是林辰先生也好,或是另一位也好,有了这样细密谨严的方法,决不会再写出没有价值的传记了。""我私心希望这位未来的传记作者就是林辰先生。"从这个传记的字里行间,我们可以读到林辰先生博大的人文精神与严谨的治学足迹,也可以真正感悟到什么才是一个严肃学者甘于寂寞的勤谨风尚,崇高自守的人格魅力。

"他古道照人,笃于友情,爱护青年,正直而富正义感。"在悼念许寿裳先生的文章里,林辰先生如是说。林辰先生之为人,为学,为事业,亦当如斯。

希望林辰先生这部没有完成的《鲁迅传》的出版,带给鲁迅研究者的,带给更广大喜爱鲁迅的读者的,会是一种严肃而悠远的启示,"其快乐也不会下于阅读整本的传记"。

林辰先生离世已七月矣!谨以这些仓促肤浅的文字,向先生表达一个后学者的一缕诚挚的思念。

二〇〇四年元月七日　于京郊蓝旗营

[附录]

鲁迅在厦门大学

—— 鲁迅生涯之分期的研究

一、海滨的遁迹

一九二五年，为了女师大的风潮，鲁迅先生在北京被一般"正人君子"所围剿，被老虎总长章士钊免掉了教育部的佥事之职；但这还不足以使他们心满意足，到一九二六年"三·一八"惨案之后，段祺瑞政府更通缉所谓"暴徒首领"徐谦、吴敬恒等四十八人，鲁迅名列二十一。（见《而已集·大衍发微》）压迫日甚一日，他"天天提心吊胆，要防危险"（见《两地书》一一七页）。在北京已难驻足，乃离京赴闽，就厦门大学之聘。

他离开北京的那一天，是八月二十六日。（见《华盖集续编·记谈话附记》）

顺着津浦铁路南下，经南京，转道沪宁铁路，于八月三十日抵上海。（《华盖集续编·上海通信》）同行者有许广平女士。（参看《两地书》八七、二二三页）

九月二日晨七时离沪，四日午后一时抵厦门，当时即移入厦门大学（《两地书》七七页），住在国学院陈列所的空屋，一间很大的三

层楼上。(《两地书》七七、八五页。下文未注书名,但注页数者,即引自《两地书》)

他之赴厦大,是应林玉堂(即今之幽默大师林语堂)的邀请而去的。其时林语堂在那里任国学院秘书兼文科主任。(参看一六七页)鲁迅的职务是国文系教授兼国学院研究教授。(参看九五、一〇〇、一一四各页)他的初志,本拟"在这里住两年,除教书之外,还希望将先前所集成的《汉画象考》和《古小说钩沈》印出"(《华盖集续编·厦门通信〔三〕》)。他的功课,每周原定六小时:小说史,专书研究,中国文学史各二小时。开课之后,专书研究无人选,每周只有四小时了,"但别的所谓相当职务,却太繁,有本校季刊的作文,有本院季刊的作文,有指导研究员的事(将来还有审查),合计起来,很够做做了"(八九页)。中国文学史须编讲义,他看看先前存下来的别人的讲义,本来随便讲讲就行的,但他"还想认真一点,编成一本较好的文学史。"他决定"好好的来编一编,功罪在所不计"(八八、九二页)。除文学史外,"还拟指导一种编辑书目的事",这是一椿"范围颇大,两三年未必能完"的工作。(八九页)由这些看来,鲁迅之到厦门,在先原是抱着很大的希望,打算在那里住二三年,认真做一些事的。

二、如此厦大

厦大为华侨陈嘉庚所创转,校长林文庆博士,是一个英国籍的中国人。鲁迅到校只几天,便已看出了厦大的"没有计划","无基金"和"散漫",林玉堂"也不大顺手"。(八九、九三页)学校当局又急于事功,他刚到校,便问履历,问著作,问计划,问年底有什么成绩发表。已使他"心烦"(八九页),但"有许多悭吝举动,令人难耐"(九五页)。至于同事,则校长是尊孔的,"开口闭口,不离孔子,曾经做过一本讲孔教的书,还有一本英文的自传"(《华盖集续编·海上通信》)。其余多为"现代评论"派,国学院中,如朱山根便"自称只佩服胡适陈源两个人"(九五页),"他所安排的羽翼,竟有七人之多"(一〇二页),如田千顷,辛家本,白果,田难干,卢梅,黄梅等人(九五、一二〇页)。这些胡陈之徒,面目很漂亮,但语言无味,油滑浅薄,只知道钻营奔走,中伤挑眼,惟校长之喜怒是伺(八九、一三一页),而"在讲堂上装口吃","在会场上唱昆腔",便是他们的"学问"(二〇二页)。在这些"妾妇"们之外,另外的一批,则"有希望得爱,以九元一盒的糖果恭送女教员的老外国教授;有和著名的美人结婚,三月复离的青年教授;有以异性为玩艺儿,每年一定和一个人往来,先引之而终拒之的密斯先生;有打听糖果所在,群往吃之的无耻之徒"(一三一页)。鲁迅,他当日便是被包围在这两批人之中!

在这样的学校里,自然是很难做出什么事来的。当局者"眼光不远",他们虽出重资聘请教员,但"如以好草喂牛";总希望教员"从速做许多工作,发表许多成绩,像养牛之每日挤牛乳一般"。(一〇七、一二五)但当鲁迅对校长说:"我原已辑好了古小说十本,只须略加整理,学校既如此着急,月内便去付印就是了。于是他们就从此没有后文。没有稿子,他们就天天催,一有,却并不真准备付印的。"(一六〇页)这是十月初的事,到了十一月末(参看一六七、一七〇页),校长要减少国学院预算,林玉堂力争,他就对林说,只要你们有稿子拿来,立刻可以印,于是鲁迅便"将稿子拿出去,放了大约至多十分钟吧,拿回来了,从此没有后文"(《华盖集续编·厦门通信〔三〕》)。还有许多可笑的事,如国学院开展览会,借鲁迅的碑碣拓片去陈列,他答应了,把拓片摊在地上,亲自伏着,一一送出,但到拿去陈列时,则除孙伏园之外,没有第二人帮忙,校役也寻不到,高处则在桌上放一椅子,由鲁迅跳上跳下的陈列,到中途白果却又将孙伏园叫去了。从商科借来的一套历代古钱,鲁迅看大半是假的,便主张不陈列或标明"古钱标本",都没有通过。而田千顷却将他所照的什么"牡丹花","北京的刮风"等与"考古"无关的照片也陈列起来,真是一塌糊涂。(一一三、一二一页)而鲁迅的"少读中国书",赞成白话,学生应该留心世事等主张,也无不和当局者的意思相反。像这样的学校,自然要使抱着希望而来的鲁迅失望了。

鲁迅曾用一句话形容厦大道:"硬将一排洋房,摆在荒岛的海边上。"(一三一页)厦门大学,如此而已!

三、鲁迅在这环境里的生活

在这样的环境里,鲁迅的生活真"无聊之至"(八六页)。因为学校设备不齐,他的住屋屡有变更,初到时被搁在国学院的三层楼上,上下极为不便,他去上课,来回须走石阶一百九十二级。(八九页)这楼就在海边,有山有水,不远有一道城墙,据说是郑成功筑的。他并不留心风景,却有好几天,忘不掉郑成功的遗迹。"一想到除了台湾,这厦门乃是满人入关以后,我们中国的最后亡的地方,委实觉得可悲可喜。"(《华盖集续编·厦门通信》)在这楼上住了不过二十天,因为要陈列物品了,于是又搬到了图书馆的楼上,但空无所有,费力发怒之后,才弄到器具。(九六页)到十二月,庶务科又要他搬到半间小屋子里去,虽说没有搬,其不安已可想见。(二〇一页)至于吃饭,则时而与他人合雇厨子(八七页),时而上小馆子或买面包(一四九页),时而向厨房买饭,由孙伏园做菜(一九三页)。连住处和"吃一口饭也就如此麻烦"(一四八页),其生活真是困顿不安极了。

他对同事"惟一的方法是少说话"(八九页),"专取闭关主义,一切教职员,少与往来"(一〇七页)。但这还是没有效果,那些人"偏又常常寻上门来"(一一七页),"白果尤善兴风作浪"(九五页)。在九月间,鲁迅到校的第一个月内,朱山根便已开始了他的伎俩,说鲁迅是"名士派"(一〇二页)。他自己则挤轧钻谋,安插私人,他们一面明枪暗箭,排斥鲁迅,一面又个个接家眷,准备长久住下去。白果一人,便从北京搬来了"一个太太,四个小孩,两个佣人,四十件行李,大有山河永固之意"（一九八页）。除了应付这些人之外，又还有许多无聊应酬来纠缠他，给他看到许多令人哭笑不得的怪现象。例如马寅初博士到厦门演说，所谓"北大同人"，便"发昏章第十一，排班欢迎。"鲁迅虽知"银行之可以发财"，但因为"道不同不相为谋"，没有参加；然而浙江学生硬要拖他去和马博士一同照像，校长又要他去做陪客，和银行家扳谈，他虽然都拒绝了，但也不免于大叫"苦哉苦哉！"（一二五、一四二页）又如太虚和尚到厦门讲经，厦大的职员又硬要他去赴宴作陪，而且他"与太虚并排上坐"，他虽然推掉，但也不免看到许多丑态。（一二八页）此外又常有演说和"恭听校长教授辈的胡说"（一九二页）。在这样的情形下面，使他觉悟到"以北京为污浊，乃至厦门，现在想来，可谓妄想，大沟不干净，小沟就干净么？"所以他最先是"以转瞬便是半年一年，聊自排遣"（一〇一页），后来，住了不过一月，便不得不放弃"住两年"的计划了。他"将印《汉画象考》的希望取消，并且自己缩短年限为一年"（《华盖集续编·厦门通信〔三〕》）。这是因为看林玉堂为故乡做事的热心和学生对他很好的原故，否则他"也许早跑到广州或上海去了"（一一四页）。但到十一月十七日，他却下了"本学期末非走不可"的决心，又"将印《古小说钩沈》的意思也取消，并且自己再缩短年限为半年"（《华盖集续编·厦门通信〔三〕》）。这里，且引鲁迅的原文，来说明这原因吧：

　　我虽然早已决定不在此校，但时期是本学期末抑明年夏天，却没有定，现在是至迟至本学期末非走不可了。昨天出了一件可笑可叹的事。下午有校员恳亲会，我是向来不到那种会去的，而一个同事硬拉我去，我不得已，去了。不料会中竟有人演说，先感谢校长给我们吃点心，次说教员吃得多么好，住得多么舒服，薪水又这么多，应该大发良心，拼命做事，而校长如此体贴我们，真如父母一样……我真要立刻跳起来,但已有别一个教员上前驳斥他了,闹得不欢而散。

还有稀奇的事情,是教员里面,竟有对于驳斥的教员,不以为然的。他说,在西洋,父子和朋友不大两样,所以倘说谁和谁如父子,也就是谁和谁如朋友的意思。这人是西洋留学生,你看他到西洋一番,竟学得了这样的大识见。

昨天的恳亲会是第三次,我却初次到,见是男女分房的,不但分坐。

我才知道在金钱下的人们是这样的,我决计要走了,但我不想以这一件事为口实,且仍于学期之类作一结束。至于到那里去,一时也难定,总之无论如何,年假中我必到广州走一遭,即使无瞰饭处,厦门也决不住下去的了。(一六〇页)

当晚他多饮了些酒,带着醉意回到寝室,靠在躺椅上抽着烟睡熟了,以致香烟头引燃了棉袍,醒来救熄之后,在腹部烧了七八寸直径的一大块。(景宋:《鲁迅的日常生活》)由此可见他那天的愤懑之深。

四、寂寞·烦躁·悲愤

在这几个月内,鲁迅的心情的恶劣,不言可知。厦门对于他的身体,仿佛倒好,能吃能睡,但"总有些无聊,有些不高兴,好像不能安心乐业似的"(一〇一页)。我们且来看他后来的一段追忆吧:

去年躲在厦门岛上的时候,因为太讨人厌了,终于得到"敬鬼神而远之"式的待遇,被供在图书馆楼上的一间屋子里。白天还有馆员,订书匠,阅书的学生,夜九时后,一切星散,一所很大的洋楼里,除我以外,没有别人。我沉静下去了。寂静浓到如酒,令人微醺。望后窗外骨立的乱山中许多白点,是丛冢;一粒深黄色火,是南普陀寺的琉璃灯。前面则海天微茫,黑絮一般的夜色简直似乎要扑到心坎里。我靠了石栏远眺,听得自己的心音,四远还仿佛有无量悲哀,苦恼,零落,死灭,都杂入这寂静中,使它变成药酒,加色,加味,加香。……莫非这就是一点'世界苦恼'么?我有时想。然而大约又不是的,这不过是淡淡的哀愁,中间还带些愉快。我想接近它,但我愈想,它却愈渺茫了,几乎就要发见仅只我独自倚着石栏,此外一无所有。必须待到我忘了努力,才又感到淡淡的哀愁。(《三闲集·怎么写》)

这文章里,充满着浓烈的寂寞之感,而又抒写得十分美,十分的近于诗。我们由此可想见他独自倚栏远眺的彷徨的影子。

有些时候,他更常显得焦躁不宁。他离开北京,想不到在厦门又遇到这样多的"现代派"小卒,本来他要打击他们,像先前在北京时那样,原是不费力的,但如要"和此辈周旋,就必须将别的事情放下,另用一番心机,本业抛荒,所得的成绩就有限了"(一四六页)。既不愿抛荒本业又须得和此辈周旋,这自然要叫他感到烦躁。而尤其重要的,是先前曾利用过他的一些所谓文学青年,这时竟有人向他攻击,如长虹便在《狂飙》上嘲笑他对章士钊的失败道:"于是遂戴其纸糊的'思想界的权威'之假冠,而入于身心交病之状态矣。"其余还有同属于狂飙社的尚钺及什么乌文光等人。他早就说过:"死于敌手的锋刃,不足悲苦。"(《华盖集·杂感》)但发现当面称为"同道"的人暗中袭击他。这却使他感到悲哀。所以,这时的牢骚也最多,一再说:

我这几年来,常想给别人出一点力,所以在北京时,拼

命地做,忘记吃饭,减少睡眠,吃了药来编辑,校对,作文。谁料结出来的,都是苦果子。(一三六页)

我的生命,碎割在给人改稿子,看稿子,编书,校字,陪坐这些事情上者,已经很不少,而有些人因此竟以主子自居,稍不合意,就责难纷起,我此后颇想不再蹈这覆辙了。(一五一页)

我先前在北京为文学青年打杂,耗去生命不少,自己是知道的。……但先前利用过我的人,现在见我偃旗息鼓,遁迹海滨,无从再来利用,就开始攻击了,长虹在《狂飙》第五期上尽力攻击,自称见过我不下百回,知道得很清楚,并捏造许多会话(如说我骂郭沫若之类)。其意即在推倒《莽原》,一方面则推广《狂飙》的销路,其实还是利用,不过方法不同。他们那时的种种利用我,我是明白的,但还料不到他看出活着他不能吸血了,就要打杀了煮吃,有如此恶毒。(一五六页)

又还有一篇表现着这种心情的重要文章,那便是《写在〈坟〉后面》。他在十一月末给景宋一封信里曾说:"我自到此以后,仿佛全感空虚,不再有什么意见,而且有时确也有莫名其妙的悲哀,曾经作了一篇我的杂文集的跋,就写着那时的心情。"(一七六页)这里便是指《写在〈坟〉后面》而言,当时曾登载《语丝》一零八期上。由这封信,可知这篇跋是了解鲁迅在厦大时的心情的重要资料,我们应该引几节在这里:

今夜周围是这么寂静……不知怎地忽有淡淡的哀愁来袭击我的心,我似乎有些后悔印行我的杂文了。我很奇怪我的后悔;这在我是不大遇到的,到如今,我还没有深知道所谓悔者究竟是怎么一回事。但这心情也随即逝去……只为想驱逐自己目下的哀愁,我还要说几句话。

……这不过是我的生活中的一点陈迹。如果我的过往,也可以算作生活,那么,也就可以说,我也曾工作过了。但我并无喷泉一般的思想,伟大华美的文章,既没有主义要宣传,也不想发起一种什么运动。不过我曾经尝得,失望无论大小,是一种苦味,所以几年以来,有人希望我动动笔的,只要意见不很相反,我的力量能够支撑,就总要勉力写几句东西,给来者一些极微末的欢喜。人生多苦辛,而人们有时却极容易得到安慰,又何必惜一点笔墨,给多尝些孤独的悲哀呢?……我的生命的一部分,就这样地用去了,也就是做了这样的工作。然而我至今终于不明白我一向是在做什么。比方做土工的罢,做着做着,而不明白是在筑台呢还在掘坑。所知道的是即使是筑台,也无非要将自己从那上面跌下来或者显示老死;倘是掘坑,那就当然不过是埋掉自己。总之:逝去,逝去,一切一切,和光阴一同早逝去,在逝去,要逝去了。——不过如此,但也为我所十分甘愿的。

……

偏爱我的作品的读者,有时批评说,我的文字是说真话的。这其实是过誉,那原因就因为他偏爱。我自然不想太欺骗人,但也未尝将心里的话照样说尽,大约只要看得可以交卷就算完。我的确时时解剖别人,然而更多的是更无情面地解剖我自己,发表一点,酷爱温暖的人物已经觉得冷酷了,如果全露出我的血肉来,末路正不知要到怎样。我有时也想就此驱除旁人,到那时还不唾弃我的,即使是枭蛇鬼怪,也是我的朋友,这才真是我的朋友。倘使并这个也没

有，则就是我一个人也行。但现在我并不。因为，我还没有
这样勇敢，那原因就是我还想生活，在这社会里。还有一种
小缘故，先前也曾屡次声明，就是偏要使所谓正人君子也者
之流多不舒服几天，所以自己便特地留几片铁甲在身上，站
着，给他们的世界多有一点缺陷，到我自己厌倦了，要脱掉
了的时候为止。"（《坟》二九七页）

"我至今终于不明白我一向是在做什么。"这是何等悲哀的心境！
他也想驱除旁人，然而，"但现在我并不。"这便是他那时苦恼的一个
根源。据他自己在《两地书》里说："当时动笔的原因，一是恨自己为
生活起见，不能不暂戴假面，二是感到了有些青年之于我，见可利用
则尽情利用，倘觉不能利用了，便想一棒打杀，所以很有些悲愤之
言。"（一九二页）这已是解释得很明白了。

由于积累的种种愤激，他这时甚至对此后所走的路也迟疑了，他
徘徊在三条路之间："（一）死了心，积几文钱，将来什么事都不做，顾
自己苦苦过活；（二）再不顾自己，为人们做些事，将来饿肚也不妨，
也一任别人唾骂；（三）再做一些事，倘连所谓'同人'也都从背后枪
击我了，为生存和报复起见，我便什么事都敢做"。（一五七页）由此可
见他的悲愤纷扰的心情了。

五、慰藉和鼓舞

他这时虽在寂寞愤懑之中，幸还有景宋的慰解。他的牢骚，身边
无人可谈，便只有向老远的景宋申诉。而景宋实也是最了解和关心
他的人。在她给鲁迅的一封信里，曾说："你的弊病，是对有些人过于
深恶痛绝，简直不愿同一地呼吸；而对有些人又期望太殷，不惜赴汤
蹈火，一旦觉得不副所望，你便悲哀起来了。……几个人乘你遁迹荒

岛而枪击你,你就因此气短么?你就不看全般,甘为几个人所左右么?……况且说天下就没有一个人是你永久的同道么?有一个,你就可以自慰了,可以由一个人而推及二三以至无穷了,那你又何必悲哀呢?"(一六五页)这对于鲁迅当时的心情,真是透彻的了解,也是最切适的慰安。她竭力劝诱鲁迅赴粤,怕他在厦大"受不住气独自闷着,无人从旁劝解"(一五四页)。而鲁迅也希望和景宋有常见的机会,他初收到中大聘书时,其所以不能立即决定赴粤,原因之一便是景宋当时有就业汕头的意思,所以他说:"我的一个朋友或者将往汕头,则我虽至广州,又与在厦门异。"(一五六页)后来他决定赴粤了,便更希望景宋勿离广州,说:"我极希望 H·M 也在同地,至少可以时常谈谈,鼓励我再做些有益于人的工作。"(一七五页)H·M 是他们通信时景宋所用的名字。这时北京上海等地都有许多关于他们两人的流言,有些人甚至说鲁迅已将她带到厦门去了。(二二三页)但鲁迅却说:"偏在广州,住得更近点,看他们躲在黑暗里的诸公其奈我何。"(二〇八页)在这期间,他们关切着彼此的饮食寒暖,其情感已较在北京时深厚多了。这是鲁迅这一时期的生活中的一件大事。

这时(一九二六年夏季),国民革命的发展,又常给他以极大的鼓舞,他对北伐军寄与热烈的同情。本来,他之所以要到厦门,便是因为它接近革命策源地的缘故。在《两地书》第二集中,几乎信信都提到北伐进展的消息。在到厦门之初,九月十四日的信里即说:"北伐胜利的消息也甚多,极快人意。"(八八页)十月十五日的信说:"今天本地报上的消息很好,……即使要打折扣,情形很好总是真的。"(一一七页)十一月九日的信说:"听说漳州是民军就要入诚了,克服九江,则其事甚确,昨天又听到一消息,说陈仪入浙后,也独立了,这使我很高兴。"(一五二页)十一月廿五日的信又说:"今天本地报上的消息很好,泉州已得,商震反戈攻张家口,国民一军将至潼关。"(一七〇页)他是这样殷切地关念着同情着国民革命,十月十日,他看到双十节的庆祝后所写的信,使我们看了尤为感动。他说:"今天是双十节,却使我欢喜非常,本校先行升旗礼,三呼万岁,于是有演说,运动,放鞭炮。北京的人,彷佛厌恶双十节似的,沉沉如死,此地这才像双十节。我因为听北京过年的鞭爆听厌了,对鞭爆有了恶感,这回才觉得却也好听。"(一一四页)这是怎样高兴的话啊! 由此可见革命者的鲁迅的热情。

六、辛勤的著译

这样的鲁迅,是决不会灰颓,决不会懈怠的。他"一面发牢骚,一面编好《华盖集续编》,做完《旧事重提》,编好《争自由的波浪》(董秋芳译的小说),看完《卷葹》,都分头寄出去了"(一六八页)。《华盖集续编》是十月中旬编好寄出的。(参看一二七页及原书小引)《旧事重提》即《朝花夕拾》,其中的后五篇:《从百草园到三味书屋》、《父亲的病》、《琐记》、《藤野先生》、《范爱农》,就是在厦大图书馆的楼上写的。(《朝花夕拾·小引》)《三味书屋》作于九月十八日,《父亲的病》、《琐记》、《藤野先生》连作于十月七日、八日,十二日,这使得他在那几天"又多吸了一点"烟卷。(参看一一六页及《朝花夕拾》)他原说:"这东西还有两篇便完"(一一六页),但不知怎地,在十一月十八日写了一篇《范爱农》之后,便没有再写下去了。《争自由的波浪》是俄国 V·但兼珂等所作的短篇小说集。《卷葹》为淦女士(即冯沅君)所作,也是短篇集。鲁迅为他们编校,自然也费去心血不少。他又以古代的传说为题材,写了《铸剑》(十月)和《奔月》(十二月),现均收在《故事新编》里。那本未完的《汉文学史纲要》和《华盖集续编的续编》,也是这时所写的。此外,他自然还不断做着翻译和辑录的工作,如鹤见祐辅的《说幽默》等(见《山水·思想·人物》)便是译于此时(十二月)。在短短的四个月中,教书之余,还做了如许工作,收到这么多的成绩,这足够说明他内心的积极,力之富了。

七、离厦赴粤

他十一月中旬便已决心离开厦大,在十二月三十一日乃正式提出辞职书。这使学校当局很为难:为虚名计,想留他;为干净省事计,愿放他走。(二一○页)接着是学生会的挽留,赴送别会,演说,喝酒,照像,使他感到"名人得太苦",连白果也要办酒给他饯行,称他为"吾师"了。(二一八页)学生因他之走而愤慨恼怒,有许多还要跟着他转学广州。(二○七、二二四页)后来"由挽留运动转为改革学校运动"(二一八页),"首先提出的是要求校长罢免大学秘书刘树杞博士"(《华盖集续编·海上通信》)。这就跟着来了种种谣言:校长说他"到厦门原是来捣乱,并非预备在厦门教书的,所以北京的位置都没有辞掉"。又说他的辞职,"乃是胡适之派和鲁迅派相排挤,所以走掉的"。(《华盖集续编·海上通信》)而田千顷白果之流,则指说他之"不肯居留厦门,乃为月亮(一女性——笔者)不在之故"(二二四页),分头广布,意图中伤。他这才知道"吃饭困难,不吃亦殊为学者所不悦"(《而已集·再谈香港》,并请参看续编二五九页)。这真出人意外,要不是亲身经历过的人,谁会知道"清高"的教育界有这种情形呢!

但是,如景宋所说,"幸而他好像是青年的吸铁石,自他到后,厦门大学研究文艺之风盛行起来了,冷清清的大房间里时常有学生的足迹不断来往,就在他离校之际,还引起青年的觉悟,改革学校运动于是发生"(景宋:《鲁迅和青年们》)。这就是鲁迅在厦大的收获了。

他离开厦门大学的日子,是次年(一九二七)一月十五日。(《华盖集续编·海上通信》)

八、略论这时期的鲁迅

鲁迅在这一段时间中的生活和心境,最值得我们注意。那烦躁、愤懑、寂寞,在他一生中,无论前后,都没有这时来得浓烈。自然,在这之前,他也有寂寞、愤怒,但他大声"呐喊",他"乐则大笑,悲则大叫,愤则大骂";之后,他自然也有寂寞和愤怒,但他却只管奋勇地使用着他的愈来愈尖利的笔,扫向一切黑暗去。只有这时,他"对着大海,翻着古书……心里空空洞洞,不愿意想到目前,于是回忆在心里出土了"(《故事新编·序言》)。这便写下了《朝花夕拾》里的后五篇和《故事新编》里的《奔月》和《铸剑》。"一个人做到只剩回忆的时候,生涯大概总要算是无聊了吧。"(《朝花夕拾·小引》)像以前在北京时所写的《华盖集》和"续编"里的那样的文章,以后到广州后所写的《而已集》和《三闲集》里那样的文章,这时都没有。有的却只是"回忆"和几封信。这也是很自然的,他从很早以前一直到这时候,都认为凡属青年,都是好的(这意见后来到广州后才改变了),曾经多次纠集了一些他所认为较优秀的青年,希望能一同向前奋斗,而这时,有的已经堕落,有的则反而向他进攻,结局只剩下他自己一人,这哪能不叫他感到寂寞悲哀呢!又因他离开了便于研究学问,有好的图书馆,他曾长期居留过的北京,改变了十五年来从没有改变过的生活习惯,在流动中饱受到不便和不安之苦,这也是原因之一。但这里我们必得注意:他这时悲愤是有的,牢骚是有的,但却没有悲观和颓唐。这只要从那篇《写在〈坟〉后面》里,也可以看得出来。他在离开厦大那时,曾说:"虽或受着各方面的砍刺,似乎已经没有创伤,或者不再觉得痛楚;即使加我罪案,也并不觉着一点沉重了。……我已经管不得许多,只好从退让到无可退避之地,进而和他们冲突,蔑视他们,并且蔑视他们的蔑视了。"(续编:《海上通信》)这时是在酝酿一个新的变化。这酝酿到广州以后便成熟了。

有些论者,每以为鲁迅一九二七年在广州时,是"沉默"的时期,这意见我不敢苟同。如果一定要说在鲁迅的一生中,也曾有过"沉默"的话,那应该是指在厦门的这时期而言,我以为。

十年以后,当鲁迅逝世的消息传到厦门时,厦大学生和厦门文化界,曾呈请厦门市政府,把厦大门前的一条马路改名"鲁迅路",以作纪念。但因为种种缘故,终于没有成功。(见郁达夫《回忆鲁迅》)

附记:本文作于去年十月中旬,时作者僻处黔西的一个小县城里,万山重叠,交通不便,参考书极感缺乏。鲁迅先生的日记之类的资料,自然更无从得到。关于他的许多事迹,主要都是从他的遗著里得来,例如他离开北京的日子,许寿裳《年谱》也仅仅说:"八月底离北京向厦门,任厦门大学文科教授"。拙稿则详细考出月日。其他日常生活详情也是从先生的许多集子里钩稽而得。搜集排比,未尝稍为随便,颇尽了相当的心力,但始终限于能力,时间和资料的不够,写成后和理想相隔尚远。现略加修改,发表于此,私意是把它作为一块砖抛出去,望能引出珠玉来。我尤其希望和鲁迅先生关系很密,而且又一同在厦大执教的孙伏园先生能写一篇,因为在还没有一本详细而正确的鲁迅传的今日,这类的文章,并非全无意义的。

一九四一、七、廿三、离虹庐前一日记

(原载一九四二年六月十五日《抗战文艺》(月刊)(重庆)第七卷第六期)

鲁迅在中山大学

——鲁迅生涯之分期的研究

一、赴粤的经过

一九二六年下季,当鲁迅先生还在厦门大学时,他便接到由广州中山大学接二连三地打去的邀请的电报。那时,他正不满于厦门大学的腐败落后,散漫悭吝,很想提前离去,接到中大的电报以后,经过一些日子的踌躇,便到中山大学去了。

中大是旧广东大学在一九二六年下季改组而成,为委员制,当时"委员长是戴季陶,副顾孟馀,此外是徐谦,朱家骅,丁维汾"(《两地书》一三五页许函)。因为是从新开始,"教员大抵新聘,学生也加甄别",看去似乎很有"希望"。(《两地书》一三九页)鲁迅和顾孟馀、朱家骅等人过去同在北京大学执教,从不同的观点、不同的角度出发,他们又曾短期的反对过军阀官僚的黑暗统治,并一同被段祺瑞政府通辑过;这和中大之聘请鲁迅,大约是不无一点小关系的。但鲁迅接到中大的电报后,并未即作决定,却经过了相当时日的踌躇。

他接到中大的电邀,最早是在十月十六日,电文说中大已改委员制,请他和沈兼士、林玉堂等去"指示一切",鲁迅以为"大概是议定学制罢",很想"借此走一遭",但因在厦大上课不到一个月,不便请假。(《两地书》一二〇页。下文仅注页数者,均自《两地书》引用)他去和文科主任的林玉堂商议,林又从中作梗,所以便中止了。(一二五页)在十一月初,他知道中大电请的教员,有"现代派"中人(一四八页),便"对于到广州教书的事,很有些踌躇了,恐怕情形会和在北京时相像"(一五二页)。到十一月十四五日间,中大的聘书寄到了,但他一时仍然不能决定行止,因为厦大虽不愿久居,但到广州也有不合的地方。(一五六页)所以,在年底或明年夏季离开,尚未决定。至十一月十八日他已决心"至本学期末非走不可了",但"到那里去,一时也难定"(一六〇页),十九日才决定赴中山大学①;而决定不久,在廿五日却因厦大学生的要求教满一年,便又说"年底大概未必能走了……,再在这里熬半年,也还做得到的,以后如何,此时还无从说起"(一七〇页)。后来,到十二月初,才"决计于本学期末离开这里而往广州中大,教半年书看看再说,……教不下去时,明年夏天又走"(一七八页)。此后才不见犹豫的话了。

经过了这样久的彷徨反复,终于还是决定了赴粤,这原因自然是由丁厦门大学的不可久居,和景宋的殷殷劝诱。自从知道了鲁迅不安于厦大的环境和中大电邀鲁迅的消息以后,景宋便一再地劝他赴粤。在十月廿二日给鲁迅的信里,她说:"倘有人邀你的话,我想你也不妨一试,从新建造,未必不佳。"(一三五页)十月廿三日的信说:"广州情形虽云复杂,但思想言论,较为自由,现代派这里是立不住的,所以正不妨来一下。否则,下半年到那里去呢? 上海虽则可去,北京也可去,但又何必独不赴广东? 这未免太傻气了。"(一三九页)她在信尾又自注道:"我这信,也因希望你来,故说得天花乱坠。"由此可见其希望之殷。在十月廿七日的信内,又说:"以中大与厦大比较,中大较易发展,有希望,因为交通便利,民气发扬,而且政府也一气,又为各省所注意的新校。"(一四〇页)她的这样殷勤的劝驾,在鲁迅的行止上会发生相当影响,自然是极明显的事情。但是,具有决定作用,能促使鲁迅断然赴粤的最重要的原因,还是由于革命策源地的广州在热烈地向他招手。他在北方时,本来便很敬仰孙中山先生,同情国民革命,并曾在文化阵线上尽过极大的努力,以致因此不能在北京立足而不得不远迢迢地跑到南方来。现在有了机会,他自然是要到那革命策源地去看看的。他希望在那与北京不同的蓬蓬勃勃的广州好好做一点事。中大的月薪仅二百八十元(一五六页),不及厦大优厚,而工作却反比厦大繁苦,生活及应酬之费,也较在厦门为多;但他却"并不计较这一层",以为"只要不在不死不活的空气里就好了"。(一六六页)他热心地希望把中大的文科办好,在将到中大前给景宋的信里,一再说:"到中大后,也许不难择一并不空耗精力而较有益于学校或社会的事。"(一六六页)"中大如有可为,我还想为之尽一点力。"(二〇八页)又说:"只要中大的文科办得还像样,我的目的就达了。"(二一二页)而且,除此之外,他"还有一点野心,也想到广州后,对于绅士们仍然加以打击,至多无非不能回北京去,并不在意。第二是与创造社联合起来,造一条战线,更向旧社会进攻,我再勉力写些文字。"(一四九页)还有"为社会方面,则我想除教书外,仍然继续作文艺运动,或其他更好的工作。"(一七六页)他便是抱着这样的"梦幻"而到广州去了。

自然,鲁迅是不会对于尚属拟想中的未来的事给与过高的不合实际的估计。他自己所说的"抱着梦幻而来"(《三闲集》三〇页),这话应该是意味着上面指出的那种不顾自己,拼命为学校为社会做事的热忱而说的。实际上,他在未决定赴粤以前,曾如上述那样经过很久的深思熟虑;既经决定之后,也明明知道中大的一切不会尽如理想。他在厦门时,听到广州社会和青年之间的倾轧、诬陷……等情形后,也预料"在广州做人,要比北京还难。"(二一七页)那时中大又"有左倾之谣"(二一五页许函),郭沫若、郁达夫等创造社中人,也先后离开中大了(二〇七页)。所以当他将要去中大时,他的"联合创造社"和"作文艺运动"的希望,便已破灭了。他一定知道往中大后不会有多大的办法,这用他自己的解嘲的话,便是"教半年书看看再说。一则换换空气,二则看看风景,三则……"(原文如此,见一七八页)"还想吃一回蛇,尝一点龙虱。"(一八一页)景宋也明白的告诉他:"中大或较胜于厦大,却不能优于北大;盖介乎二者之间,现在可先作如是想,则将来便不至于大失所望。"(二一九页)他便是在这样的情形下,和几个随他转学的学生来到广州了。

二、在钟楼上

一九二七年一月十八日,鲁迅到了广州。②

中山大学聘请他担任校中惟一的"正教授",他在厦门时,便料定是"主任"。(二〇三页)他自以为"对于行政方面,素不留心,治校恐非所长"(一五六页)。所以"想不做主任,只教书"(二〇四页)。但到校后,却兼任了文学系主任和教务主任。(参看许著《年谱》及《三闲集》三二页)他讲授的科目,是文学论和中国文学史。(见许寿裳:《鲁迅的生活》)

他在校内,是住在最中央而最高的大钟楼上,饭茶则常由许景宋家里送来。当鲁迅在厦门接受中大的聘请时,景宋亦被聘为鲁迅的助教(二一七页),到了这时,两人同在一校,除职务上的事情以外③,鲁迅在日常生活上,也得到她的许多关切和帮助。他因初到,道路不熟,语言不通,出入多由景宋作向导。她又恐中大的饭菜不适浙人之口,每日都由家里送些菜肴去。日子稍久,鲁迅很觉不安,但景宋却说:"这不要紧,我家的钱,原是取之于浙江,现在又用之于浙江人好了!"原来她的祖父曾任浙江巡抚(?),故她如此说笑。(据孙伏园先生口述)两人经了北京、厦门,以迄此时,了解日深,情感日密,由这时已可看出他们以后永久结合的自然的结果。

他一到中大,便立刻受到广州青年们的狂热的欢迎。报纸上时

时都有关于他的文章,在他所住的那间大钟楼上,也常常来往着青年
们的足迹。热情的青年们对于这位"思想界的先驱者"、"时代的战
士"之到来,感到莫大的兴奋,希望他能领导他们从事文艺运动和改
革运动。一个青年在他的欢迎鲁迅的文章里,这样写着:

> 我们青年都应该知道一点文艺。一个站在新时代的文
> 艺作家和革命的实践者领导者要一样的受我们的尊敬。他
> 们对于社会的革命精神是一样伟大的。……俄国的郭戈
> 尔、托尔斯太、陀斯妥以夫斯基、安得列夫、高尔基:都是有
> 革命性的人,他们是俄国革命的泉源。在这一点看来,鲁迅
> 先生是值得我们尊敬的。我们现在对于鲁迅先生有什么希
> 望呢? 并不一定就是要他给我们(指广州)的文坛振作一
> 下,我们唯一的希望,是待着他对于我们和我们的现社会有
> 什么批评,有什么纠正,有什么改革的企图。(锦明:《鲁迅先
> 生》。见钟敬文编《鲁迅在广东》,后又收入李何林编的《鲁迅论》。)

又一个青年,在他的访问记里,这样描写对鲁迅的印象道:

> 今天,十句钟,我们到了中大,虽然问了一回人,仍然没
> 有消息。但不久,我们就在甬道上遇见了孙伏园先生。
> ……他把我们延到房里,我问他鲁迅先生现住何处,他说就
> 在邻房,此刻尚未起身。……谈话之间,渐闻得隔房有像老
> 年人的咳嗽之声,我们都凝神地听着,心境感到无上的严
> 肃。久之,孙先生引鲁迅先生出见我们。……鲁迅先生,他
> 穿着一领灰黑色的粗布长衫,脚下着的是绿面树胶底的陈
> 嘉庚(?)的运动鞋。面部消瘦而苍黄,须颇粗黑,口上含着
> 枝燃掉了半段的香烟。态度从容舒缓,虽不露笑脸,但却自

然可亲,大不像他老人家手写的文章那样老辣。……鲁迅先生谈起厦大此次风潮发生的内幕,颇致叹于该校前途之绝望。先生又提到《现代评论》,谓久不见该报,不知它近来态度怎样。我答他,现在也渐渐赞成国民政府,像要革命起来了。先生笑说道:这样善变,真没有法子呢!我们请他今后常为《国民新闻》的副刊写文字,他说怕找不到说话的材料,原因是(一)没有什么可闹引起多写文字兴趣,(二)因新到和语言不同的关系,对地方的事情太隔膜,要说话也无从说起,半年来在厦门大学,不能写出什么文字,就是为此。
(钟敬文:《记鲁迅先生》。见钟著《荔枝小品》)

由这两个青年的文章,可知广东的青年们对鲁迅是具着怎样的认识和怎样的崇敬。由后者更可想见当时鲁迅的风貌和生活情形。但鲁迅以为这样的欢迎是"不妙"的,所以,他在中山大学学生会欢迎会席上,发表到广州后的第一次演说时,便特加声明:

> 对于我的本身,社会上有许多批评和误解,而对于这些误解和批评,我又没有功夫做文章来辩护。譬如有人说,我是对社会的斗争者,或者因为这句话,引起了诸位对于我的好感。可是,我要得申明,我并非一个斗争者,如果我真是一个斗争者,我便不应该来广东了,应该在北京厦门与恶势力来斗争,然而我现在已到广东来了。(在中山大学学生会欢迎会席上。林霖记录⑥)

然而主席却继起演说,说这是鲁迅太谦虚了,就过去的事实看,鲁迅确是一个战斗者,革命者。于是,会众就辟辟拍拍地鼓掌,鲁迅说:

> 我的"战士"便做定了。拍手之后,大家都已走散,再向谁去推辞? 我好咬着牙关,背了"战士"的招牌,走进房里去。想到散同乡秋瑾姑娘,就是被这种辟辟拍拍的拍手拍死的。我莫非也非"阵亡"不可么?(《而已集·通信》)

这决不是虚伪的自嘲。这是他一贯的实事求是的精神,敏锐深刻的感觉,和当前的新环境接触后所发生的真挚而沉重的心情。然而,这种心情是难为人了解的,"战士的招牌",给他招来了很多麻烦:"访问的,研究的,谈文学的,侦探思想的,要做序题签的,请演说的,闹得个不亦乐乎。"(《而已集·通信》)这使得鲁迅在白天里应接不暇,没有余闲;而到夜晚,他住的那间大钟楼上,又有成群的老鼠驰骋;早上又有工友们的响亮的歌声;无论日夜,差不多简直没有安静休息的时候。

在这些访问者中,除了那别具用心的少数以外,大多是爱读他的著作景仰他的为人,"特来表示诚恳的欢迎"和"瞻仰丰采,以释倾仰之私怀"的(钟敬文语)。他们对鲁迅寄着极大的期待。关于这,鲁迅也很明白:

> 白天来访的本省的青年,却大抵怀着非常的好意的。有几个热心于改革的,还希望我对于广州的缺点,加以激烈的攻击。这热忱很使我感动,但我终于说是还未熟悉本地的情形,而且已经革命,觉得无甚可以攻击之处,轻轻地推却了。(《三闲集·在钟楼上》)

这里所说的理由,正和对钟敬文所说的完全一样,他大概是常常用这样的话去作为回复的。但到底他对于广州的印象是怎样呢? 他接着说:

其实是,那时我于广州无爱憎,因而也就无欣戚,无褒贬。我抱着梦幻而来,一遇实际,便被从梦境放逐了,不过剩下些索漠。我觉得广州究竟是中国的一部分,虽然奇异的花果,特别的语言,可以淆乱游子的耳目,但实际是和我所走过的别处都差不多的。……我那时觉得似乎其实未曾游行,所以也没有特别的詈骂之辞,要专一倾注在素馨和香蕉上。……(同上)

他在抵粤之初,"有时却也感到一点小康",但渐渐看清了一切,满腔热忱,到头却只有无可如何的,将它倾注在素馨和香蕉上;这是何等难堪的心怀啊! 比之任何苦痛,这种寂寞,是更为难耐的。然而,一般天真热情的青年们自然不能体会,鲁迅当时,又并未将这种心情明白说出,所以对于他的"无甚可以攻击之处"的回答,青年们当然要很失望,有的忍不住了,便不禁大呼"鲁迅先生往那里躲?"

他到了中大,不但不会恢复他"呐喊"的勇气,并且似乎在说"在北方时受着种种压迫,种种刺激,到这里来没有压迫和刺激,也就无话可说了。"嘻嘻! 异哉! 鲁迅先生竟跑出了现社会,躲向牛角尖里去了。旧社会死去的苦痛,新社会生出的苦痛,多多少少放在他眼前,他竟熟视无睹! 他把人生的镜子藏起来了,他把自己回复到过去时代去了。嘻嘻! 异哉! 鲁迅先生躲避了。(宋云彬:《鲁迅先生往那里躲?》,见《鲁迅在广东》,后又收入《鲁迅论》)

鲁迅真个躲起来了吗? 自然是不会的。热心的青年们,只以为他一来到,便会尽情地喊,尽量地写,暗鸣叱咤,冲锋陷阵。一下便把广州文坛和社会的空气振作起来。他们不懂得鲁迅是一个实事求是,厌恶标榜的"怕羞"⑤的人,不了解鲁迅对广州的"无褒贬"的"索漠"心怀,也不知道中大就要开课,鲁迅正忙于"辩论和开会",所以一见到他并未如他们的意料赤膊上阵,便以为他是"躲"起来了。⑥

在这段时间里,他的确极为忙碌。陪客,谈话,讲演,已经是日无暇暑了;而还有学校方面的事情要做。他既兼任了教务主任,自然许多行政和事务上的工作,都落到了他的头上。到将要开学前,他便更加忙碌了。这里且看他自己的一段记录:

> 在钟楼上的第二月,即戴了"教务主任"的纸冠的时候,是忙碌的时期。学校大事,盖无过于补考与开课也,与别的一切学校同。于是点头开会,排时间表,发通知书,秘藏题目,分配卷子,……于是又开会,讨论,计分,发榜。工友规矩,下午五点以后是不做工的,于是一个事务员请门房帮忙,连夜贴一丈多长的榜。但到第二天的早晨,就被撕掉了,于是又写榜。于是辩论:分数多寡的辩论;及格与否的辩论;教员有无私心的辩论;优待革命青年,优待的程度,我说已优,他说未优的辩论;补救落弟,我说权不在我,他说在我,我说无法,他说有法的辩论;试题的难易,我说不难,他说太难的辩论;还有因为有族人在台湾,自己也可以算作台湾人,取得优待"被压迫民族"的特权与否的辩论;还有人本无名,所以无所谓冒顶替的玄学底辩论……。(《三闲集·在钟楼上》)

这样的生活,真是在"和有限的生命开着玩笑",与在厦大时相较,环境还更复杂,工作还更繁苦。鲁迅的许多宝贵的精力和时间,便被这些无意义的辩论和琐事浪费掉了。而在同事里面,又不乏厦大朱山根一流的人物,使鲁迅常因他们的浅薄无知的言行而引起厌憎,增加心绪的烦忧。例如其中一位,每见一篇关于鲁迅的文章登出，便魂不附体似的对鲁迅说道："又在恭维你了！看见了么？"说下去，他照例说，"在西洋，文学是只有女人看的"。《而已集·通信》)是这样一类的同事！假如鲁迅能和他们相处，那他也不会离开北京或厦门了。他不计较薪水之减少，工作之繁重，一心想把中大文科办好的希望，也落空了。

但是，纵令环境是这样拂逆，心情是这样索漠，他也并未真的不说话。他在不满两月的时间里，先后写了《黄花节的杂感》(三，二四)、《略论中国人的脸》(四，六)、《写在劳动问题之前》(四，十一)等文。除了在中大学生会欢迎会席上和开学时发表演说外，又在香港青年会讲《无声的中国》(二，十六)、《老调子已经唱完》(二，十九)，在岭南大学讲演，(三，二九。讲题不明，见年谱。)在黄埔军官学校讲《革命时代的文学》(四，八)。在这些文章和讲辞里，他鼓励大家做"自己该做的工作"《黄花节的杂感》)，提倡"野性"——反抗性《略论中国人的脸》)，希望广东展开"文艺的新运动"《在中大学生会欢迎会讲词》)。他大声叫喊："青年们先可以将中国变成一个有声的中国。大胆地说话，勇敢地进行，忘掉了一切利害，推开了古人，将自己的真心的话发表出来。"《无声的中国》)他更无比深刻地说明：许多外国人之所以赞美中国旧文化，那用心是在"利用了我们的腐败文化，来治理我们这腐败民族"，"叫我们用自己的老调子唱完我们自己"。《老调子已经唱完》)他又指出：在中国还没有"对旧制度的挽歌"，和"对新社会的讴歌"的两种文学，"这足见中国革命对于社会没有多大的改变，对于守旧的人没有多大影响"。《革命时代的文学》)我们不要忘记，这其中的两篇讲辞，是在外人统治下的殖民地香港说的。他去讲演前曾受着种种的阻碍，但他依旧无畏地说了他要说的话。①他对民族前途，极为关怀，对外来麻醉，深感愤怒，所以他一面针砭着民族自身的病态，一面抗议着帝国主义的文化侵略。从这些文章和讲演，显示出了他的深刻的识见，也显示出了他的一颗跃动着的灼热的心，他何曾"跑出了现社会"呢!

　　然而,渐渐的,他的文章会不知所往;他的演说译成广东话时,有些话也被删掉了。在中山大学里,他也不能安心作事。原来中大在改组之初,"旧派已在那里抱怨"(一四〇页许函),后来"现代派"又一个一个的来了,他在厦门大学时所容忍下的愤怒已不能按捺住了。于是,他在三月中,便搬出了中山大学,移居东堤白云楼(见《年谱》)。后来,在文字里,他提到此事,曾说:"我因为谨避'学者'搬出中山大学。"(《略谈香港》)又说:"又被'学者'之流杀退,逃到一间西晒的楼上。"(《革"首领"》)愤懑之情,跃然纸上。但还没有辞职。一到四月十五日,因为"赴中山大学各主任紧急会议,营救被捕学生无效"(见《年谱》),他便爽性地将中大的一切职务辞掉了。他在中大,大约不过三个月而已。

　　他之中途从中大走出,是一定具着最大决心的。他自一九〇九年归国以后,即从事教育事业,自浙江两级师范学堂以讫中大,执教已达十有八年。在厦门时,他曾徘徊于"研究而教书"和"作游民而创作"的两条路之间,但始终迟疑未定(一八二页),而现在他竟下决心不再教书了。结束了一十八年的教育生涯,这是何等大的剧变! 这种剧变,实是自从被章、陈等所围剿,以至奔波闽粤这一长时间中,逐渐酝酿,到现在才成熟了的。他已经不像过去那样为"生活"和"地位"而"多所顾忌"(一七五页)了。这在鲁迅的生活史上,实在是最可纪念的事件。自此以后,他的生活又进向另一新的阶段了。

三、辞职以后

　　辞职以后,鲁迅并未即离广州,他定居广州东堤的白云楼。情势日非,他的境况愈加恶劣。他真的变成了一只"可怜的招人疑忌的乌鸦"(林玉堂语),要他作序的书,往往托故取回;期刊上的他的题签,已经撤换;报上说他已经逃走,或说到汉口去了;有一种报竭力不使有"鲁迅"二字出现;又一种报则称之为杂感家;和他同来的几个学生,也因认识他之故没有学校可进。(《而已集·通信》)而且,还不断有人来探访,或请他讲演,以便将他的态度测度出来。情况十分艰危,但他却能忍耐而巧妙地应付着。他滔滔不绝地对访问者发表意见,论这个,论那个,谈了一些他的对方简直莫名其妙的事情,例如,安特列夫哪,陀斯托也夫斯基哪,使那些来谈的人十分愕然的回去了。(参看林玉堂作:《鲁迅》)他又应约外出讲演,到知用中学讲《读书杂谈》(七,十六),到广州夏期学术演讲会讲《魏晋风度及文章与药及酒之关系》(九月间)。前者叫学生们"看看本分以外的书,即课外的书,不要只将课内的书抱住。"要"自己思索,自己观察","和实社会接触,使所读的书活起来"。后者则是谈公元三世纪时代的文学状况,他分析了孔融、嵇康等人的思想,行为,和当时的政治社会的关联。对于这些乱离时代的诗人们的遭遇和他们的反对权势破坏礼教寄与同感。那独创的见解,丰富的内容,直抉发了"一千六百多年"前的奥秘,言前人所未言。而又加以奇特有趣的故事,轻松幽默的语气,使听众叹服不止。但他们大抵只领会那趣味而忽略了那要点,而将鲁迅看作了一个只知潜心于古代典籍的纯学者了。

鲁迅一面运用他所深谙的在中国社会中"做人"的法术,应付着这难以应付的环境;一面竭力忍耐下来,控制住自己作了许多工作。这时,正是炎热如火的南国的夏天,他所住的白云楼,又当"西晒"(《革"首领"》),是一间"很阔,然而很热的房子"(《〈小约翰〉序》)。"夕阳从西窗射入,逼得人只能勉强穿一件单衣"(《朝花夕拾》序),他"满身痱子,有如荔枝"(见《革"首领"》)。然而他还是孜孜兀兀、勤勉不息地工作着,一样接一样地,收获了许多成绩。在辞职后不数日,他即着手编校《野草》,于四月二十六日完竣,并作题辞。五月一日,又将《朝花夕拾》编校成书,并作小引。五月二日,便接着开始修正和誊清《小约翰》的工作,月底才完,五月三十日作了一篇四千余字的长序。七月七日,作《〈游仙窟〉序》(唐张鷟原作,见《集外集拾遗》)。到八月内,又费了一月的工夫,将过去纂辑的《唐宋传奇集》重加勘定,于九月十日完成,并作序言。凡这些,虽大都在来粤以前,即已写就和译成,但直到此时,才最后完成。或为鲁迅自己的创作,或为域外名著的迻译,或为古代文学的整理,每一种都是光辉不朽的巨制。

除此以外,他还陆续写了一些短篇的文章。他因为三经香港,更痛感到帝国主义对中国的麻醉压迫。他在二月中的那两篇文章里,即已指出外国人"要中国人永远做侍奉主子的材料"的阴谋诡计;现在他又在《略谈香港》(六,十一⑧),《述香港恭祝圣诞》,《谈"激烈"》(九,十一),《再谈香港》(九,二十九)等文里,攻击着"金制军"(港督金文泰)"赖太史"(高等华人)等的提倡"国粹","恭祝圣诞",同时又随便对华人"笞十二藤","搜身",以及上船"查关"时对旅客的打骂索贿等行为。他沉痛愤激地对那些高等华人和作伥的奴气同胞及其洋主子,投与了最大的憎恨。他又从香港的各种报纸,捕捉了一些怪异现象,如绑匪的"撕票布告","通儒显宦,兼作良医"启事等等,加上引言和按语,集成《匪笔三篇》(未注月日,但已用八月一日《循环日报》材料)和《某笔两篇》(九,二十二)。在给一个青年的通信中,他还附了一篇香港《循环日报》社论(林按:据《略谈香港》,这就是说鲁迅已看到汉口的报纸),这社论在所骂"中国的学者"中有一位邓南遮。鲁迅在后面写着:"这是一九二七年(注意:二十世纪已经过了四分之一以上!)六月九日香港《循环日报》的社论。硬拉 DANNUNZIO 入籍而骂之,真是无妄之灾。……我们在中国还谈什么文艺呢?呜呼邓南遮!"(见李霁野:《忆鲁迅先生》)由这种种,可见鲁迅很注意一切可笑的事物,阅览范围,极为广泛,连一个报纸上的广告也不曾放过。所以他对社会的观察,会那么深,那么广,讽刺也才会那么有力。香港社会就从这种种光怪陆离的资料上,暴露出来了它的真实面貌了。

　　这时,鲁迅也不曾放松了对于"正人君子"们的攻击。在厦门,他除了在后来公开了的给景宋的信里,曾表示了对一部分"现代派"小卒的愤恨以外,并没有留下什么特为打击"正人君子"而写的专文。但到广州以后却不然了。在"八月末"⑩,他便写了一封《辞顾颉刚教授令"候审"》的信。因为顾教授说鲁迅的文字损害了他,拟于"九月中"回粤起诉,特于七月二十四日先来一函,叫鲁迅:"暂勿离粤,以俟开审"。鲁迅回信说:"先生在杭,盖已闻仆于八月中须离广州之讯,于是顿生妙计,命以难题。……但我意早决,八月中仍当行,九月已在沪……良不如请即就近在浙起诉,尔时仆必到杭,以负应负之责。倘其典书卖裤,居此生活费綦昂之广州,以俟月馀后或将提起之诉讼,天下那易有如此十足笨伯哉!……"短短数行,便抵一篇大文,无情地揭穿了学者的"妙计"。上述《匪笔三篇》,一方面固在暴露香港社会相,但主要"动机",则在讽顾。因为和顾教授给他的信相同,这"三篇"也是三封恐吓信,——一、潘平撕票布告,二、相命家金吊桶致信女某书,三、飞天虎诘妙嫦书。如果加上顾颉刚致鲁迅书,那真是珠联璧合,妙不可言! 所以鲁迅在接到顾信的第二天,在报上看见飞天虎信中"早夜出入,提防剑仔"的话,便"不知怎地忽而欣然独笑"。结果他将它们集成这《匪笔三篇》,排列在《辞顾颉刚教授令"候审"》之后。(《三闲集》)接着,到九月初,他因为陈西滢的《闲话》借用他的名义作广告,便于九月三日写了《辞"大义"》,又于九月九日写了《革"首领"》,对陈西滢掷去了讥嘲。《闲话》的广告说:

　　　　前一两年的北京文艺界,便是现代派和语丝派交战的场所。鲁迅先生(语丝派首领)所仗的大义,他的战略,读过《华盖集》的人,想必已经认识了。但是现代派的义旗,和它的主将——西滢先生的战略,我们还没有明了。……

这样,自然是应该读《闲话》了。鲁迅针对着说道:

> "主将"呢,自然以有"义旗"为体面罢。不过我没有这
> 么冠冕。既不成"派"也没有做"首领",更没有"仗"过"大
> 义"。更没有用什么"战略",因为我未见广告以前,竟没有
> 知道西滢先生是"现代派"的"主将",——我总当他是一个
> 喽罗儿。(《辞"大义"》)

鲁迅又指出了现代派将他升为"首领"的原因:

> 背后插着"义旗"的"主将"出马,对手当然以阔一点的
> 为是。我们在什么演义上时常看见:"来将通名! 我的宝刀
> 不斩无名之将!"主将要来"交战",而将我升为"首领",大概
> 也是"不得已也"的。(《革"首领"》)

对于广告作用一点,鲁迅更给以辛辣的有趣的揭破:

> 假如有谁看见我攻击茅厕的文字,便以为也是我的劲
> 敌,自恨于它的气味还未明了,再要去嗅一嗅,那是我不负
> 责任的。(《革"首领"》)

这时,由于北洋军阀的迅速的崩溃,许多"正人君子"们都已顺着
国民革命军势如破竹的胜利的风转了舵,他们突然一改从前攻击广
东为"赤化"的态度,一个个的都到广东来了。鲁迅于是又写了《"公
理"之所在》(未注月日,据《而已集》中排列次序,当作于九月中旬),
指出这些过去曾参加过公理维持会的"正人君子"们的趋炎附势,投
机取巧:

慨自执政退隐,"孤桐先生""下野"之后,——呜呼,公
理亦从而零落矣。那里去了呢?枪炮战胜了投壶,阿!有
了,在南边了。于是乎南下,南下,南下……

　　此外,在《而已集》的其他文章里,还零星散见着一些对"正人君
子"们的笑骂。不过若与以前的《华盖集》和《续编》比较,则分量已大
不如前,只能算作余波了。因为这时他的目光另有所注,笔锋另有所
指,在他看来,攻击"正人君子",已经不算什么重要的事了。这在九
月四日写的《答有恒先生》内,说得很明白:"倘若再和陈源教授之流
开玩笑吧,那是容易的,我昨天就写了一点(林按:即《辞"大义"》)。
然而无聊,我觉得他们不成什么问题"(见《而已集》)。时代环境已有新
的变动,鲁迅的基本的认识也有了新的变动了。
　　在这时候,鲁迅其所以能做如许的工作,那实在是靠了他的坚强
的理智,冷静的头脑,和超人的忍耐力。他的心绪,自勿庸说,其实是
极不宁静的。他投身在一个前所未经的环境里,"又看见了许多血和
许多泪"(《而已集》题辞),经了许多从未经验过的事,见了许多从未见过
的人,生活,精神,情绪,正都处在一种空前的异常的状态里。他在编
校《朝花夕拾》时,曾说:"书桌上的一段'水横枝',是我先前没有见过
的,就是一段树,只要浸在水中,枝叶便青葱得可爱。看看绿叶,编编
旧稿,总算也在做一点事。做着这等事,真是虽生之日,犹死之年。"
(《小引》)在《唐宋传奇集》整理完竣之后,他说:"结愿知幸,方欣已歘:
顾旧乡而不行,弄飞光于有尽,嗟夫,此亦岂所以善吾生,然而不得已
也。"(《序言》)淡淡数语,实较之披发大叫,捶床顿足,还表示出来了浓
烈的哀愁。而将他的心情表露得最明白的,还有《答有恒先生》。他
分析他这时的心情,是:

　　一、我的一种妄想破灭了。我至今为止,时时有一种

乐观,以为压迫,杀戮青年的,大概是老人。……现在我知道不然了,杀戮青年的,似乎倒大概是青年,而且对于别个的不能再造的生命和青春,更无顾惜。……血的游戏已经开头,而角色又是青年,并且有得意之色。我现在已经看不见这出戏的收场。

二、我发见自己是一个……。是什么呢?我一时定不出名目来。我曾经说过:中国历来是排着吃人的筵宴,……但我现在发见了,我自己也帮助着排筵宴。……你是看我的作品的,我现在发一个问题:看了之后,使你麻木,还是使你清楚;使你昏沉,还是使你活泼?倘所觉的是后者,那我的自己裁判,便证实大半了。中国的筵席上有一种"醉虾",虾越鲜活,吃的人便越高兴,越畅快。我就是做这种醉虾的帮手,弄清了老实而不幸的青年的脑子和弄敏了他的感觉,使他万一遭灾时来尝加倍的苦痛,同时给憎恶他的人们赏玩这较灵的苦痛,得到格外的享乐。

这显示了一颗先知者的仁慈而苦痛的心。至今读之,还令人连灵魂也感到震颤,深深体会了他当时的心境。他这时用以"救助"自己的,还是老法子:"一是麻痹,二是忘却。"但是,这法子何尝有效,他住在那西晒的楼中,而却关心着楼外的世界,他感到"这虽然沉默的都市中,还有我的生命存在,纵已节节败退,我实未尝沦亡。"(《〈小约翰〉序》)所以,他还是做了如前述的许多工作,写了那么多反帝、反封建文化、反"正人君子"的文章。

这样,又经过了五个多月,他便离开了广州了。这是在:一九二七年九月二十八日。⑨

一九四四年一月二十八日二稿完毕

(原载一九四四年九月《抗战文艺》(月刊)(重庆)第九卷第三、四期合刊)

注　释：

①　一九二六年十一月二十日致许函："我决计至迟于本学期末离开这里,到中山大学去。……从昨天起,我又很冷静了,一是因为决定赴粤,二是因为决定对长虹们给一打击。"据这儿所说的"昨天",故云十九日。

②　鲁迅何时抵广州？此事未见记载。兹据一九二七年一月十七日夜致许函："现在是十七夜十时,我在苏州船中,泊香港海上。此船大约明晨九时开,午后四时可到黄埔,再坐小船到长堤,怕要八九点钟了。"由此推知鲁迅之抵广州,是在一九二七年一月十八日。

③　景宋就职与否,未见记载。此处肯定到职,系据孙伏园先生口述。

④　"在中山大学学生会欢迎会席上"讲稿,原已收入杨霁云编的《集外集》(见杨作《编后杂记》),但被鲁迅在校正时删掉了,理由详见序言。但此段与《而已集·通信》对照,尚无出入之处,故引用了。

⑤　"怕羞"二字,借用景宋语。原文云："他是爱怕羞的,然而一伸出头来,却常常引起许多人的研究,指目;怪可怜地,他急的退藏起来了。"(见许作:《鲁迅先生往那些地方躲》)这自然是指他的切实朴厚、不愿自炫的精神。

⑥　在鲁迅逝世以后,宋云彬写过一篇《鲁迅》。提及此事,曾说:"一九二七年的春天,我在广州,鲁迅也从厦门来广州,因为久不见他的作品,想用'激将法'激他一下,便写了一篇题为《鲁迅先生往那里躲?》的短文,登在广州《国民新闻》(?)的副刊上。"(见《中学生》杂志)可参看。

⑦　《略谈香港》云："我去讲演的时候,主持其事的人大约受了许多困难,先是颇遭干涉,中途又有反对者派人索取入场券,收藏起来,使别人不能去听"。又,引起鲁迅写《略谈香港》的辰江的通信,题名《谈皇仁书院》,载《语丝》一三七期里面亦云："在前月鲁迅先生由厦大到中大,有某团体请他到青年会演说,起先是约定他讲一天,伏园先生讲一天的,后来因为伏园先生往汉口(?)所以两天都由鲁迅先生担任了,两天的演词都是些对于旧文学一种革新的说话,原是很普通的,但香港政府听闻他到来演说,便连忙请某团体的人去问话,问为什么请鲁迅先生来演讲,有什么用意。"这已是现在难见的资料,可供参看。

⑧　《略谈香港》写作日期,全集本及单行本均作六月十一日。恐有讹误。盖文内已说及《循环日报》六月十日、十一日所载《北京文艺界之分门别户》一文,及该报六月二十五日"昨日下午督宪府茶会"新闻,足证非十一日作。又《北京文艺界之分

门别户》内,谓鲁迅已到汉口。鲁迅写信去更正,则没收。"从发信之日到今天,算来恰一个月,不见登出来。"更正信必在六月十一日后发出,既云作此文时距发信之日"恰恰一个月",则可见非六月十一日作矣。

⑨ 鲁迅离粤日期,尚无明白记载。复顾颉刚信云:"但我意早决,八月中仍当行。"《匪笔三篇》引言:"旅资将尽,非逐食不可了,许多人已知道我将于八月中走出广州。"据此,则当在"八月中"。但"九月间尚到广州夏期学术演讲会演讲,并作文多篇",《某笔两篇》引言,即写于"九月二十二日午饭之前"。故"八月中"并未成行。细查《而已集》与《三闲集》各篇,在《再谈香港》内,提到经过香港,他说:"算起来九月二十八日是第三回"。又说:"船是二十八日到香港的,当日无事。"文末注着:"九月二十九之夜,海上。"故我推定鲁迅是九月二十八日离广州。

林辰文集

壹

鲁迅事迹考　鲁迅传

林辰　著　王世家　编校

主　　管：山东出版集团

出 版 者：山东教育出版社

　　　　　（济南市纬一路 321 号　邮编：250001）

电　　话：(0531)82092663　传真：(0531)82092661

网　　址：http://www.sjs.com.cn

发 行 者：山东教育出版社

印　　刷：山东临沂新华印刷集团有限公司

版　　次：2010 年 6 月第 1 版第 1 次印刷

规　　格：710mm×1000mm　16 开本

印　　张：20.25 印张

插　　页：3 页

字　　数：258 千字

书　　号：ISBN 978－7－5328－6246－7

定　　价：42.00 元

（如有印装质量问题，请与印刷单位联系调换）

（电话：0539—2925659）